浙东唐诗之路研究系列丛书

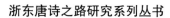

唐代浙东诗人诗迹考

●

杨琼 著

ZHEJIANG UNIVERSITY PRESS
浙江大学出版社
·杭州·

图书在版编目（CIP）数据

唐代浙东诗人诗迹考 / 杨琼著. -- 杭州：浙江大
学出版社，2024. 9. -- ISBN 978-7-308-25430-4

Ⅰ. I207.227.42

中国国家版本馆 CIP 数据核字第 202425DE39 号

唐代浙东诗人诗迹考

杨　琼　著

责任编辑　胡　畔

责任校对　赵　静

封面设计　周　灵

出版发行　浙江大学出版社

　　　　　（杭州市天目山路 148 号　邮政编码 310007）

　　　　　（网址：http://www.zjupress.com）

排　　版　浙江大千时代文化传媒有限公司

印　　刷　杭州宏雅印刷有限公司

开　　本　710mm×1000mm　1/16

印　　张　16.75

字　　数　300 千

版 印 次　2024 年 9 月第 1 版　2024 年 9 月第 1 次印刷

书　　号　ISBN 978-7-308-25430-4

定　　价　118.00 元

浙江省文化研究工程指导委员会

浙江文化研究工程成果文库总序

　　有人将文化比作一条来自老祖宗而又流向未来的河,这是说文化的传统,通过纵向传承和横向传递,生生不息地影响和引领着人们的生存与发展;有人说文化是人类的思想、智慧、信仰、情感和生活的载体、方式和方法,这是将文化作为人们代代相传的生活方式的整体。我们说,文化为群体生活提供规范、方式与环境,文化通过传承为社会进步发挥基础作用,文化会促进或制约经济乃至整个社会的发展。文化的力量,已经深深熔铸在民族的生命力、创造力和凝聚力之中。

　　在人类文化演化的进程中,各种文化都在其内部生成众多的元素、层次与类型,由此决定了文化的多样性与复杂性。

　　中国文化的博大精深,来源于其内部生成的多姿多彩;中国文化的历久弥新,取决于其变迁过程中各种元素、层次、类型在内容和结构上通过碰撞、解构、融合而产生的革故鼎新的强大动力。

　　中国土地广袤、疆域辽阔,不同区域间因自然环境、经济环境、社会环境等诸多方面的差异,建构了不同的区域文化。区域文化如同百川归海,共同汇聚成中国文化的大传统,这种大传统如同春风化雨,渗透于各种区域文化之中。在这个过程中,区域文化如同清溪山泉潺潺不息,在中国文化的共同价值取向下,以自己的独特个性支撑着、引领着本地经济社会的发展。

　　从区域文化入手,对一地文化的历史与现状展开全面、系统、扎实、有序的研究,一方面可以藉此梳理和弘扬当地的历史传统和文化资源,繁荣和丰富当代的先进文化建设活动,规划和指导未来的文化发展蓝图,增强文化软实力,为全面建设小康社会、加快推进社会主义现代化提供思想保证、精神动力、智力支持和舆论力量;另一方面,这也是深入了解中国文化、研究中国文化、发展中国文化、创新中国文化的重要途径之一。如今,区域文化研究日益受到各地重视,成为我国文化研究走向深入的一个重要标志。我们今天实施浙江文化研究工程,其目的和意义也在于此。

　　千百年来,浙江人民积淀和传承了一个底蕴深厚的文化传统。这种文化传统的独特性,正在于它令人惊叹的富于创造力的智慧和力量。

浙江文化中富于创造力的基因,早早地出现在其历史的源头。在浙江新石器时代最为著名的跨湖桥、河姆渡、马家浜和良渚的考古文化中,浙江先民们都以不同凡响的作为,在中华民族的文明之源留下了创造和进步的印记。

浙江人民在与时俱进的历史轨迹上一路走来,秉承富于创造力的文化传统,这深深地融汇在一代代浙江人民的血液中,体现在浙江人民的行为上,也在浙江历史上众多杰出人物身上得到充分展示。从大禹的因势利导、敬业治水,到勾践的卧薪尝胆、励精图治;从钱氏的保境安民、纳土归宋,到胡则的为官一任、造福一方;从岳飞、于谦的精忠报国、清白一生,到方孝孺、张苍水的刚正不阿、以身殉国;从沈括的博学多识、精研深究,到竺可桢的科学救国、求是一生;无论是陈亮、叶适的经世致用,还是黄宗羲的工商皆本;无论是王充、王阳明的批判、自觉,还是龚自珍、蔡元培的开明、开放,等等,都展示了浙江深厚的文化底蕴,凝聚了浙江人民求真务实的创造精神。

代代相传的文化创造的作为和精神,从观念、态度、行为方式和价值取向上,孕育、形成和发展了渊源有自的浙江地域文化传统和与时俱进的浙江文化精神,她滋育着浙江的生命力、催生着浙江的凝聚力、激发着浙江的创造力、培植着浙江的竞争力,激励着浙江人民永不自满、永不停息,在各个不同的历史时期不断地超越自我、创业奋进。

悠久深厚、意韵丰富的浙江文化传统,是历史赐予我们的宝贵财富,也是我们开拓未来的丰富资源和不竭动力。党的十六大以来推进浙江新发展的实践,使我们越来越深刻地认识到,与国家实施改革开放大政方针相伴随的浙江经济社会持续快速健康发展的深层原因,就在于浙江深厚的文化底蕴和文化传统与当今时代精神的有机结合,就在于发展先进生产力与发展先进文化的有机结合。今后一个时期浙江能否在全面建设小康社会、加快社会主义现代化建设进程中继续走在前列,很大程度上取决于我们对文化力量的深刻认识、对发展先进文化的高度自觉和对加快建设文化大省的工作力度。我们应该看到,文化的力量最终可以转化为物质的力量,文化的软实力最终可以转化为经济的硬实力。文化要素是综合竞争力的核心要素,文化资源是经济社会发展的重要资源,文化素质是领导者和劳动者的首要素质。因此,研究浙江文化的历史与现状,增强文化软实力,为浙江的现代化建设服务,是浙江人民的共同事业,也是浙江各级党委、政府的重要使命和责任。

2005 年 7 月召开的中共浙江省委十一届八次全会,作出《关于加快建设文化大省的决定》,提出要从增强先进文化凝聚力、解放和发展生产力、增强社会公共服务能力入手,大力实施文明素质工程、文化精品工程、文化研究工程、文化保护工程、文化产业促进工程、文化阵地工程、文化传播工程、文化人才工程等"八项工程",实施科教兴国和人才强国战略,加快建设教育、科技、卫生、体育等"四个强省"。作为文化建设"八项工程"之一的文化研究工程,其任务就是系统研究浙江文化的历史成就和当代发展,深入挖掘浙江文化底蕴、研究浙江现象、总结浙江经验、指导浙江未来的发展。

浙江文化研究工程将重点研究"今、古、人、文"四个方面,即围绕浙江当代发展问题研究、浙江历史文化专题研究、浙江名人研究、浙江历史文献整理四大板块,开展系统研究,出版系列丛书。在研究内容上,深入挖掘浙江文化底蕴,系统梳理和分析浙江历史文化的内部结构、变化规律和地域特色,坚持和发展浙江精神;研究浙江文化与其他地域文化的异同,厘清浙江文化在中国文化中的地位和相互影响的关系;围绕浙江生动的当代实践,深入解读浙江现象,总结浙江经验,指导浙江发展。在研究力量上,通过课题组织、出版资助、重点研究基地建设、加强省内外大院名校合作、整合各地各部门力量等途径,形成上下联动、学界互动的整体合力。在成果运用上,注重研究成果的学术价值和应用价值,充分发挥其认识世界、传承文明、创新理论、咨政育人、服务社会的重要作用。

我们希望通过实施浙江文化研究工程,努力用浙江历史教育浙江人民、用浙江文化熏陶浙江人民、用浙江精神鼓舞浙江人民、用浙江经验引领浙江人民,进一步激发浙江人民的无穷智慧和伟大创造能力,推动浙江实现又快又好发展。

今天,我们踏着来自历史的河流,受着一方百姓的期许,理应负起使命,至诚奉献,让我们的文化绵延不绝,让我们的创造生生不息。

2006 年 5 月 30 日于杭州

浙江文化研究工程成果文库序言

易炼红

国风浩荡、文脉不绝，钱江潮涌、奔腾不息。浙江是中国古代文明的发祥地之一、是中国革命红船启航的地方。从万年上山、五千年良渚到千年宋韵、百年红船，历史文化的风骨神韵、革命精神的刚健激越与现代文明的繁荣兴盛，在这里交相辉映、融为一体，浙江成为了揭示中华文明起源的"一把钥匙"，展现伟大民族精神的"一方重镇"。

习近平总书记在浙江工作期间作出"八八战略"这一省域发展全面规划和顶层设计，把加快建设文化大省作为"八八战略"的重要内容，亲自推动实施文化建设"八项工程"，构筑起了浙江文化建设的"四梁八柱"，推动浙江从文化大省向文化强省跨越发展，率先找到了一条放大人文优势、推进省域现代化先行的科学路径。习近平总书记还亲自倡导设立"文化研究工程"并担任指导委员会主任，亲自定方向、出题目、提要求、作总序，彰显了深沉的文化情怀和强烈的历史担当。这些年来，浙江始终牢记习近平总书记殷殷嘱托，以守护"文献大邦"、赓续文化根脉的高度自觉，持续推进浙江文化研究工程，接续描绘更加雄浑壮阔、精美绝伦的浙江文化画卷。坚持激发精神动力，围绕"今、古、人、文"四大板块，系统梳理浙江历史的传承脉络，挖掘浙江文化的深厚底蕴，研究浙江现象、总结浙江经验、丰富浙江精神，实施"'八八战略'理论与实践研究"等专题，为浙江干在实处、走在前列、勇立潮头提供源源不断的价值引导力、文化凝聚力、精神推动力。坚持打造精品力作，目前一期、二期工程已经完结，三期工程正在进行中，出版学术著作超过1700部，推出了"中国历代绘画大系"等一大批有重大影响的成果，持续擦亮阳明文化、和合文化、宋韵文化等金名片，丰富了中华文化宝库。坚持砥砺精兵强将，锻造了一支老中青梯次配备、传承有序、学养深厚的哲学社会科学人才队伍，培养了一批高水平学科带头人，为擦亮新时代浙江学术品牌提供了坚实智力人才支撑。

文化是民族的灵魂，是维系国家统一和民族团结的精神纽带，是民族生命力、创造力和凝聚力的集中体现。在以中国式现代化全面推进强国建设、民族复兴伟业的新征程上，习近平文化思想在坚持"两个结合"中，以"体用贯通、明体达用"的鲜明特质,茹古涵今明大道、博大精深言大义、萃菁取华集大成,鲜明提出我们党在新时代新的文化使命,推动中华文脉绵延繁盛、中华文明历久弥新,推动全党全国各族人民文化自信明显增强、精神面貌更加奋发昂扬。特别是今年9月,习近平总书记亲临浙江考察,赋予我们"中国式现代化的先行者"的新定位和"奋力谱写中国式现代化浙江新篇章"的新使命,提出"在建设中华民族现代文明上积极探索"的重要要求,进一步明确了浙江文化建设的时代方位和发展定位。

文明薪火在我们手中传承,自信力量在我们心中升腾。纵深推进文化研究工程,持续打造一批反映时代特征、体现浙江特色的精品佳作和扛鼎力作,是浙江学习贯彻习近平文化思想和习近平总书记考察浙江重要讲话精神的题中之义,也是浙江一张蓝图绘到底、积极探索闯新路、守正创新强担当的具体行动。我们将在加快建设高水平文化强省、奋力打造新时代文化高地中,以文化研究工程为牵引抓手,深耕浙江文化沃土、厚植浙江创新活力,为创造属于我们这个时代的新文化贡献浙江力量。要在循迹溯源中打造铸魂工程,充分发挥习近平新时代中国特色社会主义思想重要萌发地的资源优势,深入研究阐释"八八战略"的理论意义、实践意义和时代价值,助力夯实坚定拥护"两个确立"、坚决做到"两个维护"的思想根基。要在赓续厚积中打造传世工程,深入系统梳理浙江文脉的历史渊源、发展脉络和基本走向,扎实做好保护传承利用工作,持续推动优秀传统文化创造性转化、创新性发展,让悠久深厚的文化传统、源头活水畅流于当代浙江文化建设实践。要在开放融通中打造品牌工程,进一步凝炼提升"浙学"品牌,放大杭州亚运会亚残运会、世界互联网大会乌镇峰会、良渚论坛等溢出效应,以更有影响力感染力传播力的文化标识,展示"诗画江南、活力浙江"的独特韵味和万千气象。要在引领风尚中打造育德工程,秉持浙江文化精神中蕴含的澄怀观道、现实关切的审美情操,加快培育现代文明素养,让阳光的、美好的、高尚的思想和行为在浙江大地化风成俗、蔚然成风。

我们坚信,文化研究工程的纵深推进,必将更好传承悠久深厚、意蕴丰富的浙江文化传统,进一步弘扬特色鲜明、与时俱进的浙江文化精神,不断滋育浙江的生命力、催生浙江的凝聚力、激发浙江的创造力、培植浙江的竞争力,真正让文化成为中国式现代化浙江新篇章中最富魅力、最吸引人、最具辨识度的闪亮标识,在铸就社会主义文化新辉煌中展现浙江担当,为建设中华民族现代文明作出浙江贡献!

2023年12月

目　录

引　言

　　从地域、空间的角度来观照整个唐代文学的发展,不难发现,文学在逐步向南发展,尤其是中唐以后,不仅南方本土文学创作得到迅速发展,南方风物在诗歌中的表现也层出不穷。究其原因,与唐代政治、经济重心南移,越来越多的北方文人有了南方生活经历有关。浙东文学的发展即符合这一特征。有唐一代,诗人因漫游、做官、贬谪、避难等缘故来到浙东,留下了众多脍炙人口的诗篇,由此形成了一条独具特色的唐诗之路。青山绿水、茂林修竹不仅洗涤诗人的心灵、愉悦文人的精神,也影响着他们的审美情趣,浙东的文化特质、自然风物更是对诗人的创作产生了直接的感发作用。诗人们汇聚于此,同游名山、胜水、亭台、寺观,一起集会、交游、赋诗,为后世考察唐代诗歌原生背景,探究诗歌与政治、经济、文化、宗教的互动及其相互影响提供了思想源泉。当然,唐代的浙东诗歌不仅仅是诗人丰富人生情趣、表达生命感悟的文学作品,其中也有大量对浙东风光、风物的客观描摹,传神地再现了浙东自然山水和人文景观特点。沿着唐代诗人形态各异的漫游路线,体悟唐人歌咏、记录山水风物的艺术创作,可以在一定程度上感受唐代浙东山水人文的发展变化过程。

　　正因如此,唐代诗人在浙东的游历、寓居经历和文学创作遗迹无疑成为我们今天研究浙东唐诗之路的重要内容之一。对唐代浙东诗人、行迹进行专门研究,是伴随"浙东唐诗之路"这一概念产生的。"浙东唐诗之路"于 1991 年由新昌地方学者竺岳兵先生首次提出,后经中国唐代文学学会多次论证并于 1993 年正式发函,成为中国古代文学与浙江区域文学史上的一个专用名词。近年来,随着唐诗之路研究的复兴,浙东诗路的研究成果迎来爆发期,相关唐诗总集编纂、形成原因探析、文化底蕴挖掘、域外影响考察等成果屡见不鲜①。然而，专门研究诗人、诗迹的相关著作，目前所见仅有二十年前出版的竺岳兵先生所著《唐诗之路唐代诗人行迹考》，内容主要集中于唐代诗人游历浙东的时间、路线、事迹、诗篇的个案考证。随着研究观念、方法技术、文献史料的更新，关于这一论题的研究，也要与时俱进，重新加以挖掘和讨论。本书以宏观与微观相结合的方式，一方面从空间维度出发对诗人行迹、创作展开实证研究，另一方面充分挖掘新出文献中的史料信息，对往来浙东的唐代诗人及创作情况进行个案考证，最终形成七个专题：

一是浙东交通图景中的诗人诗迹。唐代浙东的整体范围包括越、衢、婺、台、明、处、温七州，交通主要由两部分构成，对外有联络政治中心长安、洛阳的运河干线，境内则被浦阳江、萧绍运河、曹娥江以及浣纱溪、若耶溪和剡溪等支流组合而成的交通网络所覆盖，这也是浙东唐诗之路的核心区。不管是繁华的中转站越州还是交通相对落后的处州，沿途都有馆驿配备，不仅为诗人们的游历活动提供了基础条件，也构成了他们诗歌创作的重要对象。

二是以浙东游历诗人的身份为依据，结合唐代的政治、社会、制度背景，考察了不同类型诗人的活动空间与相关创作，对他们的游历路线、特征进行了总结。唐人在浙东的游历以漫游、宦游、贬谪为主。其中漫游诗人多为追随王、谢等前贤的遗风，故游历多为线性、长时段的活动。唐代科举制度的特殊性也导致诗人们因干谒、及第、落第等不同原因前往浙东游历。宦游和贬谪诗人以及中唐以后大量前往浙东方镇任职的僚佐，他们在浙东有相对长时段的寓居，在职事之余是游历浙东的主体，足迹遍布浙东。此外，官员贬谪多往衢州、处州、温州等偏远之地，一定程度上扩大了文人在浙东的活动范围。

---

① 举其要者，有：卢盛江《浙东唐诗之路唐诗总集》（中华书局 2022 年版）；李招红《唐诗之路研究丛书·浙东唐诗之路学术文化编年史》（中华书局 2022 年版）；胡正武《浙东唐诗之路论集》（浙江工商大学出版社 2019 年版）、《浙东唐诗之路与隐逸文化》（中国社会科学出版社 2006 年版）；竺岳兵《唐诗之路综论》（中国文史出版社 2003 年版）；竺岳兵《唐诗之路唐代诗人行迹考》（中国文史出版社 2004 年版）；竺岳兵《浙东唐诗之路》（文化艺术出版社 2008 年版）；肖瑞峰《浙东唐诗之路与日本平安朝汉诗》（《文学遗产》1995 年第 4 期）；胡可先《天台山：浙东唐诗之路与海上丝绸之路的交汇》（《浙江社会科学》2019 年第 12 期）《西陵·渔浦：浙东唐诗之路的起点》（《浙江社会科学》2022 年第 6 期）；陆晓冬《浙东唐诗之路形成的社会经济动因浅析》（《浙江社会科学》2006 年第 3 期）；胡正武《唐诗之路与佛道宗教》（《台州学报》2003 年第 4 期）；林家骊等《司马承祯及天台派道教对浙东唐诗之路的影响》（《浙江树人大学学报（人文社会科学版）》2021 年第 1 期）；王辉斌《孟浩然越剡之旅考实》（《山西大学师范学院学报》2000 年第 3 期）；俞林波《大历年浙东联唱集》考论》（《东南大学学报（哲学社会科学版）》2008 年第 2 期）；尹占华《大历浙东和湖州文人集团的形成和诗歌创作》（《文学遗产》2000 年第 4 期）等。

三是浙东名山、名水、楼亭、寺观中的诗人诗迹。浙东丰富的山水人文景观和独特的文化底蕴,不仅为地域经济、文化发展提供了良好条件,也吸引了众多士人的目光。不管是出于何种原因前往浙东游历,山水人文景观都是诗人们游历的必到之处,也是诗人笔下亘古不变的描写对象。

四是对浙东本土诗人与寓居诗人的考察。所谓本土诗人,主要指籍贯为越、婺、衢、温、台、明、处七州的诗人。综观这些诗人的地域、身份,可以发现从地域分布上来看,浙东本土诗人以越州、婺州为主;从身份来看,越州、婺州多进士诗人,温州、台州多诗僧,括州多道士诗人;此外,还呈现出家族聚合现象,如虞氏、徐氏、冯氏、陶氏等,多出现父子或兄弟诗人。浙东自魏晋以来的隐逸风尚也吸引众多诗人前来隐居,尤其是安史之乱后,浙东相对稳定的经济环境使大量诗人前来避难。浙东的宗教氛围和底蕴也吸引了一些方外诗人前来修行。

五是新出土墓志与台州司马吴颐生平、创作的考察。吴颐在台州司马任上有《送最澄上人还日本国叙》和诗各一篇,是中日文学交流史上极为重要的篇章。但他的生平经历除了台州司马一任,皆不为人所知。新出土的吴颐墓志则揭示了他肃宗吴皇后族人的身份,与唐代名臣陆长源、严震的僚佐关系以及与著名经学家台州刺史陆淳的翁婿之谊。这一背景,对于我们解读《送最澄上人还日本国》组诗有一定帮助。

六是新出墓志与《丹阳集》诗人、武义主簿丁仙之生平和创作研究。通过新出墓志我们可以明确文学史上多年来对于丁仙之名字的争议,补充他的生卒年和仕宦经历、文学定位、交游情况。结合丁仙之撰写的《陆广成墓志》,可以考证出他在浙东担任武义主簿的时间在开元十八年(730)到开元二十三年(735)之间。丁仙之在浙东有《剡溪馆闻笛》诗一首,通过"羌笛"这一具有边塞特征的意象,将江南之剡溪山水写出塞北气象,在众多写剡中诗歌的作品中罕见,可作为墓志对他文学定位的注脚。

七是新出土墓志与唐代古文家李华生平、创作研究。李华是唐代著名散文家、诗人,韩、柳古文运动的前驱者和领袖人物,与浙东渊源颇深,有《衢州龙兴寺故律师体公碑》《衢州刺史厅壁记》《台州乾元国清寺碑》存世。李华墓志的出土解决了长久以来争议不断的李华生卒年问题,订正了传世文献对于李华家族世系和婚姻状况的记载,补充了李华的交游关系和生平事迹,尤其为研究他在安史之乱中的表现以及晚年的徙居经历提供了新材料。安史之乱后李华一直寓居江南,永泰元年(765)李岘贬衢州刺史,李华受其邀请担任幕僚,从他自余干经弋阳至上饶的行程来看,《寄赵七侍御》诗应该是作于赴衢州途中,诗题中的赵七即赵骅,即《三贤论》中所言"茂挺(萧颖士)与赵骅、邵轸泊华最善"之人。诗中"纬卿"即邵轸,茂挺即萧颖士,这两篇作品所涉及的人物群体有高度的一致性,《三贤论》或亦作于他在衢州期间。

第一章　唐代浙东的交通图景与诗人诗迹

浙东唐诗之路的形成与唐代诗人在浙东的活动息息相关。而要研究唐人在浙东的游历寓居活动,则首先要对浙东的整体地理空间以及往来浙东的交通路线、设施有所把握。

一、唐代浙东的地理区划

浙东,按今人理解,便是以钱塘江为界,其东部宁、绍、台等地为浙东,西部杭、嘉、湖等地为浙西。早在先秦时期,钱塘江就是吴、越两国的分界线。秦统一六国后,钱塘江两岸同归会稽郡管辖。东汉永建四年(129),会稽郡中又划出吴郡,钱塘江以西属吴郡,以东属会稽郡。东晋南朝时期,会稽郡隶属扬州,乃京畿重镇,不论在政治、经济、军事还是文化方面都有着举足轻重的地位。据《资治通鉴》记载:"初,晋氏南迁,以扬州为京畿,谷帛所资皆出焉;以荆、江为重镇,甲兵所聚尽在焉;常使大将居之。三州户口,居江南之半,上恶其强大,故欲分之。癸未,分扬州浙东五郡置东扬州,治会稽。"①下有胡注:"五郡:会稽、东阳、永嘉、临海、新安。"五郡中,除新安郡外,其余四郡均位于钱塘江以东。

唐代浙东原隶属于江南道。《旧唐书·地理志》云:"贞观元年(627),悉令并省。始于山河形便,分为十道:一曰关内道,二曰河南道,三曰河东道,四曰河北道,五曰山南道,六曰陇右道,七曰淮南道,八曰江南道,九曰剑南道,十曰岭南道。"②开元二十一年(733),分天下为十五道,并置采访使,江南道又被划为江南西道及江南东道:

> 江南道,古扬州之南境,今润、常、苏、湖、杭、歙、睦、衢、越、婺、台、温、明、括、建、福、泉、汀、(已上东道。)宣、饶、抚、虔、洪、吉、郴、袁、江、鄂、岳、潭、衡、

---

① [宋]司马光:《资治通鉴》卷一二八"孝建元年六月"条,中华书局1956年版,第4020—4021页。
② [后晋]刘昫:《旧唐书》卷三八"地理志一",中华书局1975年版,第1384页。

永、道、邵、澧、朗、辰、饰、锦、施、南、溪、思、黔、费、业、巫、夷、播、溱、珍,(已上西道。)凡五十有一州焉。……东临海,西抵蜀,南极岭,北带江。①

浙江属于江南东道。随着中唐对地方行政管理改革的不断尝试,地方权力进一步得到强化。乾元元年(758)四月十一日诏曰:"近缘狂寇乱常,每道分置节度。其管内缘征发及文牒,兼使命来往,州县非不艰辛,仍加采访,转益烦扰。其采访使置来日久,并诸道黜陟使便宜且停。待后当有处分。"注曰:"其年,改为观察处置使。"②这时,唐廷为了加强对南方的控制,开始在此设置藩镇。唐肃宗乾元元年(758),浙江西道、浙江东道从江南东道分出,标志着浙东正式成为一个地方行政区,下辖八州:

> 甲辰,置浙江西道节度使,领苏、润等十州,以升州刺史韦黄裳为之(注:领升、润、宣、歙、饶、江、苏、常、杭、湖十州,治升州)。庚戌,置浙江东道节度使,领越、睦等八州,以户部尚书李峘为之(注:领越、睦、衢、婺、台、明、处、温八州,治越州),兼淮南节度使。③

此后,浙西、浙东两镇又经历了多次整合与分置,但整体行政区划大致稳定。至贞元三年(787),睦州改属浙江西道,以越、衢、婺、台、明、处、温七州构成浙东行政范围基本确定下来。从地理特征和经济文化来看,浙西、浙东确实存在较为明显的差异。唐代浙江西道领润、常、苏、杭、湖、睦六州,位于今之苏南、浙北一带,以吴语文化为特色。浙东道领越、明、台、温、处等七州,以越文化为特征,可见两浙道的划分与上述特征是有较大契合度的。

唐初受战争影响,浙东诸州郡名乃至属县归属略显纷杂,至乾元元年(758),浙江东道节度使设立,各州名及属县划分大致得以确定,至唐末甚少变化。

越州,越之称始于夏,春秋时期勾践在此称王,并灭吴北上,号"春秋五霸"之一。秦立会稽郡,汉顺帝时,分浙江以西为吴郡,东为会稽郡。晋至陈时期,于此置东扬州。隋唐间,越州与会稽两名交替用之,行政区划也由总管府、都督府向观察使演进,属县也多有变动。中唐以降,越州大致领有山阴、会稽、剡县、诸暨、余姚、上虞、萧山七县。

---

① [唐]李林甫等撰、陈仲夫点校:《唐六典》卷三,中华书局1992年版,第69—70页。
② [宋]王溥:《唐会要》卷七八,中华书局1955年版,第1421页。
③ [宋]司马光:《资治通鉴》卷二二〇,第7063页。

　　婺州,春秋时在越之西界,本属会稽郡西部。三国吴时期设置东阳郡,晋、宋、齐因之,陈武帝置缙州,隋平陈置婺州,"取其地于天文为婺女之分以为州名"①。婺州在唐前期更名频繁,属县变动也较大。乾元元年(758)定为婺州,领县七:金华、义乌、永康、东阳、兰溪、武义、浦阳。

　　台州,秦属闽中郡,汉代有东瓯国,武帝时期,东瓯举国迁徙江淮,其又属会稽郡。吴少帝时期,设立临海郡,晋、宋、齐因之,梁又改赤城郡。隋废郡,其地入永嘉郡。唐武德年间,立海州,武德五年(622)因天台山而改台州。天宝元年(742)改临海郡,乾元元年(758)复为台州。属县有五:临海、唐兴、黄岩、乐安、宁海。

　　处州,秦属会稽郡,晋立为永嘉郡,梁、陈因之。隋初,改为处州。唐初,立括州,置总管府,后改为都督府。天宝年间为缙云郡,乾元元年(758)复为处州。管县六:丽水、松阳、缙云、遂昌、青田、龙泉。

　　衢州,春秋时为越之西鄙,吴至晋属东阳郡,晋立信安县,唐初立衢州。据载:"武德四年,平李子通,于信安县置衢州。七年陷贼,乃废。垂拱二年,分婺州之信安、龙丘置衢州,取武德废州名。天宝元年,改为信安郡。乾元元年,复为衢州,又割常山入信州。"②衢州领县五:信安、常山、龙丘、须江及盈川。

　　明州,古扬州之地,据《旧唐书·地理志》载:"开元二十六年,于越州鄮县置明州。天宝元年,改为余姚郡。乾元元年,复为明州,取四明山为名。"③明州下属四县:鄮县、奉化、慈溪、象山。

　　温州,本汉会稽东部之地,晋在此设永嘉郡。隋废郡,改入处州。高宗上元元年(674),立温州。温州领县四:永嘉、安固、横阳、乐成。

二、浙东交通网络中的唐人诗迹

　　受西高东低的天然地势环境影响,长江、黄河、淮河三条大河自西向东奔流,每一流域所处纬度位置、气候要素、自然环境乃至风物文化都相类似。南方与北方地区因被长江以及长江、黄河流域之间的山脉所阻断,以致南北交通不能声气相通,不管是物资运输还是人员沟通都不如东西区域便利,由此也造成南北文化上的种种隔阂与差异。浙东地区除了在春秋末年吴越争霸时短暂地进入历史中心舞台,

---

① ［宋］乐史:《太平寰宇记》卷九七,中华书局2007年版,第1948页。
② ［后晋］刘昫等:《旧唐书》卷四〇,中华书局1975年版,第1593页。
③ ［后晋］刘昫等:《旧唐书》卷四〇,第1590页。

大部分时期经济社会和思想文化都处于边缘地带。这种东西通贯、南北阻绝的局面到唐代发生了根本性的改变,南北交通条件的持续改善使越来越多的文人、商人、官员频繁往来于南北之间。

唐王朝建都关中,随着社会政治、商业经济的发展和繁荣,为巩固统治和适应经济发展,建立了四通八达的交通网络。就陆路而言,杜佑《通典》云:"东至宋、汴,西至岐州,夹路列店肆待客,酒馔丰溢。每店皆有驴赁客乘,倏忽数十里。南诣荆、襄,北至太原、范阳,西至蜀川、凉府,皆有店肆,以供商旅。"①正西到岐州,西北至凉州,正北至丰、胜中受降城,西南至梁州兴元府,正南至金州,东北至太原,正东至汴州,东南至襄阳,辐射出八条驿道,形成一个"米"字形的核心骨架,由此核心骨架延伸至天下四方诸州,可见以长安为中心的交通盛况。浙东位于长安以东的主要路线上,据白寿彝《中国交通史》,长安四百三十五里至东都,东都东行一百四十里到汴州,汴州两百五十里到扬州。扬州南行七十里到润州,一百七十里到常州,一百九十里到苏州,三百七十里到杭州,一百三十里到越州,二百七十五里到明州②,是长安至越地的路程。相比陆路而言,长安到东南的水路干线更为发达。

已有研究表明,早在春秋末期吴越争霸时,江南运河与浙东运河便已初具雏形。江南运河最早由吴王夫差所开凿,沿吴国都城姑苏(今苏州)经护城河进入射渎,过蠡湖、杨湖后,再由江阴的西利港进入长江,并过江向北到扬州。这段八十多千米的河流是江南运河最早的河段。这一时期,越王勾践修建水上交通要道的想法也逐渐由模糊到清晰,从绍兴东一直延伸到曹娥江的山阴古水道应运而生。至秦始皇南巡,又开凿了丹徒至曲阿的丹徒道以及从由拳至钱唐的陵水道,吴地旧有水道进一步被连通。六朝建都建康后,西兴渡东至余姚,贯通钱塘江、钱清江、曹娥江、姚江流域的浙东运河得到了改善和维护,形成了浙东运河的基本骨架,对六朝江东地区的发展起到了重要作用。隋文帝统一全国,建立隋朝后,为保障关中物资供应,宇文恺又率人开凿漕渠:从大兴城(今西安)西北引渭水,循汉代漕渠故道向东至潼关入黄河,长约三百里,名广通渠(又称永通渠)。开皇七年(587),为方便兵马粮草的运输,又重新开凿了从今淮安到扬州江淮的山阳渎,北起山阳(今淮安),南至江都(今扬州)入长江,即古邗沟。大业元年(605),隋炀帝杨广即位,为营建东都洛阳,遂开凿通济渠,从洛阳引谷水、洛水东至偃师,由洛入河,再由板渚(今河南

① [唐]杜佑:《通典》卷七"历代盛衰户口",中华书局1988年版,第152页。
② 白寿彝:《中国交通史》,台湾商务印书馆1969年版,第114—115页。

荥阳市汜水镇)引河水东流,经今开封、睢县、商丘、宿州,至今江苏盱眙县入淮河,成为隋大运河中最重要的一段。大业四年(608),又开永济渠,引沁水、清水、淇水、卫河水源,循白沟故道及今南运河,从大清河折入治水(永定河前身),直抵涿郡治所蓟县(今北京)。大业六年(610),隋炀帝在江都欲东巡会稽,遂开凿了自京口(今镇江)经无锡、苏州、嘉兴至余杭(今杭州)的江南运河,沟通了长江与浙江间的航运。至此,南北大运河全面修建完工,"自京口至余杭八百里,广十余丈"的江南运河,与广通渠、永济渠、通济渠、江北邗沟一起形成了以长安、洛阳为轴心,沟通黄河、海河、淮河、长江、钱塘江五大水系,北抵燕蓟,南至余杭,西至长安的完整水运干线。大运河加强了南北地区的经济沟通和交流,促进了沿岸经济的繁荣,运河沿岸逐渐形成了开封、淮安、扬州、苏州、杭州等著名的运河城市[①]。

唐代没有较大规模地开凿新运河,仅在隋代运河基础上加以疏浚和扩建。据青山定雄《唐宋汴河考》,隋通济渠开凿后,汴河的行程与隋以前"古汴河"之间存在重大差异:古汴河河道在大梁,即唐代汴州东面的雍邱附近东流,至徐州南入泗水,再汇入淮河。隋炀帝以后,汴河河道在雍邱分为新、旧两条,新河道由雍邱东南流入淮水,避免了以往古汴河与自然河流相似的迂曲状况,大大缩短了水道和南北水路交通干线[②]。唐代汴河所沿用的正是这一新河道。随着江南运河与全国交通网络的连接,运河沿岸社会经济和交通运输有了迅速的发展。据《元和郡县志》记载:"自扬、益、湘南至交、广、闽中等州,公家运漕,私行商旅,舳舻相继。"[③]《唐国史补》亦有:"凡东南郡邑无不通水,故天下货利,舟楫居多。转运使岁运米二百万石输关中,皆自通济渠入河也。江淮篙工不能入黄河,蜀之三峡,河之三门,南越之恶溪,南康之赣石,皆险绝之所,自有本处人为篙工。大抵峡路峻急,故曰:'朝发白帝,暮彻江陵。'四月、五月为尤险时。……扬子、钱塘二江者,则乘两潮发棹,舟船之盛,尽于江西,编蒲为帆,大者或数十幅,自白沙溯流而上,常待东北风,谓之潮信。"[④]充分说明了唐代水路交通之发达。尤其是从长安至吴越的运河干线的完善,也为唐代文人往来浙东提供了极大的便利。唐代诗人从北方的长安、洛阳等地南游吴越,一时蔚然成为风气,古今学界一般所谓的唐人"吴越壮游",即指此也。唐人经吴入越,虽人各有异,但大体上有一定之规。陈贻焮先生总结诗人孟浩然从洛阳到

---

①　参见钟军、朱昌春、蔡亮:《隋唐运河故道地名考》,中国社会出版社 2017 年版,第 2—3 页。

②　青山定雄:《唐宋汴河考》,《东方学报》第 2 册,1931 年。

③　[唐]李吉甫撰,贺次君点校:《元和郡县图志》卷五,中华书局 1983 年版,第 137 页。

④　[唐]李肇:《唐国史补》卷下,上海古籍出版社 2012 年版,第 84 页。

越中的路线曰:"隋唐时'自洛之越'多循汴水、邗沟、江南河。汴水即广济渠。该渠于荥阳(今河南荥阳县)北受黄河之水,经汴州(今河南开封市)、宿州(今安徽泗县)入淮水。入越旅客乘船至此东北行至楚州(今江苏淮安县)西南,转邗沟达扬州,于京口(润州治,今江苏镇江市)对岸渡长江,入江南河(邗沟、江南河即今淮安到杭州这一段运河),经润州、苏州、太湖达杭州,然后可到越中诸地。"①唐人从两京至吴越基本都是走这条水路。

　　进入浙东,由于河渠纵横的自然地理环境,除了部分沿河的陆路,唐人的活动主要依靠河流,其中主要河流干线是三条分头流入钱塘江杭州湾的著名河流——浦阳江、萧绍运河和曹娥江。这三大河流与境内著名的支流浣纱溪、若耶溪和剡溪组合之后,形成了发达的水路交通网络。浦阳江发源于婺州浦江县,上游和义乌江相接,进入诸暨后汇合众多支流,沿江溯流而上,出诸暨到河流源头,经过义乌江可转入东阳江、武义江、兰溪江,足迹可遍及婺州大地。"初唐四杰"之一骆宾王作《早发诸暨》,诗云:"征夫怀远路,凤驾上危峦。薄烟横绝巘,轻冻涩回湍。野雾连空暗,山风入曙寒。帝城临灞涘,禹穴枕江干。橘性行应化,蓬心去不安。独掩穷途泪,长歌《行路难》。"②此诗是骆宾王离义乌北返时所作,诸暨则是他由婺州进出浙东的重要中转站。从这一层面而言,这条出于浦阳江及其延伸段浣纱溪水道的行吟道路,并非只是此前认为的浙东唐诗之路支线,实则是主要干线之一。若耶溪发源在越国最初的国都嶕岘附近,北上过云门、经平水入鉴湖,再往北,经越州州治和柯桥,汇入浙东运河的萧绍段,最终由萧山境内的西兴入钱塘江。作为萧绍运河的其中一段,若耶溪富有独特的诗情画意,为历代文人雅士所流连。《水经注》云:"(若邪)溪水上承嶕岘麻溪,溪之下,孤潭周数亩,甚清深。有孤石临潭,乘崖俯视,猿狄惊心,寒木被潭,森沉骇观。上有一栎树,谢灵运与从弟惠连常游之,作连句,题刻树侧。麻潭下注若邪溪,水至清照,众山倒影,窥之如画。"③可见若耶溪为浙东唐诗之路增添了极强的审美情趣。剡溪历来被看作浙东风情最美、唐代诗人在此留下足迹最多的一段。剡溪实为曹娥江的上游段,由新昌、嵊州市北上到上虞曹娥庙为止的一段是剡溪,再北上便是曹娥江。据南宋高似孙撰《剡录》记载,剡溪源出有四。第一源流是"自天台山北流,会于新昌,入于溪",盖发源于天台桐柏山的

---

① 陈贻焮:《孟浩然事迹考辨》,《文史》1965年第四辑。

② [清]彭定求:《全唐诗》卷七九,中华书局1960年版,第855页。

③ [北魏]郦道元撰,陈桥驿点校:《水经注校证》卷四〇,中华书局2007年版,第942页。

灵溪,流至新昌而成了剡溪的第一源头;第二源流是"自婺之武义西南流,经东阳,复东流与北流之水会于南门,入于溪",也就是说剡溪源流还可延展到武义,与婺州大地相连;第三条源流来自"鄞之奉化,由沙溪西南转北,至杜潭,入于溪",即这一源流可延展到奉化,并且还因为接上奉化江而再可延展到明州大地;第四条源流来自"宁海","历三坑、西绕为三十六渡,与杜潭会,出浦口,入于溪"[①]。这条源流延展到明州边陲,与宁海、象山相连。由此可见,浙东的剡溪实为一个河道网络,连接了浙东越、台、婺、明四州。在这个网络中有许多风景点和文化古迹,单是山就有东山、剡山、四明山、沃洲山、天姥山、天台山等。对文人雅士、骚人墨客来说,这一地域无疑具有更大的吸引力。如李白《别储邕之剡中》诗亦有:"借问剡中道,东南指越乡。舟从广陵去,水入会稽长。竹色溪下绿,荷花镜里香。辞君向天姥,拂石卧秋霜。"[②]其时,身在扬州的李白所规划的越中游览路线便是经江南运河南下,至浙东运河鉴湖东湖段,再循曹娥江南溯剡溪,以抵天姥。

总的来说,浙东地区对外有联络政治中心长安、洛阳的运河干线,境内又有纵横交错的河渠和沿线的陆路抵达各州,如此便捷的交通条件,加之山水佳胜、富庶风物吸引了大量诗人采风,留下了众多优美诗篇。关于诗人们在浙东水陆交通线上的创作,本书第二章将进行集中考察,此处不加赘述。

三、唐代浙东的馆驿与馆驿诗

伴随唐代高度发达的交通网络,与之相配套的馆驿也有了很大的发展。馆驿根据等第的高低、交通设施的优劣以及任务的不同,可分为驿与馆两类。其差别是在通途大路者为驿,非通途大路者则为馆,也就是说,"驿"即住宿、饮食条件及交通设施配备较好的驿站,设置在重要驿道上;"馆"指条件与设施较差的驿馆,一般设置在交通通过量较少的路段或偏远地区。唐玄宗时天下驿所达到了1643所[③],其中陆驿1297所、水驿260所、水陆相兼86所。柳宗元《馆驿使壁记》云:"凡万国之会,四夷之来,天下之道途毕出于邦畿之内。奉贡输赋,修职于王都者,入于近关,则皆重足错毂,以听有司之命。征令赐予,布政于下国者,出于甸服,而后按行成

---

① [宋]高似孙:《剡录》卷四,《宋元方志丛刊》第7册,第7211—7212页。
② [清]彭定求:《全唐诗》卷一七四,第1783页。
③ 按,据《唐六典》卷六校勘记:"《旧唐书》与《新唐书》所记相同,其原文为1639所,但《唐六典》本条原注所到水驿,陆驿及水陆相兼驿相加,则为一千六百四十三所。"

列,以就诸侯之馆。故馆驿之制,于千里之内尤重……由四海之内,总而合之,以至于关;由关之内,束而会之,以至于王都。"①叙述了馆驿在唐人的政治、行旅生活中的重大意义。高适《陈留郡上源新驿记》亦有:"皇唐之兴,盛于古制。自京师四极,经启十道,道列于亭,亭实以驷,而亭惟三十里,驷有上中下,丰屋美食,供亿是为,人迹所穷,帝命流洽。"②可见馆驿与人们的行旅生活密切相关。对于当时的举子、选人、进士、迁客流人、赴任与回朝的官吏而言,馆驿还是他们羁旅行役生涯中歇息食宿、饯别欢宴、题壁留诗的重要场所。刘禹锡《送王司马之陕州》"两京大道多游客,每遇词人战一场"③,对此做了很好的概括。

唐代浙东地区的馆驿虽不及两京驿路沿线发达,但也十分繁荣。如白居易有诗云"云树分三驿,烟波限一津"④,在杭州到越州一百四十里路程中,平均每四十多里便有一驿。华林甫先生《唐代两浙驿路考》总结了唐代两浙驿路有一条干线,三条支线,总计境内有驿二十四座,馆二十座,驿程一千三百多里。然文中对于浙东馆驿的考察多有疏漏。笔者通过地理志、方志和唐人诗歌等相关材料,对浙东境内馆驿进行了重新考察,共考得馆驿二十四座,兹论说如次。

1. 越州

西陵驿 《宝庆会稽续志》卷三"萧山":"西兴镇,前志云:西陵城在萧山县西十二里,吴越武肃王以西陵非吉语,遂改曰西兴。今按《越绝书》:'浙江南路西城者,范蠡敦兵城也。其陵固可守,故谓之固陵。'详此即今西陵也。《越绝书》所云,图经、前志俱不曾引及,惜哉!"⑤宋祝穆《方舆胜览》云:"西兴渡,在萧山县西十二里,本名西陵。吴越武肃王以非吉语,改西兴渡。"⑥可见西陵在春秋时便为越国军事要地。北魏郦道元《水经注·浙江水》:"浙江又径固陵城北,昔范蠡筑城于浙江之滨,言可以固守,谓之固陵,今之西陵也。"⑦六朝建都建康后,专门修建和维护了自西陵至余姚的浙东运河,西陵作为运河的出入口,成为后来唐人往来浙东的重要节点。从现存诗歌来看,由京城长安或东都洛阳乘船南下,到达杭州,再渡钱塘江到

---

① [唐] 柳宗元:《柳宗元集》卷二六,中华书局 1979 年版,第 703—704 页。
② [唐] 高适著,刘开扬笺注:《高适诗集编年笺注》,中华书局 1981 年版,第 387 页。
③ [清] 彭定求:《全唐诗》卷三五九,第 4046 页。
④ [清] 彭定求:《全唐诗》卷四四六《早春西湖闲游怅然兴怀忆与微之同赏因思在越官重事殷镜湖之游或恐未暇偶成十八韵寄微之》,第 5002 页。
⑤ [宋] 张淏:《宝庆会稽续志》卷三,《宋元方志丛刊》第 7 册,第 7123 页。
⑥ [宋] 祝穆:《宋本方舆胜览》卷六,上海古籍出版社 2012 年版,第 94 页。
⑦ [北魏] 郦道元著,陈桥驿校证:《水经注校证》卷四〇,第 940 页。

越州,是大部分诗人行走的路线,西陵紧靠钱塘江为重要渡口,也是入越之首埠。杜甫"商胡离别下扬州,忆上西陵故驿楼。为问淮南米贵贱,老夫乘兴欲东游"①诗,便描写了自己年少漫游吴越时登西陵驿楼远眺越中胜景的深刻记忆。唐代官员赴浙东履职也要先抵西陵。长庆三年(823)八月,元稹自同州刺史授越州刺史兼浙东观察使,十月,抵达杭州,拜访了当时任杭州刺史的好友白居易。宴饮酬唱一番后,便乘船过江,到达西陵。虽分别不过一日,对好友的依恋之情却难以释怀,遂远眺一江之隔的杭州,寄去《别后西陵晚眺》诗:"晚日未抛诗笔砚,夕阳空望郡楼台。与君后会知何日?不似潮头暮却回。"②白居易阅读此诗,想象元稹泊于西陵驿的场景,作《答微之泊西陵驿见寄》诗:"烟波尽处一点白,应是西陵古驿台。知在台边望不见,暮潮空送渡船回。"③自此,西陵驿成为元稹浙东仕宦生涯和元白杭越唱和的起点。文宗大和七年(833)七月,李绅受任浙东观察使、越州刺史,冬季抵任浙东,作《渡西陵十六韵》,诗序云:"七年冬十有三日,早渡浙江,寒雨方霖,军吏悉在江次。越人年谷未成,淫雨不止,田亩浸溢,水不及穗者数寸。余至驿,命押衙裴行宗先赍祝辞,东望拜大禹庙,且以百姓请命。雨收云息,日朗者三旬有五日。刈获皆毕,有以见神之不欺也。"④记其初到西陵驿,恰逢越中霖雨,东望祭拜大禹庙求晴一事。可见驿站除为来往官员提供住宿补给,还承担着政事功用。西陵同时也是离越的重要关隘。开成元年(836)五月,李绅罢浙东观察使,入朝为太子宾客,离任时,作《却渡西陵别越中父老》诗:"海潮晚上江风急,津吏篙师语默齐。倾首奉觞看故老,拥流争拜见孩提。惭非杜母临襄岘,自鄙朱翁别会稽。渐举云帆烟水阔,杳然凫雁各东西。"⑤又元稹《上西陵留别》诗云:"□忧去国三千里,遥指江南一道云。"⑥张乔《越中赠别》:"东越相逢几醉眠,满楼明月镜湖边。别离吟断西陵渡,杨柳秋风两岸蝉。"⑦皇甫冉《西陵寄灵一上人》:"西陵遇风处,自古是通津。终日空江上,云山若待人。汀洲寒事早,鱼鸟兴情新。回望山阴路,心中有所亲。"⑧灵一《酬皇甫冉西陵见寄》:"西陵潮信满,岛屿没中流。越客依风水,相思南渡头。

① 〔清〕仇兆鳌:《杜诗详注》卷一七《解闷十二首·其二》,中华书局2015年版,第1512页。
② 〔唐〕元稹撰,冀勤点校:《元稹集》卷二二,中华书局2010年版,第280页。
③ 〔唐〕白居易撰,谢思炜校注:《白居易诗集校注》卷二三,中华书局2006年版,第1797页。
④ 〔唐〕李绅著,卢燕平校注:《李绅集校注》,中华书局2009年版,第157页。
⑤ 〔唐〕李绅著,卢燕平校注:《李绅集校注》,第192页。
⑥ 陈尚君:《全唐诗续拾》卷二五,《全唐诗补编》,中华书局1992年版,第1036页。
⑦ 〔清〕彭定求等编:《全唐诗》卷六三九,中华书局1960年版,第7326页。
⑧ 〔清〕彭定求等编:《全唐诗》卷二四九,第2794页。

寒光生极浦,落日映沧洲。何事扬帆去,空惊海上鸥。"①可见西陵驿实为唐人离越时赠别唱和的重要场所。举子赴两京应举,也有取道越州,至西陵坐船循运河北上者。《太平广记》引《闽川名士传》云:"周匡物,字几本,漳州人,唐元和十二年王播榜下进士及第,时以歌诗著名。初周以家贫,徒步应举,落魄风尘,怀刺不偶。路经钱塘江,乏僦船之资,久不得济。乃于公馆题诗云:'万里茫茫天堑遥,秦皇底事不安桥。钱塘江口无钱过,又阻西陵两信潮。'郡牧出见之,乃罪津吏。至今天下津渡,尚传此诗讽诵。舟子不敢取举选人钱者,自此始也。"②唐人有题诗驿壁的写作嗜好,馆驿的墙壁梁柱之上往往题满了过往文人的诗歌作品,尽管奔走行役、歇宿馆驿,仍忘不了诗笔抒怀、题壁留诗,大量唐人诗歌也因这一独特方式得以传播。周匡物题诗的钱塘公馆应即西陵馆驿,在当时想必也是文人题诗密集之处。

渔浦驿　渔浦之名,较早见于晋人顾夷的《吴郡记》:"富春东三十里有渔浦。"③《嘉泰会稽志》卷四"馆驿·萧山县":"渔浦驿,在县南三十六里。"④同书卷一〇"水·萧山县":"渔浦,在县西三十里。《十道志》云:'渔浦,舜渔处也。'梁丘希范《旦发渔浦》诗云:'渔浦雾未开,赤亭风已扬。'谢灵运诗云:'宵济渔浦潭。'钱起诗云:'渔浦浪花摇素壁,西陵木色入秋窗。'"⑤《宝庆会稽续志》卷三"萧山":"渔浦镇,在县西三十里。梁丘希范、宋谢灵运、唐孟浩然皆称为'渔浦潭'。对岸则为杭之龙山,故潘阆诗云:'渔浦风水急,龙山烟火微。'"⑥《大清一统志》云:"浙江,在萧山县西十里,自富阳县流入,与钱塘县接界,又北接海宁县界,又东北入海。其东西渡口曰西兴、渔浦,为往来之要津。"⑦渔浦是钱塘江与浦阳江、富春江三江汇合之处,由渔浦沿富春江可以到建德一带甚至远至旧时徽州,谢灵运《富春渚》"宵济渔浦潭,旦及富春郭"⑧便描述了这一路线的交通之便;沿西小江、浙东运河则可至宁绍平原,渔浦可以说是一个既能南上北下又能西进东出的交通枢纽中转站。正因如此,大批文人通过渔浦码头成行浙东。开元十八年(730),孟浩然第一次来到浙

---

① 傅璇琮、陈尚君、徐俊编:《唐人选唐诗新编(增订本)》,中华书局 2014 年版,第 702 页。
② [宋]李昉等编:《太平广记》卷第一九九,中华书局 1961 年版,第 1494 页。按,此诗《全唐诗》施肩吾名下亦有收录,略有不同:"天堑茫茫连沃焦,秦皇何事不安桥?钱塘渡口无钱纳,已失西兴两信潮。"
③ [梁]萧统:《文选》卷二六,中华书局 1987 年版,第 497 页。
④ [宋]施宿:《嘉泰会稽志》卷四,《宋元浙江方志集成》第 4 册,杭州出版社 2009 年版,第 1714 页。
⑤ [宋]施宿:《嘉泰会稽志》卷一〇,《宋元浙江方志集成》第 4 册,第 1853 页。
⑥ [宋]张淏:《宝庆会稽续志》卷三,《宋元方志丛刊》第 7 册,中华书局 1990 年版,第 7123—7124 页。
⑦ [清]和珅等:《钦定大清一统志》卷二二六,《景印文渊阁四库全书》第 479 册,第 206 页。
⑧ [南朝宋]谢灵运著,黄节注:《谢康乐诗注》卷二《富春渚》,中华书局 2008 年版,第 57 页。

江,从渔浦开始他的浙东之旅,其《早发渔浦潭》诗云:"东旭早光芒,渚禽已惊聒。卧闻渔浦口,桡声暗相拨。日出气象分,始知江路阔。美人常晏起,照影弄流沫。饮水畏惊猿,祭鱼时见獭。舟行自无闷,况值晴景豁。"①对于孟浩然而言,这首诗歌只是他众多脍炙人口诗作的其中一篇,但之于渔浦却是至关重要的,因为它完整地记录了渔浦从"东旭早光芒"到"日出气象分"再到"晴景豁"的不同景象。唐人直接描写渔浦的诗作还有陶翰的《乘潮至渔浦作》:"舣棹乘早潮,潮来如风雨。樟台忽已隐,界峰莫及睹。崩腾心为失,浩荡目无主。隐隐浪始闻,漾漾入鱼浦。云景共澄霁,江山相吞吐。伟哉造化工,此事从终古。流沫诚足诫,商歌调易苦。颇因忠信全,客心犹栩栩。"②诗人自杭州乘早潮渡江,潮水如狂风暴雨奔卷而来,钱塘江以西的樟亭以及山峰都被水汽所遮蔽,然而入得渔浦潭之后,惊心动魄的钱塘潮赫然平息,顿时日丽云清,天蓝水澄,浩浩大江与巍巍高山彼此相拥,令诗人不禁感叹天地自然的造化神工。从唐人诗歌中,我们充分体验了唐代渔浦的美丽和繁荣景象。

苦竹驿　在越州山阴县。《水经注·浙江水》曰:"会稽山阴县有苦竹里。里有旧城,言勾践封范蠡子之邑也。"③《读史方舆纪要》:"苦竹城,在府东十八里。《越绝书》:'勾践伐吴还,封范蠡为苦竹子。'此其城也。唐为苦竹馆。"④《浙江通志》卷八九引《山阴县志》:"苦竹驿,去县二十九里,迎恩乡有苦竹城,在唐时为驿,今废。"⑤刘长卿有《晚次苦竹馆却忆干越旧游》:"匹马风尘色,千峰旦暮时。遥看落日尽,独向远山迟。故驿花临道,荒村竹映篱。谁怜却回首,步步恋南枝。"储仲君笺注曰:"按诗意,当作于量移途中。广德元年夏秋,长卿已有江左诗(详下),则量移当为广德元年(七六三)中事。苦竹馆,李峤有《早发苦竹馆》诗。按清《一统志》卷三一一'饶州府'有'苦竹坑水,在浮梁县东北,源出祁门县褚公岭,西南流,五十里入县界,又十五里至凌村港口,入小北港'。《江西通志》卷六'城池·浮梁县':'一西陆大路自县西门五十五里至界牌铺本府鄱阳县交界;一北陆大路自县北门一百一十里至苦竹坑江南徽州府祁门县交界。'则苦竹坑地处饶州北通浙西之陆路要

---

① ［唐］孟浩然撰,李景白校注:《孟浩然诗集校注》卷一,中华书局2018年版,第71页。
② ［清］彭定求:《全唐诗》卷一四六,第1476页。
③ ［北魏］郦道元著,陈桥驿校证:《水经注校证》卷四〇,第940页。
④ ［清］顾祖禹撰,贺次君、施和金点校:《读史方舆纪要》卷九二"浙江四·绍兴府·会稽县",中华书局2005年版,第4208页。
⑤ ［清］嵇曾筠、沈翼机等:《雍正浙江通志》卷八九,《景印文渊阁四库全书》第521册,第332页。

道,盖即苦竹馆所在也。又按广德元年夏秋浙东州县陷于袁晁,长卿取道宣州等地北归,盖为此故。"①认为苦竹馆在饶州,有待商榷。"干越",《会稽掇英总集》作"于越",傅璇琮《唐代诗人丛考》认为"于越"应为"干越"。《太平寰宇记》卷一〇七"余干县":"干越亭,在县东南三十步,屹然孤屿。古之游者,多留题章句焉。"②余干县在鄱阳县稍南,同属饶州。刘长卿又有《初闻贬谪,续喜量移,登干越亭赠郑校书》《负谪后登干越亭作》《戏赠干越尼子歌》诗。乾元二年(759),刘长卿被贬南巴尉,取道江西赴贬所,至余干不久便接到量移的诏命,在江西弋阳寓居了相当长一段时间③,"干越旧游"当在此期间。又傅璇琮《唐代诗人丛考》,刘长卿上元二年(761)在浙东,有《送台州李使君兼寄题国清寺》《上巳日越中与鲍侍郎泛舟若耶溪》《和袁郎中破贼后君行过剡中山水谨上太尉》等诗,安史之乱后,诗人又曾避难江东,有《避地江东留别淮南使院诸公》,则其所次之"苦竹馆"当在越州山阴,故有干越"旧游"一说。李峤亦有《早发苦竹馆》诗:"合沓岩嶂深,朦胧烟雾晓。荒阡下樵客,野猿惊山鸟。开门听潺湲,入径寻窈窕。栖鼯抱寒木,流萤飞暗筱。早霞稍霏霏,残月犹皎皎。行看远星稀,渐觉游氛少。我行抚轺传,兼得傍林沼。贪玩水石奇,不知川路渺。徒怜野心旷,讵惻浮年小。方解宠辱情,永托累尘表。"④学界多认为此诗所写风物有岭南特色,如安徽大学徐定祥先生《李峤诗注》将此诗与《安辑岭表事平罢归》《军师凯旋自邕州顺流舟中》皆系于李峤任监察御史赴岭南督军回朝所作,有一定的合理性,故李峤诗中"苦竹馆"故址尚需进一步考证。此外,韦庄《江上题所居》诗云:"故人相别尽朝天,苦竹江头独闭关。落日乱蝉萧帝寺,碧云归鸟谢家山。青州从事来偏熟,泉布先生老渐悭。不是对华长酪酊,永嘉时代不如闲。"聂安福注云:"诗云'苦竹江''谢家山'当作于越州会稽;又云'故人相别尽朝天''永嘉时代不如闲',盖在文德元年(888)三月僖宗崩、昭宗即位之初。考光启三年(887)三月,周宝为镇海军将刘浩所逐,奔常州。庄遂南下入越,本诗盖作于文德元年夏初。按庄避地越州,盖因当时浙东观察使董昌'为治廉平,人颇安之'(《新唐书》卷二二五下《董昌传》)。"⑤其诗中的苦竹江亦在山阴苦竹城。

剡溪馆　唐时属剡县,乃剡溪边水驿。《水经注》称:"(浦阳)江水又东南,径剡

①　[唐]刘长卿著,储仲君笺注:《刘长卿诗编年笺注》,中华书局1996年版,第233页。
②　[宋]乐史撰,王文楚等点校:《太平寰宇记》卷一〇七,中华书局2007年版,第2141页。
③　蒋寅:《刘长卿生平再证》,《中国典籍与文化论丛》1995年第2辑。
④　[清]彭定求:《全唐诗》卷五七,第688页。
⑤　[五代]韦庄著,聂安福笺注:《韦庄集笺注》卷五,上海古籍出版社2002年版,第196—197页。

县，与白石山水会。山上有瀑布，悬水三十丈，下注浦阳江。浦阳江水又东流南屈，又东回北转，经剡县东，王莽之尽忠也。"①唐李吉甫《元和郡县图志》云："剡溪，出县西南，北流入上虞县界为上虞江。"②宋高似孙《剡录》载："是溪也，朱放谓之剡江，诗曰：'月上沃州山上，人归剡县江边。'李端谓之戴家溪，诗曰：'戴家溪北住，雪后去相寻。'方干谓之戴湾，诗曰：'戴湾冲濑片帆通，高枕微吟到剡中。'陆龟蒙谓之剡汀，诗曰：'归鸿吴岛尽，残雪剡汀销。'林概谓之嵊水，诗曰：'溪连嵊水兴何尽，路接仙源人自迷。'齐唐谓之戴逵滩，诗曰：'春树深藏嵪浦曲，夜猿孤响戴逵滩。'"③知其在唐代称呼多有差异。丁仙之有《剡溪馆闻笛》诗云："夜久闻羌笛，寥寥虚客堂。山空响不散，溪静曲宜长。草木生边气，城池泛夕凉。虚然异风出，仿佛宿平阳。"④是直接涉及剡溪馆的诗歌。丁仙之为《丹阳集》诗人之一，但其事迹一直不显。近年《丁仙之墓志》出土，笔者做过详细考察，参见本书第六章。

小江驿　小江，《资治通鉴》胡注云："越州有东小江、西小江。东小江出剡溪，至曹娥百官渡而东入海。西小江出诸暨，至钱清渡而东入于海。皆曰小江者，以浙江为大江也。"⑤《嘉泰会稽志》卷十"水·萧山县"载："浦阳江在县东，源出婺州浦江，北流一百二十里入诸暨县，溪又东北流，由峡山直入临浦湾，以至海，俗名小江，一名钱清江。"⑥《天乐志》载："西小江，为浦阳江经临浦入钱清之旧称，自碛堰既凿，径入钱塘大江，而土人则于所前以下至钱清一带之水，犹沿西小江旧称，其实则内河也。"⑦《读史方舆纪要》："绍兴府，鉴湖，城南三里。亦曰镜湖，一名长湖，又为南湖。旧湖南并山，北属州城漕渠，东距曹娥江，西距西小江，潮汐往来处也。"⑧知浙江有东小江与西小江。皇甫冉有《小江怀灵一上人》云："江上年年春早，津头日日人行。借问山阴远近，犹闻薄暮钟声。"⑨诗中描绘了小江渡口日日人行的繁忙景象，从"借问山阴远近，犹闻薄暮钟声"来看，小江渡与灵一所居云门寺距离不是很远。陈羽又有《小江驿送陆侍御归湖上山》："鹤唳天边秋水空，荻花芦叶起西风。

---

① ［北魏］郦道元撰，陈桥驿点校：《水经注》，第757页。
② ［唐］李吉甫：《元和郡县图志》卷二六，第620页。
③ ［宋］高似孙：《剡录》卷二，《宋元方志丛刊》第7册，第7212页。
④ ［清］彭定求：《全唐诗》卷一一四，第1156页。
⑤ ［宋］司马光编著，［元］胡三省音注：《资治通鉴》卷二五〇，中华书局1956年版，第8080页。
⑥ ［宋］施宿：《嘉泰会稽志》卷一〇，《宋元浙江方志集成》第4册，第1852页。
⑦ 绍兴县修志委员会：《绍兴县志资料》第一辑，台湾成文出版社1983年版，第1088页。
⑧ ［清］顾祖禹撰，贺次君、施和金点校：《读史方舆纪要》卷九二，第4211页。
⑨ ［清］彭定求：《全唐诗》卷二五〇，第2815页。

今夜渡江何处宿,会稽山在月明中。"①此处小江驿与小江渡极有可能同处一地。但其究竟在东小江还是西小江沿岸,似难以明确。

除上述馆驿以外,越州尚有几处见于地理志而未见诗歌者,《读史方舆纪要》卷九二"绍兴府":"蓬莱驿在府西迎恩门外,唐曰西亭驿,宋曰仁风驿,明朝改今名。"②又《嘉泰会稽志》卷二十"馆驿"云:"唐观察使李绅尝于府东建候轩亭,今废。府东北有安辔驿,是为辔亭,亦废。"则州府西门有西亭驿、东有候轩亭、东北有安辔驿。《读史方舆纪要》卷九二"诸暨县":"县城西南有待宾驿。"③《浙江通志》卷八九:"唐初名待宾馆,大历中令丘岳改诸暨驿。"④则诸暨有诸暨驿。此外,《全唐诗》卷五三〇有许浑《陪越中使院诸公镜波馆饯明台裴郑二使君》,盖越中还有镜波馆,然未见于地理志,具体地点难以考证。

2. 婺 州

梅溪馆　清《嘉庆重修一统志》卷二九九《金华府》:"梅溪,在义乌县南十里。源出青岩山,中有巨石,旧名石溪,西流四里汇于大陂曰新塘,又西至合港入东阳溪。"⑤张祜有《夏日梅溪馆寄庞舍人》诗云:"东阳宾礼重,高馆望行期。扫箪因松叶,篸瓜使竹枝。卷帘闻鸟近,翻枕梦人迟。坐听津桥说,今营太守碑。"尹占华《张祜诗集校注》卷三云:"诗云'东阳宾礼重',唐婺州东阳郡,即今浙江金华,故知即此梅溪。庞舍人,庞严。长庆二年为翰林学士,知制诰,出为信州刺史。见《旧唐书·庞严传》。《太平广记》卷一五六引《前定录》:'唐京兆尹庞严为衢州刺史',可知庞严又刺史衢州,为两《唐书》本传所未及。衢州、婺州邻近,张祜此诗当作于庞严为衢州刺史时,时张祜在婺州。"⑥郁贤皓先生《唐刺史考全编》卷一四六"衢州"条:"《广记》卷一五六引《前定录》:'唐京兆尹庞严为衢州刺史……时廉使元稹素与严善……其后为京兆尹而卒。'两《唐书》本传未及。按元稹为浙东观察使在长庆三年至大和三年。又按《旧书》本传称:敬宗即位,严出为江州刺史,给事中于敖以为贬严太轻,封还制书;大和初严已为京官。则其刺史衢在宝历中。"⑦参合以上诸书,

① [清]彭定求:《全唐诗》卷三四八,第3895页。
② [清]顾祖禹撰,贺次君、施和金点校:《读史方舆纪要》卷九二,中华书局2005年版,第4216页。
③ [清]顾祖禹撰,贺次君、施和金点校:《读史方舆纪要》卷九二,第4224页。
④ [清]嵇曾筠、沈翼机等:《雍正浙江通志》卷八九,《景印文渊阁四库全书》第521册,第338页。
⑤ [清]穆彰阿:《嘉庆重修一统志》卷二九九,《四部丛刊续编》,商务印书馆民国二十四年版,第16b页。
⑥ [唐]张祜撰,尹占华校注:《张祜诗集校注》卷三,上海古籍出版社2020年版,第144页。
⑦ 郁贤皓:《唐刺史考全编》卷一四六,安徽大学出版社2000年版,第2085页。

可知张祜宝历二年(826)夏在婺州,曾下榻梅溪馆,并寄诗庞严。

婺州水馆　韦庄有《婺州水馆重阳日作》,是其龙纪、大顺年间客婺时所作,诗云:"异国逢佳节,凭高独苦吟。一杯今日酒,万里故乡心。水馆红兰合,山城紫菊深。白衣虽不至,鸥鸟自相寻。"①婺州水馆,当为婺州一水驿,其名及故址今地不可考,从诗意来看,在州城附近,可登高俯瞰山城之景。

金华驿　在金华县,为五代时所建水驿。《读史方舆纪要》卷九三"金华府金华县":"双溪驿,府治北。五代时钱氏置金华驿,宋元因之,明朝改为双溪马驿。"②《雍正浙江通志》卷八九"驿传":"在府治北三百步,吴越钱氏所建。"③此驿一直沿用至明清。

待贤驿　在义乌县北,《读史方舆纪要》卷九三"金华府义乌县":"待贤驿,在县北三十里。唐置,宋废。"④《雍正浙江通志》卷八九"驿传":"待贤驿,(义乌)县北三十里,唐文德二年置,废久。"⑤

双柏驿　位于义乌县东,《读史方舆纪要》卷九三"金华府义乌县":"双柏驿,在县治东,唐置。"⑥《雍正浙江通志》卷八九"驿传":"绣川驿,在(义乌)县西北一百步,旧在城东四十步,唐名双柏驿,宋名义乌驿。"⑦

3. 衢州

衢州地区唐代驿站可考者仅白沙驿。白沙驿,各地多有同名者。诗僧贯休有《避寇白沙驿作》诗云:"避乱无深浅,苍遑古驿东。草枯牛尚龁,霞湿烧微红。□□时时□,人愁处处同。犹逢好时否,孤坐雪蒙蒙。"⑧考其诗集尚有《避寇入银山》《避寇游成福山院》《避寇上唐台山》诸篇,盖为同时先后之作。胡大浚《禅月大师贯休年谱稿》"乾符二年乙未"云:"本集卷九《避寇上唐台山》:'苍遑缘鸟道,峰胁见楼台……莫问尘中事,如今正可哀。'据《明一统志·衢州府》:'唐台山,在龙游县北四十五里,下有台山寺。'《志》又云,衢州'东至金华府兰溪县界一百二十二里'。'龙游县在府城东七十里。本秦太末县……隋入金华县,属婺州。唐初复置太末县,置

---

① 〔五代〕韦庄著,聂安福笺注:《韦庄集笺注》卷七,上海古籍出版社2002年版,第278页。
② 〔清〕顾祖禹撰,贺次君、施和金点校:《读史方舆纪要》卷九三,第4292页。
③ 〔清〕嵇曾筠、沈翼机等:《雍正浙江通志》卷八九,《景印文渊阁四库全书》第521册,第343页。
④ 〔清〕顾祖禹撰,贺次君、施和金点校:《读史方舆纪要》卷九三,第4300页。
⑤ 〔清〕嵇曾筠、沈翼机等:《雍正浙江通志》卷八九,《景印文渊阁四库全书》第521册,第344页。
⑥ 〔清〕顾祖禹撰,贺次君、施和金点校:《读史方舆纪要》卷九三,第4300页。
⑦ 〔清〕嵇曾筠、沈翼机等:《雍正浙江通志》卷八九,《景印文渊阁四库全书》第521册,第344页。
⑧ 〔清〕彭定求:《全唐诗》卷八三一,第9372页。

縠州,寻俱废。贞观中复置龙丘县,属衢州。五代唐改龙游。'案:自兰溪西南溯衢江五十余里即龙丘县,唐台山盖在兰溪之西、龙丘县北,婺、衢、睦三州边界处。盖乱军北来,先入婺、睦,贯休南避上衢州唐台山,乱军旋为郑镒所平,诗人为诗以贺,即赴睦州访刺史宋震。同卷《避寇上山作》:'山翠碧嵯峨,攀牵去者多。浅深俱得地,好恶未知他。有草皆为户,无人不荷戈。相逢空怅望,更有好时么。'当亦同时之作。又本集卷十二《避寇白沙驿作》言:'寇乱时时作,人愁处处同。犹逢好时否,孤坐雪蒙蒙。'卷十四《避寇入银山》、卷二十《避寇游成福山院》诸篇,疑皆与《避寇上唐台山》为同时先后之作。据《浙江通志》卷五十九《水利》:金华县有白沙溪、白砂堰,'汉辅国将军卢文台开堰三十六处,灌溉金华、汤溪、兰溪三县田土,为利甚溥,农多赖之'。白砂堰即'三十六堰'之一。白沙驿疑为此地驿站名。《浙江通志》卷十九《山川十一》:建德县有五宝山,在建德乡西八十里,五山共一源,曰金山、银山、铜山、绿山、铁山。建德即唐睦州治,是'白沙''银山'均在此次避乱道途中。"①盖此驿在衢州境内。

4. 明州

剡源驿 《读史方舆纪要》卷九二"奉化县":"连山驿,在县东五里,唐置剡源驿,在大溪东。"②《四明志》卷一四云:"剡源驿,县东北五里。驿前即航船步也。温、台步来者即此而登舟,明、越舟来者至此而出陆。"③可见该驿处于明州、台州之间的驿道上,乃水陆交通的交接点,极为便捷。

南陈馆 《读史方舆纪要》卷九二"宁海县":"南陈馆,县西南六十余里。裘甫为王式所破,失宁海,乃帅其徒屯此,式复破走之。又上疁村,在县西北四十三里。今有上寮山,王式破裘甫之党于此。"④

凫矶江馆 《舆地纪胜》卷一一:"凫矶馆,在鄞县南二里。唐开元二十六年,县令房琯立。"⑤《浙江通志》卷八八"慈溪县":"凫矶驿,《宁波嘉靖府志》:'县南二里,建名凫几馆,地临江渚,凫雁群集,因名焉。后令崔熙复新之。'"⑥赵嘏有《泊凫矶

① [唐]贯休著,胡大浚笺注:《禅月大师贯休年谱稿》,《贯休歌诗系年笺注》,中华书局2011年版,第1177—1178页。
② [清]顾祖禹撰,贺次君、施和金点校:《读史方舆纪要》卷九二,第4252页。
③ [宋]方万里、罗濬:《宝庆四明志》卷一四,《宋元方志丛刊》,中华书局1990年版,第5180页。
④ [清]顾祖禹撰,贺次君、施和金点校:《读史方舆纪要》卷九二,第4282页。
⑤ [宋]王象之编著,赵一生点校:《舆地纪胜》卷一一,浙江古籍出版社2013年版,第441页。
⑥ [清]嵇曾筠、沈翼机等:《雍正浙江通志》卷八八,《景印文渊阁四库全书》第521册,第334页。

江馆》："风雪晴来岁欲除,孤舟晚下意何如。月当轩色潮平后,雁断云声客起初。傍晓管弦何处静,犯寒杨柳绕津疏。三间茅屋东溪上,归去生涯竹与书。"谭优学《赵嘏诗注》:"凫矶,《唐音统签》作'枭矶'。当即蟂矶,在安徽芜湖市西江中,矶高十丈,广九亩。"①《文苑英华》亦收此诗,题亦作"泊凫矶江馆"②,相比《唐音统签》更值得采信。考赵嘏生平行迹,其长庆中曾客居浙东,写下了不少脍炙人口的诗篇,如《九日陪越州元相燕龟山寺》《浙东陪元相公游云门寺》《浙东赠李副使员外》《越中寺居寄上主人》《早发剡中石城寺》等,《泊凫矶江馆》诗当是赵嘏在明州所作。

5.台州

灵溪馆　灵溪,在天台县西北十五里桐柏山。灵溪入始丰溪,始丰溪入灵江,交通方便,唐人寻访者不少。如李白《送王屋山人魏万还王屋》曰:"灵溪咨沿越,华顶殊超忽。"③《读史方舆纪要》卷九二:"灵溪驿,在县东二十里。"④顾况《从剡溪至赤城》曰:"灵溪宿处接灵山,窈映高楼向月闲。"⑤李野《送僧至之台州》曰:"独寻台岭闲游去,岂觉灵溪道里赊。"⑥许浑《发灵溪馆》诗:"山多水不穷,一叶似渔翁。鸟浴寒潭雨,猿吟暮岭风。杂英垂锦绣,众籁合丝桐。应有桃溪路,千岩万壑中。"罗时进《丁卯集笺证》卷一云:"诗为元和四年许浑初游越中作。"⑦晚唐诗人郑巢亦有《泊灵溪馆》诗:"孤吟疏雨绝,荒馆乱峰前。晓鹭栖危石,秋萍满败船。溜从华顶落,树与赤城连。已有求闲意,相期在暮年。"⑧皆是咏灵溪馆之作。

6.温州

上浦馆　《永嘉县志》卷二一"古迹·名胜":"上浦馆,在府城东七十里。"⑨孟浩然有《永嘉上浦馆逢张八子容》诗云:"逆旅相逢处,江村日暮时。众山遥对酒,孤屿共题诗。廨宇邻蛟室,人烟接岛夷。乡园万余里,失路一相悲。"⑩张子容有《除夜乐城逢孟浩然》赠孟浩然诗云:"远客襄阳郡,来过海岸家。樽开柏叶酒,灯发九

---

①　[唐]赵嘏著,谭优学注:《赵嘏诗注》,上海古籍出版社1985年版,第95页。
②　[宋]李昉:《文苑英华》卷二九八,中华书局1966年版,第1521页。
③　[清]彭定求:《全唐诗》卷一七五,第1789页。
④　[清]顾祖禹撰,贺次君、施和金点校:《读史方舆纪要》卷九二,第4276页。
⑤　[清]彭定求:《全唐诗》卷二六七,第2970页。
⑥　[清]彭定求:《全唐诗》卷五九〇,第6853页。
⑦　[唐]许浑撰,罗时进笺证:《丁卯集笺证》卷一,第41页。
⑧　[清]彭定求:《全唐诗》卷五〇四,第5734页。
⑨　[明]方志远等点校:《大明一统志》卷四八,巴蜀书社2017年版,第2145页。
⑩　[清]彭定求:《全唐诗》卷一六〇,第1654页。

枝花。妙曲逢卢女,高才得孟嘉。东山行乐意,非是竞繁华。"①孟浩然还有《初年乐城馆中卧疾怀归作》诗云:"异县天隅僻,孤帆海畔过。往来乡信断,留滞客情多。腊月闻雷震,东风感岁和。蛰虫惊户穴,巢鹊盻庭柯。徒对芳尊酒,其如伏枕何。归屿理舟楫,江海正无波。"②《清一统志》卷二三五"温州府·古迹":"乐清县。在府东北八十里。……汉回浦县地,后汉永宁县地,晋宁康三年析置乐成县,属永嘉郡,宋齐以后因之。隋废,唐武德五年复置乐成县。……五代梁时,吴越改曰乐清。"③从孟浩然、张子容往还诗来看,此乐城馆或即上浦馆,诗题中"永嘉"乃指永嘉郡,上浦馆在乐城县境内。

7. 处 州

永望馆　吴筠《题缙云岭永望馆》诗:"人惊此路险,我爱山前深。犹恐佳趣尽,欲行且沈吟。"④缙云岭即缙云山,唐初为十道名山之一。杜光庭《洞天福地岳渎名山记》以为第二十九洞天,奇峰凡百有六。据吴筠诗歌可知山上设置了永望馆。

石门馆　在处州青田县。丘丹《秋夕宿石门馆》诗云:"暝从石门宿,摇落四岩空。潭月漾山足,天河泻涧中。杉松寒似雨,猿鸟夕惊风。独卧不成寝,苍然想谢公。"⑤《读史方舆纪要》"处州府·青田县"云:"石门山,县西七十里。两峰壁立,相对如门,石洞幽深,飞瀑喷泻。上有轩辕邱道书,以为第三十洞天。"据丘丹诗,山上或置有驿馆。

缙云驿　孙逖《送杨法曹按括州》诗云:"东海天台山,南方缙云驿。溪澄问人隐,岩险烦登陟。潭壑随星使,轩车绕春色。傥寻琪树人,为报长相忆。"⑥缙云驿,一作"缙云国"。从吴筠《题缙云岭永望馆》"人惊此路险,我爱山前深"以及丘丹《秋夕宿石门馆》"暝从石门宿,摇落四岩空。潭月漾山足,天河泻涧中"可知,两个驿站皆在山势高峻之处,与缙云驿"岩险烦登陟"的特征相合,盖缙云驿或非固定驿名,而是泛指缙云地势险要之山驿或城郭。

浙东主要驿站分布见表1-1。

①　[清]彭定求:《全唐诗》卷一一六,第1175页。
②　[清]彭定求:《全唐诗》卷一六〇,第1666页。
③　[清]和珅等:《钦定大清一统志》卷二三五,《景印文渊阁四库全书》第479册,第390页。
④　[清]彭定求:《全唐诗》卷八五三,第9662页。
⑤　[清]彭定求:《全唐诗》卷三〇七,第3482页。
⑥　[清]彭定求:《全唐诗》卷一一八,第1186页。

表 1-1　浙东主要驿站分布

州	驿站
越州	西陵驿、渔浦驿、苦竹驿、剡溪馆、小江驿、西亭驿、候轩亭、安轺驿、诸暨驿、镜波馆
婺州	梅溪馆、婺州水馆、金华驿、待贤驿、双柏驿
衢州	白沙驿
明州	剡源驿、南陈馆、凫矶江馆
台州	灵溪馆
温州	上浦馆
处州	永望馆、石门馆、缙云驿

　　以上仅是浙东境内可考的馆驿，实际上应该还有相当一部分馆驿信息未见于史料记载。总的来说，与浙东河流纵横分布的地理特点相匹配，浙东的馆驿也以水驿为主。其中越州可以说是浙东的绝对核心，既是游览最密集之处，同时也是前往浙东各地的中转站，故其境内驿站设置最为密集，其中既有水驿，也有陆驿。诗人到达越州后，可以取水道走曹娥埭，经过上虞江，到剡县后折入剡溪，经过新昌到天台山，进一步前往台州临海，再向南到达温州乐清，沿途有西陵驿、剡溪馆、灵溪馆、上浦馆；也可以过钱塘江到达萧山的渔浦潭，后入浦阳江向诸暨、金华到达永嘉，沿途有诸暨驿、梅溪馆、婺州水馆、金华驿、待贤驿、双柏驿等诸多馆驿；另一条线是由越州向东经浙东运河到达明州，沿途有剡源驿、南陈馆、凫矶江馆等。处州是浙东交通相对落后的地区，以山路为主，山路不似水路方便，故唐代诗人前往游历者较少。方干曾从婺州东阳进入处州游玩，他在《出东阳道中作》中说："醉醒已在他人界，犹忆东阳昨夜钟。"①可以看出走的就是山路。处州多山，故其境内的三个馆驿永望馆、石门馆、缙云驿也都在山势地形险要之处。然不管是繁华的中转站越州还是交通相对落后的处州，沿途都有馆驿配备，不仅为诗人们的游历活动提供了重要的条件，也构成了他们浙东行旅活动的重要一环。

---

① ［清］彭定求：《全唐诗》卷六五三，第 7500 页。

第二章　浙东唐诗之路上的游历活动

浙东水路交通的便捷为提高浙东区域地位,吸引文人前来游历奠定了重要基础。通过对交通路线和沿途交通设施的梳理,我们可以大致勾勒出游览浙东的几条总体游览路线,但由于行经浙东的游历者身份各异,游历范围和目的地亦多有差别,需分而论之。

一、追慕先贤的壮游

唐人在浙东的壮游主要发生在开元、天宝年间,诗人们大多怀着欢愉的心情追慕先贤,到浙东寻幽览古。大诗人李白、孟浩然、杜甫以及崔颢等都曾到浙东旅游。

李白在开元十二年(724)出蜀后的主要旅游目标就是浙东剡中。其《秋下荆门》诗云:“霜落荆门江树空,布帆无恙挂秋风。此行不为鲈鱼鲙,自爱名山入剡中。”①郁贤皓《李太白全集校注》注云:“按此诗在敦煌写本《唐人选唐诗》残卷(伯二五六七)中题作《初下荆门》,当是开元十二年(724)秋天初次离开荆门东下时所作。从此诗可见‘入剡中’乃李白出蜀时的原定计划,前人以为李白‘东入溟海’仅到扬州为止,是不正确的。沈德潜谓‘天下将乱’,尤误。”②李白出蜀后秋下荆门,走的是较为典型的浙东唐诗之路。郁贤皓《唐代诗人与浙东山水》云:“他在《初下荆门》诗中写道:‘此行不为鲈鱼脍,自爱名山入剡中。’他沿江东下,又由运河南下,渡浙江到会稽,又沿曹娥江溯流而上到剡县(今嵊州、新昌),又沿剡溪溯流东南行,经沃洲湖,到石桥,在天台山北麓登华顶峰,又下山至南麓国清寺。这条旅游线也是杜甫以及后来许多诗人们所走的路线,后来李白开元末和天宝六载(747)两次游浙东,基本上也是走这条路线。”③李白在浙东写的诗不多,仅有《越女词》《越中览古》《越中秋怀》《同友人舟行游台越作》《天台晓望》《早望海霞边》《浣纱石上女》《对

---

① ［清］彭定求:《全唐诗》卷一八一,第1844页。
② 郁贤皓:《李太白全集校注》卷一九,凤凰出版社2015年版,第2741页。
③ 郁贤皓:《李白与唐代文史考论》第3册,南京师范大学出版社2008年版,第1072—1073页。

酒忆贺监》等十余首,但他在其他地方写的许多诗中经常提到浙东的风光,如耶溪、镜湖、剡溪、沃洲、天姥、天台石梁等等,说明他对浙东风光极为迷恋。尤其是《送王屋山人魏万还王屋并序》可以说是对李白浙东行旅最完整的概括。查屏球教授《盛唐诗人江南游历之风与李白独特的地理记忆——李白〈送王屋山人魏万还王屋并序〉考论》提出:"李白《送王屋山人魏万还王屋并序》六十四句详叙魏万吴越之游全程,其中景象多出现于他自己的相关诗作中,是李白江南文学地图的一次完整组合。"进而总结了魏万游江南的八个站点,一是钱塘观潮,二是会稽访古,三是天台登顶,四是海行温州,五是恶溪观瀑,六是金华寻胜,七是富春访幽,八是太湖泛舟①。但我们梳理其中具体涉及的地点,则远不止八个。涉及越州者:会稽,"遥闻会稽美";若耶溪,"一弄耶溪水";镜湖,"峥嵘镜湖里";越州城,"清辉满江城";剡中,"入剡寻王许";曹娥庙,"笑语曹娥碑,沉吟黄绢语"。涉及台州者:天台山与四明山,"天台连四明";国清寺,"日入向国清";五峰,"五峰转月色";灵溪,"灵溪咨沿越";华顶,"华顶殊超忽";石梁,"石梁横青天"。涉及温州者:永嘉,"忽然思永嘉,不惮海路赊";赤城山洞,"回瞻赤城霞";孤屿,"孤屿前峣兀"。涉及括州者:缙云,"缙云川谷难";石门,"石门最可观";恶溪,"却寻恶溪去"。涉及婺州者:梅花桥,"径出梅花桥";双溪,"双溪纳归潮";金华,"落帆金华岸";八咏楼,"沈约八咏楼"。这样的浙东地理风物多达二十余处,而出浙东之后即进入浙西,"波连浙西大";新安口,"乱流新安口";严光濑,"北指严光濑";钓台,"钓台碧云中";苍岭,"邈与苍梧对"。据此也形成了浙东游览的一条主流路线:从杭州渡钱塘江至西陵,入浙东运河到越州,游览若耶溪、镜湖;经曹娥江到剡中,登天台山,游历国清寺、五峰、华顶、石梁、赤城;经灵溪入始丰溪至临海,转入灵江到永嘉,访孤屿;上溯瓯江至青田石门,再上溯恶溪,游缙云;由梅花桥翻山入双溪,下武义江到金华,登八咏楼;入兰溪江,至新安江口,转入富春江,诣严光濑、严子陵钓台,最后顺流而下,入钱塘江,从杭州前往吴地。

开元十七年(729),孟浩然离开洛阳前往吴越,途经谯县、扬州、苏州、太湖、杭州,之后又从临安前往天台。其《将适天台留别临安李主簿》诗云:"枳棘君尚栖,匏瓜吾岂系。念离当夏首,漂泊指炎裔。江海非堕游,田园失归计。定山既早发,渔浦亦宵济。泛泛随波澜,行行任舻枻。故林日已远,群木坐成翳。羽人在丹丘,吾

---

① 查屏球:《盛唐诗人江南游历之风与李白独特的地理记忆——李白〈送王屋山人魏万还王屋并序〉考论》,《文学遗产》2013 年第 3 期。

亦从此逝。"①刘文刚《孟浩然年谱》"开元十八年":"《将适天台留别临安李主簿》诗有'定山既朝发,渔浦亦宵济'之句,游定山、渔浦在游天台之前。当在本年春或初夏。"②佟培基《孟浩然诗集笺注》卷中亦系于开元十八年(730)初夏③。孟浩然入天台山的路线,学界有不同的说法。或以为从永嘉江后水路入天台,或以为从剡溪再入天台。丁式贤《孟浩然游天台山考》以为孟浩然入天台,由剡溪而入,是一条熟道,入天台的时间在开元十八年(730)。④ 这一说法也得到胡正武支持,参其《台州恶溪与孟浩然来天台山路径新说》⑤。孟浩然前往天台,出发时作有《早发渔浦潭》《渡浙江问舟中人》《登龙兴寺阁》诗;赴天台途中沿途又作《舟中晓望》《寻天台山》《越中逢天台太乙子》;到天台后又有《宿天台桐柏观》《玉霄峰》《寄天台道士》,一直到当年腊月,返程经新昌南明山,游石城寺并作《腊月八日于剡县石城寺礼拜》诗。除了越州与台州,孟浩然早年还曾到温州寻访故友,从其《宿永嘉江寄山阴崔少府国辅》诗"我行穷水国,君使入京华。相去日千里,孤帆天一涯。卧闻海潮至,起视江月斜。借问同舟客,何时到永嘉"来看,走的似乎是海路。

杜甫在浙东的游历路线,与李、孟也颇为一致。其《壮游》诗叙述游浙东之经历云:"越女天下白,鉴湖五月凉。剡溪蕴秀异,欲罢不能忘。归帆拂天姥,中岁贡旧乡。"⑥钱谦益《杜甫年谱》:"开元二十三年乙亥,《壮游》诗:'归帆拂天姥,中岁贡旧乡。忤下考功第,拜辞京尹堂。放荡齐赵间,裘马颇清狂。快意八九年,西归到咸阳。'按史,二十四年,移贡举于礼部。则下考功第在二十四年之前。"⑦仇兆鳌《杜诗详注》卷首《杜工部年谱》:"开元二十三年乙亥。公自吴越归,赴京兆贡举,不第。黄曰:公本传:'尝举进士不第。'故《壮游》诗云:'归帆拂天姥,中岁贡旧乡。忤下考功第,独辞京兆堂。'朱按:史,唐初,考功郎掌贡举。至开元二十四年,考功郎李昂为举人诋诃,帝以员外郎望轻,徙礼部,以侍郎主之。则公下考功第,当在二十三年。盖唐制年年贡士也。《选举志》:每岁仲冬,州县馆监举其成者,送之尚书省。《旧史》云:'天宝初,应进士不第。'非。"⑧唐时贡举在春天举行,而举子大约会在前

① [清]彭定求:《全唐诗》卷一五九,第1620—1621页。

② 刘文刚:《孟浩然年谱》,人民文学出版社1995年版,第49页。

③ 佟培基:《孟浩然诗集笺注》卷中,上海古籍出版社2000年版,第228页。

④ 丁式贤:《孟浩然游天台山考》,《东南文化》1990年第6期。

⑤ 胡正武:《浙东唐诗之路论集》,浙江工商大学出版社2019年版,第1—8页。

⑥ [清]彭定求:《全唐诗》卷二二二,第2358页。

⑦ [清]钱谦益:《钱注杜诗》附录《少陵先生年谱》,上海古籍出版社2009年版,第721页。

⑧ [清]仇兆鳌:《杜诗详注》卷首,第12页。

一年的秋冬抵达长安。故杜甫漫游吴越应在开元二十二年（734）之前。四川省文史研究院《杜甫年谱》记杜甫吴越之行曰："始游吴越，过金陵，下姑苏（江苏苏州），渡浙江，泛剡溪。……此次漫游，是自洛阳出发，沿沟通黄河与淮水、淮水与长江之运河而达江南。到金陵后，与许八拾遗及旻上人同游。……东下姑苏，登虎邱，见阖闾之墓已荒，剑池之壁甚仄；过长洲苑，见其即江渚以为园囿，汀花映水，芰荷摇影；出阊门（吴县西北门），谒吴太伯庙，则见台殿金碧，俯映回塘，抚古伤怀，每至而不忍去。已而，渡浙江，登西陵（萧山县）古驿台，至会稽，寻禹穴，追索秦始皇已往之行踪，赏鉴湖（浙江绍兴县南，一名镜湖，一名贺监湖，则因玄宗赐秘书监贺知章以镜湖一曲得名）秋色，乘剡溪（浙江剡县城南，即曹娥江之上游）春船，泊于天姥山（浙江剡县南八十里，东接天台）下而归。所经游者，无一而非六朝诗人谢灵运、谢朓、阴鉴（铿）、何逊、鲍照、庾信诸子所歌咏之江南胜地，亦无一而非诗境。在漫游山川佳丽之地，大抵亦有所吟咏，但惜都无留稿。晚年常有'思吴胜事繁'之追忆，《解闷诗十二首》之一云：'商胡离别下扬州，忆上西陵古驿楼。为问淮南米贵贱，老夫乘兴欲东游。'因遇胡商来辞别下扬州，即想及江南，悠然神往，然自此数年漫游一次以后，即未尝重履江南地矣。"①详细梳理了杜甫沿运河从洛阳到扬州以及在浙东自西陵沿剡溪水路到天台游览的全过程。

　　崔颢游历浙东，则是从婺州经若耶溪，转浙东运河，上溯曹娥江、剡溪而到达剡中的，方向虽然相反，但是漫游所经路线和景点大致相仿，而目的也与李杜等人一样是为欣赏浙东山水和追慕前贤遗风。崔颢游历浙东的具体时间难以确考。谭优学《崔颢年表》云："今按《题沈隐侯（约）八咏楼》及《题黄鹤楼》两诗，已入下限为天宝三载之《国秀集》，而天宝初依本文所考，颢在河东定襄，则其江东、荆襄之游，自当约开元十五年后迄开元末。或分为两次，或共为一次，则不敢遽定。"②崔颢有三首游浙东诗，一首是《题沈隐侯八咏楼》，诗云："梁日东阳守，为楼望越中。绿窗明月在，青史古人空。江静闻山狖，川长数塞鸿。登临白云晚，流恨此遗风。"③沈隐侯即沈约，南朝齐隆昌元年（494）为东阳郡太守，建造此楼，竣工后作《登玄畅楼》，崔颢登此楼题诗，当是追慕沈约遗风。另两首诗歌则是离开婺州所作。其《舟行入剡》诗云："鸣棹下东阳，回舟入剡乡。青山行不尽，绿水去何长。地气秋仍湿，江风

①　四川文史研究馆：《杜甫年谱》，四川人民出版社1981年版，第8b—9b页。
②　谭优学：《唐诗人行年考》，四川人民出版社1981年版，第79页。
③　［清］彭定求：《全唐诗》卷一三〇，第1328页。

27

晚渐凉。山梅犹作雨,溪橘未知霜。谢客文逾盛,林公未可忘。多惭越中好,流恨阅时芳。"①根据诗的首联,可知崔颢先到东阳,然后回舟进入剡中。又有《入若耶溪》诗云:"轻舟去何疾,已到云林境。起坐鱼鸟间,动摇山水影。岩中响自答,溪里言弥静。事事令人幽,停桡向余景。"②当是"回舟入剡"经若耶溪的写景之作。崔颢还有《发锦沙村》诗云:"北上途未半,南行岁已阑。孤舟下建德,江水入新安。海近山常雨,溪深地早寒。行行泊不可,须及子陵滩。"③是崔颢游浙东北返途中所作,其时由浙东入钱塘江后再进入新安江下建德北返。锦沙村在淳安县,《太平寰宇记》卷九五清溪县引《新安记》言其"傍山依壑,素波澄映,锦石舒文。冠军吴喜闻而造焉,鼓枻游泛,弥旬忘反,叹曰:'名山美石,故不虚赏,使人丧朱门之志。'"④。《淳熙严州图经》卷三"淳安县":锦砂村"在县西八里"⑤。锦沙村原迹已被千岛湖淹没。

相比越州、台州等地,衢州和处州是诗人漫游较少到达的地方,或与水路交通不发达,需多走陆路有关。方干曾从婺州东阳进入处州游玩,走的就是山路。他在《出东阳道中作》中说:"马首寒山黛色浓,一重重尽一重重。醉醒已在他人界,犹忆东阳昨夜钟。"⑥到达处州后,他写有《赠处州段郎中》。处州除与婺州相通外,尚有两条通道到达他州:一条是从瓯江顺流而下直抵温州;另一条从缙云陆行到达乐安溪,顺流而达台州州城临海。这两条通道唐人留存诗歌极少,可见非漫游的主要路线。

二、应选举子的漫游

唐人漫游浙东除了追慕魏晋遗风、欣赏自然山水外,还有一个重要因素是科举。科举是唐人入仕最重要的渠道。唐时进士明经科试是岁举,唐前尚无一年一度的选拔考试,明清则改为三年一次会试于京师。由于政治、文化政策的特殊性,唐代文人比此前此后文人出行在外的机会、时间要多得多。唐代科举及第难度大,《唐摭言》卷一"散序进士"条称:"进士科,始于隋大业中,盛于贞观、永徽之际。缙

① [清]彭定求:《全唐诗》卷一三〇,第1330页。
② [清]彭定求:《全唐诗》卷一三〇,第1322—1323页。
③ [清]彭定求:《全唐诗》卷一三〇,第1328页。
④ [宋]乐史:《太平寰宇记》卷九五,第1913页。
⑤ [宋]董棻:《淳熙严州图经》卷三,《宋元浙江方志集成》第12册,第5694页。
⑥ [清]彭定求:《全唐诗》卷六五三,第7500页。

绅虽位极人臣,不由进士者,终不为美,以至岁贡常不减八、九百人。其推重谓之'白衣公卿',又曰'一品白衫'。其艰难谓之'三十老明经,五十少进士'。"①也就是说每年进京参加科举的寒士在八百以上。韩愈《论今年权停举选状》:"今京师之人不啻百万,都计举者不过五七千人,并其僮仆畜马,不当京师百分之一。"②可见应举人数之多。而每年科举考试录取人数,据《唐会要》卷七六记载:"(贞元)十八年五月敕:明经进士,自今已后,每年考试所拔人,明经不得过一百人,进士不得过二十人。"③查阅徐松《登科记考》可知,除了开元、天宝年间,大部分时间录取人数都稳定在一年二三十人,可见录取比例之低。极低的录取比例也促使了干谒之风的产生以及落第、及第文人的不同流向。此外,战乱等因素也会扰乱正常的科考秩序。如至德二载(757)丁酉春,因北方战乱,科举考场不得不转移至江东,顾况《送宣歙李衙推八郎使东都序》云:"天宝末,安禄山反,天子去蜀,多士奔吴为人海。帝命乃祖掌乎春官,介珪建侯,统江表四十余郡,雷行蚳动。时况摇笔获登龙门,断乎礼部,讫乎吏部,陈谋沃论五十载,感恩怀故。"④《唐才子传》卷三《顾况传》:"至德二年,天子幸蜀,江东侍郎李希言下进士。"⑤同书同卷《严维传》:"至德二年,江淮选补使、侍郎崔涣下以词藻宏丽,进士及第。"⑥是年进士举应选之范围扩大到江南广大地区。这一变化无疑大大带动诗人前往浙东地区的行旅。

(一)干谒之游

唐代科举极低的录取比例使得文士为争取早日及第,常携诗文卷子干谒政要和各界名流,以期获得赏识,增加及第的希望。然而诸多被投献的军政要员如节度使、刺史并不在京,京官有时也奉使在外,这就使得应考者不得不奔波各地,到处请托,所以有"槐花黄,举子忙"之说。如《唐摭言》里记载:"白乐天典杭州,江东进士多奔杭州取解。"⑦白居易早年以新乐府针砭时弊的创作誉满天下,"百道判"的应用文体创作则是当时士子模仿的楷模,而他卓越的文学成就与诗酒歌舞的适意人生更是文林仰慕的典范。笔记小说记载白居易任杭州刺史,江南地区的士子竞相

---

① [五代]王定保撰,陶绍清校证:《唐摭言校证》卷一,中华书局2021年版,第14—15页。
② [唐]韩愈著,刘真伦、岳珍校注:《韩愈文集汇校笺注》卷二七,中华书局2010年版,第2806页。
③ [宋]王溥:《唐会要》卷七六,中华书局1955年版,第1384页。
④ [清]董诰:《全唐文》卷五二九,中华书局1983年版,第5370—5371页。
⑤ 傅璇琮:《唐才子传校笺》卷三,中华书局1987年版,第636页。
⑥ 傅璇琮:《唐才子传校笺》卷三,第605页。
⑦ [五代]王定保撰,陶绍清校证:《唐摭言校证》卷二,第13页。

奔赴杭州求取推荐,当然这也与白居易善于发现人才、奖掖后进的个人魅力有关。

张祜有《忆江东旧游四十韵寄宣武李尚书》诗云:"忆作江东客,猖狂事颇曾。海隅思变化,云路折飞腾。小子今何述,高贤昔谬称。瘦体休问马,病爪莫论鹰。海棹扁舟泛,江开一槛凭。岸环青莽苍,峰峭碧崚嶒。水国程无尽,烟郊思不胜。金丝援嫩柳,玉片犯残冰。夜泊闻操楫,朝行看下罾。沙明春雨霁,野白暮云蒸。蒲晚帆山叶,花开镜水菱。乱芳丛沼沚,余溜泄沟塍。鹭岭因支访,龙门忆李登。"①"宣武李尚书"为宣武军节度使李绅,曾为浙东观察使。诗中回忆了自己作客于江东的情景,"高贤昔谬称"则是说李绅昔日对自己的称誉。尹占华《张祜系年考》"大和九年"云:"曾于越州谒李绅。张祜《忆江东旧游四十韵寄宣武李尚书》,李尚书即李绅。诗云:'忆作江东客,猖狂事颇曾……蒲晚帆山叶,花开镜水菱……鹭山因支访,龙门忆李登。'镜水即镜湖,帆山即石帆山,皆在越州,可见追述为越中之游事。李绅大和七年闰七月至大和九年五月份为越州刺史、浙东观察使,谒见李绅自然当在此期间,故系是年。……张祜投谒李绅之事确有,然非会昌四年,其地也非淮南,而是大和九年在越州,依据便是张祜的诗。"②可见李祜的浙东之游,其中一个原因便是拜谒李绅。

杜荀鹤也曾投诗于温州刺史朱褒,其《寄温州朱尚书并呈军倅崔太傅》诗云:"永嘉名郡昔推名,连属荀家弟与兄。教化静师龚渤海,篇章高体谢宣城。山从海岸妆吟景,水自城根演政声。今日老输崔博士,不妨疏逸伴双旌。"③又《寄温州崔博士》诗云:"怀君劳我写诗情,窣窣阴风有鬼听。县宰不仁工部饿,酒家无识翰林醒。眼昏经史天何在,心尽英雄国未宁。好向贤侯话吟侣,莫教辜负少微星。"④前首诗有注:"朱名褒。"前诗云"今日老输崔博士",后诗题称"温州崔博士",则二诗所寄者之"崔博士""崔太傅"为同一人,盖朱褒幕僚。后诗又有"莫教辜负少微星"之语。少微星指处士,则是时杜荀鹤尚未及第,而渴望出仕。

(二)及第漫游

不同的科举结果也会让文人有不同的流向。进士及第只是取得了为官的资格,称为"出身",还须通过吏部试,合格后才有资格释褐入仕。得第后不能马上授

---

① [唐]张祜撰,尹占华校注:《张祜诗集校注》卷一〇,第512—513页。
② [唐]张祜撰,尹占华校注:《张祜诗集校注》附录二《张祜系年考》,第629—630页。
③ [清]彭定求:《全唐诗》卷六九二,第7975页。
④ [清]彭定求:《全唐诗》卷六九二,第7976页。

官,留在京城又无事可做,漫游便成了一项重要活动。

元和十五年(820),施肩吾及第后东归越中,便开始了长期的漫游生活。张籍《送施肩吾东归》诗云:"知君本是烟霞客,被荐因来城阙间。世业偏临七里濑,仙游多在四明山。早闻诗句传人遍,新得科名到处闲。惆怅灞亭相送去,云中琪树不同攀。"①"新得科名到处闲"点明了施肩吾登科举子的身份,"四明山""云中琪树"都在浙东,说明施肩吾及第后东归浙东。此诗徐礼节、余恕诚《张籍集系年校注》卷四注云:"作于元和十五年(八二〇)春,时张籍在广文博士任。五代王定保《唐摭言·及第后隐居》(卷八):'施肩吾,元和十(五)年及第。'宋王谠《唐语林》(卷六):'元和十五年,太常少卿李建知举,放进士二十九人。时崔嘏舍人与施肩吾同榜。'清徐松《登科记考》卷一八载同。又,施肩吾《及第后过扬子江》:'今日步春草,复来经此道。'按:诗写施肩吾及第东归及其烟霞之志以赠别。"②施肩吾与浙东相关的诗作有多首,从《兰渚泊》《越中遇寒食》《越溪怀古》《同诸隐者夜登四明山》等诗可以看出他的足迹遍及越州、明州等地,但创作时间是不是在及第后漫游浙东期间则难以确考。

又如吴人孙发中百篇科后漫游越中,皮日休有《孙发百篇将游天台请诗赠行因以送之》,陆龟蒙有《和袭美送孙发百篇游天台》,方干也有赠孙发诗三首,分别为《寄台州孙从事百篇》《送孙百篇游天台》《越中逢孙百篇》,可知孙发在越中漫游的主要目的地就是天台。

润州诗人许浑曾不止一次到越中游历,而从其早年游越中诗歌来看,不是单纯的游山玩水,与其进士及第后求官亦颇有关联。如《陪越中使院诸公镜波馆饯明台裴郑二使君》诗云:"倾幕来华馆,淹留二使君。舞移清夜月,歌断碧空云。海郡楼台接,江船剑戟分。明时自骞翥,无复叹离群。"③许浑大和六年(832)进士及第,之后漫游浙东,从诗末"明时自骞翥"语,说明其时地位不高,尚未做官,作诗与越中幕吏酬唱,当是想借此谋求幕职。诗中的裴使君,当为裴定。新出土令狐骧撰《唐故银青光禄大夫明州刺史河东裴公墓志铭并序》:"开成丁巳岁建未月中旬之一日,故余姚郡太守河东裴公寝疾薨谢于州城官舍,享年六十二。……公讳定,字山立,闻喜人。……大和八年,使持节于明州。未改月而人心悦伏。"④盖裴定大和八年

---

① 〔清〕彭定求:《全唐诗》卷三八五,第4339页。

② 〔唐〕张籍著,徐礼节、余恕诚校注:《张籍集系年校注》卷四,中华书局2016年版,第533页。

③ 〔清〕彭定求:《全唐诗》卷五三〇,第6058页。

④ 吴钢主编:《全唐文补遗》第八辑,三秦出版社2005年版,第158页。

(834)为明州刺史。大和六年(832)以后担任台州刺史的,据《嘉定赤城志》卷八《郡守》记载,有大和六年郑仁弼、大和七年(833)郑申、会昌六年(846)郑薰。则此诗应是许浑大和八年以后在游越中时作,时明州刺史裴定、台州刺史郑申皆在浙东。又许浑《陪郑史君泛舟晚归》诗云:"南郭望归处,郡楼高卷帘。平桥低皂盖,曲岸转彤襜。江晚笙歌促,山晴鼓角严。羊公莫先醉,清晓月纤纤。"[1]这里的"郑使君"当亦为郑申。

(三)落第漫游

对于落第者而言,漫游成了排解郁闷或发展社会关系,以图再起的一种方式。永徽六年(655),骆宾王应举落第,南归义乌。张志烈《初唐四杰年谱》云:"《夏日游德州赠高四》中说:'言谢垂钩隐,来参负鼎职。天子不见知,群公讵相识。未展从东骏,空戢图南翼。时命欲何言,抚膺长叹息。'所指就是这次落第。据《上廉察使启》:'既而日远长安,出蓬门而西笑;云飘吴会,遥松浦以南浮。'知其此次下第东归,不是到母亲住地瑕丘,而是南下东吴,到老家去一趟。其《夏日游德州赠高四诗序》叙述落第过程亦谓……'敬止敝庐',此指回到老家。高四是金华人,骆宾王首次下第后到义乌老家始与之相交结,诗中叙述也甚清楚。"[2]开元十三年(725),孟浩然落第,开始了他的第一次浙东之旅,其《自洛之越》诗:"皇皇三十载,书剑两无成。山水寻吴越,风尘厌洛京。扁舟泛湖海,长揖谢公卿。且乐杯中物,谁论世上名。"[3]从诗歌叙述来看,他入越的原因是应举不第,求仕失败,目的则是"扁舟泛湖海,长揖谢公卿",一方面追慕谢公,另一方面也是抚慰科举失意的心灵创伤。

三、政事之余的宦游

除了漫游诗人,浙东地方官员诗人也是游历活动的重要群体。这些官员有的是正常的地域流动,有的则是贬谪来到此地。他们虽然有固定的寓居场所,但政事之余,在州郡范围内游历集会、吟咏唱和也是他们生活的重要组成部分。

(一)地方官员诗人的流动与游历活动的繁盛

唐代重内官轻外官,地方官员流动较快,天授二年(691)获嘉主簿刘知几上疏

---

① [清]彭定求:《全唐诗》卷五三二,第6081页。
② 张志烈:《初唐四杰年谱》,巴蜀书社1993年版,第62—63页。
③ [清]彭定求:《全唐诗》卷一六〇,第1652页。

云:"今之牧伯,有异于是。倏来忽往,蓬转萍流。近则累月仍迁,远则逾年必徙。将厅事为逆旅,以下车为传舍。或云来岁入朝,必应改职;或道今兹会计,必是移藩。既怀苟且之谋,何假循良之绩。"①从两《唐书》传记到唐人碑志,可以看出年寿稍长者一般都曾历内外官十几任乃至二十余任。如白居易入仕四十年,历内外官二十任,刘禹锡历内外官十余任,白居易谓其"二十三年折太多"②,若除去较长的南方贬官任期以及晚年罢职赋闲的时间,则平均每任时间更短。类似于白居易、刘禹锡这样的中上层官员频繁调动之事在浙东也不例外。以浙东观察使为例,据《新唐书·方镇表》记载,自乾元元年(758)设立浙东观察使至乾宁时浙东为浙西钱镠兼并,共有67人担任过该职。首任李希言,末任钱弘仪,共计220年,任职时间最长的皇甫政在位10年,平均每任为3年左右。故唐代宦游浙东的官员数量十分庞大。与此同时,唐朝选任官员时,总有意避开本人籍贯,《封氏闻见记》卷三《铨曹》:"先是,侍郎唐皎铨引选人,问其稳便。对曰'家在蜀',乃注吴;有言'亲老在江南',即唱陇右。有一信都人,心希河朔恩,给曰'愿得淮、泗',即注漳、滏间一尉。由是大为选人作法,取之往往有情愿者。高宗龙朔之后,以不堪任职者众,遂出长榜放之冬集,俗谓之'长名'。"③唐皎任吏部尚书掌选,有意在铨选注拟时避开原籍,才会有"家在蜀,乃注吴""亲老在江南,即唱陇右"的现象。代宗朝更明确规定避"本贯州县官及本贯邻县官",《册府元龟》卷六三○《铨选部·条制二》曰:"不许百姓任本贯州县官及本贯邻县官,京兆、河南府不在此限。"④正是由于这一制度,大部分文官都需要在外地任职。任职地周边的风景名胜,对于当地官员来说往往是新鲜而具有吸引力的,游历便成了政事之余的一项重要活动。

孙逖在开元初曾任山阴尉,多次与越州幕中文人游览名胜,题诗酬和。其《寻龙湍》诗云:"仙穴寻遗迹,轻舟爱水乡。溪流一曲尽,山路九峰长。渔父歌金洞,江妃舞翠房。遥怜葛仙宅,真气共微茫。"⑤诗中"仙穴"指禹穴,"溪流"应指若耶溪。《同邢判官寻龙湍观归湖中》诗则有"更从探穴处,还作棹歌行"之句,描写探禹穴、泛镜湖事。越中寺庙也是孙逖与好友游历频繁之处,如安昌寺,有《立秋日题安昌寺北山亭》诗:"楼观倚长霄,登攀及霁朝。高如石门顶,胜拟赤城标。天路云虹近,

① [宋]王溥:《唐会要》卷六八,第1198页。
② [唐]白居易撰,谢思炜校注:《白居易诗集校注》卷二五,第1958页。
③ [唐]封演撰,赵贞信校注:《封氏闻见记校注》卷三,中华书局2005年版,第20—21页。
④ [宋]王钦若:《册府元龟》卷六三○,中华书局1960年版,第7281页。
⑤ [清]彭定求:《全唐诗》卷一一八,第1192页。

人寰气象遥。山围伯禹庙,江落伍胥潮。徂暑迎秋薄,凉风是日飘。果林余苦李,萍水覆甘蕉。览古嗟夷漫,凌空爱沉寥。更闻金刹下,钟梵晚萧萧。"①再如云门寺,作有《宿云门寺阁》《奉和崔司马游云门寺》《酬万八贺九云门下归溪中作》等诗。同游诸人中,万八为万齐融,贺九为贺朝,都是当时著名文人。《旧唐书·贺知章传》云:"先是神龙中,知章与越州贺朝、万齐融,扬州张若虚、邢巨,湖州包融,俱以吴越之士,文词俊秀,名扬于上京。朝万止山阴尉,齐融昆山令。"②岑仲勉《唐人行第录》云:"贺九朝,字失传,名附见《旧文苑传》。《全诗》二孙逖《酬万八贺九云门下归溪中作》,即传所谓知章与贺朝、万齐融等以吴越文词俊秀,名闻上京也。《全诗》三函刘长卿有《明月湾寻贺九不遇》。旧传误以'贺朝万'断句,《全诗》注已引《国秀》《搜玉》二集辨之。"③此外,孙逖还组织过几次登高活动,有《和崔司马登称心山寺》《登越州城》《和登会稽山》《山阴县西楼》等诗,可见孙逖在越州时与周边文人游历之盛。

元稹为浙东观察使期间,也多有外游,写下了大量的诗篇。元稹对会稽山水所爱极深,《旧唐书·元稹传》记云:"会稽山水奇秀,稹所辟幕职,皆当时文士,而镜湖、秦望之游,月三四焉。而讽咏诗什,动盈卷帙。副使窦巩,海内诗名,与稹酬唱最多,至今称兰亭绝唱。"④言其在越州任职期间与幕僚组织次镜湖、秦望山之游,所作诗歌动盈卷帙。《全唐诗续拾》卷二五据《千载佳句》录元稹《题王右军遗迹》诗句:"生卧竹堂虚室白,逍遥松径远山青。"⑤知其曾寻访王羲之遗迹。稹又有《游云门》诗云:"遥泉滴滴度更迟,秋夜霜天入竹扉。明月自随山影去,清风长送白云归。"⑥本诗《全唐诗》未收,《全唐诗续拾》卷二五据宋孔延之《会稽掇英总集》卷六录入。赵嘏长庆中曾客游越州,集中有《浙东陪元相公游云门寺》《九日陪越州元相宴龟山寺》等诗,诗中之元相公为元稹,亦可与之相印证。此外,元稹在浙东任上与白居易多有唱和,从唱和诗中亦可见其足迹。首先是所居州宅,元稹曾作诗三首咏其地并赠白居易。其中《以州宅夸于乐天》诗云:"州城迥绕拂云堆,镜水稽山满眼来。四面常时对屏障,一家终日在楼台。星河似向檐前落,鼓角惊从地底回。我是

---

① [清]彭定求:《全唐诗》卷一一八,第1197页。
② [后晋]刘昫:《旧唐书》卷一九〇,第5035页。
③ 岑仲勉:《唐人行第录》,中华书局2004年版,第133页。
④ [后晋]刘昫:《旧唐书》卷一六六,第4336页。
⑤ 陈尚君:《全唐诗续拾》卷二五,《全唐诗补编》,第1036页。
⑥ [宋]孔延之:《会稽掇英总集》卷六,《宋元浙江方志集成》第14册,第6411页。

玉皇香案吏,谪居犹得住蓬莱。"①可知州宅在城中高地,镜湖、会稽山举目可及,深得元稹心意。又《戏赠乐天复言》诗云:"乐事难逢岁易徂,白头光景莫令孤。弄涛船更曾观否,望市楼还有会无。眼力少将寻案牍,心情且强掷枭卢。孙园虎寺随宜看,不必遥遥羡镜湖。"②白居易《酬微之夸镜湖》和诗云:"我嗟身老岁方徂,君更官高兴转孤。军门郡阁曾闲否,禹穴耶溪得到无。酒盏省陪波卷白,骰盘思共彩呼卢。一泓镜水谁能羡,自有胸中万顷湖。"③白诗提到了禹穴与若耶溪,此二地亦当为元稹游览的目的地,且据乐天和诗题目,可知元稹曾作镜湖诗以寄乐天。

　　元稹离任后不久,好友李绅为越州刺史,亦遍游越中。其《追昔游》诗三卷中有大量追忆在浙东观察使任内游历经历的诗歌,如《题法华寺五言二十韵》诗序云:"此一首亦在越所作,寺内灵异,随注其下。以越人题诗者,前后皆不备言,今编于《追昔游》卷中。寺内瘿禅师草庐持经,感普贤见于前。"④赵明诚《金石录校证》卷九:"唐李绅《法华寺诗》,正书。太和七年三月。"⑤欧阳修《集古录跋尾》卷九《唐法华寺诗》:"《唐法华寺诗》,太和八年。右《法华寺诗》,唐越州刺史李绅撰,其后自序题云'太和甲寅岁游寺,刻诗于壁'。详自序所言,似绅自书,然以《端州题名》较之,字体殊不类。甲寅,太和八年也。"⑥陈思《宝刻丛编》卷一三"越州"引《集古录目》:"《唐法华寺诗》,唐越州刺史李绅撰,徐浩书,大和八年刻。"⑦则知在游法华寺后曾作诗吟咏,只是刻于寺壁的诗歌书者尚存争议。又《登禹庙回降雪五言二十韵》诗序云:"此诗一首,在越所作,今编入卷内。大和八年十月,冬暄无雪,自访禹庙所祷。其日回舟至湖半,阴云四合,飞霰大降者三日,积雪盈尺,浙江中流,乃分阴雪,杭州并无所沾。"⑧《宿越州天王寺》诗序云:"太和八年,自浙东观察使又除太子宾客,分司东都。始发州郭,越人父老男女数万,携壶觞至江津相送。"⑨则李绅还到过禹庙和天王寺。

①　［清］彭定求:《全唐诗》卷四一七,第 4599 页。
②　［清］彭定求:《全唐诗》卷四一七,第 4599 页。
③　［清］彭定求:《全唐诗》卷四四六,第 5001 页。
④　［清］彭定求:《全唐诗》卷四八一,第 5481 页。
⑤　［宋］赵明诚撰,金文明校证:《金石录校证》卷一〇,中华书局 2019 年版,第 200 页。
⑥　［宋］欧阳修:《集古录跋尾》卷九,人民美术出版社 2010 年版,第 201 页。
⑦　［宋］陈思:《宝刻丛编》卷一三,《历代碑志丛书》,江苏古籍出版社 1998 年版,第 800 页。
⑧　［清］彭定求:《全唐诗》卷四八一,第 5480 页。
⑨　［清］彭定求:《全唐诗》卷四八二,第 5482 页。

(二)方镇使府的变迁与幕僚游历活动的兴盛

在浙东任职的,除了中上层官员,还有大量的下层僚佐。中唐以后,在科举中屡受挫败的文人,转而开始将目光放在其他入仕途径,其中以方镇使府为盛。与初盛唐的诗人相比,中唐以后的诗人担任方镇使职、入幕以及易府、易主的经历开始大量涌现,这一时期的幕府制度也有了很大的变化。唐代前期的幕府主要承前朝制度,有亲王所领者如秦王府,有将军所领者如陈子昂所随武攸宜幕。安史之乱后,节度使权力至重,集军、民、政于一身,方镇开始凌驾于州县之上,《新五代史·孔谦传》便有"制敕不下支郡,刺史不专奏事"[1]之说,道成为实际意义上最高一级的行政机关,州府行政事权也总于幕职之手。他们或受命巡视管内州县,或兼任州县判司簿尉,或领摄刺史、县令之职。幕职可以说是在地方上执掌实权之职,而且俸禄高,升迁快,所以一般士人竞相趋于方镇使府,《唐语林》云:"游宦之士至以朝廷为闲地,谓幕府为要津。"[2]可知幕府在当时士人仕宦生涯中的重要性。从幕僚的角度而言,唐代的幕僚对他们的府主有着很深的依附关系。经府主申报、朝廷批准,幕僚可以带上京官衔,如殿中侍御史、检校工部员外郎等等,因此通过幕僚经历来获得幕主赏识,进入仕途成为唐中后期大部分文人的选择。幕僚担任的多是临时性使职,由府主自己辟请,幕僚和府主既是上下级又是宾主关系,他们在幕中纵横谈论,幕僚直接充当主官的智囊,宾主不协也可以来去自由,如窦牟尝从"六府五公",吕渭曾五次更换府主,但凡有幕僚经历的,所从府主基本上都在三人以上。这就使得文人的流动性大大加快,对唐代文学从前期的趋向一元化到后期的多元方向发展产生了很大的影响。就诗人们所从事的幕主而言,也有一定的特殊性,前期幕主身份往往是亲王或者将军,到了后期,越来越多的幕府首领由文官充当,如颜真卿、元稹、白居易等都是当时有名的文人,这与唐文宗重文人有关。查屏球《元、王集团与大历京城诗风》对此也有论述:

> 大历政局也至少保持了十年的稳定。这对近十年来一直处于危机之中的唐王朝来说,似乎有了一些中兴之象。代宗已感受到唐室不亡实有赖于天下士人对王室的向心力。为了改变战乱中武将擅权的状况,他开始重用文臣,有意提高文士的地位……代宗还安排了一些文臣任方镇大员以代替武将,如任

---

[1] [宋]欧阳修撰:《新五代史》卷二六,中华书局1974年版,第281页。
[2] [宋]王谠撰,周勋初校证:《唐语林校证》卷八,中华书局1987年版,第693页。

王缙为河南副元帅、北都留守等职,又遣鲍防为河东节度使。《新唐书》卷159《鲍防传》称:人乐鲍防之治,代宗诏图形别殿。当时宰臣元载、王缙、崔祐甫、常衮、刘宴、杨炎、杨绾等皆是文臣,他们在王朝政治秩序的重建中都能从不同的方面起到重要作用。①

文臣在方镇幕府中发挥的作用越来越大,对幕僚的文学素养也有了更高的要求,《新唐书·李栖筠传》:"李栖筠观察浙西,幕府皆一时高选。"②府主选择幕僚的范围也有所扩大。对此,戴伟华《唐代使府与文学研究》论述云:"辟进士及第者入幕当为方镇自身的自觉行为;其次,朝廷也希望方镇所辟幕僚为登科者,并曾对非登科者入幕给以严格的限制;复次,由于每年进士及第人数的增多和积累,朝廷无法满足登科者的仕宦要求,一般新第进士都例辟外府,当然加大了幕府进士的比重。"③可见不仅久试不第者争相入幕,进士及第者也开始从中寻求机会。进士及第后须通过吏部试,才有资格释褐入仕。吏部关试难度非常大,独孤及在《送孟评事赴都序》中就提到孟评事孟秀射策甲科二十年后"犹羸马青袍客江潭间",韩愈也尝"三选于吏部卒无成"。得以过关入仕者,许多人长期沉迹下僚得不到升迁,被迫辗转于南北使府间以求知遇。如山阴人韦繇敬宗宝历前已及第,为校书郎,宝历元年(825)又登贤良方正能直言极谏科,元稹为浙东观察使,韦繇又被辟为从事,可见即便已登科任职,若得重要的使府幕主召辟,入幕仍是文人的重要选择。即如杜牧大和二年(828)二月中进士第,三月又登贤良方正能直言极谏科,授弘文馆校书郎,当年十月即受江西观察使沈传师之辟为从事。

方镇使府的地域性则是影响文人流动的重要因素。戴伟华《唐代使府与文学研究》曾作过统计,认为:"浙东、浙西、淮南、江西四道也是8世纪后期文人入幕相对集中的地区。"④对于入仕之初便有文名的士人来说,入幕不仅为其仕途发展打下了良好的基础,更能吸引和聚集一批文人,形成文学团体。如鲍防在浙东薛谦训幕,结交文人甚多,也吸引了一大批文人前往浙东,穆员《工部尚书鲍防碑》云:

　　天宝中天下尚文,其曰闻人则重俦有德、贵齿高位,公赋《感遇》十七章,以古之政法刺讥时病,丽而有则,属诗者宗而诵之。举进士高第,调太子正字。

①　查屏球:《元、王集团与大历京城诗风》,《文学遗产》1998年第3期。
②　[宋]欧阳修、宋祁等撰:《新唐书》卷一三〇,第4491页。
③　戴伟华:《唐代使府与文学研究》,广西师范大学出版社2007年版,第82页。
④　戴伟华:《唐代使府与文学研究》,第112页。

中州兵兴,全德违难,辞永王,去来填,为李光弼所致。光弼上将薛兼训授专征之命于泉越,辄公介之。……东越仍师旅饥馑之后,三分其人,兵盗半之。公之[佐]兼训也,令必公口,事必公手,兵兼于农,盗复于人。是时中原多故,贤士大夫以三江五湖为家,登会稽者如鳞介之集渊薮,以公故也。①

《全唐文》卷三一五李华《送十三舅适越序》云:

舅氏适越,华拜送西阶之下,俟命席端。舅氏曰:"吾交侍御鲍君,夫玉待琢者也。知我者鲍君,成我者鲍君。是以如越,求琢于鲍。昔子路去鲁,告颜生曰:何以赠我?夫赠人以言,古之道也。况背楚山,凌浙河,睹会稽之险,棹镜水之波,窥禹穴之冥冥,仰秦望之峨峨。如不诫我,汝将若何?"华拜手曰:"柔而立,咎繇所以成九德也;宽而静,师乙所以谐五声也。文犀明珠之珍,伏于掌握之间,此君子所以恢令名也。"再拜稽首。②

又朱长文《送李司直归浙东幕兼寄鲍将军》诗云:"翩翩书记早曾闻,二十年来愿见君。今日相逢悲白发,同时几许在青云。人从北固山边去,水到西陵渡口分。会作王门曳裾客,为余前谢鲍将军。"③该诗一作朱湾诗,"鲍将军"一作"鲍行军"。"鲍行军"就是鲍防,"李司直"应该是浙东幕府中的一位文人幕吏,其时从浙西治所的润州到浙东越州赴任,故诗有"人从北固山边去,水到西陵渡口分"之语。以上诗文皆表明了当时文人追随鲍防前往浙东的盛况。另外,武元衡撰《唐故兰陵郡夫人萧氏墓志铭并序》,叙述鲍防事迹云:

公自弱冠,登进士甲科。文章籍甚,震曜中夏。斥华尚质,秉笔者咸知向方。惟人禀五行而生,罔不异其好尚。道无全用,材罕兼能。公则道备文武,材并轮楠。故入登琐闼,出总戎轩。外由军司马当百城十连之寄,南统闽越,北临太原,颐民代人,至于今怀其德而行其教;内历尚书郎,升散骑省,典小宗伯,为大京兆,领御史府,守上将军,龟虎联华,缛映中外。④

该墓志志主即鲍防妻萧氏,志文有云:"洎商州刺史谢良辅妻,即夫人炎伯姊也。"⑤

---

① [宋]李昉:《文苑英华》卷八九六,第4720页。
② [清]董诰:《全唐文》卷三一五,第3200页。
③ [清]彭定求:《全唐诗》卷二七二,中华书局1960年版,第3064页。
④ 赵跟喜:《新中国出土墓志·河南卷叁·千唐志斋壹》,文物出版社2008年版,第241页。
⑤ 赵跟喜:《新中国出土墓志·河南卷叁·千唐志斋壹》,第241页。

《唐才子传》卷三云:"防工于诗,兴思优足,风调严整,凡有感发,以讥切世弊,正国音之宗派也。与谢良为诗友,时亦称鲍谢云。"①其中"谢良"应为"谢良辅",结合传世文献与墓志,可知谢良辅与鲍防不仅是师友,同时也有姻亲关系。可见鲍防文友亲属都是当时浙东文人集团的重要成员。

幕僚的繁盛不仅加快了浙东文人的流动,同时也带动了政事之余游历山水、集会赋诗的各类文学活动,如《会稽掇英总集》卷一五鲍防《云门寺济公上方偈序》云:"己酉岁,仆忝尚书郎,司浙南之武。时府中无事,墨客自台省而下凡者十有一人,会云门济公之上方,以偈者赞之流也,始取于佛寺事云。"②叙述了鲍防与府中幕僚十一人在云门寺唱和之场景,作为幕府的核心人物,浙东中唐时期文学集团的产生,鲍防实际起到了关键作用。又,杨于陵任浙东观察使期间,率幕僚同游石伞峰,雅集赋诗,参与者有齐推、王承邺、陈谏、卫中行、路黄中等人。《登石伞峰诗》,《会稽掇英总集》卷四所载则有齐推、杨于陵、王承邺、陈谏、卫中行、路黄中六首。

受制度所限,浙东僚佐的活动范围与府主一样,也往往集中于职地或官舍周边,不再专门沿着谢灵运、李白等人的路线作长途旅行。

(三)贬谪诗人的游历

相比正常的官职调动,贬官政策对唐代文人地域流动影响尤大。早在武德年间,朝廷便以贬官之制来惩罚叛逆、罪人。而据刘禹锡《读张曲江集作并引》,张九龄执政后,又奏凡有得罪获谴者一律贬南方远恶州。在后续的党争之中,贬官亦成为打击异己的一种重要手段。浙东地区虽非恶地,但因远离政治中心,故也是官员贬谪的重要地域,贬谪至此的官员中有不少是唐代重要的诗人,也在一定程度上促进了浙东的文人流动和游历活动。

1. 浙东的贬谪诗人

唐代浙东的贬谪诗人,可确考者如下。

骆宾王　清人陈熙晋注释《宪台出絷寒夜有怀》云:"郗云卿《骆宾王文集序》:'骆宾王,仕至侍御史。后以天后即位,频贡章疏讽谏,因斯得罪,贬授临海丞。'《旧书文苑传》:'骆宾王,高宗末为长安主簿,坐赃左迁临海丞。'合二说观之,盖因为侍

---

① 傅璇琮:《唐才子传校笺》卷三,第 500 页。
② 陈尚君辑校:《全唐诗续拾》卷一七,《全唐诗补编》,中华书局 1992 年版,第 909 页。

御时,讽谏得罪,而坐以前为长安主簿时之赃。"①盖骆宾王被贬临海是在其担任长安主簿以后。有关其从军西域的经历,学术界争论颇多。薛宗正《骆宾王从征西突厥的诗篇》考证骆宾王从征时间是仪凤三年(678)从裴行俭以征讨西突厥之事,以为裴行俭两次举荐骆宾王佐幕从戎,前一次未成行,后一次即仪凤三年;而骆宾王之佐幕从戎为"不求生入塞,唯当死报君";其间迂回奇袭破二蕃;最后到了碎叶城,留下了一些诗作。② 郭平梁《骆宾王西域之行与阿斯塔那 64TAM35:19(a)文书》认为,仪凤四年(679)骆宾王随裴行俭至西域平阿史那都支之乱,先到西州,然后假托训猎,东出柳中、蒲昌,北越天山,经蒲类至庭州,复转道天山南麓西进,至温宿城,越拔达岭,至碎叶城;裴行俭东返后,他仍西域逗留了一段时间③。王增斌《骆宾王从军西域时间考》认为骆宾王从军西域在调露元年(679),地点来看,骆宾王诗与史籍相印证,战斗经过可以昭然若揭;细节描写上,骆宾王诗与《旧唐书·裴行俭传》亦甚为吻合;从军时间与军行程、"东台详正学士"官职设立时间及其当时处境吻合④。综合上述观点,骆宾王随裴行俭西征时间以最有说服力以调露元年(679)最有说服力,其贬谪临海丞在调露二年(680)以后,这也符合《旧书文苑传》所说"高宗末"这一时间点。

崔融 《旧唐书》卷九四《崔融传》:"(圣历)四年,迁凤阁舍人。久视元年,坐忤张昌宗意,左授婺州长史。顷之,昌宗怒解,又请召为春官郎中,知制诰事。长安二年,再迁凤阁舍人。"⑤陈冠明《崔融行年杂考》云:"久视元年五月十九日后某日,左授婺州长史,十月十日以后遇赦而还。此事两传唯云久视元年。崔融久视元年五月十九日尚奉武则天游石淙,其得罪张昌宗应在此后某天。又《全唐文》卷二一八存其《贺赦表》言道:'臣伏奉久视元年十月十日墨制,以一月为正,大赦天下。……微臣庆偶时来,荣沾日用。……迹虽限于一隅,心每驰于双阙……'当是他任婺州长史逢大赦所写,很可能于此时返回京城,不久张昌宗怒解,又召他为春官郎中。"⑥可从,盖崔融任婺州长史当在久视元年(700)五月以后。

沈佺期 沈佺期曾在台州有短暂任职,陶敏、傅璇琮先生都做过详细考证。陶

---

① [唐]骆宾王著,[清]陈熙晋笺注:《骆临海集笺注》卷四,上海古籍出版社 1985 年版,第 153—154 页。

② 薛宗正:《骆宾王从征西突厥的诗篇》,《乌鲁木齐职业大学学报》1992 年第 2 期。

③ 郭平梁:《骆宾王西域之行与阿斯塔那 64TAM35:19(a)文书》,《西北民族研究》1989 年第 1 期。

④ 王增斌:《骆宾王从军西域时间考》,《山西大学学报》1989 年第 2 期。

⑤ [后晋]刘昫:《旧唐书》卷九四,第 2996 页。

⑥ 陈冠明:《崔融行年杂考》,《古籍研究》1998 年第 2 期。

敏《沈佺期宋之问简谱》云:"《旧唐书》本传:'神龙中,授起居郎。'《新唐书》本传:
'稍迁台州录事参军,入计,得召见,授起居郎。'佺期《峡山寺赋·序》:'神龙二年夏
六月,予投弃南裔,承恩北归。'其《哭苏眉州崔司业二公·序》则云:'同时郎裴怀古
者,作牧潭府,神龙三年秋八月,佺期承恩北归,途中观止。'按,神龙二年自春及秋
佺期均在驩州,故其自贬所北归必在本年。……据《新传》,佺期北归后任起居郎前
曾官台州录事参军。但佺期有《岁夜安乐公主满月侍宴》,作于本年岁夜,见诗注,
证知本年年末佺期已归朝为起居郎。"①陶敏、傅璇琮《唐五代文学编年史·初盛唐
卷》"景龙元年":"冬,沈佺期自台州入京上计,得召见,拜起居郎。《新唐书》本传:
'会张易之败,遂长流驩州,稍迁台州录事参军事。入计,得召见,拜起居郎,兼修文
馆直学士。'《唐诗纪事》卷十一所云同。按,明年,沈佺期即在起居郎、学士任,盖沈
佺期北归后,授台州录事参军,且其在台州任为时极暂。唐制,州府例以十月上计
簿于京师,故沈之上计授官,当即在本年冬。"②沈有《乐城白鹤寺》诗云:"碧海开龙
藏,青云起雁堂。潮声迎法鼓,雨气湿天香。树接前山暗,溪承瀑水凉。无言谪居
远,清净得空王。"③诗有"无言谪居远"句,当为被贬时所作。

宋之问　《新唐书·宋之问传》:"景龙中,迁考功员外郎,谄事太平公主,故见
用,及安乐公主权盛,复往谐结,故太平深疾之。中宗将用为中书舍人,太平发其知
贡举时赇饷狼藉,下迁汴州长史。未行,改越州长史。"④《旧唐书·宋之问传》:"景
龙中,再转考功员外郎……及典举,引拔后进,多知名者。寻转越州长史。"⑤谭优
学《宋之问行年考》"中宗景龙三年己酉"云:"本年冬,之问外出为越州长史,系沿汴
水前往。"⑥宋之问有《祭禹庙文》云:"维大唐景龙三年岁次己酉月日,越州长史宋
之问,谨以清酌之奠,敢昭告于夏后之灵……之问移班会府,出佐计乡,遂得载践遗
尘,远探名穴。朝玉帛于斯地,声存而处亡;留精灵于此山,至诚而响发。"⑦可知宋
之问被贬越州长史的时间是景龙三年(709)。

杨炯　《旧唐书·杨炯传》:"则天初,坐从祖弟神让犯逆,左转梓州司法参军。

①　[唐]宋之问撰,陶敏、易淑琼校注:《宋之问集校注·沈佺期宋之问简谱》,中华书局 2001 年版,第
799—800 页。

②　陶敏、傅璇琮:《唐五代文学编年史·初盛唐卷》,辽海出版社 1998 年版,第 433 页。

③　[清]彭定求:《全唐诗》卷九六,第 1037 页。

④　[宋]欧阳修、宋祁等撰:《新唐书》卷二〇二,第 5750 页。

⑤　[后晋]刘昫:《旧唐书》卷一九〇,第 5025 页。

⑥　谭优学:《唐诗人行年考续编》,第 23 页。

⑦　周绍良编:《全唐文新编》卷二四一,吉林文史出版社 1999 年版,第 2727 页。

秩满,选授盈川令。"①《新唐书·杨炯传》:"坐从父弟神让与徐敬业乱,出为梓州司法参军。迁盈川令。"②盈川县属衢州,《资治通鉴》卷二〇三"炯终于盈川令"下胡三省注:"黔州彭水县,汉酉阳县地;武德二年,分彭水,于巴江西置盈降县;先天元年,避太子名,改曰盈川;非此也。衢州龙丘县,武后如意元年,分置盈川县。县西有刑溪,陈时,土人留异恶'刑'字,改曰盈川,因为县名。"③杨炯出任盈川令的时间,《唐才子传校笺》陶敏补正曰:"《金石萃编》卷一〇一颜真卿《唐故通议大夫行薛王友柱国赠秘书少监国子祭酒太子少保颜君(惟贞)庙碑铭》云:'天授元年,糊名考试,判入高等,以亲累授衢州参军。与盈川令杨炯、信安尉桓彦范相得甚欢。'此可知炯令盈川始于天授元年或次年。"④这一说法有待商榷,根据唐制,进士及第后需守选,并不能马上授官,故颜维贞与杨炯在衢州相遇并不一定在天授元年(690)。祝尚书《杨炯年谱》云:"万岁登封元年丙申(696)。……杨炯四十七岁,约在本年授盈川令。……按:两《唐书》本传叙事遗漏分直习艺馆事,但杨炯仕终盈川令,则无异词。授盈川令时间,文献阙载,上年作《老人星赋》,知天册万岁八九月间尚在洛阳,则出为盈川令,最早也只能在本年冬。"⑤可从。

李邕　《旧唐书·李邕传》:"邕素与黄门侍郎张廷珪友善,时姜皎用事,与廷珪谋引邕为宪官。事泄,中书令姚崇嫉邕险躁,因而构成其罪,左迁括州司马。"⑥《新唐书·李邕传》:"玄宗即位,召为户部郎中。张廷珪为黄门侍郎,而姜皎方幸,共援邕为御史中丞。姚崇疾邕险躁,左迁括州司马。"⑦朱关田《李邕年谱》考证云:"玄宗开元四年丙辰(716),四十二岁。邕因得姜皎、张庭珪援引,谋为御史中丞。事泄,中书令姚崇嫉其险躁,因而构成其罪,冬季,出贬松阳令。……按姚崇为中书令在开元元年至四年之间,见《新书》卷六二《宰相中》:开元元年'十二月壬寅,元之兼紫微令'。开元四年'闰十二月乙亥,元之、幽求罢为开府仪同三司'。姜皎用事亦值其间,至明年七月庚子受诏放归田园,遂不复预政,见《通鉴》卷一一'开元五年'条。邕因皎与廷(庭)珪谋引宪官,为中书令所嫉,左迁括州司马,参《通典》卷十五

① 〔后晋〕刘昫:《旧唐书》卷一九〇上,第5003页。
② 〔宋〕欧阳修、宋祁等撰:《新唐书》卷二〇一,第5741页。
③ 〔宋〕司马光:《资治通鉴》卷二〇三,第6408页。
④ 傅璇琮:《唐才子传校笺》卷一,第5—6页。
⑤ 〔唐〕杨炯著,祝尚书笺注:《杨炯集笺注》,中华书局2016年版,第1589页。
⑥ 〔后晋〕刘昫:《旧唐书》卷一九〇中,第5041页。
⑦ 〔宋〕欧阳修、宋祁等撰:《新唐书》卷二〇二,第5755页。

'选举''凡选始于孟冬,终于季春'云,当始于本年冬末明年春初,似以本年为近是。"①又《资治通鉴》"开元六年":"宋璟奏:'括州员外司马李邕、仪州司马郑勉,并有才略文词,但性多异端,好是非改变;若全引进,则咎悔必至,若长弃捐,则才用可惜,请除渝、硖二州刺史。'"②是知开元三年(715)至六年(718),邕在括州司马任上。李邕诗歌,见于《全唐诗》卷一一五③。

张嘉贞　《旧唐书·玄宗纪》:开元十二年(724)七月,"户部尚书、河东伯张嘉贞贬台州刺史"④。《旧唐书·张嘉贞传》:"(开元)十一年……因出为幽州刺史……明年,复拜户部尚书,兼益州长史,判都督事……明年,坐与王守一交往,左转台州刺史。"⑤考《资治通鉴》卷二一二《唐纪》:开元十二年(724)七月,"贬(王)守一潭州别驾,中路赐死。户部尚书张嘉贞坐与守一交通,贬台州刺史"⑥。是嘉贞之贬,确在开元十二年(724)。张嘉贞诗,《全唐诗》现存三首⑦。

张子容　按《唐诗纪事》卷二三"张子容"条:"曾为乐城尉,与孟浩然友善。"⑧《唐才子传》卷一《张子容传》:"子容,襄阳人。开元元年常无名榜进士。仕为乐城令。初与孟浩然同隐鹿门山,为死生交,诗篇唱答颇多。"⑨"乐城令"为"乐城尉"之误。张子容有《贬乐城尉日作》诗云:"窜谪边穷海,川原近恶溪。有时闻虎啸,无夜不猿啼。地暖花长发,岩高日易低。故乡可忆处,遥指斗牛西。"⑩盖其出任乐城尉乃因遭遇贬谪。

房琯　《旧唐书·房琯传》:"(开元)二十二年,拜监察御史。其年坐鞫狱不当,贬睦州司户。历慈溪、宋城、济源县令。"⑪《宝庆四明志》卷一六《县令》:"房琯,唐开元中监察御史,贬睦州司户参军。慈溪始置县,迁以为令。"⑫知房琯因贬在睦州、慈溪皆有任职。房琯为诗人,《全唐诗》存其《题汉州西湖》诗一首⑬。

①　朱关田:《唐代书法家年谱》卷三,江苏教育出版社2001年版,第157—158页。
②　[宋]司马光:《资治通鉴》卷二一二,第6734页。
③　[清]彭定求:《全唐诗》卷一一五,第1168—1169页。
④　[后晋]刘昫:《旧唐书》卷八,第187页。
⑤　[后晋]刘昫:《旧唐书》卷九九,第3092页。
⑥　[宋]司马光:《资治通鉴》卷二一二,第6761页。
⑦　[清]彭定求:《全唐诗》卷一一一,第1137—1138页。
⑧　[宋]计有功:《唐诗纪事》卷二三,上海古籍出版社2013年版,第345页。
⑨　傅璇琮:《唐才子传校笺》卷一,第156—159页。
⑩　[清]彭定求:《全唐诗》卷一一六,第1177页。
⑪　[后晋]刘昫:《旧唐书》卷一一一,第3320页。
⑫　[宋]方万里、罗濬:《宝庆四明志》卷一六,《宋元浙江方志集成》第8册,第3447页。
⑬　[清]彭定求:《全唐诗》卷一〇九,第1125—1126页。

郑虔　字趋庭,官至广文博士,因陷入安史之乱被授伪官,乱平后被贬台州司户参军。《大唐故著作郎贬台州司户荥阳郑府君(虔)并夫人琅琊王氏墓志铭并序》云:"公讳虔,字趋庭,荥阳人也……弱冠举秀才,进士高第。主司拔其秀逸,翰林推其独步。又工于草隶,善于丹青,明于阴阳,邃于算术。百家诸子,如指掌焉。家国以为一宝,朝野谓之三绝。解褐补率更司主簿,二转监门卫录事参军,三改尚乘直长,四除太常寺协律郎,五授左青道率府长史,六移广文馆博士,七迁著作郎。无何,狂寇凭陵,二京失守,公奔窜不暇,遂陷身戎虏。初胁授兵部郎中,次国子司业。国家克复日,贬公台州司户。非其罪也,国之宪也。经一考,遘疾于台州官舍,终于官舍,享年六十有九,时乾元二年九月廿日也。"①杜甫有《送郑十八虔贬台州司户伤其临老陷贼之故阙为面别情见于诗》②相赠。仇兆鳌《杜诗详注》云:"《通鉴》:至德二载十二月,陷贼官,六等定罪,三等者流贬。虔在次三等,故止贬台州。此当是其时作。"③又杜甫《所思》,题注:"得台州郑司户虔消息。"诗云:"郑老身仍窜,台州信所传。为农山涧曲,卧病海云边。世已疏儒素,人犹乞酒钱。徒劳望牛斗,无计剷龙泉。"④仇兆鳌《杜诗详注》云:"郑昂谓:虔贬在至德二载十二月,其往台在乾元元年。单复编此诗在乾元二年,今姑仍之。赵曰:古乐府题云《有所思》,故公倚以为题。"⑤可从。郑虔虽被誉为诗、书、画"三绝",然其诗流传下来的仅一首,见于《全唐诗》卷二五五⑥。

李岘　《旧唐书·代宗纪》"永泰元年"云:"六月癸亥,吏部尚书李岘南选回,至江陵,贬衢州刺史。"⑦徐浩撰《唐故光禄大夫检校兵部尚书兼衢州刺史充本州岛团练使赠太子少师上柱国梁国公李公墓志铭并序》云:"有唐良弼李公讳岘,字延鉴,今上之三从叔也。……擢黄门侍郎、同中书门下平章事、左太子詹事。居无何,复检校礼部尚书兼大夫,充江南西道勾当铸钱使,改吏部尚书兼大夫,充江南东西、福建等道知选,并劝农宣慰使。寻检校兵部尚书,余如故。又以尚书兼衢州刺史。景命不淑,以永泰二年七月八日薨于官舍,春秋五十五。"⑧盖李岘最终卒于衢州刺史

---

①　吴钢主编:《全唐文补遗(千唐志斋新藏特辑)》,三秦出版社2006年版,第249页。
②　[清]彭定求:《全唐诗》卷二二五,第2412页。
③　[清]仇兆鳌:《杜诗详注》卷五,第425页。
④　[清]彭定求:《全唐诗》卷二二七,第2458页。
⑤　[清]仇兆鳌:《杜诗详注》卷八,第666页。
⑥　[清]彭定求:《全唐诗》卷二五五,第2863—2864页。
⑦　[后晋]刘昫:《旧唐书》卷一一,第279页。
⑧　赵文成、赵君平:《新出唐墓志百种》,西泠印社出版社2010年版,第220—221页。

官舍。李岘亦为诗人,《宋史·艺文志七》载其有诗一卷^①,《全唐诗》存其诗一首^②。

徐浩　张式《徐浩神道碑》:"会来年有吏部之拜,复兼集贤学士。尝领东都选务,铨第举科,凡百其流,拔奇者一人而已,比居宰辅位十余年,即□相□齐公其人焉,洞鉴深识,皆此类也。□不□德,瑕不掩瑜,□执法者所绳,又黜明州别驾。"^③《新唐书·李栖筠传》:"栖筠素方挺,无所屈。于是华原尉侯莫陈怤以优补长安尉,当参台,栖筠物色其劳,怤色动,不能对,乃自言为徐浩、杜济、薛邕所引,非真优也。……由是怤等皆坐贬。"^④《旧唐书·代宗纪》:大历八年(773),"二月甲子,御史大夫李栖筠弹吏部侍郎徐浩","五月乙酉,贬吏部侍郎徐浩明州别驾,薛邕歙州刺史,京兆尹杜济杭州刺史,皆坐典选也"。^⑤　徐浩为诗人,《全唐诗》存其诗二首^⑥,其中《谒禹庙》即作于浙东。

王缙　字夏卿,太原祁人,王维弟。两《唐书》有传。大历十二年(777)与元载同时得罪下狱,元载赐死,缙贬括州刺史。《旧唐书·代宗纪》:大历十二年三月,"平章事王缙贬括州刺史"^⑦,又《贬王缙括州刺史制》云:"门下:侍郎同中书门下平章事王缙,附会奸邪,阿谀谗佞,据兹犯状,罪至难舍。矜以耄及,未忍加刑,俾申屈法之恩,贷以岳牧之秩。可使持节括州诸军事守括州刺史,宜即赴任。於戏!朕恭己南面,推诚股肱,敷求哲人,将弼予理。昧于任使,过在朕躬,无旷厥官,各慎厥职。"^⑧刘长卿有《饯王相公出牧括州》诗云:"缙云讵比长沙远,出牧犹承明主恩。城对寒山开画戟,路飞秋叶转朱轓。江潮森森连天望,旌旆悠悠上岭翻。萧索庭槐空闭阁,旧人谁到翟公门。"^⑨王相公即王缙。王缙存诗八首,见于《全唐诗》卷一二九^⑩。

戴叔伦　中唐时期著名诗人,曾任东阳令。蒋寅《戴叔伦年表》系戴为东阳令在建中元年(780)^⑪,又《戴叔伦作品考述》云:"出任东阳令之政治背景。陆长源

---

①　[元]脱脱:《宋史》卷二〇八,中华书局1985年版,第5338页。
②　[清]彭定求:《全唐诗》卷二一五,第2245页。
③　[清]董诰:《全唐文》卷四四五,第4543页。
④　[宋]欧阳修、宋祁等撰:《新唐书》卷一四六,第4737页。
⑤　[后晋]刘昫:《旧唐书》卷一一,第301、302页。
⑥　[清]彭定求:《全唐诗》卷二一五,第2246—2247页。
⑦　[后晋]刘昫:《旧唐书》卷一一,第311页。
⑧　[清]董诰:《全唐文》卷四六,第506页。
⑨　[清]彭定求:《全唐诗》卷一五一,第1564页。
⑩　[清]彭定求:《全唐诗》卷一二九,第1310—1311页。
⑪　蒋寅:《大历诗人研究》下编,中华书局1995年版,第460页。

《去思颂》载:'建中元祀,皇上新景命,将致天下于仁寿之域。以兴军虚耗,闾阎凋瘵。……夏五月壬辰,诏书以监察御史里行戴叔伦为东阳令,择良吏也。'今以梁碑观之,叔伦乃因'府废'而出补东阳令,则叔伦之任东阳固以刘晏获罪而致遣。《旧唐书·刘晏传》载杨炎入相,追怒前事,罢晏盐铁转运等使,贬为忠州刺史。事在建中元年(780)二月(《旧唐书·德宗纪》)。刘晏既贬,亲故多坐累,令狐峘、卢征、崔造、潘炎等均遭谪斥。叔伦由河南转运留后(驻汴州)调东阳令,亦有贬谪意味,故其《敬酬陆山人二首》诗云:'党议株连不可闻,直臣高士去纷纷。当时漏夺无人问,出宰东阳笑杀君。'所谓'当时漏夺无人问',盖自我解嘲;陆文谓'择良吏',亦讳言之耳。"①可见戴叔伦为东阳令实为贬谪,其代表作《兰溪棹歌》当作于东阳任职时期。

于邵 《全唐诗》小传云:"于邵,字相门,京兆万年人。天宝末,进士登科,书判超绝,授崇文馆校书郎。历比部郎中,出为巴州刺史。时夷獠聚众围州,邵遣使谕降,儒服出城,群盗罗拜解散。节度使李抱玉以闻,迁梓州。后为礼部侍郎、史馆修撰。当时大诏令皆出其手。贞元中重阳应制诗,居次等,今不传。存乐章五首。"②《旧唐书·于邵传》:"于邵字相门,其先家于代,今为京兆万年人。……(贞元)八年,出为杭州刺史,以疾请告,坐贬衢州别驾,移江州别驾,卒年八十一。"③盖衢州为其晚年贬谪之地。

李吉甫 唐代名臣李栖筠之子,《旧唐书·李吉甫传》:"及陆贽为相,出为明州员外长史,久之遇赦,起为忠州刺史。"④同书《陆贽传》:"初,贽秉政,贬驾部员外郎李吉甫为明州长史,量移忠州刺史。"⑤吉甫长于文学,《全唐诗》小传谓其有集二十卷,存诗四首⑥。

陈谏 "二王八司马"之一。因参与永贞革新失败,贬台州司马。《通鉴》卷二三六《唐纪》"永贞元年十一月":"朝议谓王叔文之党或自员外郎出为刺史,贬之太轻;己卯,再贬韩泰为虔州司马,韩晔为饶州司马,柳宗元为永州司马,刘禹锡为朗州司马,又贬河中少尹陈谏为台州司马,和州刺史凌准为连州司马,岳州刺史程异

---

① 蒋寅:《大历诗人研究》下编,第537—538页。
② 〔清〕彭定求:《全唐诗》卷二五二,第2847页。
③ 〔后晋〕刘昫:《旧唐书》卷一三七,第3765—3766页。
④ 〔后晋〕刘昫:《旧唐书》卷一四八,第3992—3993页。
⑤ 〔后晋〕刘昫:《旧唐书》卷一三九,第3818页。
⑥ 〔清〕彭定求:《全唐诗》卷三一八,第3580页。

为郴州司马。"①《嘉定赤城志》卷一〇《秩官门》三《通判》："陈谏,自河中少尹至。见《唐史》及《佛陇禅林寺碑》。"②陈谏有《登石伞峰诗序》,即作于台州。

李宗闵　《太平广记》引《宣室志》："唐丞相李宗闵,大和七年夏出镇汉中,明年冬再入相,又明年夏中,……有诏贬为明州刺史。"③《旧唐书·文宗纪》"大和九年六月":"李宗闵贬明州刺史。"④唐文宗《贬李宗闵明州刺史制》："银青光禄大夫守中书侍郎同中书门下平章事上柱国襄武县开国侯食邑一千户李宗闵,顷以词艺,列于班行,乃藉宗枝,骤升显贯。朕嗣膺大宝,梦想勤劳,谓其忠厚小心,再委枢务,每必造膝而问,虚己以求,将欲俾人不迷,致我垂衣而理,付之钧轴,断然不疑。而乃事每怀私,言非纳诲。近者别登俊彦,与之同列,忌贤不悦,物论喧哗。翼赞之效蔑闻,怨嫌之声屡作,前后叨位,中外同辞。惟进奔竞之徒,莫修恭慎之道,蔽我卑听,擅我化权,不思急召之恩,都忘再擢之宠。况且志无报主,举非正人,顾其操心,乃是速戾,则何以式是百辟,以维四方。尚从屈法之典,俾守遐藩之牧,所谓全体,良愧知臣。可明州刺史,仍驰驿赴任。"⑤又《旧唐书·李宗闵传》："开成元年,量移衢州司马。"⑥盖李宗闵在浙东曾有两任。宗闵有诗才词艺,《全唐诗》存其诗一首⑦。

张又新　吴在庆《增补唐五代文史丛考》有"张又新任温州刺史之时间"云："诗人赵嘏《送张又新除温州》(《全唐诗》卷五四九)诗,据此张又新当曾任温州刺史。然两《唐书·张又新传》皆未明记此事。……按两《唐书》本传虽不言又新贬温州刺史事,然均记其于李训死后坐贬事。检《全唐文》卷七二一张又新《煎茶水记》云:'及刺永嘉,过桐庐江,至严子濑,溪色至清。'永嘉即温州,则又新确如赵嘏诗所示曾为温州刺史。然其事在何时? 考《本事诗·情感》载:'李相绅镇淮南,张郎中又新罢江南郡,素与李构隙。……时于荆溪遇风,漂没二子,悲戚之中,复惧李之仇己,投长笺自首谢。'据《旧唐书》卷一八上《武宗纪》开成五年(840)九月,'汴州刺史李绅代德裕镇淮南'。则李绅开成五年九月移镇淮南,此时后不久又新方罢江南郡,当时有二子漂没荆溪事。……又新罢江南郡归长安途中经荆溪,且据上考,又新有刺温州事,而温州在荆溪之南,其自温州返长安途中可经荆溪,则此江南郡当

①　[宋]司马光:《资治通鉴》卷二三六,第7623页。
②　[宋]陈耆卿:《嘉定赤城志》卷一〇,《宋元浙江方志集成》第11册,第5183页。
③　[宋]李昉:《太平广记》卷一四四,第1035—1036页。
④　[后晋]刘昫:《旧唐书》卷一七下,第559页。
⑤　[清]董诰:《全唐文》卷七〇,第736页。
⑥　[后晋]刘昫:《旧唐书》卷一七六,第4554页。
⑦　[清]彭定求:《全唐诗》卷四七三,第5373页。

指温州。其罢江南郡（温州）之时据上考约在开成五年九月稍后，则其初任温州，当约在前二三年间，亦即约开成二年前后。此时亦在大和九年（835）底李训被杀之后，与两《唐书》本传所记其于李训死后被贬事亦合。"①又新为诗人，在浙东创作颇丰，有永嘉百咏，详参下文。

杨发 《全唐诗》小传云："杨发，字至之，冯翊人。以父遗直客苏州，因家焉。登太和四年进士第，历太常少卿，出为苏州刺史，即其乡里也。后为岭南节度使，以严为治，军乱，贬婺州刺史。诗十三首。"②贯休有《和杨使君游赤松山》，胡大浚《贯休歌诗系年笺注》卷五注云："杨使君：指杨发。大中十二年四月任广州刺史、岭南节度使时，岭南军乱被乱军所困，坐贬婺州刺史。诗言'为郡三星'，则当作于咸通元年（860）。赤松山：《元和郡县志·江南道》：'婺州，金华县。金华山，在县北二十里。赤松子得道处。'倪守约《赤松山志》：'金华洞天与赤松山相接，分上中下三洞。'盖赤松山为金华山之一部分。"③可从。

韦瓘 两《唐书》有附传。《新唐书·韦夏卿传》云："正卿子瓘，字茂弘，及进士第，仕累中书舍人，与李德裕善。德裕任宰相，罕接士，唯瓘往请无间也。李宗闵恶之，德裕罢，贬为明州长史。会昌末，累迁楚州刺史，终桂管观察使。"④《大唐故通议大夫守秘书监上柱国赐紫金鱼袋赠工部尚书韦公墓志铭并序》："既操柄护权，群邪用事，加诸细故，斥我遐方，出明州长史，再贬康州端溪尉，敕移虔、寿二州司马。"⑤《湖南通志》录韦瓘《浯溪题名》有云："太仆卿分司东都韦瓘，大中二年十二月七日过此。余大和中以中书舍人谪官康州，逮今十六年。去冬罢楚州刺史，□次泗上□□□□今年三月有桂林之命。□□□□绕□一千余□□□□□□桂阳，才经数月□□无□。又蒙除替。行次灵川，闻改此官。"⑥据《浯溪题名》所叙，大中二年（848）前推十六年即大和七年（833），是年韦瓘由中书舍人谪官康州，据墓志所言，其贬明州长史应在此之前。韦瓘为唐代状元，长于诗文，《全唐诗》现存《留题桂州碧浔亭》诗一首⑦。

---

① 吴在庆：《增补唐五代文史丛考》，黄山书社 2006 年版，第 164 页。
② ［清］彭定求：《全唐诗》卷五一七，第 5904 页。
③ ［唐］贯休著，胡大浚笺注：《贯休歌诗系年笺注》卷五，中华书局 2011 年版，第 277 页。
④ ［宋］欧阳修、宋祁等撰：《新唐书》卷一六二，中华书局 1975 年版，第 4996 页。
⑤ 胡可先、杨琼：《唐代诗人墓志汇编（出土文献卷）》，第 357 页。
⑥ ［清］卞宝第、李瀚章：《湖南通志》卷二六五，《续修四库全书》，第 668 册，第 124 页。
⑦ ［清］彭定求：《全唐诗》卷五〇七，第 5766 页。

2.贬谪诗人的地域分布和游历活动

浙东因远离政治中心,常为朝廷处置逐臣之地。这些贬谪诗人中,有相当一部分诗名颇盛,如骆宾王、杨炯、宋之问、沈佺期、徐浩、李峄、郑虔、张又新等。虽是被朝廷贬谪至此,但浙东的名山大川和秀丽风光多少让诗人们心中有所慰藉,他们也如一般的外任官员一样,四处游玩,进行旨趣迥然又色彩斑斓的山水诗歌创作。如宋之问于景龙三年(709)冬被贬为越州长史,有《宿云门寺》一诗云:"再来期春暮,当造林端穷,庶几踪谢客,开山投剡中。"①说明他一心想要追随谢灵运足迹,遍游浙东。下车伊始即去拜谒了禹庙,写有《谒禹庙》和《祭禹庙文》。次年春有《景龙四年春祠海》诗,夏有《玩郡斋海榴》诗。他游禹穴,出若耶,游云门寺、法华寺,泛镜湖,所游之处都写有诗篇,《新唐书・宋之问传》谓其"穷历剡溪山,置酒赋诗,流布京师,人人传讽"②。又如偏僻之地温州,也有诗人广泛游历赋诗。《方舆胜览》卷九记载张又新为温州太守时,"自《孤屿》以下赋三十五篇"③,又记载又新曾为《永嘉百咏》。《全唐诗》载张又新诗十七首,其中有三首又作崔护诗。可确定为又新之作者十四首,其中十二首是咏温州境内名胜的。《增订注释全唐诗》卷四六八张又新名下"新补"注者汤华泉又据张靖龙《唐五代佚诗辑考》补入有关温州郡内的四首。"新补"最后又有其《周公庙》诗佚句一联。张又新广泛地游历永嘉郡城及各属县,写有诸多的咏景物绝句,其中《行田诗》《谢池》《孤屿》《春草池》等诗都是缅怀谢客游踪的作品。《中界山》怀东晋时事,《吹台山》寄丘迟与柳恽事,《郭公山》怀郭璞筑永嘉城事,《大罗山》咏越王旧迹、楼船将军杨仆之事,可见其对永嘉郡内的人文旧迹,有很广泛的搜寻。

除此之外,部分贬谪官员还会吸引幕僚前来投靠。如李峄贬衢州刺史,便吸引了李华担任幕僚。杨承祖《李华江南服官考》:"永泰元年(765)——李峄主南选于六月回至江陵,贬衢州刺史,李华或随峄之任。李华随峄之衢之确切时月难知,惟永泰二年七月峄卒于任所,择期到衢,以本年为近。"④又杨承祖《李华系年考证》:"永泰元年乙巳(765),约四十九岁。六月,李峄贬衢州刺史。华盖随峄赴衢。途次,有寄赵骅诗并序。《旧唐书》卷一一《代宗本纪》云:'六月癸亥,吏部尚书李峄南

---

① [清]彭定求:《全唐诗》卷五一,第622—623页。
② [宋]欧阳修、宋祁:《新唐书》卷二〇二,第5750页。
③ [宋]祝穆:《宋本方舆胜览》卷九,第114页。
④ 杨承祖:《杨承祖文录》,华东师范大学出版社2017年版第288页。

选回,至江陵,贬衢州刺史。'按华撰《李岘传》云:'迁吏部,领选江西,改兵部,复命至南阳,诏兼衢州刺史。'(《全唐文》卷三二一)本纪书贬或得实,华作传,稍文饰之欤?至于李华复随岘之衢州,可于《寄赵七侍御诗并序》析之。寄赵诗为赴衢途中作。"①实际上,像衢州、处州(括州)这样交通相对闭塞的地方,当时应该也多有诗人到访,只是我们现在看到的留存诗歌作品较少。

　　总的来说,唐人在浙东的游历以漫游、举子、宦游诗人为主。其中漫游诗人多为追随王谢等人的前贤遗风,故游历多为线性、长时段的活动。宦游诗人,包括当时大量浙东方镇任职的僚佐、被贬浙东的诗人官员,他们在浙东的活动范围多以职地为中心呈面状分布。

---

　　①　杨承祖:《杨承祖文录》,第272—273页。

第三章　浙东山水人文与唐代诗人诗迹

不管出于何种原因前往浙东游历,浙东的山水都是诗人们笔下亘古不变的主题。因地处东部沿海,气候相对稳定,浙东从古至今的自然地理变动并不是很大。据陈桥驿先生分析,浙江整体呈现出西南高,东北低;山区多,平原少;海岸曲折三大特点。南部以山地为主,有苍括山、雁荡山、洞宫山、仙霞岭等山脉;中部以丘陵及盆地为主,比如金衢盆地,为现今浙江最大的走廊式盆地,还有四明山南部的浙东盆地低山区;东北部整体地势较低,以平原为主,这里水网密布,至今依然水运发达。其中宁绍平原为浙东最大的堆积平原,地处会稽山、四明山北麓及杭州湾南岸间,明州和越州分居平原的东、西两面,它们也是浙东发展程度较高的区域。山水丰富的地理优势,不仅为唐代浙东经济发展提供了良好条件,也以优美的风景吸引了士人的眼光。

一、浙东名山与诗人诗迹

《宋书·谢灵运传》记载:"灵运因父祖之资,生业甚厚。奴僮既众,义故门生数百,凿山浚湖,功役无已。寻山陟岭,必造幽峻,岩嶂千重,莫不备尽。登蹑常著木履,上山则去前齿,下山去其后齿。尝自始宁南山伐木开径,直至临海,从者数百人。临海太守王琇惊骇,谓为山贼,徐知是灵运乃安。"①作为山水诗的鼻祖,谢灵运可以说极具探险精神的登山者,不仅拥有新异先进的登山装备,还亲自开辟山路,登览范围遍布会稽、永嘉和临海,这不仅加深了当地的文化底蕴,也使后世文人对浙东名山充满向往和崇敬。李白《秋下荆门》云:"霜落荆门江树空,布帆无恙挂秋风。此行不为鲈鱼鲙,自爱名山入剡中。"②即点明自己的浙东之行是为名山而来。又言"脚著谢公屐,身登青云梯"③,表达了追慕谢公足迹的游览状态。浙东名

---

① 〔梁〕沈约撰:《宋书》卷六七,中华书局 1974 年版,第 1775 页。
② 〔清〕彭定求:《全唐诗》卷一八一,第 1844 页。
③ 〔清〕彭定求:《全唐诗》卷一七四,第 1780 页。

山作为诗人诗作最集中之处,是我们研究唐代诗人浙东游历寓居活动首先关注的方面,今以地理位置为据,分别考证如下。

(一)越 州

越州的地理环境,白居易曾赞曰:"东南山水越为首,剡为面,沃洲、天姥为眉目。夫有非常之境,然后有非常之人栖焉。"①认为东南山水,以越州为首。越州名山,以沃洲山、天姥山、会稽山最负盛名。

1. 沃 洲 山

沃洲山在新昌县,早在晋代就闻名浙东,白居易有《沃洲山禅院记》:"晋宋以来,因山洞开。厥初,有罗汉僧西天竺人白道猷居焉;次有高僧竺法潜、支道林居焉,次又有乾兴渊、支遁开、威、蕴、崇、实、光、(诚)识、裴、藏、济、度、逞、印,凡十八僧居焉。高士名人有戴逵、王洽、刘恢、许元度、殷融、郗超、孙绰、桓彦表、王敬仁、何次道、王文度、谢长霞、袁彦伯、王蒙、卫玠、谢万石、蔡叔子、王羲之,凡十八人,或游焉,或止焉。"②叙述了曾游历、寓居沃洲山的高僧与高士,这篇记文也是浙东文学作品中最重要的篇目之一。《嘉泰会稽志》卷八"新昌县":"沃洲真觉院,在县东四十里。方新昌未为县时,在剡县南三十里。居沃洲之阳,天姥之阴,南对天台山之华顶、赤城,北对四明山之金庭、石鼓,西北有支遁养马坡、放鹤峰,东南有石桥溪,溪源出天台石桥,故以为名。晋白道猷、竺法潜、支道林、乾兴渊、支道开、威、蕴、崇、实、光、诚、斐、藏、济、度、逞、印皆尝居焉。会昌废。大中二年,有头陀白寂然来游,恋恋不能去。廉使元微之始为卜筑。白乐天为作记,以为'东南山水,越为首,剡为面,沃洲、天姥为眉目',其称之如此。旧名真封寺,不知其始,治平三年赐今额。"③深厚文化积淀加之山奇、岩石奇、洞奇、瀑布奇,山旁又有沃洲湖、天姥山相连,有唐一代,诗人往来不绝,留下不少优美篇章。《会稽掇英总集》卷四收录魏徵《宿沃洲山寺》诗一首,诗云:"崆峒山叟到江东,荷杖来寻支遁踪。马迹几经青草没,仙坛依旧白云封。一声清磬海边月,十里香风涧底松。何代沃洲今夜兴,倚栏来听赤城钟。"④此诗陈尚君辑入《全唐诗续拾》卷一,并提出:"按:《全唐诗续补遗》卷二十据《舆地纪胜》卷四,录此诗之后四句,作者作魏澄。陈耀东《全唐诗拾遗》据

---

① [清]董诰:《全唐文》卷六七六,第 6905 页。
② [清]董诰:《全唐文》卷六七六,第 6905—6906 页。
③ [宋]施宿:《嘉泰会稽志》卷八,《宋元浙江方志集成》第 4 册,第 1809—1810 页。
④ [宋]孔延之:《会稽掇英总集》卷四,《宋元浙江方志集成》第 14 册,第 6385 页。

同治《嵊县志》卷二四收本诗。魏徵平生未至越中，友人赵昌平谓此诗格律非唐初所有，因疑非徵作。因出处较早，姑仍录存。又按：《会稽掇英总集》，宋孔延之熙宁五年编。《四库全书总目》卷一八六该集提要云：'延之以会稽山水人物，著美前世，而纪录赋咏，多所散佚。因博加搜采，旁及碑版石刻，自汉迄宋，凡得铭志歌诗等八百五篇，辑为二十卷。'今自该集辑出唐人佚诗达百首之多。"①又大历年间，"十才子"之一耿湋前往江淮充括图书使，曾到达沃洲山。耿湋在江淮的经历，傅璇琮《耿湋考》已做了切实的考证，时间在大历八年(773)至十一年(776)②。大概也就是十一年(776)由江淮充括图书使回长安的第二年就遇到了元载、王缙的政治风波，而被贬谪为许州司仓了。据胡可先教授《新出土"大历十才子"耿湋墓志及其学术价值》考证，在之前之后，都不见有机会到越中，故耿湋江南之行应大概在大历十年(775)前后③。耿湋《登沃州山》诗云："沃州初望海，携手尽时髦。小暑开鹏翼，新篁长鹭涛。月如芳草远，身比夕阳高。羊祜伤风景，谁云异我曹。"④此是耿湋在越中游沃洲山之作。此外，贯休有《题简禅师院》诗云："机忘室亦空，静与沃洲同。唯有半庭竹，能生竟日风。思山海月上，出定印香终。继后传衣者，还须立雪中。"⑤简禅师院，据胡大浚《贯休歌诗系年笺注》卷七考证，也在沃洲山上："诗言'机忘室亦空，静与沃洲同'，禅师院当在沃洲山。山在今浙江省新昌县，唐属越州剡县。……本篇《文苑英华》卷二六二录为'方干《赠江南僧》'，首二句作'忘机室亦空，禅与沃州同。'《全唐诗》卷六四九、《佩文斋咏物诗选》卷二三四并录为方干诗，首二句同《英华》；与所收贯休诗重出。然《玄英集》未收。赵师秀《众妙集》、《唐僧弘秀集》卷六、《石仓历代诗选》卷一〇八、《古今禅藻集》卷四均作贯休诗。当作于咸通七年(866)东游越州时。"⑥可从。

2. 天姥山

沃洲山东南便是天姥山，其山川地理与历史文化都源远流长。《太平寰宇记》引《后吴录》云："传云登者闻天姥歌谣之响。"⑦《嘉泰会稽志》卷九"山·新昌县"

① 陈尚君：《全唐诗续拾》卷一，《全唐诗补编》，第640页。
② 参傅璇琮《唐代诗人丛考》，第517—527页。
③ 胡可先：《新出土"大历十才子"耿湋墓志及其学术价值》，《文学遗产》2018年第6期。
④ [清]彭定求：《全唐诗》卷二六八，第2989页。
⑤ [清]彭定求：《全唐诗》卷八二九，第9339页。
⑥ [唐]贯休著，胡大浚笺注：《贯休歌诗系年笺注》卷七，第366页。
⑦ [宋]乐史：《太平寰宇记》卷九六，第1933页。

云:"天姥山在县东南五十里,东接天台华顶峰,西北联沃洲山,上有枫千余丈。《寰宇记》云,登此山者闻天姥歌谣之响。《道藏经》云,沃洲天姥,福地也。谢灵运诗云:'暝投剡中宿,明登天姥岑。'李白诗云:'辞君向天姥,拂石卧秋霜。'又《梦游天姥歌》云:'天姥连天向天横,势拔五岳连赤城。天台四万五千丈,对此欲倒西南倾。'杜少陵《壮游》云:'剡溪蕴秀异,欲罢不能忘。归帆拂天姥,中岁贡旧乡。'时少陵将辞剡西入长安也。或云自剡至天姥山八十里,归帆拂之,非也。诗人之辞,要当以意逆志,大概言此山之高而已。"①天姥山以李白《梦游天姥吟留别》最为著名,王琦注《李太白全集》引《一统志》云:"天姥峰,在台州天台县西北,与天台山相对。其峰孤峭,下临嵊县,仰望如在天表。"②在李白之后,杜甫漫游吴越,天姥山是杜甫漫游所到达的最南端,也是记忆最深的漫游之地。游完天姥山之后,杜甫就开始北返以赴长安应试。郁贤皓先生《唐代诗人与浙东山水》云:"杜甫在开元十九年(731)至二十三年(735)间也曾漫游吴越。他后来在《壮游》诗中回忆说……他赞美越女,描写鉴湖、剡溪,都充满感情。尤其是'归帆拂天姥'一句,前人都不得其解。其实,这说明杜甫从天台山回程是舟行过沃洲湖,遥望天姥山,正和李白一样,看到的是'云霞明灭或可睹'。舟帆一拂而过,故云'归帆拂天姥'。"③天姥山是唐代诗人浙东诗歌中出现最密集的意象,也是诗人游历浙东必到之处。除了李杜之外,游历天姥山且有诗歌留存者尚有诗僧灵澈、许浑、李敬方和赵嘏等。《昼上人集》卷九《赠包中丞书》引了灵澈《宿延平津怀古》《还登梨岭望越中》《登天姥岑望天台山》诸诗。书作于兴元元年(784)正月,诸诗当大历、建中中作,故其登临天姥亦在此间。许浑《早发天台中岩寺度关岭次天姥岑》诗云:"来往天台天姥间,欲求真诀驻衰颜。星河半落岩前寺,云雾初开岭上关。丹壑树多风浩浩,碧溪苔浅水潺潺。可知刘阮逢人处,行尽深山又是山。"④此诗言发台州,当是许浑由台州天台山赴越州经天姥山所作。李敬方有《登天姥》诗:"天姥三重岭,危途绕峻溪。水喧无昼夜,云暗失东西。问路音难辨,通樵迹易迷。依稀日将午,何处一声鸡?"《唐五代文学编年史·晚唐卷》考证,李敬方登天姥而作诗在会昌年间浙东任职期间⑤。赵嘏在浙东期间亦曾登临天姥,其《发剡中》诗云:"正怀何谢俯长流,更览余封识嵊州。树色老依官

① [宋]施宿:《嘉泰会稽志》卷九,《宋元浙江方志集成》第4册,第1842页。
② [清]王琦:《李太白全集》卷一五,中华书局1977年版,第706页。
③ 郁贤皓:《唐代诗人与浙东山水》,《李白与唐代文史考论》第三卷《唐代文史考论》,第1074页。
④ [清]彭定求:《全唐诗》卷五三三,第6090—6091页。
⑤ 吴在庆、傅璇琮:《唐五代文学编年史·晚唐卷》,辽海出版社1998年版,第264页。

舍晚,溪声凉傍客衣秋。南岩气爽横郛郭,天姥云晴拂寺楼。日暮不堪还上马,蓼花风起路悠悠。"①此诗又见于薛逢《早发剡山》。佟培基《全唐诗重出误收考》云:"《早发剡山》,又作赵嘏。题下小字注:'武德中置嵊州。'《元和郡县图志》二六越州府治下有剡县,并云:'天姥山,在县南八十里。剡溪,出县西南,北流入上虞县界为上虞江。'此诗所写皆剡溪、天姥风光。赵嘏于长庆中曾客游赵(越)州,集中有《九日陪越州元相宴龟山寺》《浙东陪元相公游云门寺》《越中寺居》及《早发剡中石城寺》等诗,诗中之元相公为元稹,长庆三年八月出守越州,在任七年。检薛逢诗作及有关传记,其生平并无曾至浙东之痕迹,故诗当为赵嘏作。《文苑英华》二九四作赵诗。"②《文苑英华》为宋代典籍,《全唐诗》为清代典籍,以《文苑英华》更为可信,佟说可从。

3. 会稽山

汉赵晔《吴越春秋》:"(禹)周行天下,归还大越。登茅山,以朝四方群臣,观示中州诸侯,防风后至,斩以示众,示天下悉属禹也。乃大会计治国之道,内美釜山州镇之功,外演圣德以应天心。遂更名茅山曰会稽之山。"③会稽山作为唐代"岳镇海渎"中的"南镇"在祭祀体系内有举足轻重的地位。会稽山上有禹庙,《嘉泰会稽志》卷六"大禹陵":"禹巡守江南,上苗山,会计诸侯,死而葬焉。……苗山自禹葬后更名会稽。是山之东有陇隐若剑脊,西向而下,下有窆石。……窆石之左,是为禹庙,背湖而南向。然则古之宫庙,固有依丘陇而立者。"④《舆地纪胜》卷一〇"绍兴府":"禹庙在会稽东南十二里。"⑤农历三月五日为禹生日,地方官和乡民每年均要前来祭祀,并留下诗作,仅据《嘉泰会稽志》所录,就有宋之问、徐浩、薛苹、崔词、孟简、元稹、李绅等。

宋之问有《谒禹庙》诗云:"夏王乘四载,兹地发金符。峻命终不易,报功畴敢渝。先驱总昌会,后至伏灵诛。玉帛空天下,衣冠照海隅。旋闻厌黄屋,更道出苍梧。林表祠转茂,山阿井讵枯。舟迁龙负壑,田变鸟芸芜。旧物森如在,天威肃未殊。玄夷届瑶席,玉女侍清都。奕奕扃闾邃,轩轩仗卫趋。气青连曙海,云白洗春

① ［清］彭定求:《全唐诗》卷五四九,中华书局1960年版,第6348页。
② 佟培基:《全唐诗重出误收考》,陕西人民教育出版社1996年版,第420页。
③ ［后汉］赵晔撰,周生春辑校汇考:《吴越春秋辑校汇考》"越王无余外传第六",中华书局2019年版,第100页。
④ ［宋］施宿:《嘉泰会稽志》卷六,《宋元浙江方志集成》第4册,第1742页。
⑤ ［宋］王象之编,赵一生点校:《舆地纪胜》卷一〇,第395页。

湖。猿啸有时答,禽言常自呼。灵歆异蒸糈,至乐匪笙竽。茅殿今文袭,梅梁古制无。运遥日崇丽,业盛答昭苏。伊昔力云尽,而今功尚敷。揆材非美箭,精享愧生刍。郡职昧为理,邦空宁自诬。下车霭已积,摄事露行濡。人隐冀多祐,曷唯沾薄躯。"①据其《祭禹庙文》云:"维大唐景龙三年岁次己酉月日,越州长史宋之问,谨以清酌之奠,敢昭告于夏后之灵。"②可知宋之问被贬越州长史的时间是景龙三年(709),其会稽山谒禹庙当在此间。

孔延之《会稽掇英总集》卷八有徐浩《谒禹庙》诗云:"亩浍敷四海,川源涤九州。既膺玄圭锡,乃建洪范畴。鼎革固天启,运兴匪人谋。肇开宅土业,永庇昏垫忧。山足灵庙在,门前清镜流。象筵陈玉帛,容卫俨戈矛。探穴图书朽,卑宫堂殿修。梅梁今不坏,松祏古仍留。负责故乡近,竭来申俎羞。为鱼知造化,叹凤仰徽猷。不复闻夏乐,唯余奏楚幽。婆娑非舞羽,镗鞳异鸣球。盛德吾无间,高功谁与俦。灾淫破凶愿,祚圣拥神休。出谷莺初语,空山猿独愁。春晖生草树,柳色暖汀洲。恩贷题舆重,荣殊衣锦游。宦情同械系,生理任桴浮。地极临沧海,天遥过斗牛。精诚如可谅,他日寄冥搜。"③据张式撰《徐浩神道碑》:"会来年有吏部之拜,复兼集贤学士。尝领东都选务,铨第举科,凡百其流,拔奇者一人而已,比居宰辅□□逾年,即□相国齐公其人焉,洞鉴深识,皆此类也。□不□德,瑕不掩瑜,□执法者所绳,又黜明州别驾。皇上登宝位,征拜彭王傅,加会稽郡开国公,食邑二千户。"④又《新唐书·李栖筠传》:"栖筠素方挺,无所屈。于是华原尉侯莫陈恕以优补长安尉,当参台,栖筠物色其劳,恕色动,不能对,乃自言为徐浩、杜济、薛邕所引,非真优也。……由是恕等皆坐贬。"⑤而据《旧唐书·代宗纪》:大历八年(773),"二月甲子,御史大夫李栖筠弹吏部侍郎徐浩","五月乙酉,贬吏部侍郎徐浩明州别驾,薛邕歙州刺史,京兆尹杜济杭州刺史,皆坐典选也"。⑥ 徐浩赴明州别驾任,须经越州,盖是时谒禹庙而作诗。该诗有法帖传世,是徐浩流传法帖中著名的一种。

《会稽掇英总集》卷八有薛苹《禹庙神座顷服金紫苹自到镇申牒礼司重加衮冕今因祈雨偶成八韵》诗云:"玉座新规盛,金章旧制非。列城初执礼,清庙重垂衣。

① [清]彭定求:《全唐诗》卷五三,第653页。
② 周绍良编:《全唐文新编》卷二四一,第2727页。
③ [宋]孔延之:《会稽掇英总集》卷八,《宋元浙江方志集成》第14册,第6436—6437页。
④ [清]董诰:《全唐文》卷四四五,第4543页。
⑤ [宋]欧阳修、宋祁等撰:《新唐书》卷一四六,中华书局1975年版,第4737页。
⑥ [后晋]刘昫:《旧唐书》卷一一一,中华书局1975年版,第301—302页。

不睹千箱咏,翻愁五稼微。只将苹藻洁,宁在饩牢肥。徙市行应谬,焚巫事亦违。至诚期必感,昭报意犹希。海日明朱槛,溪烟湿画旗。回瞻郡城路,未欲背山归。"①欧阳修《集古录跋尾》卷九云:"《唐薛苹唱和诗》,太和中。右薛苹《唱和诗》,其间冯宿、冯定、李绅皆唐显人,灵澈以诗名后世,皆人所想见者,然诗皆不及苹,岂唱者得于自然,和者牵于强作邪?"②《宝刻丛编》卷十三引《集古录目》云:"《唐禹庙诗》,唐浙东观察使越州刺史薛苹诗,不著书人名氏。苹初至镇,易禹庙金紫服以冠冕,后因祈雨,作此诗,其和者盐铁转运崔述等凡十七首。"③《嘉泰会稽志》卷一六云:"薛苹《禹庙祈雨唱和诗》,薛苹及和者崔述等十七人,共十八诗。豆卢署正书。刻于《复禹衮冕碑》之阴。"④岑仲勉《贞石证史·薛苹唱和诗即禹庙诗》:"按苹卒元和十四年七月,具见《旧唐书》纪一五,墓碑立于十五年闰正月,见《金石录校证》九,都无可疑,大和中安得与人唱和。灵澈终元和十一年,见《唐诗纪事》七二,亦非大和中唱和之人。考《丛编》一三引《集古录目》云:'《唐禹庙诗》,唐浙东观察使越州刺史薛苹诗,不著书人名氏。苹初至镇,易禹庙金紫服以冠冕,后因祈雨作此诗,其和者盐铁转运崔述等,凡十七首。'《舆地碑记目》一引《集古录·薛苹诗》,亦是崔述等凡十七首,是《目》《跋》所言,本同一刻,不过题名各异耳。据《唐方镇年表》五,苹节度浙东时期,系自元和三年(808)正月至五年(810)八月;《旧唐书》一六八《冯宿传》:'乃从浙东贾全府辟,(张)惰恨其去己,奏贬泉州司户,征为太常博士,王士真死,……宿以为怀柔之义,不可遗其忠劳,乃加之美谥。'士真死四年三月,则宿之征入,约在此时已前;又《全唐文》六九四李绅《龙宫寺碑》云:'及贞元十八年,余以进士客于江浙,……元和三年,余罢金陵从事,河东薛公平(苹)招游镜中。'镜中,镜湖也,在越州,故《跋尾》之大和,应元和之误。其诗作于元和三年,(《旧唐书》纪,是岁江南等地旱)宿或被征过境,绅则招游此邦,是以同与唱酬也。缪校《集古录目》九既收《禹庙诗》,卷十又据《舆地碑目》收《薛苹唱和诗》,是复出,应删。"⑤是知薛苹在浙东任职在元和三年(808)正月至五年(810)八月之间,与他一同登会稽山进行禹庙诗唱和者还有崔述等十七人,其中诗名较显者有冯宿、冯定、李绅和诗僧灵澈。

《会稽掇英总集》卷八崔词《题禹庙》诗云:"惟舜禅功始,惟尧锡命初。九州方

① 〔宋〕孔延之:《会稽掇英总集》卷八,《宋元浙江方志集成》第14册,第6433页。
② 〔宋〕欧阳修:《集古录跋尾》卷九,人民美术出版社2010年版,第200页。
③ 〔宋〕陈思:《宝刻丛编》卷一三,《历代碑志丛书》,第797页。
④ 〔宋〕施宿:《嘉泰会稽志》卷一六,《宋元浙江方志集成》第4册,第2033页。
⑤ 岑仲勉:《金石论丛》,第168—169页。

奠画,万壑遂横疏。受箓尝开洞,过门不下车。诸侯会玉帛,沧海荐图书。玄默将遗世,崇高亦厌居。耘田自有鸟,浚泽岂为鱼。家及三王嗣,殷因百代如。灵容肃清宇,衮服闭荒墟。枣径愁云暮,松扉撤祭余。叨荣陵寝邑,怀古益踌躇。"①《嘉泰会稽志》卷一六:"崔词《谒禹庙》诗,杜专正书,陈章甫序,释惠通分书,开元二十载孟秋,宋之问诗附,元和十一年八月陈翱书。"②

《会稽掇英总集》卷八孟简《题禹庙》诗云:"九土昔沦垫,八方抱殷忧。哲王受《洪范》,群物承天休。源委有所在,勤劳会东州。稽山何峻极,清庙居上头。律度非外事,辛壬宁少留。歌谣自不去,覆载将何求。灵长表远绩,经启著宏猷。执敢备佐命,天吴与阳侯。元功余玉帛,茂实结松楸。盖影庇风雨,湖光摇冕旒。质明箫鼓作,通昔礼容修。骍牢设旧物,洿水配庶羞。深沉本建极,傲很亦思柔。阴怪尚奔走,灵徒如献酬。恍疑仙驾动,静见宿云收。竹树依积润,菰蒲托清流。谬兹领百越,忽复历三秋。丹恳谅可荐,庶几无年尤。"③赵明诚《金石录校证》卷九:"《唐经禹庙诗》,庾肩吾撰,孟简立。行书,无姓名。元和十一年八月。"④陈思《宝刻丛编》卷一三"越州"引《复斋碑录》:"唐庾肩吾、孟简《经禹庙诗》,唐庾肩吾、孟简撰,谢楚行书,元和十一年八月。"⑤庾肩吾应为施肩吾之误。又《嘉泰会稽志》卷一六:"禹庙题名,张良祐、孟简等十一人,元和十年三月二十七日,祭南镇,谒禹庙毕,至寺。"知孟简在元和十年(815)有禹庙之行。

《会稽掇英总集》卷八元稹《拜禹庙》诗云:"恢能咨岳日,悲慕羽山秋。父陷功仍继,群名礼不仇。洪水襄陵后,玄圭菲食由。已甘鱼父子,翻荷粒咽喉。古庙苍烟冷,寒庭翠柏稠。马泥真骨动,龙画活睛留。祀典稽千圣,孙谋绝一丘。道虽污世载,恩岂酌沉浮。洞穴探常近,图书即可求。德崇人不惰,风在俗斯柔。菱色湖光上,泉声雨脚收。歌诗呈志义,箫鼓渎清猷。史亦明勋最,时方怒校雠。还希四载术,将以拯虔刘。"⑥周相录《元稹集校注·续补遗》卷一注:"宝历二年作于越州,时为浙东观察使、越州刺史。宋施宿等《嘉泰会稽志·碑刻》:'《禹穴碑》:郑昉(鲂)撰,元稹铭,韩柠材行书,陆洿篆额。宝历景(丙)午秋九月作。……在龙瑞宫。'"⑦

① [宋]孔延之:《会稽掇英总集》卷八,《宋元浙江方志集成》第 14 册,第 6435 页。
② [宋]施宿:《嘉泰会稽志》卷一六,《宋元浙江方志集成》第 4 册,第 2033 页。
③ [宋]孔延之:《会稽掇英总集》卷八,《宋元浙江方志集成》第 14 册,第 6436 页。
④ [宋]赵明诚撰,金文明校证:《金石录校证》卷九,第 185 页。
⑤ [宋]陈思:《宝刻丛编》卷一三,《历代碑刻丛书》,第 798 页。
⑥ [宋]孔延之:《会稽掇英总集》卷八,《宋元浙江方志集成》第 14 册,第 6436 页。
⑦ 周相录:《元稹集校注·续补遗》卷一,上海古籍出版社 2011 年版,第 1580 页。

元稹尚有《禹穴碑铭》载于《会稽掇英总集》卷一六《碑》①。赵明诚《金石录校证》卷九著录:"《唐禹穴碑》,郑鲂撰序,元稹铭,韩特材行书。宝历二年九月。"②周相录《元稹集校注·续补遗》卷三注:"宝历二年作于越州,时为浙东观察使、越州刺史。参《续补遗》卷一《拜禹庙》注。禹穴:在今浙江绍兴市南,相传夏禹于宛委山得黄帝之书而复藏之。李白《送二季之江东》王琦注:'贺知章《纂山记》曰:黄帝号宛委穴为赤帝阳明之府,于此藏书。大禹始于此穴得书,复于此穴藏之,人因谓之禹穴。'禹于宛委山得黄帝金简书之说,见《吴越春秋·越王无余外传》。"③可从。

李绅《登禹庙回降雪五言二十韵》诗:"金奏云坛毕,同云拂雪来。玉田千亩合,琼室万家开。湖暗冰封镜,山明树变梅。裂缯分井陌,连璧混楼台。麻引诗人兴,盐牵谢女才。细疑歌响尽,旋作舞腰回。著水鹅毛失,铺松鹤羽摧。半崖云掩映,当砌月裴回。遇物纤能状,随方巧若裁。玉花全缀萼,珠蚌尽呈胎。志士书频照,鲛人杼正催。妒妆凌粉匣,欺酒上琼杯。海使迷奔辙,江涛认暗雷。疾飘风作驭,轻集霰为媒。剑客休矜利,农师正念摧。瑞彰知有感,灵贶表无灾。尧历占新庆,虞阶想旧陪。粉凝鸾阁下,银结凤池隈。鸡树花惊笑,龙池絮欲猜。劳歌会稽守,遥祝永康哉。"其诗序云:"此诗一首,在越所作,今编入卷内。大和八年十月,冬暄无雪,自访禹庙所祷。其日,回舟至湖半,阴云四合,飞霰大降者三日,积雪盈尺,浙江中流,乃分阴雪,杭州并无所沾。"④知其于大和八年(834)访禹庙祈雪而作。

当然,除了担任祭祀功能的禹庙,会稽山的自然风光也是吸引诗人前往的重要因素之一,唐代诗人孙逖《和登会稽山》诗:"稽山碧湖上,势入东溟尽。烟景昼清明,九峰争隐嶙。望中厌朱绂,俗内探玄牝。野老听鸣驺,山童拥行轸。仙花寒未落,古蔓柔堪引。竹碉入山多,松崖向天近。云从海天去,日就江村隐。能赋丘尝闻,和歌参不敏。冥搜信冲漠,多士期标准。愿奉濯缨心,长谣反招隐。"⑤便对会稽山风貌有一番细致描绘,此诗当是孙逖在山阴尉任职期间所作。据《旧唐书·孙逖传》:"开元初,应哲人奇士举,授山阴尉。迁秘书正字。十年,应制登文藻宏丽科,拜左拾遗。"⑥《唐会要》卷七五《藻鉴》:"开元八年七月,王丘为吏部侍郎,拔擢

①　[宋]孔延之:《会稽掇英总集》卷一六,《宋元浙江方志集成》第14册,第6519页。
②　[宋]赵明诚撰,金文明校证:《金石录校证》卷九,第189页。
③　周相录:《元稹集校注·续补遗》卷三,第1631页。
④　[清]彭定求:《全唐诗》卷四八一,第5480页。
⑤　[清]彭定求:《全唐诗》卷一一八,第1186页。
⑥　[后晋]刘昫:《旧唐书》卷一九〇,第5043页。

山阴尉孙逖,桃林尉张镜微,湖城尉张普明,进士王泠然、李昂等,不数年,登礼闱,掌纶诰焉。"①《旧唐书·王丘传》亦云:"开元初,累迁考功员外郎。先是,考功举人,请托大行,取士颇滥,每年至数百人,丘一切核其实材,登科者仅满百人。议者以为自则天已后凡数十年,无如丘者,其后席豫、严挺之为其次焉。三迁紫微舍人,以知制诰之勤,加朝散大夫,再转吏部侍郎。典选累年,甚称平允,擢用山阴尉逊逖、桃林尉张镜微、湖城尉张晋明、进士王泠然,皆称一时之秀。"②《唐才子传》卷一《孙逖传》载其开元二年(714)举手笔俊拔、哲人奇士隐沦屠钓及文藻宏丽等科。③是其为山阴尉应在开元二年(714)以后,开元八年(720)七月之前。

除了主峰,会稽山脉尚有多处支脉,在唐时也颇有声名,吸引了诗人登临赋诗。

一是石帆山。《嘉泰会稽志》卷九:"石帆山,在县东一十五里,《旧经》引夏侯曾先《地志》云:射的山北石壁,高数十丈,中央少纤,状如张帆,下有文石如鸡,一名石帆。《十道志》:山遥望如张帆临水。谢惠连《泛南湖至石帆》诗云:涟漪繁波绿,参差层峰峙。南湖即今镜湖也。宋之问诗云:石帆来海上,天镜出湖中。"④《初学记》卷八引《会稽志》:"射的北有石帆壁立,临水漫石,宜山遥望,芃芃有似张帆。又名玉笥山,又曰石簧山。"⑤权德舆《会稽虚上人石帆山灵泉北坞记》:"贞元初,州牧左常侍王君行春访道,因以泉名坞。又前代隐贤,多游践于兹,自东晋而下,谢敷、王子敬、支遁、帛道猷、洪偃,皆有遗迹留于岩中。今兹公宗本之外,又互以胜概标品,徐会稽公李渤海则命其溪曰'五云',谏大夫齐君暎举则命其山曰'玉笥',其余冠柱后惠文者,有王氏、张氏、陆氏。"⑥论述了石帆山一带自晋至唐先贤的游历盛况。有唐一代,至石帆山而有诗者,除了《会稽志》所记载的宋之问,还有灵澈。皎然《赠包中丞书》云:"有会稽沙门灵澈,年三十有六,知其有文十余年,而未识之。此则闻于故秘书郎严维、随州刘使君长卿、前殿中皇甫侍御曾,尝所称耳。及上人自浙右来湖上见存,并示制作。观其风裁,味其情致,不下古手,不傍古人,则向之严、刘、皇甫所许。畴今所觏,则三君之言,犹未尽上人之美矣!读其《道边古坟》诗,则有'松树有死枝,冢上唯莓苔,石门无人入,古木花不开'。《答范秘书》作,则有'绿竹

① [宋]王溥:《唐会要》卷七五,第1357页。
② [后晋]刘昫:《旧唐书》卷一〇〇中,第3132页。
③ 傅璇琮:《唐才子传校笺》卷一,第168页。
④ [宋]施宿:《嘉泰会稽志》卷九,《宋元浙江方志集成》第4册,第1819页。
⑤ [唐]徐坚:《初学记》卷八,中华书局1962年版,第188页。
⑥ [清]董诰:《全唐文》卷四九四,第5044页。

岁寒在,故人衰老多'。《云门雪夜》作,则有'天寒猛虎叫岩雪,松下无人空有月。千年像教人不闻,烧香独为鬼神说'。《石帆山》作,则有'月色静中见,泉声深处闻'。"①灵澈《石帆山》诗仅存此一句,描写了石帆山月夜下的静谧之状。又元稹在越州有《寄乐天》诗:"莫嗟虚老海壖西,天下风光数会稽。灵泛桥前百里镜,石帆山畔五云溪。冰销田地芦锥短,春入枝条柳眼低。安得故人生羽翼,飞来相伴醉如泥。"②将石帆山与镜湖、若耶溪一同视作会稽风光之最,沉醉其中难以自拔。又张祜《忆江东旧游四十韵寄宣武李尚书》诗有"忆作江东客,猖狂事颇曾。……蒲晚帆山叶,花开镜水菱"③,李贺《月漉漉篇》"谁能看石帆,乘船镜中入"④,所写亦为会稽石帆山与镜湖风光。

　　二是秦望山。郦道元《水经注·渐江水》:"又有秦望山,在州城正南,为众峰之杰,陟境便见。……扳萝扪葛,然后能升。山上无甚高木,当由地迥多风所致。"⑤知其在越州城南。薛据有《登秦望山》诗云:"南登秦望山,目极大海空。朝阳半荡漾,晃朗天水红。溪壑争喷薄,江湖递交通。而多渔商客,不悟岁月穷。振缏迎早潮,弭棹候长风。予本萍泛者,乘流任西东。茫茫天际帆,栖泊何时同。将寻会稽迹,从此访任公。"⑥陶敏、傅璇琮《唐五代文学编年史·初盛唐卷》天宝七载(748):"本年或稍后,薛据至吴越,有诗作。《全唐诗》卷二五三薛据有《登秦望山》《西陵口观海》《泊震泽口》诗。震泽即太湖之别名,秦望山及西陵均在越州,知据曾南至吴越。……《登秦望山》云:'予本萍泛者,乘流任西东。'《泊震泽口》云:'晨钟海边起,独坐嗟远游。'似据此行为漫游而非从宦。"⑦可从。薛据其人,《唐才子传》卷二云:"据,荆南人。开元十九年王维榜进士。天宝六年,又中风雅古调科第一人。于吏部参选,据自恃才名,请受万年录事。流外官诉宰执,以为赤县是某等清要。据无媒,改涉县令。后仕历司议郎,终水部郎中。为人骨鲠,有气魄,文章亦然。尝自伤不得早达,造句往往追凌鲍、谢。"⑧又萧翼《留题云门》诗云:"绝顶高峰路不分,岚

①　[清]董诰:《全唐文》卷九一七,第9553页。
②　[清]彭定求:《全唐诗》卷四一七,第4601页。
③　尹占华:《张祜诗集校注》卷一〇,第526页。
④　[清]彭定求:《全唐诗》卷三九三,第4434页。
⑤　[北魏]郦道元撰,陈桥驿点校:《水经注》,第753页。
⑥　[清]彭定求:《全唐诗》卷二五三,第2852—2853页。
⑦　陶敏、傅璇琮:《唐五代文学编年史·初盛唐卷》,辽海出版社1998年版,第828页。
⑧　傅璇琮:《唐才子传校笺》卷二,第305—309页。

烟长锁绿苔纹。猕猴推落临崖石,打破下方遮日云。"①诗题一作《秦望山》。据诗意应作"秦望山"为是。萧翼曾受太宗派遣到越州,与王羲之七世孙僧辩才唱和,智取《兰亭序》,时齐善行为越州都督,事见《法书要录》卷三载何延之《兰亭记》。文中有"都督齐善行闻之,驰来拜谒。萧翼因宣示敕旨,具告所由"语,据《会稽掇英总集》卷一八《唐太守题名记》:"齐善行,贞观十七年九月,自兰州都督授。"②是萧翼取《兰亭序》及与辩才唱和在贞观十七年或稍后。但《隋唐嘉话》卷下云:"太宗为秦王日……使萧翊就越州求得之,以武德四年入秦府。"③《南部新书》卷丁云:"《兰亭》者,武德四年,欧阳询就越访求得之,始入秦王府。"④与何延之所记有异,以俟后考。本诗应为萧翼在越中登秦望山之作。

三是云门山。《嘉泰会稽志》卷九"会稽":"云门山在县南三十里。《旧经》云:'晋义熙二年,中书令王子敬居此,有五色祥云见,诏建寺,号云门。'今为淳化、熙雍、显圣、广福。唐孟东野诗云:'碧嶂几千绕,清源万余流。蓬瀛若仿佛,四野多泛浮。'杜子美诗云:'若耶溪、云门寺,青鞋布袜从此始。'山有谢敷宅、何公井、好泉亭、王子敬山亭、永禅师临书阁。"⑤秦系有《云门山》诗云:"十峰游罢古招提,路入云门峻似梯。秀气渐分秦望岭,寒声犹入若耶溪。天开雾色澄千里,稻熟秋香互万畦。多少灵踪待穷览,却悲回驭日平西。"⑥关于此诗的创作背景,邹志方《浙东唐诗之路》云:"诗人于天宝末年避居剡中,大约于大历五年(770)回到若耶溪边之'会稽山居'。山居离云门不远,诗人对云门当然熟悉。因此,他人不留意之云门地形,诗人只两句诗便予道明:'秀气渐分秦望岭,寒声犹入若耶溪。'秦望山在云门山北,地势比云门山高,故曰'秀气渐分';若耶溪在云门山南,地势比云门寺低,故曰'寒声犹入'。十峰在法华山,诗人是先游法华山,再游云门山的,为后人提供了游云门山的又一条路径。诗人尚有《宿云门上方》诗,亦不同凡响:'禅室遥看峰顶头,白云东去水长流。松间倘许幽人住,不更将钱买沃洲。'此诗大概作于回会稽山居后,借榻禅室,遥望陶宴若耶诸山,白云悠悠,耶溪长流,留恋故居之情,油然而生。"⑦可从。孟浩然有《题云门山寄越府包户曹徐起居》诗云:"我行适诸越,梦寐怀所欢。

① 童养年:《全唐诗续补遗》卷一,《全唐诗补编》,中华书局 1992 年版,第 325 页。
② [宋]孔延之:《会稽掇英总集》卷一八,《宋元浙江方志集成》第 14 册,第 6552 页。
③ [唐]刘餗:《隋唐嘉话》卷下,中华书局 1979 年版,第 54 页。
④ [宋]钱易撰,尚成校点:《南部新书》卷丁,上海古籍出版社 2012 年版,第 32 页。
⑤ [宋]施宿:《嘉泰会稽志》卷九,《宋元浙江方志集成》第 4 册,第 1821—1822 页。
⑥ 邹志方:《浙东唐诗之路》,第 223 页。
⑦ 邹志方:《浙东唐诗之路》,第 223 页。

久负独往愿，今来恣游盘。台岭践磴石，耶溪溯林湍。舍舟入香界，登阁憩旃檀。晴山秦望近，春水镜湖宽。远怀伫应接，卑位徒劳安。白云日夕滞，沧海去来观。故国眇天末，良朋在朝端。迟尔同携手，何时方挂冠。"①又有《云门寺西六七里闻符公兰若最幽与薛八同住》诗云："谓予独迷方，逢子亦在野。结交指松柏，问法寻兰若。小溪劣容舟，怪石屡惊马。所居最幽绝，所住皆静者。云簇兴座隅，天空落阶下。上人亦何闻，尘念都已舍。四禅合真如，一切是虚假。愿承甘露润，喜得惠风洒。依止托山门，谁能效丘也。"②据李景白《孟浩然诗集校注》，此诗当是在开元十九年（731）孟浩然滞留越州期间所作。

　　四是宛委山。宛委山有龙瑞宫，《嘉泰会稽志》云："阳明洞天在宛委山龙瑞宫。《旧经》云：三十六洞天之十一洞也。一名极玄太元之天。唐观察使元稹以春分日投金简于此。诗云：'偶因投秘简，聊得泛平湖。穴为采符坼，潭因失箭刳。'白乐天和云：'去为投金简，来因挈玉壶。'洞外飞来石下为禹穴。传云禹藏书处。"③此诗现存《白居易集》卷二六，题为《和微之春日投简阳明洞天五十韵》。元稹原作见《元稹集》卷二六，题为《春分投简明洞天作》。此外，宛委山南坡飞来石崖面尚有贺知章《龙瑞宫记》摩崖石刻，因没有年款，其创作年代无法明确，却是贺知章登宛委山的实物证据。值得注意的是，宛委山上尚有石伞峰。浙东观察使杨于陵曾率幕僚同游石伞峰，雅集赋诗，参与者有齐推、杨于陵、王承邺、陈谏、卫中行、路黄中等。陈谏《登石伞峰诗序》记载了此事："中书侍郎平章事高阳齐公，昔游越乡，阅玩山水者垂三十载。初栖于剡岭，后迁于玉笥，自解薜此山，未二纪而登台铉，乃施旧居之西偏为昌元精舍，其东偏石伞岩，付令弟秀才推。俄而中书即世，推高尚之致，文行之美，与伯氏相侔。至元和九年秋九月七日，浙东廉使越州牧兼御史中丞杨公，洎中护军王公，率僚佐宾旅，同游赋诗，纪登览之趣。小子承命，序其梗概以冠篇。窃谓斯地也，斯文也，必传于后世，与兰亭东山俱为越邦之不朽者矣。"④按，《旧唐书》卷一四《德宗纪》上：永贞元年十月，"丙午，以华州刺史杨于陵为越州刺史、浙东观察使"⑤。《会稽掇英总集》卷一八《唐太守题名记》："杨于陵，永贞元年十月，自华

---

① 〔清〕彭定求：《全唐诗》卷一五九，第1619页。
② 〔清〕彭定求：《全唐诗》卷一五九，第1623页。
③ 〔宋〕施宿：《嘉泰会稽志》卷一一，《宋元浙江方志集成》第4册，第1884—1885页。
④ 〔清〕董诰：《全唐文》卷六八四，第7000—7001页。
⑤ 〔后晋〕刘昫：《旧唐书》卷一四，第412页。

州防御史授。元和二年四月,迁户部侍郎。"①根据杨于陵的事迹考证,诗序中的"元和九年"应为"元和元年"之误。而《登石伞峰》诗,《会稽掇英总集》卷四所载则有齐推、杨于陵、王承邺、陈谏、卫中行、路黄中六首②。从这次聚会中我们可以发现,杨于陵为浙东观察使时,与其幕僚宾客,常常进行吟诗唱和活动。

4. 南明山

《嘉泰会稽志》卷九"山·新昌县":"南明山,在县南五里,一名石城,一名隐岳。初,晋僧昙光栖迹于此,自号隐岩。支道林昔葬此山下,齐僧护夜宿,闻笙磬仙乐之声。梁天监中,建安王始造弥勒石佛像,刘勰撰碑,其文存焉。"③孟浩然有《腊月八日于剡县石城寺礼拜》诗云:"石壁开金像,香山倚铁围。下生弥勒见,回向一心归。竹柏禅庭古,楼台世界稀。夕岚增气色,余照发光辉。讲席邀谈柄,泉堂施浴衣。愿承功德水,从此濯尘机。"④此诗当为开元十九年(731)腊月,孟浩然游新昌南明山,在石城寺礼拜后所作。张祜有《石头城寺》诗云:"山势抱烟光,重门突兀傍。连檐金像阁,半壁石龛廊。碧树丛高顶,清池占下方。徒悲宦游意,尽日老僧房。"⑤尹占华《张祜诗集校注》以为诗题应作"石城寺"⑥,《嘉泰会稽志》卷八"寺院·新昌县":"宝相寺在县西南一十里,齐永明中僧护凿石造弥勒像建寺,号石城。至梁天监十二年,像始成,身高百尺。刘勰作《记》。唐会昌五年建三层阁,改寺曰瑞像阁。大中祥符元年赐今额。"⑦大和时,新昌的这所寺院正名"石城寺",也就是现在新昌的大佛寺。此外,唐彦谦有《游南明山》诗,罗敏中《唐彦谦年谱》:"光启三年(887),四十岁。……旋回舟东下,过金陵,经常州,至越州。……又有《游南明山》《游阳明洞呈王理得诸君》等诗,为游越之作。"⑧其游南明山当在光启三年(887)左右。

(二)台州

1. 天台山

台州最著名的景点应是天台山,台州之名盖取于此。《太平寰宇记》卷九八"台

---

① [宋]孔延之:《会稽掇英总集》卷一八,《宋元浙江方志集成》第14册,第6555页。
② [宋]孔延之:《会稽掇英总集》卷四,《宋元浙江方志集成》第14册,第6397—6398页。
③ [宋]施宿:《嘉泰会稽志》卷九,《宋元浙江方志集成》第4册,第1841页。
④ [清]彭定求:《全唐诗》卷一六〇,第1663页。
⑤ [清]彭定求:《全唐诗》卷五一〇,第5817—5818页。
⑥ [唐]张祜撰,尹占华校注:《张祜诗集校注》卷二,第106页。
⑦ [宋]施宿:《嘉泰会稽志》卷八,《宋元浙江方志集成》第4册,第1808页。
⑧ 罗敏中:《唐彦谦年谱》,《中国文学研究》1995年第4期。

州天台县":"天台山在州西一百一十里。《临海记》云:'天台山超然秀出,山有八重,视之如一帆。高一万八千丈,周回八百里。又有飞泉,悬流千仞似布。'……《启蒙记》注云:'天台山去天不远,路经油溪,水深险清泠。前有石桥,路径不盈尺,长数十丈,下临绝涧。唯忘其身,然后能济。济者梯岩壁,援萝葛之茎,度得平路。见天台山蔚然绮秀,列双岭于青霄,上有琼楼玉阙、天堂、碧林、醴泉,仙物毕具也。'"①天台山以"佛宗道源"享誉天下,其秀丽在六朝以来,得到了文人骚客的广泛赞誉。东晋孙绰《游天台山赋》曾曰:"天台山者,盖山岳之神秀者也。涉海则有方丈蓬莱,登陆则有四明天台。皆玄圣之所游化,灵仙之所窟宅。夫其峻极之状,嘉祥之美,穷山海之瑰富,尽人情之壮丽矣。"②东吴道士葛玄炼丹于此,梁陶弘景著述于此,唐司马承祯修道于此。智颛大师在此造寺三十五处,度僧四千余人。唐时日本僧人最澄、空海等于此求法,天台山以其突出的宗教地位逐步成为浙东宗教文化的核心地。李白更是与天台山有不解之缘,其在诸多诗篇中对天台山有提及,除了著名的《梦游天姥吟留别》,还有《天台晓望》:"天台邻四明,华顶高百越。门标赤城霞,楼栖沧岛月。凭高登远览,直下见溟渤。云垂大鹏翻,波动巨鳌没。风潮争汹涌,神怪何翕忽?观奇迹无倪,好道心不歇。攀条摘朱实,服药炼金骨。安得生羽毛?千春卧蓬阙。"③诗人除了赞美天台山景色的秀丽与神怪外,还表达了自己的崇道思想,想在此地求道、炼丹。郁贤皓《李太白全集校注》卷一八注云:"天台:山名,在今浙江天台县东北。支通《天台山铭序》:'剡县东南有天台山。'陶弘景《真诰》:'(山)当斗牛之分,上应台宿,故名天台。'《元和郡县志》卷二十六江南道台州唐兴县:'天台山,在县北一十里。'按,宋本题下有'吴中'二字注,乃宋人编集时所加。按任华《杂言寄李白》诗曰:'登天台,望渤海,云垂大鹏飞,山压巨鳌背。斯言亦好在。'当即指此诗。其下又曰:'中间闻道在长安,及余戾止,君已江东访元丹。'可知此诗之作在入京之前初游剡中东涉溟海之时,约开元十四年。"④这首诗《天台山志》及《道藏》录为《题桐柏观诗》,见朱玉麒《道藏所见李白资料汇辑考辨》。而其《题桐柏观诗》诗,《天台山志》和《道藏》所录为两首,另一首为七言:"龙楼凤阁留不住,飞腾直欲天台去。碧玉连环八面山,山中亦有人行处。青衣约我游瑶台,琪木花房九叶开。天风飘香不点地,千片万片绝尘埃。我来自当重九后,笑把烟霞俱抖

①　[宋]乐史:《太平寰宇记》卷九八,第1966页。
②　[清]严可均编:《全上古三代秦汉三国六朝文》,中华书局1958年版,第1806页。
③　[清]彭定求:《全唐诗》卷一八〇,第1834页。
④　郁贤皓:《李太白全集校注》卷一八,第2568页。

撤。明朝拂袖出紫微,壁上龙蛇空自走。"朱玉麒考证云:"天台山在今浙江天台县境,为道教名山,山中之桐柏观,唐代著名道士如司马承祯、田虚应、杜光庭等皆于此修道,保存历史文物颇多。《天台山志》1卷,元至正二十七年(1367)成书,作者不详。其'宫观·桐柏观'下所载李白《题桐柏观诗》,当据山中旧籍抄录。观其五言、七言,前后内容颇不一致,或当有错简之处,误将他人七言之作混入白诗;否则,后12句七言当系李白佚诗。"①可参。李白尚有《早望海边霞》诗云:"四明三千里,朝起赤城霞。日出红光散,分辉照雪崖。一餐咽琼液,五内发金沙。举手何所待,青龙白虎车。"②据郁贤皓《李太白全集校注》卷一八注,此诗与《天台晓望》当是同时之作。

开元十八年(730),孟浩然亦有寻访天台之事。其《舟中晓(一作晚)望》诗云:"挂席东南望,青山水国遥。舳舻争利涉,来往接风潮。问我今何去,天台访石桥。坐看霞色晓,疑是赤城标。"③刘文刚《孟浩然年谱》系于开元十八年(730)④。诗又有"从看霞色晚,疑是赤城标"句,《太平寰宇记》卷九八"台州天台县":"赤城山在县北六里。孔灵符《会稽记》云:'赤城山土色皆赤,状如云霞。悬溜千仞,谓之瀑布。'"⑤又有《寻天台山》诗云:"吾友太乙子,餐霞卧赤城。欲寻华顶去,不惮恶溪名。歇马凭云宿,扬帆截海行。高高翠微里,遥见石梁横。"⑥这里的"华顶"为天台山主峰,王象之《舆地纪胜》卷一二:"华顶峰,在天台县东北六十里,盖天台第八重最高处。旧传高一万丈,少晴多晦,夏有积雪,可观日之出入。中黄金洞,有葛玄丹井,王羲之墨池。"⑦这里的"恶溪",通常被认为是指由丽水而来的溪名。《元和郡县图志》卷二六"丽水":"丽水本名恶溪,以其湍流阻险,九十里间五十六濑,名为大恶。隋开皇中改为丽水,皇朝因之,以为县名。"⑧《新唐书·地理志》:"丽水,……东十里有恶溪,多水怪。宣宗时刺史段成式有善政,水怪潜去。民谓之好溪。"⑨恐非也。丽水与天台山距离遥远,诗中的"恶溪"是指台州的百步溪,《嘉定赤城志》卷

---

① 朱玉麒:《道藏所见李白资料汇辑考辨》,《文教资料》1997年第1期。
② [清]彭定求:《全唐诗》卷一八〇,第1834页。
③ [清]彭定求:《全唐诗》卷一六〇,第1652页。
④ 刘文刚:《孟浩然年谱》,第50页。
⑤ [宋]乐史:《太平寰宇记》卷九八,第1967页。
⑥ [清]彭定求:《全唐诗》卷一六〇,第1644页。
⑦ [宋]王象之编,赵一生点校:《舆地纪胜》卷一二,第473页。
⑧ [唐]李吉甫:《元和郡县图志》卷二六,第624页。
⑨ [宋]欧阳修、宋祁等撰:《新唐书》卷四一,第1062页。

二三"山水门"五《水》："百步溪在县西北六十里，前后二滩，石险湍激，俗号大、小恶，舟者病之。唐孟浩然《寻天台山》诗所谓'欲寻华顶去，不惮恶溪名'是也。淳熙中，令陈居安命工淬凿，始无患。"①参胡正武《台州恶溪与孟浩然来天台山路径新说》以及《浙东恶溪与唐诗恶溪考略》②。此外，孟浩然《越中逢天台太乙子》诗云："仙穴逢羽人，停舻向前拜。问余涉风水，何处远行迈。登陆寻天台，顺流下吴会。兹山夙所尚，安得问灵怪。上逼青天高，俯临沧海大。鸡鸣见日出，常觌仙人旆。往来赤城中，逍遥白云外。苺苔异人间，瀑布当空界。福庭长自然，华顶旧称最。永此从之游，何当济所届。"③诗有"登陆寻天台，顺流下吴会"句，知亦作于赴天台途中所作。孟浩然到达天台后又作诗多首。其《宿天台桐柏观》诗云："海行信风帆，夕宿逗云岛。缅寻沧洲趣，近爱赤城好。扪萝亦践苔，辍棹恣探讨。息阴憩桐柏，采秀弄芝草。鹤唳清露垂，鸡鸣信潮早。愿言解缨绂，从此去烦恼。高步凌四明，玄踪得三老。纷吾远游意，学彼长生道。日夕望三山，云涛空浩浩。"④《嘉定赤城志》卷三〇"寺观门"四《宫观》："天台，桐柏崇道观在县西北二十五里。旧名桐柏。唐景云二年，为司马承祯建。回环有九峰（玉女、卧龙、紫霄、翠微、玉泉、莲华、华琳、香琳、玉霄）。自福圣观北盘折而上，至洞门，长松夹道，孙绰赋所谓'荫落落之长松'是也。吴赤乌二年葛玄即此炼丹，今有朝斗坛。洎承祯建堂，有云五色，因禁封内四十里，毋得樵采。又传承祯所居，黄云常覆其上，故有黄云堂、元晨坛、炼形堂、凤轸台、朝真龙章阁，又有众妙台。"⑤又《玉霄峰》诗云："上尽峥嵘万仞巅，四山围绕洞中天。秋风吹月琼台晓，试问人间过几年。"⑥玉霄峰为天台山主峰，《太平广记》卷二一引《仙传拾遗·司马承祯》："吾自居玉霄峰，东望蓬莱，常有真灵降驾。"⑦"琼台"是天台山琼台峰，现在为琼台仙谷景区。山壁对峙，山势峻峭，奇峰怪石，纷呈错列。有"李白题诗岩""仙人聚会""双女峰""元宝石""佛手峰"等景点。孟浩然游天台时结识了天台山道士，离开天台山后，又作《寄天台道士》于山中道士，诗云："海上求仙客，三山望几时。焚香宿华顶，裹露采灵芝。屡蹑苺苔滑，将寻

①　[宋]陈耆卿：《嘉定赤城志》卷二三，《宋元浙江方志集成》第11册，第5324页。

②　胡正武：《台州恶溪与孟浩然来天台山路径新说》，《浙东唐诗之路论集》，第1—8页；《浙东恶溪与唐诗恶溪考略》，《浙东唐诗之路论集》，第155—165页。

③　[清]彭定求：《全唐诗》卷一五九，第1626—1627页。

④　[清]彭定求：《全唐诗》卷一五九，第1623页。

⑤　[宋]陈耆卿：《嘉定赤城志》卷三〇，《宋元浙江方志集成》第11册，第5404页。

⑥　[清]张联元辑：《天台山全志》卷一七，上海古籍出版社2016年版，第771页。

⑦　[宋]李昉：《太平广记》卷二一，第144页。

汗漫期。倘因松子去,长与世人辞。"①可见孟浩然在天台创作之丰。

贞元十六年(800),李绅在越州,也曾前往天台并登华顶作诗。其《华顶》诗云:"欲向仙峰炼九丹,独瞻华顶礼仙坛。石标琪树凌空碧,水挂银河映月寒。天外鹤声随绛节,洞中云气隐琅玕。浮生未有从师地,空诵仙经想羽翰。"②邹志方《浙东唐诗之路》云:"此诗当作于德宗贞元十六年(800)。诗以华顶为题,重在表现望后所感,虽然流露了出世思想,但对华顶峰之描写,很有认识价值。一是拜经台、瀑布等胜景,已为唐人津津乐道;二是鹤声上下,云气弥漫,向来被看成华顶美景;三是华顶山生长一种琪树,此树诗人在《琪树》中有专题描写,自注中又有特征介绍,不应看作想象之词。诗人尚有《题北峰黄道士草堂》诗,对华顶峰亦有描写,可参读:'清溪道士紫微仙,暗诵真经北斗前。坛上独窥华顶月,雾中潜到羽人天。飞流夜落银河水,乔木朝含绛阙烟。会了浮名休世事,伴君闲种五芝田。'"③对此诗的创作时间和艺术价值进行了分析。此外,会昌六年(846),时任台州司马的李敬方亦登山并作《天台晴望》,诗云:"天台十二旬,一片雨中春。林果黄梅尽,山苗半夏新。阳乌晴展翅,阴魄夜飞轮。坐冀无云物,分明见北辰。"④《天台前集别编》收此诗,题作《喜晴》,题注:"时左迁台州刺史。"⑤《唐五代文学编年史·晚唐卷》:"《文苑英华》卷一五五录有李敬方《喜晴》诗,下注云:'时左迁台州刺史。'然黄𩾃等《嘉定赤城志》卷十则记李敬方会昌六年为台州司马。岑仲勉《郎官石柱题名新考订》祠部郎中下亦云:'桐柏山题名有会昌六年三月台州长史员外安置李敬方。'此诗《全唐诗》卷五〇八题作《天台晴望》,中有'天(一作到)台十二旬,一片雨中春。林果黄梅(一作垂杨)尽,山苗半夏新'句,盖此时作。"⑥认为此诗作于会昌六年(846)台州长史任上,可从。

2.巾子山

巾子山,又称巾山,位于临海古城区东南隅,高百余米,三面临街,南濒灵江。山顶有双峰,分东峰、西峰,两峰相距五六十米,为巾山的最高点,也是中国历史文

---

① [清]彭定求:《全唐诗》卷一六〇,第 1636 页。
② [清]彭定求:《全唐诗》卷四八三,第 5493 页。
③ 邹志方:《浙东唐诗之路》,第 376 页。
④ [清]彭定求:《全唐诗》卷五〇八,第 5774 页。
⑤ [宋]李庚等编,郑钦南、郑苍钧点校:《天台前集别编》,《天台集》,上海古籍出版社 2018 年版,第 119 页。
⑥ 吴在庆、傅璇琮:《唐五代文学编年史·晚唐卷》,第 264 页。

化名城临海的标志。诗人任翻曾多次游览巾子山,并赋诗三首。《宿巾子山禅寺》:"绝顶新秋生夜凉,鹤翻松露滴衣裳。前峰月映半江水,僧在翠微开竹房。"①《再游巾子山寺》:"灵江江上帻峰寺,三十年来两度登。野鹤尚巢松树遍,竹房不见旧时僧。"②《三游巾子山寺感述》:"清秋绝顶竹房开,松鹤何年去不回。惟有前峰明月在,夜深犹过半江来。"③任翻颇有诗名,有诗一卷。

吴在庆、傅璇琮《唐五代文学编年史·晚唐卷》云:

> 《唐才子传·任蕃传》:"蕃,会昌间人,家江东,多游会稽、苕、霅间。初亦举进士之京,不第。……归江湖,专尚声调。去游天台巾子峰,题诗壁间云:'绝顶新秋生夜凉,鹤翻松露滴衣裳。前峰月照一江水,僧在翠微开竹房。'既去百余里,欲回改作'半江水',行到题处,他人已改矣。后复有题诗者,亡其姓名,曰:'任蕃题后无人继,寂寞空山二百年。'才名类是。凡作必使人改视易听,如《洛阳道》云:'憧憧洛阳道,尘下生春草。行者岂无家,无人在家老。鸡鸣前结束,争去恐不早。百年路傍尽,白日车中晓。求富江海狭,取贵山岳小。二端立在途,奔走何由了。'想蕃风度,此不足举其梗概。"《诗人主客图》标举任蕃《惜花诗》之"无语与春别,细看枝上红"句,并列为"清奇雅正"之升堂者。按蕃又作翻、藩,《新唐书·艺文志》四著录《任翻诗》一卷,《直斋书录解题》卷二二文史类又录其《文章玄妙》一卷,云:"言作诗声病对偶之类,凡世所传诗格,大率类似。"《全唐诗》卷七二七录其诗十八首。④

"任翻",《唐诗纪事》卷六四、《唐才子传》卷七作"任蕃"。《新唐书·艺文志四》:"《任翻诗》一卷。"⑤《嘉定赤城志》卷三二"人物门"一:"任翻,有诗名。其《题帻峰》一绝尤脍炙。按:《唐诗主客图》云郡人。今按:翻所赋《台州早春》诗有'岂堪沧海畔,为客十年来'之句,则知其寓此耳。"⑥是应作"任翻"为是。任翻的游巾子山诗三首对后世有很大的影响,宋代朱熹在台州讲学,见任翻游巾子山诗,亦有诗作《题巾峰精舍分咏任翻宿帻峰诗》⑦。除了朱熹,宋人叶茵有《次台州巾子山任

---

① ［清］彭定求:《全唐诗》卷七二七,第8335页。
② ［清］彭定求:《全唐诗》卷七二七,第8335页。
③ ［清］彭定求:《全唐诗》卷七二七,第8335页。
④ 吴在庆、傅璇琮:《唐五代文学编年史·晚唐卷》,第232页。
⑤ ［宋］欧阳修、宋祁等撰:《新唐书》卷六〇,第1615页。
⑥ ［宋］陈耆卿:《嘉定赤城志》卷三二,《宋元浙江方志集成》第11册,第5431页。
⑦ 项士元:《巾子山志》卷二,中国文史出版社2005年版,第41页。

翻韵》:"天留胜处占清凉,山挟波光薄我裳。看遍尘寰兴废事,竹□千古一禅房。"①宋人薛师古《巾山》诗:"斜日满山人到少,任蕃去后我来登。"②宋人舒岳祥有《戏述任翻诗句酬储梅癯见和之作》③,明人王宗沐有《读任翻初到巾峰寺诗分咏得四绝句》④,清人宋世荦有《巾山双塔歌》言及任蕃:"任翻三至曾题诗,紫阳四章照岩壑。"⑤清人洪坤煊亦有《巾子山双塔歌》言及任蕃:"塔底飘飘起烟雾,尚忆任公题宿句。月明自照竹房空,鹤唳还惊松顶露。后来继者朱文公,怀古徐徐留遗风。"⑥清人项嗣昌有《咏巾子山以任翻先生诗首章分题四绝》⑦。可见任翻的题诗活动吸引了后世诸多诗人前往巾子山登临赋诗。

(三)处州

1. 缙云山

《大明一统志》:"缙云县……本括苍及婺州之永康县地。唐析置缙云县,以县有缙云山故名。天宝初属缙云郡,后属处州。"⑧庾光先有《奉和刘采访缙云南岭作》诗云:"百越城池枕海圻,永嘉山水复相依。悬萝弱筱垂清浅,宿雨朝暾和翠微。鸟讶山经传不尽,花随月令数仍稀。幸陪谢客题诗句,谁与王孙此地归。"⑨"刘采访"疑为刘微。郁贤皓先生《唐刺史考全编》卷一三九"苏州"云:"刘微,天宝中。《姓纂》卷五东郡刘氏:'微,吴郡太守,江南采访。'《新表一上》河南刘氏同。乃永徽元年汝州刺史刘玄意孙,长寿中天官侍郎刘奇子。《吴郡志》卷一一牧守门有刘微。"⑩再考《全唐文》卷三一六李华《御史中丞厅壁记》:"天宝中……以尚书左丞张公为大夫,少府大卿庾公为中丞。……天宝十四载九月十日记。"⑪庾光先天宝十四载(755)在御史中丞任。《宋高僧传》卷一七《神邕传》:"倏遇禄山兵乱,东归江湖,经历襄阳,御史中丞庾光先出镇荆南,邀留数月。"⑫盖此诗当为庾光先在天宝

---

① 项士元:《巾子山志》卷二,第 41 页。
② 项士元:《巾子山志》卷一,第 7 页。
③ [宋]舒岳祥:《阆风集》卷六,文物出版社 1982 年版,第 7 页。
④ 项士元:《巾子山志》卷二,第 42 页。
⑤ 项士元:《巾子山志》卷五,第 163 页。
⑥ 项士元:《巾子山志》卷五,第 164 页。
⑦ 项士元:《巾子山志》卷一,第 19 页。
⑧ 方志远等点校:《大明一统志》卷四四,巴蜀书社 2017 年版,第 2012 页。
⑨ [清]彭定求:《全唐诗》卷一五八,中华书局 1960 年版,第 1614 页。
⑩ 郁贤皓:《唐刺史考全编》卷一三九,第 1908 页。
⑪ [清]董诰:《全唐文》卷三一六,第 3204 页。
⑫ [宋]赞宁撰,范祥雍点校:《宋高僧传》卷一七,第 386 页。

中游缙云山而作。

2. 南宫山

南宫山位于缙云县浣溪乡。欧阳修《集古录跋尾》卷七《唐李阳冰阮客旧居诗》:"右李阳冰《阮客旧居诗》,云:'阮客身何在,仙云洞口横。人间不到处,今日此中行。'阮客者,不见其名氏,盖缙云之隐者也。彼以遁俗为高,而终以无名于后世,可谓获其志矣。然圣人有所不取也。阳冰欲称其人而不显其名字,何哉?岂阮客见称于当时,而阳冰不虑于后世邪?夫士固有显闻于一时,而泯没于万世者矣,顾其道何如也。阳冰篆字世传多矣,此摩灭而仅存,尤可惜也。治平元年四月二十有六日书。"①据今人实地考察,《阮客旧居诗》乃唐人李蒏所作,徐文平《浙南摩崖石刻研究》:"《唐李蒏南宫山诗刻》,建中年间(780—783)。'《题阮客旧居》,缙云令李蒏。阮客身何在,仙云洞口横。人间不到处,今日此中行。'此摩崖石刻在缙云南宫山左边山崖上,南宫寺后壁。自右而左,诗连题款直书5行,其中题款2行,行5字。诗3行,行7字。小篆,字径10—13厘米。面积70厘米*90厘米。[按]《括仓金石志补遗》卷一著录,题为《李蒏客旧居诗刻》。此摩崖石刻,北宋欧阳修《集古录》误以为李阳冰诗并篆,《舆地碑目》《全唐诗》《唐诗纪事》俱作为李阳冰诗而录之。李蒏,建中年间(780—783)缙云令。光绪《处州府志》谓其'卓有政声,邑右孝妇陶氏丧姑,奂土成坟,一哭而绝。蒏为之碑,请陆羽为文表之'。此诗刻当在建中年间勒。"②又王琼瑛《摩崖石刻》:"唐李蒏题词阮客旧居诗刻,建中间(780—783)。《题阮客旧居》:'缙云令李蒏。阮客家何在,仙云洞口横。人间不到处,今日此中行。'位于壶镇东约一公里的南宫山阮客洞左边的岩壁上,直书,共6行。其中题目1行,署名1行。行5字,字径9至11厘米。题字4行,行5至7字。字径10至14厘米。字幅90×70厘米。篆体。字迹清晰。据《括苍金额石志·补遗》载:李□在南宫山有'题阮客旧居'诗,唐建中。"③从该诗现存遗迹和拓片来看,此诗当是李蒏在建中年间任职缙云期间登山而作。

3. 青田石门山

《永乐大典》"石门洞"条引《青田县志》云:"石门洞,在浙江处州府青田县西七十五里,两峰壁立,高数十丈,相对如门,因以为名。洞东高岩有瀑布,自上潭直泻

---

①　[宋]欧阳修:《集古录跋尾》卷七,第162页。
②　徐文平:《浙南摩崖石刻研究》,第125—126页。
③　王琼瑛:《摩崖石刻》,缙云县博物馆2012年内部印行,第134页。

至天壁,凡三百余尺,自天壁飞洒至下潭,凡四百余尺。一云自山顶飞落三百余丈,恐未必然。今据窦衡《瀑布记》,上有轩辕丘。按《永嘉记》:'石门洞周回四十里,青牛道士居之。'谢灵运《名山志》曰:'石门山两岳间微有门形,故以为称。瀑布飞泻,丹翠交耀。'又云:'石门溯水上,入两山口,两边石壁,右边石岩,下临涧水。'灵运为永嘉太守,蜡屐来游,初开此洞。唐李白《赠魏万诗》云:'岩开谢康乐。'即其地也。有《登石门最高顶》诗,又《石门新营所住四面高山回溪石濑茂林修竹》诗,又《石门岩上宿》诗,共三首,梁丘希范,唐丘丹、裴士淹、郭密之皆有诗,石刻今存。刺史李季真作《石门山记》及李阳冰篆石已断裂。唐末,洞废不修。"①谢灵运《登石门最高顶》《石门新营所住》二诗中的"石门"在始宁而非青田,一定程度上已成为学界共识,但石门因谢灵运的题咏吸引了众多唐宋以来的文人墨客竞相题刻却是事实。如李白《与周刚清溪玉镜潭宴别》诗云:"康乐上官去,永嘉游石门。江亭有孤屿,千载迹犹存。我来游秋浦,三入桃陂源。千峰照积雪,万壑尽啼猿。兴与谢公合,文因周子论。扫崖去落叶,席月开清樽。溪当大楼南,溪水正南奔。回作玉镜潭,澄明洗心魂。此中得佳境,可以绝嚣喧。清夜方归来,酣歌出平原。别后经此地,为余谢兰荪。"②青田县地处温州与处州之间,数山之隔,一水相连,在东晋、刘宋时期,全境隶属永嘉郡,故有"永嘉游石门"之说。除了李白,丘丹有《奉使过石门瀑布》,序云:"谢康乐宋景平中为永嘉守,有《宿石门岩上》诗。予六代叔祖梁中书侍郎,天监中有《过石门瀑布》。后亦为此郡。小子大历中奉使,窃有继作。虽不足克绍祖德,追踪昔贤,盖造奇怀感之志也。"诗云:"溪上望悬泉,耿耿云中见。披榛上岩巘,绝壁正东面。千仞泻联珠,一潭喷飞霰。嵯灒满山响,坐觉炎氛变。照日类虹霓,从风似绡练。灵奇既天造,惜处穷海甸。吾祖昔登临,谢公亦游衍。王程惧淹泊,下磴空延眷。千里雷尚闻,峦回树葱蒨。奔波(一作此来)恭贱役,探讨愧前彦。永欲洗尘缨,终当惬兹愿。"③《秋夕宿石门馆》诗:"暝从石门宿,摇落四岩空。潭月漾山足,天河泻涧中。杉松寒似雨,猿鸟夕惊风。独卧不成寐,苍然想谢公。"④据序言,二诗当作于"大历中"即大历四年(769)至五年(770)。

值得注意的是,石门山上留存的摩崖题刻,也成为唐人频繁流连、吟咏石门的实物证据。史籍记载的唐人诗刻主要有三。王棻《青田县志》卷六《郭密之石门山

---

① [明]解缙:《永乐大典》卷一三〇七四,中华书局1986年版,第5622页。
② [清]彭定求:《全唐诗》卷一七九,第1828页。
③ [清]彭定求:《全唐诗》卷八八三,第9979—9980页。
④ [清]彭定求:《全唐诗》卷八八三,第9980页。

诗刻二种》云:"《使永嘉经谢公石门山作》,诸暨县令郭密之。绝境经耳目,未曾旷跻登。一窥石门险,载涤心神憭。洞壑閟金涧,攲崖盘石楞。阴潭下羃羃,秀岭上层层。千丈瀑流塞,半溪风雨恒。兴余志每惬,心远道自宏。乘轺广储侍,祗命愧才能。辍棹周气象,扪条历骞崩。忽如生羽翼,恍若将超腾。谢客今已矣,我来谁与朋。时天宝八载冬仲月勒。"①又:"《永嘉怀古》,诸暨县令郭密之。永嘉东南尽,倚棹皆可究。帆引沧海风,舟沿缙云溜。群山何隐磷,万物更森秀。地气冬转暄,溟氛阴改昼。缅怀谢康乐,伊昔兹为守。逸兴满云林,清词冠宇宙。尝游石门里,胜践宛如旧。峭壁苔藓浓,悬崖风雨骤。岩隈余灌莽,壁畔空泉甃。物是人已非,瑶潭凄独漱。"②阮元《两浙金石志》卷二载阮元跋云:"右诗刻二种,在青田县石门洞磨崖,一题古门山诗,及前后题款年月,凡十一行,一永嘉怀古诗,及题款,凡八行,俱正书径寸。嘉庆元年二月,临海令华氏瑞潢过此,搜剔出之。按二诗《全唐诗》未载。邑志云,郭密之于天宝中令诸暨,建义津桥,筑放生湖,溉田二千余顷,民便之。旧志止载后怀古诗,题作石门山,而无前诗,未见石刻也。"③钱大昕《十驾斋养新录》卷一五《诸暨令郭密之诗》云:"郭密之五言诗二篇,一题《□使永嘉经谢公石门山作》,天宝八载仲冬月勒,一题《永嘉怀古》,不见年月,皆刻于青田之石门洞崖壁。前人录金石者皆未之及。今芸台中丞《两浙金石记》始著之。诗古淡,近《选》体。石门尚有徐峤、张原诗刻,皆开元、天宝间人,崖石镵损,唯姓名仅存,诗句莫能辨识矣。"④傅璇琮《高适年谱中的几个问题》云:"阮元说郭密之的这两首诗,《全唐诗》未载,钱大昕也说'前人录金石者皆未之及,今芸台中丞(按,即阮元)《两浙金石志》始著之。'但实际上《全唐诗》卷八八七补遗六已载郭密之《永嘉经谢公石门山作》一诗,字句基本相同。《永嘉怀古》则未载。阮元说《全唐诗》于此二诗皆未载,不确。……郭密之于天宝八载曾任诸暨县令,今存其诗二首。至于高适开元二十年间在蓟门提到他时,是否任有官职,就不可考知了。他的诗,确如钱大昕所说,'古淡,近《选》体',与高适、王之涣的风格不同。"⑤综合上述记载可知,郭密之游石门山题诗当在天宝八载(749)任诸暨令期间。

除了郭密的诗刻,阮元《两浙金石志》卷二有《唐徐峤张愿诗刻》:"右诗刻二种,

---

①　[清]王棻:《青田县志》卷六,温州朱公茂印书局1935年版,第3页。
②　[清]王棻:《青田县志》卷六,第3页。
③　[清]阮元:《两浙金石志》卷二,第28页。
④　钱大昕:《十驾斋养新录》卷一五,《嘉定钱大昕全集》第7册,凤凰出版社2016年版,第411页。
⑤　傅璇琮:《唐代诗人丛考》,第161—162页。

在青田县石门洞石壁,一八分书,径五分,题云《游石门山》,敕采访大使润州刺史徐峤,一正书,径七分,题云《石门山曝布八韵敬赠(下缺)》,吴郡守兼江东采访使张愿。二诗俱为宋人大书题名于上,镌损殆尽。徐诗首二行尚可辨,然亦不能句读矣。按徐峤为齐聃之孙。《唐书》附《齐聃传》云:坚子峤,字巨山,开元中为驾部员外郎,集贤院直学士,迁中书舍人内供奉,河南尹,封慈源县公,不言其为润州刺史,乃史文之略。张愿,史传无考,惟苏州郡志载其名。按《唐书》,开元二十一年诸道置十五采访使,检察,如汉刺史之职。徐峤、张愿皆以郡守兼此,盖皆江南东道采访使也。苏州本隶江南道,天宝元年改为吴郡,又改刺史为太守。徐峤之刻当在开元二十一年之后,张愿之刻,当在天宝中也。"①其中,关于徐峤诗刻的具体时间,邱亮《谢灵运摩崖石刻辨伪与考佚》一文做过较为详细的考证:"其说(指《两浙金石志》)可从,然而排比史料,徐峤任润州刺史的时间尚可进一步查实。据近年新出《徐峤墓志》记载:'其在润州时,兼江东道采访处置使,以公威名远振,化截方隅也。又兼长乐、建安等郡经略大使;及移晋陵使,并如故。'但关于徐峤润之任的具体时间未详,又墓志云:'乃除大理少卿,哀敬折狱,小大以情,至诚所通,在微斯应。有鹊巢于狱户,罪人名在史籍者,羊咮其籍,翔鸟求哺,俯驯阶事,玺书光赞,束帛副焉。寻改河南少尹、润州刺史,其政不同,其理则一。''寻改'二字说明改任上距大理少卿不久,而大理职事可考,检《旧唐书·刑法志》:'二十五年九月奏上,敕于尚书都省写五十本,发散于天下。其年刑部断狱,天下死罪惟有五十八人。大理少卿徐峤上言:大理狱院,由来相传杀气太盛,鸟雀不栖,至是有鹊巢其树。于是百僚以几至刑措,上表陈贺。''有鸟巢于狱户'与'至是有鹊巢其树'符节相应,时在开元二十五年(737)。又《桓臣范墓志》,系徐峤所撰,结衔为太中大夫、行河南少尹、上柱国、慈源县开国公,桓氏葬于开元二十七年(739)十月十四日,说明此时徐峤在行河南少尹任上。又考徐峤为其妻所撰《王琳墓志》,署为润州刺史、江南东道采访处置兼福建等州经略使、慈源县开国公徐峤,谓其妻以辛巳之年秋七月二旬有八日薨于润州之正寝。辛巳即开元二十八年,时在润州任上,同时据淳熙《三山志》,福州之任亦在是年,说明转领江南诸职当自二十八年始。徐氏任上尝游青田石门,《奉和徐大使游石门山》一诗既为奉和,亦当与徐峤诗刻同时。"②此说可从。

此外,《宝刻丛编》卷一三"处州"引《复斋碑录》:"《唐石门山记》,唐刺史李季贞

① [清]阮元:《两浙金石志》卷二,第 27 页。
② 邱亮:《谢灵运摩崖石刻辨伪与考佚》,《文学遗产》2021 年第 5 期。

篆,篆书,建中四年十一月立。"①《全唐文》卷六一八李季贞小传云:"季贞,建中二年自节度判官除括州刺史。"②其《石门山记》云:"兹山惟扬东瓯之地也……余因守此藩,行县至□游憩永日。"③故知建中四年(783)前后,处州刺史李季贞亦曾赴石门游览题字。

(四)衢州

1.烂柯山

烂柯山,又名石室山、石桥山,在今衢州市东南13千米处,西临乌溪江,南联石室村,山高海拔164米,山明水秀,风景优美,道书中称它为"青霞第八洞天",传为樵夫遇仙处。北魏郦道元《水经注》引郑缉之《东阳记》:"信安县有悬室坂,晋中朝时,有民王质,伐木至石室中,见童子四人弹琴而歌,质因留,倚柯听之。童子以一物如枣核与质,质含之便不复饥。俄顷,童子曰:其归。承声而去,斧柯漼然烂尽。既归,质去家已数十年,亲情凋落,无复向时比矣。"④《太平御览》引刘敬叔《异苑》曰:"昔有人乘马山行,遥望岫里有二老公,相对樗蒲。遂下骑造焉,以策柱地而观之。自谓俄顷,视其马鞭,漼然已烂,顾瞻其马,鞍体骸枯朽,既还至家,无复亲属,一恸而绝。"⑤烂柯山也因此而得名。

崔论为衢州刺史,曾与诗僧皎然登烂柯山作诗,事见皎然和作《奉和崔中丞使君论李侍御萼登烂柯山宿石桥寺效小谢体》。诗云:"常爱谢公郡,幽期愿相从。果回青骢臆,共蹑玄仙踪。灵境若仿佛,烂柯思再逢。飞梁丹霞接,古局苍苔封。往想冥昧理,谁亲冰雪容。蕙楼耸空界,莲宇开中峰。昔化冲虚鹤,今藏护法龙。云窥香树沓,月见色天重。永夜寄岑寂,清言涤心胸。盛游千年后,书在岩中松。"⑥《旧唐书·崔湜传》:"液子论,以吏干称。……大历末,元载以罪诛,朝廷方振起淹滞,迁同州刺史。未几,为黜陟使庾何所按,废免。议者以何举涉于深刻,复用论任衢州刺史。秩满,寓于扬、楚间,德宗以旧族耆年,授大理卿致仕卒。"⑦崔论任衢州刺史大概在建中年间,登山赋诗一事亦在此间。又,谢良弼、刘迥等亦曾同游烂柯

① [宋]陈思:《宝刻丛编》卷一三,《历代碑志丛书》,第844页。
② [清]董诰:《全唐文》卷六一八,第6241页。
③ [清]董诰:《全唐文》卷六一八,第6241页。
④ [北魏]郦道元著,陈桥驿校证:《水经注校证》卷四〇,第938页。
⑤ [宋]李昉等:《太平御览》卷三五八,中华书局1960年版,第1645—1646页。
⑥ [清]彭定求:《全唐诗》卷八一七,第9199页。
⑦ [后晋]刘昫:《旧唐书》卷七四,第2624页。

山,有组诗及序刻于烂柯山。《全唐诗》卷三一二刘迥诗题注:"按此诗见《信安志》烂柯山石刻,并见者,李幼卿、李深、谢勮、羊滔、薛戎五人,或一时同咏,或先后继唱,皆列于后。"①陈思《宝刻丛编》卷一三引《复斋碑录》:"《唐游石桥序并诗》,序谢良弼撰,诗刘迥、李幼卿、李涤、谢勮、羊滔撰,元和七年十二月十二日。"②元和七年(812)应为刻诗之年,而这一组诗所作之年应在此前。谢良弼活动在大历时,梁肃有《送谢舍人赴朝廷序》:"初公以文似相如,得盛名于天下。大历再居献纳,俄典书命。时人谓公视三事大夫,犹寸步耳。尔来六七年,同登掖垣者已迭操国柄,而公方自庐陵守入副九卿。器大举迟,不其然欤。前史称汉文帝对贾生语至夜半,且有不早见之叹。矧公才为国华,识与道并,当钦明文思之日,继宣室前席之事,必将敷陈至论,超履右职,使贤能者劝。彼棘寺竹刑,岂君子淹心之地乎。"③而据《唐五代文学编年史·中唐卷》所考,谢良弼贞元二年(786)卒于长安,顾况当时随韩滉入京,作《伤大理谢少卿》哭之。故这组诗及谢良弼之序,均应作于大历中。

2. 江郎山

江郎山位于浙江衢州江山市江郎乡,传有江氏兄弟三人登巅化石,因名。有三石峰称"三片石",《太平御览》卷四七引《郡国志》曰:"江郎山有三峰,峰上各有一巨石,高数十丈,岁渐长。昔有江家在山下居,兄弟三人神化于此,故有三石峰在焉。又有湛满者,亦居山下,其子仕晋,遭永嘉之乱不得归,满乃使祝宗言于三石之灵,能致其子,靡爱斯牲。旬日中,湛子出洛水边,见三少年使闭眼入车栏中,等闲去如疾风,俄顷间从空堕,恍然不知所以,良久乃觉是家园中也。"④白居易有《江郎山》诗云:"林虑双童长不食,江郎三子梦还家。安得此身生羽翼,与君来往共烟霞。"⑤盖其时白居易在江南主要是跟随其父白季庚在衢州。其《江南送北客因凭寄徐州兄弟书》诗云:"故园望断欲何如,楚水吴山万里余。今日因君访兄弟,数行乡泪一封书。"自注云:"时年十五。"⑥按居易贞元二年(786)十五岁。又有《襄州别驾府君事状》:"贞元初,朝廷念公前功,加检校大理少卿,依前徐州别驾、当道团练判官,仍

① [清]彭定求:《全唐诗》卷三一二,第 3517 页。
② [宋]陈思:《宝刻丛编》卷一三,《历代碑志丛书》,第 848 页。
③ [清]董诰:《全唐文》卷五一八,第 5264 页。
④ [宋]李昉等:《太平御览》卷四七,第 230 页。
⑤ 陈尚君:《全唐诗续拾》卷二八,《全唐诗补编》,第 1085 页。
⑥ [清]彭定求:《全唐诗》卷四三六,第 4836 页。

知州事。……秩满，又除检校大理少卿，兼衢州别驾。"①故此诗当是白居易贞元二年(786)左右在衢州时所作。

(五)温州

1. 仙岩

仙岩位于瑞安县之西北四十五里，与永嘉接壤，相传是黄帝修炼之所。早在东晋时期已是佛教活动和风景游览胜地，谢灵运曾寻找此地，并作《舟向仙岩寻三皇井仙迹》诗。唐杜光庭在《洞天福地记》中誉之为"天下第二十六福地"。

路应为温州刺史时，曾作《仙岩四瀑布即事寄上秘书包监侍郎七兄吏部李侍郎十七兄婺州赵中丞处州齐谏议明州李九郎十四韵》，诗云："绝境久蒙蔽，芰萝方迨兹。樵苏尚未及，冠冕谁能知。缘崖开径小，架木度空危。水激千雷发，珠联万贯垂。阴晴状非一，昏旦势多奇。井识轩辕迹，坛余汉武基。猿声响深洞，岩影倒澄池。想像虬龙去，依稀羽客随。玩奇目岂倦，寻异神忘疲。干云松作盖，积翠薜成帷。含意攀丹桂，凝情顾紫芝。芸香蔼芳气，冰镜彻圆规。胥念沧波远，徒怀魏阙期。征黄应计日，莫鄙北山移。"②《金石录校证》卷九："《唐仙岩四瀑布诗》，路应等唱和，行书，贞元七年三月。"③知诗刻在贞元七年(791)，则游览作诗应在此前。李缜、戴公怀、灵澈、孟翔亦有唱和之作，并录于此。戴公怀《奉和郎中游仙山四瀑泉兼寄李吏部包秘监赵婺州齐处州》诗云："今日永嘉守，复追山水游。因寻莽苍野，遂得轩辕丘。访古事难究，览新情屡周。溪垂绿筱暗，岩度白云幽。过石奇不尽，出林香更浮。凭高拥虎节，搏险窥龙湫。淙潈泻三四，奔腾千万秋。寒惊殷雷动，暑骇繁霜流。沫溅群鸟外，光摇数峰头。丛崖散滴沥，近谷藏飗飗。况此特形胜，自余非等俦。灵光掩五岳，仙气均十洲。书以谢群彦，永将叙徽猷。当思共攀陟，东南看斗牛。"④李缜《奉和郎中游仙岩四瀑布寄包秘监李吏部赵婺州中丞齐处州谏议十四韵》诗云："符守分珪组，放情在丘峦。悠然造云族，忽尔登天坛。求古理方赜，玩奇物不殚。晴光散崖壁，瑞气生芝兰。中有四瀑水，奔流状千般。风云隐岩底，雨雪霏林端。晶晶含古色，飗飗引晨寒。澄潭见猿饮，潜穴知龙盘。坐憩苔石遍，仰窥杉桂攒。幽蹊创高躅，灵药余仙餐。携赏喜康乐，示文惊建安。缫缃炳

---

① [清]董诰：《全唐文》卷六八〇，第6954页。
② [清]彭定求：《全唐诗》卷八八七，第10029页。
③ [宋]赵明诚撰，金文明校证：《金石录校证》卷九，第175页。
④ [清]彭定求：《全唐诗》卷八八七，第10030页。

珠宝,中外贻同官。末调亦何为,辄陪高唱难。惭非御徒者,还得依门栏。"①孟翔亦有《奉和郎中游仙山四瀑布兼寄李吏部包秘监判官》诗云:"昔人恣探讨,飞流称石门。安知郡城侧,别有神泉源。疏凿意大禹,勤求闻轩辕。悠悠几千岁,翳荟群木繁。奇状出蔽蔓,胜概毕讨论。沿崖百丈落,奔注当空翻。下如散雨足,上拟屯云根。变态凡几处,静神竟朝昏。渴贤寄珠玉,受馥寻兰荪。萝茑冒紫绶,岩隈驻朱辒。方思谢康乐,好事名空存。"②灵澈亦有《奉和郎中题仙岩瀑布十四韵》诗云:"致闲在一郡,民安已三年。每怀贞士心,孙许犹差肩。采异百代后,得之古人前。扪险路块圠,临深闻潺湲。上有千岁树,下飞百丈泉。清谷长雷雨,丹青凝霜烟。遥将大壑近,暗与方壶连。白石颜色寒,老藤花叶鲜。轩皇自兹去,乔木空依然。碧山东极海,明月高升天。平野生竹柏,虽远地不偏。永愿酬国恩,自将布金田。穆穆早朝人,英英丹陛贤。谁思沧洲意,方欲涉巨川。"③

此外,王贞白有《仙岩二首》诗:"白烟昼起丹灶,红叶秋书篆文。二十四岩天上,一鸡啼破晴云。""风呼山鬼服役,月照衡薇结花。江暖客寻瑶草,洞深人咽丹霞。"④结合其《泛镜湖□□》与贯休《送王贞白重试东归》推知,其进士及第后东归,曾路过浙东,游览镜湖、仙岩等地并作诗。据洪迈《容斋四笔》卷六"乾宁覆试进士"条载:"唐昭宗乾宁二年试进士,刑部尚书崔凝下二十五人。放榜后,宣诏翰林学士陆扆、秘书监冯渥入内,各赠衣一副及毡被,于武德殿前覆试,但放十五人。自状头张贻范以下重落,其六人许再入举场,四人所试最下,不许再入,苏楷其一也。……信州永丰人王正白,时再试中选,郡守为改所居坊名曰'进贤',且减户税,亦后来所无。"⑤王贞白登第在乾宁二年(895),则其游仙岩并赋诗应在此后不久。

2.《永嘉百咏》与永嘉名山

除了仙岩外,温州尚有多处山峰,集中出现在温州刺史张又新笔下。据宋祝穆《方舆胜览》卷九记载,张又新在温州,"为守,自《孤屿》以下赋三十五篇"⑥。今所存者登览游山之作有《孤屿》《游白鹤山》《帆游山》《华盖山》《吹台山》《白石》《青岙山》《中界山》《郭公山》《常云峰》等。

---

① [清]彭定求:《全唐诗》卷八八七,第 10029—10030 页。
② [清]彭定求:《全唐诗》卷八八七,第 10030—10031 页。
③ [清]彭定求:《全唐诗》卷八八八,第 10035 页。
④ [清]彭定求:《全唐诗》卷七〇一,第 8065 页。
⑤ [宋]洪迈:《容斋四笔》卷六,《容斋随笔》,第 701 页。
⑥ [宋]祝穆:《方舆胜览》卷九,上海古籍出版社 2012 年版,第 114 页。

　　孤屿,即孤屿山,《太平寰宇记》卷九九"温州·永嘉县":"孤屿,在州南四里,永嘉江中。渚长三百丈,阔七十步,屿有二峰。"①《弘治温州府志》卷三《叙山》:"孤屿,在府城北屬江中。与城对峙,绝比金鱼之胜。东西有二峰,按前世皆云孤屿,不知何年析为两峰。宋南渡后蜀僧清了塞两峰之中江尽为陆地,建巨刹在上,成大丛林。今有江心寺。"②《浙江通志》载:"孤屿山,《江心志》:在(温州)郡北江中,因名江心。东西广三百余丈,南北半之,距城里许。初离为两山,筑二塔于其巅,中贯川流,为龙潭。川中有小山,即孤屿。宋时有蜀僧清了,以土窒龙潭,联两山,成今址。孤屿之椒,露于佛殿后。"③作为江中名胜,谢灵运有《登江中孤屿》云:"怀杂道转迥,寻异景不延。乱流趋正绝,孤屿媚中川。云日相辉映,空水共澄鲜。表灵物莫赏,蕴真谁为传。想像昆山姿,缅邈区中缘。始信安期术,得尽养生年。"④将美景与心中的苦闷融合在一起,成为千古名篇,这对孟浩然诗影响也很大。《雍正浙江通志》记载:"浩然楼,王叔杲《孤屿记》:孤屿江心寺,林木交荫,殿阁辉敞。独浩然楼峻竦洞达,坐其中,沧波可吸,千峰森前。孟襄阳所咏'众山遥对酒'是也。"⑤张又新《孤屿》诗云:"碧水透迤浮翠巘,绿萝蒙密媚晴江。不知谁与名孤屿,其实中川是一双。"⑥宋人杨蟠也有《登孤屿》诗:"把麾何所往,海上有名山。潮落鱼堪拾,云低雁可攀。一城仙岛外,双塔画图间。当路谁知己,天应赐我闲。"⑦所登即温州孤屿山。

　　白鹤山,《大明一统志》卷四八"温州府":"丹霞山,在乐清县治西,一名白鹤山,常有白鹤栖鸣山上,晋张文君炼丹于此。"⑧《游白鹤山》诗《全唐诗》录文有误,陈尚君《全唐诗续拾》进行了重录:"见永乐《乐清志》卷二、同治丙寅年刊齐召南纂《温州府志》卷四。按:《全唐诗》卷四七九收本诗有缺误,今重录之。"诗云:"白鹤山边秋复春,文君宅畔少风尘。欲驱五马寻真隐,谁是当年入竹人?"⑨白鹤山亦是苏轼初来温州寓居之地,苏轼有《白鹤山新居凿井四十尺遇磐石石尽乃得泉》诗:"海国困

---

①　[宋]乐史:《太平寰宇记》卷九九,第1979页。

②　[明]王瓒:《弘治温州府志》卷三,《天一阁藏明代方志选刊续编》第32册,上海书店出版社2014年版,第97页。

③　[清]嵇曾筠、沈翼机等:《雍正浙江通志》卷二〇,《景印文渊阁四库全书》第519册,第561页。

④　[梁]萧统:《文选》卷二六,第498页。

⑤　[清]嵇曾筠、沈翼机等:《雍正浙江通志》卷五〇,《景印文渊阁四库全书》第520册,第362页。

⑥　[清]彭定求:《全唐诗》卷四七九,第5453—5454页。

⑦　[清]齐召南:《温州府志》卷二八,台湾成文出版社有限公司1983年版,第2241页。

⑧　[清]李贤:《大明一统志》卷四八,第2138页。

⑨　陈尚君:《全唐诗续拾》卷二七,《全唐诗补编》,第1061页。

蒸潻，新居利高寒。以彼陟降劳，易此寝处乾。但苦江路峻，常惭汲腰酸。矻矻烦四夫，硗硗斫层峦。弥旬得寻丈，下有青石磐。终日但进火，何时见飞澜。丰我粢与醪，利汝椎与钻。山石有时尽，我意殊未阑。今朝僮仆喜，黄土复可抟。晨瓶得雪乳，暮瓮停冰湍。"①因地处温州，故有"海国"之谓。

帆游山，《弘治温州府志》卷三《叙山》："帆游山，在（瑞安）县北四十五里界永嘉，东接大罗山。《永嘉记》云：'地尝为海，舟楫之利，往来岑岭，故名。'"②《光绪永嘉县志》载："帆游山，在城南三十里吹台之支，南接瑞安界，东接大罗山，地昔为海，多舟楫往来之处，山以此名，谢灵运游赤石进帆海即此。"③谢灵运曾作《游赤石进帆海》诗云："首夏犹清和，芳草亦未歇。水宿淹晨暮，阴霞屡兴没。周览倦瀛壖，况乃凌穷发。川后时安流，天吴静不发。扬帆采石华，挂席拾海月。溟涨无端倪，虚舟有超越。仲连轻齐组，子牟眷魏阙。矜名道不足，适己物可忽。请附任公言，终然谢天伐。"④这里的"进帆海"应与帆游山相关。张又新《帆游山》诗云："涨海尝从此地流，千帆飞过碧山头。君看深谷为陵后，翻覆人间未肯休。"⑤亦可见此地曾为海，也是舟楫往来之处。

华盖山，位于温州市鹿城区东面，因山形如华盖得名。张又新《华盖山》诗云："一岫坡陀凝绿草，千重虚翠透红霞。愁来始上消归思，见尽江城数百家。"⑥《弘治温州府志》卷三《叙山》："华盖山，又名东山，在郡东偶，城俯其上，周回九里。初郭璞建城，望九山连亘如北斗状，此山居中锁其斗口。灵运于此建亭赋诗。"⑦《乾隆温州府志》卷四《山川》："华盖山，在府治正东，一名东山。城跨其上。《太平寰宇记》：'山遥望似华盖，有涌泉，旱则水不减，雨则水不加。'谢公与从弟书曰：'地无佳井，赖有山泉。'即此。《万历府志》：'郡城九斗山，此山锁其口，有容成太玉洞。'《道书》为天下第十八洞天。又有石龟潭、三生石、青牛坞、丹井、蒙泉诸胜。《名胜志》：'山巅建吸江亭，今改大观亭，亦名江山一览亭，久经倾圮。'"⑧宋人杨蟠亦有《华盖

① ［宋］苏轼撰，［清］王文诰辑注，孔凡礼点校：《苏轼诗集》卷四〇，中华书局1982年版，第2217—2218页。

② ［明］王瓒：《弘治温州府志》卷三，《天一阁藏明代方志选刊续编》第32册，第106页。

③ ［清］王棻：《光绪永嘉县志》卷二，光绪八年刻本，第16b页。

④ ［梁］萧统：《文选》卷二二，第1436页。

⑤ ［清］彭定求：《全唐诗》卷四七九，第5453页。

⑥ ［清］彭定求：《全唐诗》卷四七九，第5453页。

⑦ ［明］王瓒：《弘治温州府志》卷三，《天一阁藏明代方志选刊续编》第32册，第95页。

⑧ ［清］齐召南：《温州府志》卷四，第195—196页。

山诗》："七山如北斗,城锁几重重。斗口在何处,正当华盖峰。"①

　　吹台山,《弘治温州府志》卷三《叙山》："吹台山,在吹台乡高处,正平如台。古传王子晋吹笙台。此山广袤二十余里,山之阴属永嘉县境,山之阳属瑞安县境。崖壁峭拔之处,镌不可思议功德字,盖神笔也。"②《光绪永嘉县志·叙山》载："吹台山,在城南二十里,高处平正如台,相传王子晋吹笙之所。"③张又新《吹台山》诗云:"吹台山上彩烟凝,日落云收叠翠屏。应谓焦桐堪采斫,不知谁是柳吴兴。"④

　　白石山,又称白石岩,《弘治温州府志》卷三《叙山》："白石山,去县西三十里。唐天宝元年改名五色山,高一千丈,周回二百三十里,纯石无土木,乃十二真君所居之地。岩上有升仙坛、屑玉泉、列玉洞、连珠潭、百丈岩、霹雳岩、藏真坞、应天洞、曳鼻岩、莲花石。"⑤宋人沈绅有《白石山记》:"予闻至道间,天子无事,有言少和筑室于岩,善辟谷,得摄生之术。召对便殿,访以治国修身之要,竟不夺其志,赐金以遂其归。自是白石名益暴于世,好事者相踵以往。"⑥谢灵运有《白石岩下径行田》诗:"小邑居易贫,灾年民无生。知浅惧不周,爱深忧在情。旧业(一作莓蕾)横海外,芜秽积颓龄。饥馑不可久,甘心务经营。千顷带远堤,万里泻长汀。洲流涓浍合,连统塍埒并。虽非楚宫化,荒阙亦黎萌。虽非郑白渠,每岁望东京。天鉴傥不孤,来兹验微诚。"⑦张又新《行田诗》云:"白石岩前湖水春,湖边旧境有清尘。欲追谢守行田意,今古同忧是长人。"⑧诗题一作《白石岩》。诗的第一句描写白石岩之景,第三句是怀念谢灵运白石行田之事,谢诗对唐诗之路的影响可见一斑。

　　青岙山,《弘治温州府志》卷三《叙山》："青奥山,在海中,两山如门,今名青奥门。张守又新云:海中山也。西至郡城二百里。宋永明中颜守延于此方亭观海。"⑨《乾隆温州府志》卷四《山川·永嘉》载："青岙山,在府城东北二百里海中。《名胜志》:两山对峙,郡守颜延之有观海亭,今名青岙门。《方舆纪要》:唐天佑末钱镠使其子传瓘攻温州,州将卢佶将水军拒于青岙,传瓘曰:'佶精兵尽在此,不可与

① 〔清〕齐召南:《温州府志》卷四,第196页。
② 〔明〕王瓒:《弘治温州府志》卷三,《天一阁藏明代方志选刊续编》第32册,第98页。
③ 〔清〕王棻:《光绪永嘉县志》卷二,光绪八年刻本,第15b页。
④ 〔清〕彭定求:《全唐诗》卷四七九,第5453页。
⑤ 〔明〕王瓒:《弘治温州府志》卷三,《天一阁藏明代方志选刊续编》第32册,第112页。
⑥ 〔清〕施元孚:《白石山志》卷三,《乐清文献丛书》第2辑,线装书局2013年版,第78页。
⑦ 〔南朝宋〕谢灵运著,黄节注:《谢康乐诗注》卷二,第67页。
⑧ 〔清〕彭定求:《全唐诗》卷四七九,第5452页。
⑨ 〔明〕王瓒:《弘治温州府志》卷三,《天一阁藏明代方志选刊续编》第32册,第102页。

敌。'乃自安固舍舟间道袭温州,克之。宋德祐二年,元兵至临安,宰相陈宜中遁归青岙,即此。"①张又新《青岙山》诗云:"灵海泓澄匝翠峰,昔贤心赏已成空。今朝亭馆无遗制,积水沧浪一望中。"②诗中亭馆当即颜守延观海之处。

郭公山,《温州府志》卷四《山川》:"郭公山,在府治西北。《万历志》:'晋郭璞卜城登此,故名。'《旧志》:'山上有富览亭,久圮。'"③《永嘉县志》卷二《山川》:"郭公山,在县治西北,城跨其上。晋郭璞登此卜城,故名。④张又新《郭公山》诗云:"昔贤登步立神州,气象千年始一浮。南望群州如列宿,北观江水似龙虬。"⑤诗中"昔贤"当即郭璞。

青嶂山,《弘治温州府志》卷三《叙山》:"青嶂山,在郡西北四十里。即陶贞白隐居之地。"⑥谢灵运有《登永嘉绿嶂山》诗云:"裹粮杖轻策,怀迟上幽室。行源径转远,距陆情未毕。澹潋结寒姿,团栾润霜质。涧委水屡迷,林迥岩逾密。眷西谓初月,顾东疑落日。践夕奄昏曙,蔽翳皆周悉。盅上贵不事,履二美贞吉。幽人常坦步,高尚邈难匹。颐阿竟何端,寂寂寄抱一。恬如既已交,缮性自此出。"⑦张又新《青嶂山》诗:"一派远光澄碧月,万株耸翠猎金飙。陶仙谩学长生术,暑往寒来更寂寥。"⑧诗中"隐仙"盖用陶贞白故事。

大罗山,《弘治温州府志》卷三《叙山》:"大罗山,去郡城东南四十里,跨德政、膺符、华盖三乡及瑞安县崇泰乡,广袤数十里,诸山迤逦,皆其支别也。"⑨《永嘉县志》卷二《山川》:"大罗山,在城东南四十里。东北枕海,广袤四十里……一名泉山。祝穆曰:'此即朱买臣所云越王居保之泉山。'有泉大旱不涸,故名泉山。……西麓则瑞安之仙岩,山多奇胜,古称天下第二十六福地也。"⑩张又新《大罗山》诗云:"越王曾保此山巅,杨仆楼船几控弦。犹有旧时悬冰在,鲛绡千尺玉潺湲。"⑪可见张又新登览之作皆有怀古之意。

① [清]齐召南:《温州府志》卷四,第212—213页。
② [清]彭定求:《全唐诗》卷四七九,第5453页。
③ [清]齐召南:《温州府志》卷四,台湾成文出版社有限公司1983年版,第195—196页。
④ [清]王棻:《光绪永嘉县志》卷二,光绪八年刻本,第5a页。
⑤ 陈尚君:《全唐诗续拾》卷二七,《全唐诗补编》,第1061页。
⑥ [明]王瓒:《弘治温州府志》卷三,《天一阁藏明代方志选刊续编》第32册,第103页。
⑦ [南朝宋]谢灵运著,黄节注:《谢康乐诗注》卷二,第80页。
⑧ [明]王瓒:《弘治温州府志》卷二二,《天一阁藏明代方志选刊续编》第32册,第1206页。
⑨ [明]王瓒:《弘治温州府志》卷三,《天一阁藏明代方志选刊续编》第32册,第99页。
⑩ [清]王棻:《光绪永嘉县志》卷二,光绪八年刻本,第13页。
⑪ 陈尚君:《全唐诗续拾》卷二七,《全唐诗补编》,第1061页。

罗浮山,《弘治温州府志》卷三《叙山》:"罗浮山,在江北岸,距孤屿一望地。右枕平田,前左洪涛。《永嘉记》云:'秦时从海上浮来。'"①张又新《罗浮山》诗云:"江北重峦积翠浓,绮霞遥映碧芙蓉。不知末后沧溟上,减却瀛州第几峰。"②

除了上述几座山峰,张又新尚有《中界山》诗云:"瑟瑟峰头玉水流,晋时遗迹更堪愁。愁人到此劳长望,何处烟波是祖州。"③陈尚君《全唐诗续拾》卷二七据《弘治温州府志》补诗序云:"木榴屿,玉流山也,居海中,去郡城三百里。东晋居人数百家,为孙恩所破,至今湖田尚存。"④《题常云峰》诗云:"仙府云坛莫谩登,彩云香雾昼常烝。君能到此消尘虑,隐豹垂天亦为澄。"⑤《全唐诗续补遗》卷五,诗前有序云:"常云峰,去乐清县东八十里,在雁荡山西谷。以其常有云雾,登者心志则为澄霁。又名灵府山。"⑥张又新诗序亦为确定山峰所在地提供了记载。

张又新任温州刺史之时间,吴在庆《增补唐五代文史丛考》有云:"诗人赵嘏有《送张又新除温州》(《全唐诗》卷五四九)诗,据此张又新当曾任温州刺史。然两《唐书·张又新传》皆未明记此事。……按两《唐书》本传虽不言又新贬温州刺史事,然均记其于李训死后坐贬事。检《全唐文》卷七二一张又新《煎茶水记》云:'及刺永嘉,过桐庐江,至严子濑,溪色至清。'永嘉即温州,则又新确如赵嘏诗所示曾为温州刺史。然其事在何时?考《本事诗·情感》载:'李相绅镇淮南,张郎中又新罢江南郡,素与李构隙。……时于荆溪遇风,漂没二子,悲蹙之中,复惧李之仇己,投长笺自首谢。'据《旧唐书》卷一八上《武宗纪》开成五年(840)九月,'汴州刺史李绅代德裕镇淮南'。则李绅开成五年九月移镇淮南,此时后不久又新方罢江南郡,当时有二子漂没荆溪事。……又新罢江南郡归长安途中经荆溪,且据上考,又新有刺温州事,而温州在荆溪之南,其自温州返长安途中可经荆溪,则此江南郡当指温州。其罢江南郡(温州)之时间据上考约在开成五年九月稍后,则其初任温州,当约在前二三年间,亦即约开成二年前后。此时亦在大和九年(835)底李训被杀之后,与两《唐书》本传所记其于李训死后被贬事亦合。"⑦盖其在温州任职当在开成二年(837)到五年(840)之间,上述游历与赋诗活动都在此间。

①　[明]王瓒:《弘治温州府志》卷三,《天一阁藏明代方志选刊续编》第32册,第97页。
②　[明]王瓒:《弘治温州府志》卷二二,《天一阁藏明代方志选刊续编》第32册,第1204页。
③　[清]彭定求:《全唐诗》卷四七九,第5453页。
④　陈尚君:《全唐诗续拾》卷二七,《全唐诗补编》,第1062页。
⑤　童养年:《全唐诗续补遗》卷五,《全唐诗补编》,第399页。
⑥　童养年:《全唐诗续补遗》卷五,《全唐诗补编》,第399页。
⑦　吴在庆:《增补唐五代文史丛考》,黄山书社2006年版,第164页。

（六）明州

1.四明山

四明山为明州境内名山,从天台山发脉,绵亘于嵊县、上虞、余慈溪、奉化等县,历来闻名于世。唐开元年间分越州之县立明州,便是取四明山之"明"。《读史方舆纪要》:"四明山,在绍兴府余姚县南百十里,宁波府鄞县西南百五十里,亘两郡之境,蟠跨数县。由鄞县小溪镇入者曰东四明,由余姚白水山入者曰西四明,由奉化雪宝山入者则直曰四明,层峦绝壁,深溪广谷,高迥幽异。孙绰赋云'涉海则有方丈、蓬莱,登陆则有四明、天台',盖灵仙之窟宅也。《唐六典》:'江南道名山曰四明。'山凡二百八十峰,四面形胜,各有区分,中通一溪曰簟溪。群峰之中有分水岭。石窗四面玲珑,每天地澄霁,望之如户牖,中通日月星辰之光,亦名四窗,故曰四明。其岩洞冈岭之属,随地立名者以数百计。大抵余姚、上虞、鄞县、奉化境内诸山,以奇胜称者,皆四明也。"①

四明山之出名,主要在巍峨的群峰和玲珑的石窗。道书称四明山为第九洞天,名丹山赤水之天。石窗土名大俞山,南有石室,高五丈,广六十丈,中有三块石,分一室而为四,从下面往上望,好比楼窗,因此又称四窗。祝穆《方舆胜览》卷七《庆元府》:"四明山,在州西八十里。陆龟蒙云:'山有峰,最高四穴在峰上,每天色晴霁,望之如户牖相倚。'《福地记》云:'三十六洞天第九曰四明山,二百八十峰洞,周回一百八十里,名丹山赤水之天。上有四门,通日月星辰之光,故曰四明山。'"②

唐以来,四明山一直是明州重要的游胜之地,为唐人所向往,贺知章晚年就以"四明狂客"为号。寻访而至的诗人中,施肩吾咏四明山诗篇较多,有《忆四明山泉》:"爱彼山中石泉水,幽深夜夜落空里。至今忆得卧云时,犹自涓涓在人耳。"③《寄四明山子》:"高栖只在千峰里,尘世望君那得知。长忆去年风雨夜,向君窗下听猿时。"④《同诸隐者夜登四明山》:"半夜寻幽上四明,手攀松桂触云行。相呼已到无人境,何处玉箫吹一声。"⑤《宿四明山》:"黎洲老人命余宿,杳然高顶浮云平。下视不知几千仞,欲晓不晓天鸡声。"⑥张籍《送施肩吾东归》诗有:"世业偏临七里濑,

---

① ［清］顾祖禹撰,贺次君、施和金点校:《读史方舆纪要》卷八九,第4103页。
② ［宋］祝穆:《宋本方舆胜览》卷七,第100页。
③ ［清］彭定求:《全唐诗》卷四九四,第5591页。
④ ［清］彭定求:《全唐诗》卷四九四,第5603—5604页。
⑤ ［清］彭定求:《全唐诗》卷四九四,第5608页。
⑥ ［清］彭定求:《全唐诗》卷四九四,第5609页。

仙游多在四明山。”[1]可相印证。皮日休、陆龟蒙有《四明山诗》唱和十八首，陆龟蒙《四明山诗》，前有序云：“谢遗尘者，有道之士也，尝隐于四明之南雷。一旦访予来，语不及世务，且曰：‘吾得于玉泉生，知子性诞逸，乐神仙中书，探海岳遗事，以期方外之交。虽铜墙鬼炊，虎狱剑饵，无不窥也。今为子语吾山之奇者。有峰最高，四穴在峰上。每天地澄霁，望之如牖户，相传谓之石窗，即四明之目也。山中有云不绝者二十里，民皆家云之南北，每相从，谓之过云，有鹿亭，有樊榭，有潺湲洞。木实有青棂子，味极甘而坚，不可卒破。有猿，山家谓之鞠侯。其他在图籍，不足道也。凡此佳处，各为我赋诗。’予因作九题，题四十字。谢省之曰：‘玉泉生真不诬矣！’好事者为予传之，因呈袭美。”[2]盖因受从四明山而来的道士谢遗尘之请而作。皮、陆二人实未到过四明山，而是根据谢遗尘的介绍而作这一组诗，诗收入《松陵集》[3]。该集是唐懿宗咸通十一年(870)、十二年(871)间，崔璞任苏州刺史时，辟召皮日休、陆龟蒙为从事。崔璞与皮陆等人唱和，共得六百九十八首诗作，由陆龟蒙编成《松陵集》，并由皮日休作序。因咸通十二年(871)暮春崔璞即罢职，则这组唱和诗当作于此前。

(七)婺州

唐人在婺州游历较多的主要是赤松山。《读史方舆纪要》云：“金华山，在金华府北二十里，亘金华、兰溪、义乌、浦江之境。一名长山，山岭有双峰，皆流泉下注……山西南五里曰芙蓉山，高千余丈，孤峰独起，秀若芙蓉，一名尖峰山。相接者曰赤松山，亦在府北十五里。有赤松宫，祠黄初平。太祖初下婺城，驻跸于此。其东有卧羊山。即晋赤松子黄初平叱石成羊处。”[4]王士性《五岳游草》：“金华山高千丈，一名长山，又名北山。山巅双峦，曰金盆、曰玉壶。壶水分两派下，下乎山之阳者，由山桥以达于溪；泻乎山之阴者，由鹿田而入于洞。盆水惟一派，落而为赤松涧。山桥者，两崖峙百仞，上有石横跨之，溪流下注焉，故于诸涧为尤胜。山之右为赤松山，又右为知者寺。寺在芙蓉峰西畔，出城二十里乃至。西去则为三洞，东行乃望紫岩，岩东三里则赤松宫也。”[5]盖赤松山为金华山之一部分。贯休《和杨使君游赤松山》诗云：“为郡三星无一事，龚黄意外扳乔松。日边扬历不争路，云外苔藓

---

① ［清］彭定求：《全唐诗》卷三八五，第 4339 页。

② ［清］彭定求：《全唐诗》卷六二二，第 7157 页。

③ ［唐］皮日休、陆龟蒙等撰，王锡九校注：《松陵集校注》卷五，第 937—976 页。

④ ［清］顾祖禹撰，贺次君、施和金点校：《读史方舆纪要》卷八九，第 4105—4106 页。

⑤ ［明］王士性著，朱汝略点校：《五岳游草》卷四，浙江古籍出版社 2013 年版，第 76 页。

须留踪。溪月未落漏滴滴,隼旆已入山重重。扪萝盖输山屐伴,驻旆不见朝霞浓。乳猿剧黠挂险树,露木翠脆生诸峰。初平谢公道非远,黯然物外心相逢。石羊依稀龁瑶草,桃花仿佛开仙宫。终当归补吾君衮,好山好水那相容。"①该诗创作时间,胡大浚《贯休歌诗系年笺注》卷五注云:"杨使君:指杨发。大中十二年四月任广州刺史、岭南节度使时,岭南军乱被乱军所囚,坐贬婺州刺史。诗言'为郡三星',则当作于咸通元年(860)。"②可从。又有《宿赤松山观题道人水阁兼寄郡守》诗云:"珠殿香軿倚翠棱,寒栖吾道寄孙登。岂应肘后终无分,见说仙中亦有僧。云敛石泉飞险窦,月明山鼠下枯藤。还如华顶清谈夜,因有新诗寄郑弘。"③诗中"郡守"亦为杨发,诗题中"道人"即舒道纪。《金华赤松山志》"人物类"云:"舒先生:先生名道纪,唐代人也。生长于婺,为赤松黄冠师。……自号华阴子,常与禅月大师贯休为莫逆交。日夕瞻仰二皇君之祠。……曾有诗曰:'松老赤松源,松间庙宛然。人皆有兄弟,谁共得神仙。双鹤冲天去,群羊化石眠。至今丹井水,香满此山田。'其后亦却食,不疾而化。"④贯休有《闻赤松舒道士下世》诗,原注:"东阳未乱前相别"⑤,东阳之乱指广明元年黄巢起义波及婺州的事件。东阳之乱前,贯休与舒道纪相别后就没有再见,一直到舒氏下世,贯休又作此诗悼念,可见贯休作为高僧,与道教高人亦有往还。

二、浙东胜水与诗人诗迹

与名山相对应,浙东的名水也与众多神话传说、历史故事等人文内涵紧密相连。江河溪流作为大地的雕塑家,塑造了千姿百态的风景,也吸引了众多诗人泛舟游览。浙东名川,因其深厚的文化底蕴与交通要道的天然优势,吸引了大量诗人身临其中。

(一)剡溪

剡溪为曹娥江干流,流经嵊州一段的河流称剡溪,又称剡中、剡江、剡汀、戴湾、戴逵滩等。剡溪众源并注,万壑争流,两岸风景如画,历来为文人向往之地。《剡

---

① [清]彭定求:《全唐诗》卷八二八,第9328页。
② [唐]贯休著,胡大浚笺注:《贯休歌诗系年笺注》卷五,第277页。
③ [清]彭定求:《全唐诗》卷八三七,中华书局1960年版,第9433页。
④ [宋]倪守约:《金华赤松山志》,《道藏》第11册,第74页。
⑤ [清]彭定求:《全唐诗》卷八三〇,第9365页。

录》卷四"王、谢饮水"条载:"世传王、谢诸人,雪后泛舟至此,徘徊不能去,曰:'虽寒,强饮一口。'在县北二十里。"①剡溪最著名的典故是《世说新语·任诞篇》所载王徽之寻访戴逵之事:"王子猷居山阴,夜大雪,眠觉,开室,命酌酒。四望皎然,因起彷徨,咏左思《招隐》诗。忽忆戴安道,时戴在剡,即便夜乘小船就之。经宿方至,造门不前而返。人问其故,王曰:'吾本乘兴而行,兴尽而返,何必见戴?'"②王羲之、谢灵运等人的隐居,一代名士潇洒自适的真性情,加深了剡溪厚重的文化底蕴,也成为后世文人向往和崇敬之地。

李白与剡溪有不解之缘,他一生多次入剡,留下了大量吟咏剡溪的佳作。《梦游天姥吟留别》中曾忘情高歌:"我欲因之梦吴越,一夜飞度镜湖月。湖月照我影,送我至剡溪。"③《别储邕之剡中》描述舟行剡溪的景色:"借问剡中道,东南指越乡。舟从广陵去,水入会稽长。竹色溪下绿,荷花镜里香。辞君向天姥,拂石卧秋霜。"④安史之乱后洛阳沦陷,李白还曾考虑避乱剡中,《经乱后将避地剡中留赠崔宣城》诗云:"忽思剡溪去,水石远清妙。雪尽天地明,风开湖山貌。"⑤直至隐居庐山时,剡溪依旧是他魂牵梦萦的存在:"会稽风月好,却绕剡溪回。云山海上出,人物镜中来"⑥"兴从剡溪起,思绕梁园发"⑦"若教月下乘舟去,何啻风流到剡溪"⑧"多沽新丰醁,满载剡溪船"⑨都表达了他对剡溪的钟情。杜甫游剡溪,最突出的感受是其"秀异",《壮游》诗叙述游浙东之经历云:"越女天下白,鉴湖五月凉。剡溪蕴秀异,欲罢不能忘。归帆拂天姥,中岁贡旧乡。"⑩越地奇异的山水风景与深厚的人文底蕴融合无间,使得杜甫发出了"欲罢不能忘"的感叹。

萧颖士曾游越州,其《越江秋曙》诗云:"扁舟东路远,晓月下江滨。激滟信潮上,苍茫孤屿分。林声寒动叶,水气曙连云。暾日浪中出,榜歌天际闻。伯鸾常去国,安道惜离群。延首剡溪近,咏言怀数君。"⑪称自己一入剡溪便起了诗兴。据其

---

①　[宋]高似孙:《剡录》卷四,《宋元方志丛刊》第 7 册,第 7223 页。

②　余嘉锡:《世说新语笺疏》下卷上,中华书局 1983 年版,第 760 页。

③　[清]彭定求:《全唐诗》卷一七四,第 1779 页。

④　[清]彭定求:《全唐诗》卷一七四,第 1783 页。

⑤　[清]彭定求:《全唐诗》卷一七一,第 1764 页。

⑥　[清]彭定求:《全唐诗》卷一七〇《赠王判官时余归隐庐山屏风叠》,第 1749 页。

⑦　[清]彭定求:《全唐诗》卷一六八《淮海对雪赠傅霭》,第 1731 页。

⑧　[清]彭定求:《全唐诗》卷一七九《东鲁门泛舟二首》,第 1823 页。

⑨　[清]彭定求:《全唐诗》卷一六九《叙旧赠江阳宰陆调》,第 1744 页。

⑩　[清]彭定求:《全唐诗》卷二二二,第 2358 页。

⑪　[清]彭定求:《全唐诗》卷一五四,第 1597 页。

《庭莎赋并序》:"天宝十载,予以史臣推择,待诏阙下,僻直多忤,连岁不偶。……往岁久游剡中,将遂终焉,朝旨迫召,故不获展,著《白鹇赋》,以寄斯意。"①又有《白鹇赋并序》:"天宝辛卯岁,予飘泊江介,流寓逾时。秋八月,自山阴前次东阳。方议夫南登西泛,极闻见之义,谅褊怀所素蓄,而未之从也。会有命自天,召赴京阙,适与兹鸟偕,至于会稽之传舍。"②"天宝辛卯岁"即天宝十载(751),又陈铁民《萧颖士系年考证》:"本年八月之前,颖士在越,八月,应召自越至京。"③可知萧氏本有终老剡中之志,虽然最终在越时间并不是很长,但临近剡溪,引起了他对故人的诸多感怀和诗兴。

陆羽游越中,有《会稽东小山》诗云:"月色寒潮入剡溪,青猿叫断绿林西。昔人已逐东流去,空见年年江草齐。"④诗题一作《赴剡溪暮发曹江》。赵天相作《试解陆羽〈会稽东小山〉诗》略云:"贞元二年(786),朱放受诏聘为中书省右拾遗,刘长卿等有诗相赠。进京后未就任,旋即离京。离京后曾至润州,贞元三年(787年)卒于广陵舟中。也是数年前李季兰应诏赴京留诗告别友人之处。顾况云:'(放)有志未就,卒于广陵舟中'(见前《序》)。时戴叔伦尚在抚州刺史任上,有《哭朱放》诗:'最是不堪回首处,九泉烟冷树苍苍。'时当冬日。陆羽时在江西南昌肖瑜幕府,必亦有所闻。贞元五年(789年)戴叔伦亦卒。其时陆羽正应邀赴容州李复幕府,途经端州恰适自容州病归的戴叔伦,戴有《容州回逢陆三别》诗。这一别却成了永别。又三年,贞元八年(792年),李复奉诏迁南阳节度使,陆羽随行北返,经洪州返回湖州,归隐青塘别业。返回途中,溯剡溪,越会稽。月寒猿啼,东山清溪依旧,昔友皆逝,感慨唏嘘不已。"⑤可从。诗前两句描写舟行剡溪两岸之景,从"寒潮""江草齐"之语判断,应作于春季。

剡溪作为浙东的交通要道,是诗人途经剡县最重要的吟咏对象。除了直接的吟咏,诗人的唱和酬赠诗中也常出现"剡溪"意象,剡溪俨然是越地标志性的胜迹。如刘长卿《贾侍郎自会稽使回篇什盈卷兼蒙见寄一首与余有挂冠之期因书数事率成十韵》诗云:"江上逢星使,南来自会稽。惊年一叶落,按俗五花嘶。上国悲芜梗,中原动鼓鼙。报恩看铁剑,衔命出金闺。风物催归绪,云峰发咏题。天长百越外,

---

① [清]董诰:《全唐文》卷三二二,第3264页。
② [清]董诰:《全唐文》卷三二二,第3263页。
③ 陈铁民:《萧颖士系年考证》,《唐代文史研究丛稿》,中国社会科学出版社2013年版,第156页。
④ [清]彭定求:《全唐诗》卷三〇八,第3492—3493页。
⑤ 赵天相:《试解陆羽〈会稽东小山〉诗》,《农业考古》2010年第2期。

潮上小江西。鸟道通闽岭，山光落剡溪。暮帆千里思，秋夜一猿啼。柏树荣新垅，桃源忆故蹊。若能为休去，行复草萋萋。"①该诗的创作背景，储仲君《刘长卿诗编年笺注》考证曰："贾侍御，名未详。长卿另有《送贾侍御克复后入京》诗，当为同一人。会稽，越州属县。诗云：'上国悲芜梗，中原动鼓鼙。'当在禄山乱初。而据'挂冠之期'云云，则长卿时已任职。是知此诗当作于至德二载（七五七）秋。"②杨世明《刘长卿集编年校注》亦同此说③。刘长卿还有《送荀八过山阴旧县兼寄剡中诸官》诗云："访旧山阴县，扁舟到海涯。故林嗟满岁，春草忆佳期。晚景千峰乱，晴江一鸟迟。桂香留客处，枫暗泊舟时。旧石曹娥篆，空山夏禹祠。剡溪多隐吏，君去道相思。"④关于此诗，储仲君《刘长卿诗编年笺注》认为作于大历二年（767）、三年（768）间⑤。从诗中"春草忆佳期"句，可以判断当作于春日。

宝应元年（762），袁傪在浙东镇压袁晁起义，行军浙东，路过剡溪，与多位诗人属词唱和，袁傪原诗已不存。刘长卿《和袁郎中破贼后军行过剡中山水谨上太尉》诗云："剡路除荆棘，王师罢鼓鼙。农归沧海畔，围解赤城西。赦罪春阳发，收兵太白低。远峰来马首，横笛入猿啼。兰渚催新幄，桃源识故蹊。已闻开阁待，谁许卧东溪。"⑥杨世明《刘长卿集编年校注》云："广德元年（763）春夏间扬州作。袁郎中：指袁傪，为河南副元帅李光弼行军司马，检校兵部郎中兼御史中丞。破贼：指镇压袁晁起义。据《旧唐书·代宗纪》载：宝应元年八月，'台州贼袁晁陷台州，连陷浙东州县'。广德元年三月，'袁傪破袁晁之众于浙东'。四月，'河南副元帅李光弼奏生擒袁晁，浙东州县尽平'。袁傪诗当作于三四月间回师过剡中时。剡中，指剡县剡溪一带，为著名风景区。"⑦储仲君《刘长卿诗编年笺注》亦同⑧。除了刘长卿，同时和诗的还有皇甫冉、李嘉祐等。李嘉祐《和袁郎中破贼后经剡县山水上太尉》诗云："受律仙郎贵，长驱下会稽。鸣笳山月晓，摇旆野云低。翦寇人皆贺，回军马自嘶。地闲春草绿，城静夜乌啼。破竹清闽岭，看花入剡溪。元戎催献捷，莫道事攀

①　［清］彭定求：《全唐诗》卷一四九，第1541—1542页。
②　储仲君：《刘长卿诗编年笺注》，第142—143页。
③　杨世明：《刘长卿集编年校注》，第133页。
④　［清］彭定求：《全唐诗》卷一四九，第1530页。
⑤　储仲君：《刘长卿诗编年笺注》，第301页。
⑥　［清］彭定求：《全唐诗》卷一四八，第1527页。
⑦　杨世明：《刘长卿集编年校注》，第255页。
⑧　储仲君：《刘长卿诗编年笺注》，第236页。

跻。"①皇甫冉《和袁郎中破贼后经剡中山水》诗云:"武库分帷幄,儒衣事鼓鼙。兵连越徼外,寇尽海门西。节比全疏勒,功当雪会稽。旌旗回剡岭,士马濯耶溪。受律梅初发,班师草未齐。行看佩金印,岂得访丹梯。"②创作时间与刘长卿诗歌一致,在对军队班师场景的描写中,都融入了剡溪周边的景色特质。

描写剡溪风物人文的尚有李颀《送山阴姚丞携妓之任兼寄苏少府》:"山阴政简甚从容,到罢惟求物外踪。落日花边剡溪水,晴烟竹里会稽峰。才子风流苏伯玉,同官晓暮应相逐。加餐共爱鲈鱼肥,醒酒仍怜甘蔗熟。知君练思本清新,季子如今得为邻。他日知寻始宁墅,题诗早晚寄西人。"③将剡溪水与会稽山并列,可见越中怡人之景。鲈鱼、甘蔗、始宁墅亦是会稽独特的风物和建筑。除了上述这些,剡溪茶亦受到诗人喜爱。皎然《饮茶歌诮崔石使君》诗云:"越人遗我剡溪茗,采得金牙爨金鼎。素瓷雪色缥沫香,何似诸仙琼蕊浆。一饮涤昏寐,情来朗爽满天地。再饮清我神,忽如飞雨洒轻尘。三饮便得道,何须苦心破烦恼。此物清高世莫知,世人饮酒多自欺。愁看毕卓瓮间夜,笑向陶潜篱下时。崔侯啜之意不已,狂歌一曲惊人耳。孰知茶道全尔真,唯有丹丘得如此。"④不仅形象生动地描述出了剡溪茶的形貌特点,还专门讲述了品饮此茶的感受:第一饮达到"涤昏寐",第二饮达到"清我神",第三饮达到最高境界"得道",凸显了饮茶的清高意境。

剡溪同时也是诗人们隐居越州的安家之选,诗人秦系和朱放都曾在此地隐居,详见下一章。

(二)若耶溪

若耶溪,《嘉泰会稽志》卷一〇"会稽县":"若耶溪在县南二十五里,溪北流,与镜湖合。《越绝》云:'若耶之溪,涸而出铜。'《吴越春秋》云:'赤堇之山已合无云,若邪之溪深而莫测。'"⑤耶溪之水至清澈,照山倒影,窥之如画,诗情画意使历代的文人雅士流连忘返。南北朝时期诗人王籍著名诗篇《入若耶溪》"蝉噪林逾静,鸟鸣山更幽",一静一动间生动刻画若耶溪岸幽静风景。杜甫《奉先刘少府新画山水障歌》有"若耶溪,云门寺,吾独胡(一作何)为在泥滓,青鞋布袜从此始"⑥,亦是见画生发

---

① 〔清〕彭定求:《全唐诗》卷二〇七,第 2161 页。
② 〔清〕彭定求:《全唐诗》卷二五〇,第 2829 页。
③ 〔清〕彭定求:《全唐诗》卷一三三,第 1357—1358 页。
④ 〔清〕彭定求:《全唐诗》卷八二一,第 9260 页。
⑤ 〔清〕施宿:《嘉泰会稽志》卷一〇,《宋元浙江方志集成》第 4 册,第 1846 页。
⑥ 〔清〕仇兆鳌:《杜诗详注》卷四,第 278 页。

出隐居若耶溪边云门寺之思念。李白有《越女词》五首其三云："耶溪采莲女,见客棹歌回。笑入荷花去,佯羞不出来。"其五云："镜湖水如月,耶溪女似雪。新妆荡新波,光景两奇绝。"①又《采莲曲》诗云："若耶溪傍采莲女,笑隔荷花共人语。日照新妆水底明,风飘香袂空中举。岸上谁家游冶郎,三三五五映垂杨。紫骝嘶入落花去,见此踟蹰空断肠。"②皆为李白自吴入越时行舟耶溪后所作。

此外,唐代诗人如崔颢、綦毋潜、孟浩然、刘长卿等诗人都曾泛舟溪上并留下著名诗篇。如崔颢《入若耶溪》诗云："轻舟去何疾,已到云林境。起坐鱼鸟间,动摇山水影。岩中响自答,溪里言弥静。事事令人幽,停桡向余景。"③綦毋潜弃官还江东,亦泛舟若耶,作《春泛若耶溪》诗云："幽意无断绝,此去随所偶。晚风吹行舟,花路入溪口。际夜转西壑,隔山望南斗。潭烟飞溶溶,林月低向后。生事且弥漫,愿为持竿叟。"④据诗的末二句,应为退隐时作。綦毋潜的退隐时间,陈铁民先生考证云："潜弃官还江东之时间,大抵当在天宝初。开元二十一年,储光羲辞官回故乡延陵,潜作《送储十二还庄城》诗赠行,可见是时他尚未弃官还江东。又王昌龄有《东京府县诸公与綦毋潜李颀相送至白马寺宿》诗,据傅璇琮考证,系开元二十九年夏作于洛阳(见《唐代诗人丛考》)第一二五至一二六页),由此可知,是时潜仍未还江东。又李颀《送綦毋三谒房给事》云:'夫子大名下,家无钟石储。惜哉湖海上,曾校蓬莱书。'綦毋三即綦毋潜(参见《唐人行第录》)。……琯为给事中在天宝五载,颀诗亦即作于是时。据颀诗,可知天宝五载,潜弃官居于江东已有一些时日了。"⑤由此,我们可以大致推测出綦毋潜春泛若耶大概在天宝五载(746)前后。刘长卿亦有《上巳日越中与鲍侍郎泛舟耶溪》诗云："兰桡缦转傍汀沙,应接云峰到若耶。旧浦满来移渡口,垂杨深处有人家。永和春色千年在,曲水乡心万里赊。君见渔船时借问,前洲几路入烟花。"⑥储仲君《刘长卿诗编年笺注》云："大历四年(七六九)春作于越州。鲍侍御为鲍防,时为越州刺史、浙东观察使薛兼训从事,所兼台省官为监察御史或殿中侍御史,故称侍御。按鲍防大历五年赴京,此前有《中元日鲍端公宅遇吴天师联句》诗(《全唐诗》卷七八九),防与吴筠、严维、丘丹、吕渭等人同作,则在

---

① ［清］彭定求:《全唐诗》卷一八四,第 1885 页。
② ［清］彭定求:《全唐诗》卷一六三,第 1693 页。
③ ［清］彭定求:《全唐诗》卷一三〇,第 1322—1323 页。
④ ［清］彭定求:《全唐诗》卷一三五,第 1368 页。
⑤ ［唐］王维著,陈铁民校注:《王维集校注》,中华书局 1997 年版,第 223 页。
⑥ ［清］彭定求:《全唐诗》卷一五一,第 1567—1568 页。

越州时尝迁侍御史。又按皇甫冉《送陆鸿渐赴越》诗序云：'尚书郎鲍侯，知子爱子者。'（《全唐文》卷二五〇）侍御史从六品下，尚书郎从六品上，则防尝再迁为尚书郎。长卿此诗，尚称侍御，而大历三年春长卿尚在东都，故知此诗当作于大历四年。"①杨世明《刘长卿集编年校注》所系时间略迟一年："大历五年（770）三月越州作。鲍侍御：即鲍防。据《旧唐书》本传：'天宝末举进士，为浙东观察使薛兼训从事，累至殿中侍御史。入为职方员外郎，改太原少尹。'按近人吴廷燮《唐方镇年表》，薛兼训帅浙东在宝应元年（762）至大历五年七月间，凡八年。鲍防以殿中侍御史入朝应即在大历五年薛兼训去越之时。集中另有《发越州赴润州使院留别鲍侍御》及《和樊使君登润州城楼》诗，均为先后相接之作。樊使君即樊晃，其牧润州在大历二年至大历七年。考之长卿行踪，则三诗均大历五年所为。"②大致可推算刘长卿、鲍防同游若耶溪在大历四年（769）至五年（770）之间。诗歌生动地显示出了远来行吟的诗人在若耶溪边流连忘返的情貌。既有对"永和春色千年在"这种当年书坛聚会盛况的神往，又有对"垂杨深处有人家"这种幽雅生态环境的迷醉。此外，孟浩然也有《耶溪泛舟》诗云："落景余清辉，轻桡弄溪渚。澄明爱水物，临泛何容与。白首垂钓翁，新妆浣纱女。相看似相识，脉脉不得语。"③当亦为其开元十九年（731）漫游浙东时所作。

值得注意的是，若耶溪尚有别称"五云溪"，宋王存《元丰九域志》卷五云："若耶溪，即欧冶子铸剑处。徐浩游之，云：'曾子不居胜母之间，吾岂游若耶之溪？'因改为五云溪。"④宋施宿《嘉泰会稽志》卷一〇"会稽县"亦云："若耶溪，在县南二十五里。……唐徐季海尝游溪，因叹曰：'曾子不居胜母之间，吾岂游若耶之溪？'遂改为五云溪。"⑤故若耶溪也常以"五云溪"的别称出现在诗人笔下。如许浑有《泛五云溪》诗云："此溪何处路，遥问白髯翁。佛庙千岩里，人家一岛中。鱼倾荷叶露，蝉噪柳林风。急濑鸣车轴，微波漾钓筒。石苔萦棹绿，山果拂舟红。更就千村宿，溪桥与剡通。"⑥王维有《皇甫岳云溪杂题五首》，竺岳兵曾作《王维寓家越中考》，认为"云溪"为越州的"五云溪"，亦即若耶溪。加以这五首诗分别是《鸟鸣涧》《莲花坞》

① 储仲君：《刘长卿诗编年笺注》，第 310 页。
② 杨世明：《刘长卿集编年校注》，第 310 页。
③ ［清］彭定求：《全唐诗》卷一五九，第 1624 页。
④ ［宋］王存：《元丰九域志》卷五，《景印文渊阁四库全书》第 471 册，第 121 页。
⑤ ［宋］施宿：《嘉泰会稽志》卷一〇，《宋元浙江方志集成》第 4 册，第 1846 页。
⑥ ［清］彭定求：《全唐诗》卷五三七，第 6128 页。

《鸬鹚堰》《上平田》《萍池》，都属于江南风景，所论有一定的合理性，盖王维曾于若耶溪边皇甫岳宅游览并作诗。又《会稽掇英总集》卷一四有《入五云溪寄诸公联句》，作者有鲍防、严维、郑概、□成用、吕渭、□允初、张叔政、贾弇、周颂。陶敏、李一飞、傅璇琮《唐五代文学编年史·中唐卷》认为大历四年(769)秋，鲍防、严维、吕渭等九人曾共游五云溪，登法华寺，作此联句诗。独孤及也有《同徐侍郎五云溪新庭重阳宴集作》诗云："万峰苍翠色，双溪清浅流。已符东山趣，况值江南秋。白露天地肃，黄花门馆幽。山公惜美景，肯为芳樽留。五马照池塘，繁弦催献酬。临风孟嘉帽，乘兴李膺舟。骋望傲千古，当歌遗四愁。岂令永和人，独擅山阴游。"①诗中徐侍郎即徐浩，其在大历八年(773)贬明州别驾，而据史籍记载，独孤及大历十二年(777)四月卒，则其到会稽游五云溪即大历八年(773)至十一年(776)期间。

（三）镜湖

镜湖是浙东山水中最具代表性的景点之一，也是诗人前往浙东必游之胜地。《嘉泰会稽志》卷一〇"会稽县"："镜湖在县东二里，故南湖也。一名长湖，又名大湖。《通典》云：'东汉永和五年，太守马臻始筑塘立湖，周三百十里，溉田九千余顷，人获其利。'王逸少有云：'山阴路上行，如在镜中游。'镜湖之得名以此。《舆地志》：'山阴南湖，萦带郊郭，白水翠岩，互相映发，若镜若图。'任昉《述异记》云：'轩辕氏铸镜湖边，因得名。或又云黄帝获宝镜于此也。'"②《舆地纪胜》卷一〇《绍兴府》："镜湖，在会稽、山阴两县界。后汉永和五年，太守马臻所创，水高丈余，周三百十里，灌田九千顷。或以为黄帝于此铸镜，因得名，非也。盖取其平如镜。又曰鉴湖，曰照湖。唐以赐贺知章。王逸少诗云：'山阴路上行，如在镜中游。'"③镜湖是贺知章归越的隐居之地，《新唐书·贺知章传》："天宝初，病，梦游帝居，数日寤，乃请为道士，还乡里，诏许之，以宅为千秋观而居。又求周宫湖数顷为放生池，有诏赐镜湖剡川一曲。既行，帝赐诗，皇太子百官饯送。擢其子曾子为会稽郡司马，赐绯鱼，使侍养。"④贺知章《回乡偶书二首》其二云："离别家乡岁月多，近来人事半销磨。唯有门前镜湖水，春风不改旧时波。"⑤即到达会稽时所作，专门描写了门前的镜湖风貌。镜湖的自然胜景加上贺知章的点缀，也吸引了诗人前来游历。朱放《经故贺宾

---

①　[清]彭定求：《全唐诗》卷二四六，第 2766 页。

②　[宋]施宿：《嘉泰会稽志》卷一〇，《宋元浙江方志集成》第 4 册，第 1857 页。

③　[宋]王象之编，赵一生点校：《舆地纪胜》卷一〇，第 374 页。

④　[宋]欧阳修、宋祁等撰：《新唐书》卷一九六，第 5607 页。

⑤　[清]彭定求：《全唐诗》卷一一二，第 1147 页。

客镜湖道士观》诗云:"已得归乡里,逍遥一外臣。那随流水去,不待镜湖春。雪里登山屐,林间漉酒巾。空余道士观,谁是学仙人。"①即褒扬贺知章之作。

镜湖还是文人宴集酬唱的重要场所。元稹有《酬乐天早春闲游西湖颇多野趣恨不得与微之同赏因思在越官重事殷镜湖之游或恐未暇因成十八韵见寄乐天前篇到时适会予亦宴镜湖南亭因述目前所睹以成酬答末章亦示暇诚则势使之然亦欲粗为恬养之赠耳》诗:"雁思欲回宾,风声乍变新。各携红粉伎,俱伴紫垣人。水面波疑縠,山腰虹似巾。柳条黄大带,荚荳绿文茵。雪尽才通屐,汀寒未有苹。向阳偏晒羽,依岸小游鳞。浦屿崎岖到,林园次第巡。墨池怜嗜学,丹井羡登真。雅叹游方盛,聊非意所亲。白头辞北阙,沧海是东邻。问俗烦江界,蒐畋想渭津。故交音讯少,归梦往来频。独喜同门旧,皆为列郡臣。三刀连地轴,一苇碍车轮。尚阻青天雾,空瞻白玉尘。龙因雕字识,犬为送书驯。胜事无穷境,流年有限身。懒将闲气力,争斗野塘春。"②周相录《元稹集校注》卷一三注:"长庆四年作于越州,时为浙东观察使、越州刺史。元稹长庆三年八月始改官浙东观察使,白居易长庆四年五月离杭州刺史任,二人同时任官杭、越,唯长庆四年春。"③白居易原唱为《早春西湖闲游怅然兴怀忆与微之同赏因思在越官重事殷镜湖之游或恐未暇偶成十八韵寄微之》,诗云:"上马复呼宾,湖边景气新。管弦三数事,骑从十余人。立换登山屐,行携漉酒巾。逢花看当妓,遇草坐为茵。西日笼黄柳,东风荡白苹。小桥装雁齿,轻浪鬃鱼鳞。画舫牵徐转,银船酌慢巡。野情遗世累,醉态任天真。彼此年将老,平生分最亲。高天从所愿,远地得为邻。云树分三驿,烟波限一津。翻嗟寸步隔,却厌尺书频。浙右称雄镇,山阴委重臣。贵垂长紫绶,荣驾大朱轮。出动刀枪队,归生道路尘。雁惊弓易散,鸥怕鼓难驯。百吏瞻相面,千夫捧拥身。自然闲兴少,应负镜湖春。"④盖长庆四年(824),元白曾有镜湖宴饮之事,白居易返杭之后,二人又忆事赋诗。又章碣有《陪浙西王侍郎夜宴》:"深锁雷门宴上才,旋看歌舞旋传杯。黄金鸂鶒当筵睡,红锦蔷薇映烛开。稽岭好风吹玉佩,镜湖残月照楼台。小儒末座频倾耳,只怕城头画角催。"⑤诗中有"稽岭好风吹玉佩,镜湖残月照楼台"之句,可见夜宴也是在镜湖之中。吴在庆、傅璇琮《唐五代文学编年史·晚唐卷》:"按据诗

① 〔清〕彭定求:《全唐诗》卷三一五,第3539页。
② 〔清〕彭定求:《全唐诗》卷四〇八,第4536页。
③ 〔唐〕元稹著,周相录校注:《元稹集校注》卷一三,第404—405页。
④ 〔清〕彭定求:《全唐诗》卷四四六,第5002页。
⑤ 〔清〕彭定求:《全唐诗》卷六六九,第7653页。

中稽岭、镜湖等语，知诗题'浙西'乃'浙东'之误。此王侍郎为浙东观察使王沨。诗中又有'好风''蔷薇'之句，似在夏日。①据《会稽掇英总集》卷一八《唐太守题名记》："王沨，咸通八年，自前尚书户部侍郎授。"②《嘉泰会稽志》卷二《太守》同③。《会稽掇英总集》卷一八《唐太守题名记》："李绾，咸通十一年五月，自中书舍人、充史馆修撰授。十三年十二月，追赴阙。"④《嘉泰会稽志》卷二《太守》同⑤。王沨浙东任职在咸通八年（867）到十一年（870）之间，则与章碣的镜湖夜宴亦在此间。

宋之问在浙东任职期间，也颇爱镜湖风光，多次泛舟镜湖。《泛镜湖南溪》诗云："乘兴入幽栖，舟行日向低。岩花候冬发，谷鸟作春啼。沓嶂开天小，丛篁夹路迷。犹闻可怜处，更在若邪溪。"⑥诗有"岩花候冬发"之句，为初冬所作。又有《早春泛镜湖》诗，其一云："漾舟喜湖广，湖广趣非一。愉目野载芜，清心山更出。孤烟昼藏火，薄暮朝开日。但爱春光迟，不觉舟行疾。归雁空间尽，流莺花际失。"其二云："远情自此多，景霁风物和。芦人收晚钓，棹女弄春歌。野外寒事少，湖间芳意多。杂花同烂熳，暄柳日逶迤。为客顿逢此，于思奈若何？"⑦宋之问景龙三年（709）贬越州，秋冬时抵越州任所，景云元年（710）又贬钦州长史，前诗为初冬所作，后诗又言"早春"，宋之问仅景云元年春日在越州，则其游镜湖作诗即在此间。

开元十九年（731），孟浩然在浙东，曾与崔二十一游镜湖，并作诗寄包融、贺朝。其《与崔二十一游镜湖寄包贺二公》诗云："试览镜湖物，中流到底清。不知鲈鱼味，但识鸥鸟情。帆得樵风送，春逢谷雨晴。将探夏禹穴，稍背越王城。府掾有包子，文章推贺生。沧浪醉后唱，因此寄同声。"⑧诗中"崔二十一"名未详。岑仲勉《唐人行第录》云："崔二十一，《全诗》三函孟浩然《与崔二十一游镜湖寄包贺二公》，又《夏日与崔二十一同集王卫府宅》。按《全文》三三四陶翰《送崔二十一之上都序》，崔为赴京应举者，孟与陶既有交往，则此两崔二十一当同一人，惟名未详。"⑨"包贺二公"为包融、贺朝。孟浩然有《宴包二融宅》诗，又有《题云门山寄越府包户曹徐起

---

① 吴在庆、傅璇琮：《唐五代文学编年史·晚唐卷》，第551页。
② ［宋］孔延之：《会稽掇英总集》卷一八，《宋元浙江方志集成》第14册，第6556页。
③ ［宋］施宿：《嘉泰会稽志》卷二，《宋元浙江方志集成》第4册，第1668页。
④ ［宋］孔延之：《会稽掇英总集》卷一八，《宋元浙江方志集成》第14册，第6556页。
⑤ ［宋］施宿：《嘉泰会稽志》卷二，《宋元浙江方志集成》第4册，第1668页。
⑥ ［清］彭定求：《全唐诗》卷五二，第640页。
⑦ 陈尚君：《全唐诗补逸》卷三，《全唐诗补编》，第114页。
⑧ ［清］彭定求：《全唐诗》卷一六〇，第1662页。
⑨ 岑仲勉：《唐人行第录》，第107页。

居》,"包二""包户曹"亦为包融。

李贺亦有镜湖诗歌,题为《月漉漉篇》:"月漉漉,波烟玉。莎青桂花繁,芙蓉别江木。粉态夹罗寒,雁羽铺烟湿。谁能看石帆,乘船镜中入。秋白鲜红死,水香莲子齐。挽菱隔歌袖,绿刺胃银泥。"①从描写的风光和意象来看,这首诗是李贺游镜湖所作。第七句"谁能看石帆"描写会稽石帆山,第八句"乘船镜中入",即描写镜湖,用王羲之咏镜湖诗语,《初学记》卷八引《舆地志》:"山阴南湖,萦带郊郭,白水翠岩,互相映发,若镜若图。故王逸少云:'山阴路上行,如在镜中游。'"②李贺南游之事,诸家说法不一。朱自清《李贺年谱》、钱仲联《李贺年谱会笺》、刘衍《李贺年谱新笺》、傅经顺《李贺传论》都作过考述。以吴企明《李贺年谱新编》最为详尽可信:"笔者经过多年研究,断定李贺确曾南游,南游之时间,必在北游潞州之后,即元和十年之后。……南游至金陵,作《追赋江潭苑四首》;至吴兴,作《追和柳恽》;路过太湖,作《湖中曲》;至嘉兴,路过苏小小墓,乃作《苏小小墓》;至会稽作《月漉漉篇》《画甬东城》《贝宫夫人》《江南弄》等诗。途中遇江南暑天,有感而作《罗浮山人与葛篇》。"③据此,我们大致可以相信李贺曾有浙东游览之事,时间大概在元和十年(815)前后,《月漉漉篇》则是其泛舟镜湖之后所作。

王贞白亦有《泛镜湖□□》诗云:"我泛镜湖日,未生千里莼。时无贺宾客,谁识谪仙人。吟对四时雪,忆游三岛春。恶闻亡越事,洗耳大江滨。"④前考其有《仙岩二首》,乃乾宁二年(895)登第后游浙东所作,泛镜湖诗亦作于此间。

(四)浣纱溪

浦阳江绕过苎萝山穿越诸暨县城的一段为浣纱溪。南宋《嘉泰会稽志》云:"浣江,在诸暨县东南一里,俗传西子浣纱之所,一名浣浦,又名浣渚。"浣纱溪,又名浣浦、浣渚、浣江。浣纱溪虽是浦阳江众多支流中较短的一条,但因有著名美女西施,引得文人墨客纷至沓来,亦是浙东唐诗之路的重要路线和名胜。从杭州渡过钱塘江,在萧山闻家堰上岸后转入浦阳江,再进入浣纱溪,便可抵达西施故里——诸暨。诗仙李白曾追忆风物胜景,赋诗推介,其《西施》云:"西施越溪女,出自苎萝山。秀色掩今古,荷花羞玉颜。浣纱弄碧水,自与清波闲。皓齿信难开,沉吟碧云间。勾

---

① [清]彭定求:《全唐诗》卷三九三,第4434页。
② [唐]徐坚:《初学记》卷八,第188页。
③ [唐]李贺著,吴企明笺注:《李长吉歌诗编年笺注》,中华书局2012年版,第872—873页。
④ [清]彭定求:《全唐诗》卷八八五,第10006页。

践征绝艳,扬蛾入吴关。提携馆娃宫,杳渺讵可攀。一破夫差国,千秋竟不还。"①据《太平寰宇记》记载,苎萝山濒浣江还有浣纱石:"诸暨县有苎罗山,山下有石迹,云是西施浣纱之所,浣纱石犹在。"②李白《送祝八之江东赋得浣纱石》诗云:"西施越溪女,明艳光云海。未入吴王宫殿时,浣纱古石今犹在。桃李新开映古查,菖蒲犹短出平沙。昔时红粉照流水,今日青苔覆落花。君去西秦适东越,碧山青江几超忽。若到天涯思故人,浣纱石上窥明月。"③《浣纱石上女》诗云:"玉面耶溪女,青娥红粉妆。一双金齿屐,两足白如霜。"④范摅《云溪友议》卷上《苎萝遇》云:"王轩少为诗,寓物皆属咏,颇闻《淇澳》之篇。游西小江,泊舟苎萝山际,题西施石曰:'岭上千峰秀,江边细草春。今逢浣纱石,不见浣纱人。'题诗毕,俄而见一女郎,振琼珰、扶石笋,低徊而谢曰:'妾自吴宫还越国,素衣千载无人识。当时心比金石坚,今日为君坚不得。'既为鸳鸯之会,仍为恨别之词。后有萧山郭凝素者,闻王轩之遇,每适于浣溪,日夕长吟,屡题歌诗于其石,寂尔无人,乃郁快而返。进士朱泽嘲之,闻者莫不嗤笑。凝素内耻,无复斯游。泽诗曰:'三春桃李本无言,苦被残阳鸟雀喧。借问东邻效西子,何如郭素拟王轩?'"⑤可见浣纱石在当时乃地标性景观。因浣纱溪地处古越,文人墨客吟诗作赋也以"越溪"泛称。唐代于濆《越溪女》:"会稽山上云,化作越溪人。枉破吴王国,徒为西子身。江边浣纱伴,黄金扼双腕。倏忽不相期,思倾赵飞燕。妾家基业薄,空有如花面。嫁尽绿窗人,独自盘金线。"⑥不仅如此,浣纱江畔、苎萝山麓很早就建有纪念西施的"浣纱庙"。晚唐著名诗人李商隐《蝶》诗云:"西子寻遗殿,昭君觅故村。"⑦又有鱼玄机《浣纱庙》:"吴越相谋计策多,浣纱神女已相和。一双笑靥才回面,十万精兵尽倒戈。范蠡功成身隐遁,伍胥谏死国消磨。只今诸暨长江畔,空有青山号苎萝。"⑧诗中"长江"即浣江,亦点明了苎萝山与浣纱庙所在位置。唐长庆三年(823),元稹出任越州刺史,在越八年,放意游览越国占地,歌咏会稽山水卷帙充盈。其《送王协律游杭越十韵》有"浣渚逢新艳,兰

---

① [清]彭定求:《全唐诗》卷一八一,第1845页。
② [清]王琦:《李太白全集》卷一七,第819页。
③ [清]彭定求:《全唐诗》卷一七六,第1800页。
④ [清]彭定求:《全唐诗》卷一八四,第1885页。
⑤ [唐]范摅撰,唐雯校笺:《云溪友议校笺》卷上,中华书局2017年版,第5—6页。
⑥ [清]彭定求:《全唐诗》卷五九九,第6930页。
⑦ [清]彭定求:《全唐诗》卷五三九,第6158页。
⑧ [清]彭定求:《全唐诗》卷八〇四,第9048页。

序识旧题"①诗句。浣浦、浣渚皆是浣江代称,"兰亭"则指代王羲之,相传浣纱石上有摩崖"浣纱"二字,笔势飞骞,位置安然,乃东晋王羲之所书:"'浣纱'二字,旧传王羲之书,在诸暨浣江石壁。"②故诗中特地点到了王羲之的"旧题"。

(五)恶溪

恶溪,又称"好溪",《新唐书·地理志》记曰:"处州缙云郡,丽水……有铜,出豫章、孝义二山;东十里有恶溪,多水怪,宣宗时刺史段成式有善政,水怪潜云,民谓之好溪。"③《元丰九域志》"处州":"好溪,旧名恶溪,水内多怪,唐大中年刺史段成式有善政,怪族自去,因改今名。"④李白《送王屋山人魏万还王屋》诗序云:"经永嘉,观谢公石门",诗有"岩开谢康乐",自注曰:"恶溪有谢康乐题诗处。"⑤李白漫游浙东,曾经到过恶溪边上,欣赏谢灵运之石壁题诗。据邱亮《谢灵运摩崖诗刻辨伪与考佚》,这一题刻在缙云县城东十余里处的小赤壁。⑥李白从叔李阳冰有《恶溪铭》:"天作巨堑,险于东南。岌邱嵲呀,苍山黑潭。殷云填填,怒虎魁魁。一道白日,四时青岚。鸟不敢飞,猿不得下。舟人耸棹,行子束马。知雄守雌。为天下蹊,烜赫如此。人将畏之,水德至柔。狎侮而死,畏而不死,宁取于彼。"⑦李阳冰曾任缙云县令,盖此恶溪在缙云,铭即李在任上所作。

值得注意的是,孟浩然有《寻天台山》诗云:"吾友太乙子,餐霞卧赤城。欲寻华顶去,不惮恶溪名。歇马凭云宿,扬帆截海行。高高翠微里,遥见石梁横。"⑧亦有"恶溪"之行,常被认为是处州之恶溪。然诗言寻天台山,"华顶"为天台山主峰,王象之《舆地纪胜》卷一二:"华顶峰,在天台县东北六十里,盖天台第八重最高处。旧传高一万丈,少晴多晦,夏有积雪,可观日之出入。中黄金洞,有葛玄丹井,王羲之墨池。"⑨与处州恶溪距离遥远,并非一处。据胡正武《台州恶溪与孟浩然来天台山路径新说》以及《浙东恶溪与唐诗恶溪考略》⑩考证,孟诗所谓"恶溪"乃台州的百步

---

① [清]彭定求:《全唐诗》卷四〇六,第4527页。
② [清]杜春生:《越中金石志》金石目卷下,道光十年詹波馆刻本。
③ [宋]欧阳修、宋祁:《新唐书》卷四一,第1062页。
④ [宋]王存:《元丰九域志》卷五,《景印文渊阁四库全书》第471册,第129页。
⑤ [清]王琦:《李太白全集》卷一六,第748、第755—756页。
⑥ 邱亮:《谢灵运摩崖诗刻辨伪与考佚》,《文学遗产》2021年第5期。
⑦ [清]董诰:《全唐文》卷四三七,第4461页。
⑧ [清]彭定求:《全唐诗》卷一六〇,第1644页。
⑨ [宋]王象之编,赵一生点校:《舆地纪胜》卷一二,第473页。
⑩ 胡正武:《台州恶溪与孟浩然来天台山路径新说》,《浙东唐诗之路论集》,第1—8页;《浙东恶溪与唐诗恶溪考略》,《浙东唐诗之路论集》,第155—165页。

溪，《嘉定赤城志》卷二三"山水门"五《水》："百步溪在县西北六十里，前后二滩，石险湍激，俗号大、小恶，舟者病之。唐孟浩然《寻天台山》诗所谓'欲寻华顶去，不惮恶溪名'是也。淳熙中，令陈居安命工淬凿，始无患。"①可信。

三、浙东楼亭与诗人诗迹

不管是历朝历代的帝王将相，还是小小县府官员，都喜欢修建楼阁。这些楼阁大多数临水、临山而建，很多文人墨客都喜欢在登楼会客、抒发个人情感。黄鹤楼、岳阳楼、滕王阁作为我国的文化名楼，留下了不少文人佳作，也流传着许多动人的传说故事。浙东的亭台楼阁也是人们游览消遣的绝佳去处，而从白居易《和微之四月一日作》"吴宫好风月，越郡多楼阁"②之句，可知越中楼阁众多，故登楼赋诗亦是诗人在浙东的重要游历活动之一。兹择其要者，论说如下。

(一)婺州八咏楼

"八咏楼"原名玄畅楼，位于金华市东南，坐北朝南，面临婺江，楼高数丈，为登览佳处。登楼远眺，可见南山连屏，双溪蜿蜒。八咏楼始建于南朝齐隆昌元年(494)，东阳郡太守沈约建造。楼建成之后，沈约多次登楼赋诗，留下了许多脍炙人口的诗篇，如《登玄畅楼诗》云："危峰带北阜，高顶出南岑。中有陵风榭，回望川之阴。岸险每增减，湍平互浅深。水流本三派，台高乃四临。上有离群客，客有慕归心。落晖映长浦，焕景烛中浔。云生岭乍黑，日下溪半阴。信美非吾土，何事不抽簪。"③后在此基础上增写了八首，称为《八咏》诗，遂以诗名改玄畅楼为八咏楼。

唐代诗人崔融有《登东阳沈隐侯八咏楼》诗云："旦登西北楼，楼峻石墉厚。宛生长定□，俯压三江口。排阶衔鸟衡，交疏过牛斗。左右会稽镇，出入具区薮。越岩森其前，浙江漫其后。此地实东阳，由来山水乡。隐侯有遗咏，落简尚余芳。具物昔未改，斯人今已亡。粤余忝藩左，束发事文场。怅不见夫子，神期遥相望。"④诗中"隐侯"即沈约，这首诗就是登览八咏楼之后的即景感怀之作。诗的前十二句极言楼之高峻、视野开阔。后八句抒发怀古伤今之情。"隐侯有遗咏，落简尚余芳。具物昔未改，斯人今已亡"，紧扣八咏楼，点明沈约的遗爱芬芳，表达时光迁转、物是

---

① [宋]陈耆卿：《嘉定赤城志》卷二三，《宋元浙江方志集成》第11册，第5324页。
② [清]彭定求：《全唐诗》卷四四四，第4974页。
③ 逯钦立：《先秦汉魏晋南北朝诗》卷六，中华书局2014年版，第1634页。
④ [清]彭定求：《全唐诗》卷六八，第765页。

人非之感;"粤余忝藩左,束发事文场",则叙自己的身份。久视元年(700),崔融出为婺州长史,四月即被召为春官郎中,知制诰事。此诗当作于久视元年(700)春天。

崔颢《题沈隐侯八咏楼》诗云:"梁日东阳守,为楼望越中。绿窗明月在,青史古人空。江静闻山狖,川长数塞鸿。登临白云晚,流恨此遗风。"①傅璇琮《唐代诗人丛考》之《崔颢考》:"(崔颢)有《题沈隐侯八咏楼》《题黄鹤楼》等。沈隐侯为沈约,他曾做过东阳太守,八咏楼即在东阳。可见在天宝三载以前,崔颢即已游历过江南与塞北。"②崔颢游历浙东的具体时间难以确考。谭优学《崔颢年表》云:"今按《题沈隐侯(约)八咏楼》及《题黄鹤楼》两诗,已入下限为天宝三载之《国秀集》,而天宝初依本文所考,颢在河东定襄,则其江东、荆襄之游,自当约开元十五年后迄开元末。或分为两次,或共为一次,则不敢遽定。"③诗歌首联追溯历史,引出建楼之人,颔联写绿窗之中明月尚在,而昔人已去,与其另一首名作《黄鹤楼》中"昔人已乘黄鹤去,此地空余黄鹤楼"有异曲同工之妙。颈联气势磅礴,笔力澎湃,对仗颇工,尤其是"川长数塞鸿",被方回《瀛奎律髓》称为"第六句'数'字是诗眼好处"④。尾联则传达出对沈约的缅怀、敬仰之情,又时值白云向晚,诗人漂泊无依,情怀不能自抑,故而黯然伤神。此诗在唐时就被广泛流传,颇受赞誉,殷璠《河岳英灵集》、芮挺章《国秀集》都选录了此诗。

(二)会稽郡楼

张继有《会稽郡楼雪霁》诗云:"江城昨夜雪如花,郡客登楼齐望华。夏禹坛前仍聚玉,西施浦上更飞沙。帘栊向晚寒风度,睥睨初晴落景斜。数处微明销不尽,湖山清映越人家。"⑤乃是登会稽郡楼远眺而作。张继曾游越中,有《会稽秋晚奉呈于太守》诗云:"寂寂讼庭幽,森森戟户秋。山光隐危堞,湖色上高楼。禹穴探书罢,天台作赋游。云浮将越客,岁晚共淹留。"⑥"于太守"即于幼卿。《会稽掇英总集》卷一八《唐太守题名记》:"于幼卿,天宝十三年,自鄱阳太守授。"⑦《嘉泰会稽志》卷二《太守》同⑧。傅璇琮《张继考》:"张继于登进士第后是否授官职,授何官职,皆不

---

① [清]彭定求:《全唐诗》卷一三〇,第1328页。
② 傅璇琮:《唐代诗人丛考》,第76页。
③ 谭优学:《唐诗人行年考》,四川人民出版社1981年版,第79页。
④ [元]方回选评,李庆甲集评校点:《瀛奎律髓汇评》卷三五,上海古籍出版社2005年版,第1414页。
⑤ [清]彭定求:《全唐诗》卷二四二,第2720页。
⑥ [清]彭定求:《全唐诗》卷二四二,第2718—2719页。
⑦ [宋]孔延之:《会稽掇英总集》卷一八,《宋元浙江方志集成》第14册,第6554页。
⑧ [宋]施宿:《嘉泰会稽志》卷二,《宋元浙江方志集成》第4册,第1664页。

可考知。他有《会稽秋晚奉呈于太守》诗(《全唐诗》卷二四二)。……按,据《会稽掇英总集》卷十八'唐太宗题名记':于幼卿:天宝十三载自鄱阳太守授。崔寓:至德二年自江夏郡太守授。《嘉泰会稽志》卷二太守条同。张继诗题中的于太守即于幼卿,他于天宝十三载(754)到至德二载(757)为会稽太守,则张继此诗也当作于这几年之内。他又有《酬李书记校书越城秋夜见赠》诗……这首诗与上诗都写的是秋景。诗中'凤辇栖岐下'无疑指肃宗在灵武即位而言,'鲸波斗洛川',指唐朝军队与安禄山叛军在河南一带鏖战。从这二句看来,肃宗当还未返回长安(唐军收复长安、洛阳在至德二载十、十一月间)。由此可以推断,张继游会稽,当在至德二载。他又有《题严陵钓台》《会稽郡楼雪霁》等诗,可见在越中他是盘桓过一段时期的。他在呈于幼卿诗中说'浮云将越客,岁晚共淹留',可见此时并无官职。《酬李书记校书》诗中'量空海陵粟,赐乏水衡钱',写出当时社会经济的匮乏;'寒城警刁斗,孤愤抱龙泉',也可见当时的战时气氛与诗人对现实的关切。"①盖其游越登楼远眺是在至德二载(757)左右。

(三)王右军宅书楼

裴通有《金庭观晋右军书楼墨池记》:"通以元和二年三月,二三道友,裹足而游。登书楼,临墨池,但见其山水之异也。其险如崩,其耸如腾,其引如肱,其多如朋。不三四层,而谓天可升。经再宿而还。以书楼缺坏,墨池荒毁,话之于邑宰王公。王公瞿然,征王氏子孙之在者,理荒补缺,使其不朽。即事题兹,实录而已。"②是裴通曾于元和二年(807)登书楼作文。金庭观,《剡录》卷八"物外记":"金庭观,……旧为王右军宅,东庑设右军像,有书楼、墨池、鹅池。右军舍宅为观,初名金真馆,又改金真宫。"注:"《旧传》:右军舍读书楼为观。"③裴通又有诗云:"寂寂金庭洞,清香发桂枝。鱼吞左慈钓,鹅踏右军池。此地长无事,冲天自有期。向来逢道士,多欲驾文螭。"④当与《金庭观晋右军书楼墨池记》作于同时。

(四)越州新楼

李绅《新楼诗二十首》序云:"到越州日初,引家累登新楼望镜湖。见元相微之题壁诗云:'我是玉京天上客,谪居犹得小蓬莱。四面寻常对屏障,一家终日在楼

---

①　傅璇琮:《唐代诗人丛考》,第221—222页。
②　[清]董诰:《全唐文》卷七二九,第7521页。
③　[宋]高似孙:《嘉定剡录》卷八,《宋元浙江方志集成》第5册,第2425—2426页。
④　[宋]孔延之:《会稽掇英总集》卷一八,《宋元浙江方志集成》第14册,第6550—6551页。

台。'微之与乐天此时只隔江津,日有酬和相答。时余移官九江,各乖音问,顷在越之日荏苒多故,未能书壁。今追思为《新楼诗》二十首。"①从序中可知元稹常居新楼,并有诗题于壁上,从此楼可眺望镜湖。李绅入越后,第一个登临点便是新楼。又《酬微之开拆新楼初毕相报末联见戏之作》诗云:"海山郁郁石棱棱,新豁高居正好登。南临赡部三千界,东对蓬宫十二层。报我楼成秋望月,把君诗读夜回灯。无妨却有他心眼,妆点亭台即不能。"②元稹曾拆新楼,白居易有诗戏赠。

(五)海榴亭

李绅有《海榴亭》诗,为《新楼二十首》之一,题下有自注云:"在新楼北,花开最早,所望更高。"③知海榴亭位置在新楼之北。李群玉有《将欲南行陪崔八宴海榴亭》诗云:"朝宴华堂暮未休,几人偏得谢公留。风传鼓角霜侵戟,云卷笙歌月上楼。宾馆尽开徐孺榻,客帆空恋李膺舟。谩夸书剑无归处,水远山长步步愁。"④邹志方《浙东唐诗之路》做过考证:"(李群玉)任校书郎没几年,即'不胜庾信乡关思,遂作陶潜归去吟'(《请告南归留别同馆》),于大中十三年(859)乞假而归。此事估计与荐者裴休罢官和令狐绹被黜有关,亦由诗人'讦直上书''傲尽公卿'之素性所致。诗人道经越州,写下此诗,后半首连用两典,表达书剑无归之慨,亦极其自然。前半首写海榴亭很有特色,宴会由朝而暮,暮而未休,主人之盛情可知,慰安亦在其中。其'风传鼓角霜侵戟,云卷笙歌月上楼'两句,以诗人特有之敏感,捕促海榴亭瞬间之景象,凝炼而又自然,深婉而有韵味。此诗说明,在唐代,越州州治的望海亭、海榴亭极高旷,是理想的筵宴之地。海榴亭以移植海榴而命名。"⑤可参看。

(六)望海亭

望海亭,《嘉泰会稽志》卷九"山·府城":"嘉祐末,刁景纯撰《望海亭记》云:'越冠浙江东,号都督府。府据卧龙山,为形胜。山之南亘,东西鉴湖也;山之北连,属江与海也。周连数里,盘屈于江湖上,状卧龙也。龙之腹,府宅也;龙之口,府东门也;龙之尾,西园也;龙之脊,望海亭也。先是越句践创飞翼楼,取象天门;东南伏漏石窦,以象地户;陵门四达,以象八风。因山势畚筑为城,一千一百二十步。至唐,

---

① [清]彭定求:《全唐诗》卷四八一,第5475页。
② [清]彭定求:《全唐诗》卷四四七,第5028页。
③ [清]彭定求:《全唐诗》卷四八一,第5476页。
④ [清]彭定求:《全唐诗》卷五六九,第6602页。
⑤ 邹志方:《浙东唐诗之路》,浙江古籍出版社2019年版,第73页。

人以楼址为望海亭。其后亭阁峥嵘，踵起相望，与其山川映带，号称仙居。’”[①]李绅有《望海亭》诗，题注云：“在卧龙山顶上，越中最高处。”[②]可知望海亭坐落在卧龙山最高峰，是理想的登高揽胜甚至寓居之地。唐代诗人也会在此处饮宴，元稹有《酬郑从事四年九月宴望海亭次用旧韵》诗云：“海亭树木何茏葱，寒光透坼秋玲珑。湖山四面争气色，旷望不与人间同。一拳墺伏东武小，两山斗构秦望雄。嵌空古墓失文种，突兀怪石疑防风。舟船骈比有宗侣，水云滃泱无始终。雪花布遍稻陇白，日脚插入秋波红。兴余望剧酒四坐，歌声舞艳烟霞中。酒酣从事歌送我，歌云此乐难再逢。良时年少犹健羡，使君况是头白翁。”[③]据咸晓婷《元稹浙东幕僚佐生平考》，郑从事为郑鲂，诗作于长庆四年(824)[④]。全诗为长篇歌行，十七韵。其中描写望海亭所见美景，视野开阔，在视线的不断转移中，沟通了时间和空间。

(七)杜鹃楼和满桂楼

此二楼皆为李绅所建。李绅有《追昔游》诗三卷。其中追忆在浙东观察使任内，曾多次作新楼，故追思作《新楼诗二十首》。其中第四首《杜鹃楼》序：“七年冬所造。自西轩延架城隅，楼前植其杜鹃，因以为名。宴游多在其上。”诗云：“杜鹃如火千房拆，丹槛低看晚景中。繁艳向人啼宿露，落英飘砌怨春风。早梅昔待佳人折，好月谁将老子同。惟有此花随越鸟，一声啼处满山红。”[⑤]第五首《满桂楼》序：“八年春造。架州城西南，临眺于外，尽见湖山。别开水扉，通杜鹃楼，不启重扃。清夜可以闲宴，因以满桂为名也。”诗云：“为怜湖水通宵望，不学樊杨却月楼。惟待素规澄满镜，莫看纤魄挂如钩。卷帘方影侵红烛，绕竹斜晖透碧流。萧瑟晓风闻木落，此时何异洞庭秋。”[⑥]则知大和七年(833)、八年(834)李绅分造杜鹃、满桂二楼以供登临远眺越中胜景。

(八)皇甫秀才山亭

孟郊有《春集越州皇甫秀才山亭》诗云：“嘉宾在何处，置亭春山巅。顾余寂寞者，谬厕芳菲筵。视听日澄澈，声光坐连绵。晴湖泻峰嶂，翠浪多萍藓。何以逞高

① [宋]施宿：《嘉泰会稽志》卷九，《宋元浙江方志集成》第4册，第1813页。
② [清]彭定求：《全唐诗》卷四八一，第5476页。
③ [清]彭定求：《全唐诗》卷四二一，第4633—4634页。
④ 咸晓婷：《元稹浙东幕僚佐生平考》，《中文学术前沿》第4辑，浙江大学出版社2012年版。
⑤ [清]彭定求：《全唐诗》卷四八一，第5476页。
⑥ [清]彭定求：《全唐诗》卷四八一，第5476—5477页。

志,为君吟秋天。"①华忱之《孟郊年谱》系此诗于"贞元十五年己卯(799)":"有《春集越州皇甫秀才山亭》诗(卷四)。《嘉泰会稽志》卷十八'拾遗':'皇甫秀才山亭,孟东野诗云,嘉宾在何处,置亭春山巅。说者云,秀才,皇甫冉也。'同书卷十三'园池':'皇甫秀才山亭,孟东野尝赋之。其诗云:晴湖泻峰嶂,翠浪多萍藓。往往唐人多依镜湖以为胜趣,惜其不尽传耳。'考两《唐书·皇甫冉传》,知冉辈行早于公。其歌《鹿鸣》诗,公年方幼稚,恐不能为此诗。疑此皇甫秀才,别是一人。同卷又有越中山水诗。孔延之《会稽掇英总集》卷七载此诗,题作《游越中山水留云门》。以辞意推之,当同为今年游越时作。"②可从。盖此亭为皇甫冉所建,在镜湖边山顶之上。

四、浙东寺观与诗人创作

浙东自六朝以来便是宗教圣地,到了唐代,随着僧、道与文人交流的活动的进一步展开,佛寺与道观也成为浙东唐诗之路的重要支点,对促进本地区文学创作活动起到了十分重要的作用。浙东梵宫、道观林立,仅就佛寺而言,据李芳民先生统计,属于唐江南东道的佛寺总数就有 120 所。其中杭州 36 所、越州 35 所、明州 10 所、台州 14 所、婺州 4 所、衢州 5 所、处州 12 所、温州 4 所③。在众多寺观中,以会稽云门寺和天台桐柏观最具代表性,为揭示唐代佛道文化与诗人创作之关联提供了重要窗口。

(一)僧俗交往与云门寺文学空间的形成④

云门寺始建于东晋,地处越州云门山,四周环境优美,与若耶溪、镜湖、秦望山相邻,是许多诗人心中的山水胜地。建寺以来,名僧辈出,帛道猷、竺法旷、竺道一、洪偃、灵一等僧人曾在此修行,宗教吸引力强。云门寺也是诗人喜游之地,自唐初开始,众多诗人寓居、游赏于云门,在云门寺举办诗会活动,与云门寺的僧人特别是诗僧交流佛理和诗艺,留下众多优秀诗作。在诗人们一次次游访中,在一次次云门唱和中,云门寺文学空间从无到有,逐渐建立。云门寺文学空间的形成,以云门得天独厚的自然人文以及宗教环境为基础条件,以中唐时期的多次云门唱和为催化因素,加之云门寺还兼有魏晋风度的存留、著名诗僧的文学交往等推动因素,经过

---

① 〔清〕彭定求:《全唐诗》卷三七五,第 4214 页。
② 华忱之:《孟郊年谱》,《隋唐五代名人年谱》,北京图书馆出版社 2005 年版,第 434—435 页。
③ 李芳民:《唐五代佛寺辑考》,商务印书馆 2006 年版。
④ 此节由笔者与学生安新居合作撰写,特此说明。

众多文人多次唱和后,在唐代中期,云门寺文学空间真正形成并逐渐发展到成熟。

　　1.云门寺的唐前书写

　　所谓文学空间,广义上说就是人类从事文学活动时所涉及的特定物理空间或精神空间。狭义上来说则是指人类通过文学文本所呈现出来的精神空间。本书所说的文学空间指的是狭义的文学空间。云门寺文学空间即文人通过诗文作品所呈现的云门寺文学活动和文学现象。云门寺位居会稽县云门山,本为东晋王献之旧宅,《嘉泰会稽志》卷九“会稽县”载:“云门山在县南三十里。《旧经》云:‘晋义熙二年,中书令王子敬居此,有五色祥云见,诏建寺,号云门。’”①又《嘉泰会稽志》卷九“秦望山”条引《法华山碑》云:“夏后氏巡狩越山,方名会稽。后世分而为秦望,厘而为云门、法华,其实一山。”②可知云门山、法华山实为会稽山支脉秦望山的一部分。就具体位置而言,法华山位于秦望山之北麓,云门山则位于秦望山之南麓,南面是若耶溪,风景秀美,林木丰茂,可谓越中幽胜之地。《全唐文》卷五百十八载梁肃《游云门寺诗序》,对唐代云门寺的环境也有详细的描述:“观其群山叠翠,秦望拔起。五峰巉巉,列壑沉沉,上摩碧落,旁涌金界,其下则百泉会流,蓄为澄潭,涵虚镜彻。”③点出云门寺四周有群山环绕,秦望山高耸入云,上有青天,下有溪流的地理空间特征。

　　唐前有关云门的文学书写较少,目前所见主要有《会稽掇英总集》收录的陈僧洪偃的《登云门吴升亭》《杖策归若耶云门》以及僧道猷的《招道一上人居云门》三首。第一首诗又见于《陈诗》卷十“洪偃·登吴升平亭”条:“诗纪云:‘一作《游若邪云门精舍》。’”④唐释道宣《续高僧传》卷七记载此诗创作背景曰:“属戎羯陵践,兵饥相继,因避地于缙云、眷眄泉石。又寇斥山侣,遂越岭逃难,落泊驰滞,曾无安堵。梁长沙王韶镇郢,闻风叙造。俄而渚宫陷覆,上流阻乱,便事东归,因怀自静,有顾林泉,乃杖策若耶云门精舍,历览山水,美其栖迟。登吴升平亭,赋诗曰:‘萧萧物候晚,肃肃天望清。旅人聊策杖,登高荡客情。川原多旧迹,墟里或新名。宿烟浮始旦,朝日照初晴。独游乏徒侣,徐步寡逢迎。信矣非吾托,赏心何易并。’遂泛浪岩峰,有终焉之志,葺修寺宇,结众砺业。”⑤释洪偃,俗姓谢氏,会稽山阴人。侯景之

---

　　① ［宋］施宿:《嘉泰会稽志》卷九,《宋元浙江方志集成》第 4 册,第 1821—1822 页。

　　② ［宋］施宿:《嘉泰会稽志》卷九,《宋元浙江方志集成》第 4 册,第 1817—1818 页。

　　③ ［清］董诰:《全唐文》卷五一八,第 5264 页。

　　④ 逯钦立:《先秦汉魏晋南北朝诗》卷一○,第 2624 页。

　　⑤ ［唐］道宣:《续高僧传》卷七,中华书局 2014 年版,第 222 页。

乱中曾东归会稽避难,游览若耶、云门精舍。然吴升平亭乃吴郡升平亭,在金阊门外。诗歌描绘了秋季天高云淡之际,诗人独自登高,面对战乱之后的旧迹和废墟感发抒怀。"旅人聊策杖,登高荡客情"一句点出了自己客居者的身份,故此诗当与若耶、云门无涉。《会稽掇英总集》所录另一首《杖策归若耶云门》,《续高僧传》记载乃陈武革命后,出都居于宣武寺,游钟山所作:"以天嘉之初出都,讲于宣武寺,学徒又聚,莫不肃焉。虽乐说不疲,而幽心恒结,每因讲隙游钟山之开善、定林,息心宴坐。时又引笔赋诗曰:'杖策步前岭,褰裳出外扉。轻萝转蒙密,幽径复纡威。树高枝影细,山昼鸟声希。石苔时滑屣,虫网乍粘衣。涧旁紫芝晔,岩上白云霏。松子排烟去,常生寂不归。穷谷无还往,攀桂独依依。'"①钟山亦在吴郡。此外,道猷的《招道一上人居云门》,《高僧传》卷五"竺道一传":"时若耶山有帛道猷者,本姓冯,山阴人。少以篇牍著称,性率素,好丘壑,一吟一咏,有濠上之风。与道一经有讲筵之遇,后与一书云:'始得优游山林之下,纵心孔释之书,触兴为诗,陵峰采药,服饵蠲病,乐有余也。但不与足下同日,以此为恨耳。因有诗曰:'连峰数千里,修林带平津。云过远山翳,风至梗荒榛。茅茨隐不见,鸡鸣知有人。闲步践其径,处处见遗薪。始知百代下,故有上皇民。'一既得书,有契心抱,乃东适耶溪,与道猷相会,定于林下。"②知道猷此诗乃陵峰探药触兴而题。陵峰在剡县南三十里处,南对天台,北对四明,诗歌内容亦与云门无涉。可知《会稽掇英总集》收录的这三首诗歌,洪偃两首皆与会稽无关,道猷一首,虽是招道一上人隐居云门之作,但诗中所绘乃陵峰之景。

唐前书写云门的文学作品虽少,游历、隐居之风却已逐渐兴盛。前文道猷对道一的招隐便是例证。道猷、道一之后,又有支遁、洪偃在此结庐。《全元文》卷八五八虞集"云门寺记"载:"寺本中书令王献之旧宅,东晋安帝义熙三年,有五色云现其上。事闻,安帝是以有云门之称也。高僧帛道猷始居之,前有法旷之幽栖,中有竺道一从猷之招而至,后支遁道林讲经于兹山焉。逮至梁代,受业云门者,则有洪偃避兵缙云,归葺庐舍,结众励业。"③除了僧侣之外,文人也好游历寓居于此。南朝梁王籍好游云门,《梁书》卷五十"王籍"记载他在会稽任参军时,曾经游览于云门山、天柱山,并且沉浸其中,有时数月不返④。可见云门山景物之迷人。王籍不仅

---

① [唐]道宣:《续高僧传》卷七,第222—223页。
② [梁]释慧皎:《高僧传》卷五,中华书局1992年版,第207页。
③ 李修生主编:《全元文》卷八五八,凤凰出版社1998年版,第35页。
④ [唐]姚思廉:《梁书》卷五〇,中华书局1973年版,第713页。

纵情游览云门,还为云门周边的若耶溪写下了不朽名篇。《梁诗》卷十七"入若邪溪诗"记载王籍其诗曰:"艅艎何泛泛,空水共悠悠。阴霞生远岫,阳景逐回流。蝉噪林逾静,鸟鸣山更幽。此地动归念,长年悲倦游。"①耶溪蜿蜒曲折,周边群山叠嶂,竹木丰茂,环境幽雅。诗人乘着一叶小舟顺溪流而泛,溪水滔滔,天边远山峰旁云霞灿灿,阳光洒在溪水之上,此时响亮的蝉鸣和鸟叫声映衬得山林更加幽静。整首诗歌除了最后一句抒发了诗人的思乡之情、宦游之倦外,前面三句从若耶之悠悠溪水到远方云霞再到岸边山林,皆是描绘若耶溪之风景。王籍此诗被时人称道,《梁书》载:"当时以为文外独绝"②,若耶溪的美名也伴随着这首诗名传天下。这首诗虽不是专门吟咏云门之作,但就空间环境而言,与云门山实为一个整体,时人也往往将"若耶云门"并称,故"蝉噪林逾静,鸟鸣山更幽"也可以视为对云门寺空间环境的描写。唐人题写云门寺的诗作当中,也常以云门、若耶并举,如宋之问《宿云门寺》诗:"云门若邪里,泛鹢路才通。"③

总的来说,唐前云门寺的文学书写很少,与同样发生在会稽的兰亭集会赋诗的盛况相比,云门还尚未成为一个单独的、成熟的文学空间进入文人视野。但其秀美清雅的自然环境,以及逐渐积淀的隐逸、宗教文化因素却已为将来文学活动的兴盛提供了充足的条件。

2. 僧俗交往的繁盛与云门寺题写的兴起

魏晋以来,浙东寺庙丛立,大量寺庙的修建以及官府对于寺庙的规制管理,让寺庙与世俗社会之间的联系不断加深。寺庙从单纯的僧人修行之地,逐渐增加了隐士隐居、游人旅居、士子学习、百姓观戏等多种功能。魏晋时期居寺为隐风气盛行,南齐萧子范、萧子云都曾隐居僧舍,还有何胤兄弟先后隐居云门寺,《南史》卷三〇"何胤"记载:"胤以会稽山多灵异,往游焉,居若邪山云门寺。初,胤二兄求、点并栖遁,求先卒,至是胤又隐……克终皆隐,世谓何氏三高。"④可见,自魏晋以来云门寺的功能就已不再局限于僧人修行居住之地,已经开始向世俗对象开放。

及至唐代,隐逸之风减退,寺庙功能扩张延伸,寺庙充当旅舍的功能尤为突出。人们在寺庙居住、学习成为可能。随着寺庙的居住对象范围的逐渐扩大,寺庙与世

---

① 逯钦立:《先秦汉魏晋南北朝诗》卷一七,第 1854 页。
② [唐]姚思廉:《梁书》卷五〇,第 713 页。
③ [清]彭定求:《全唐诗》卷五一,第 622 页。
④ [唐]李延寿:《南史》卷三〇,第 790 页。

俗生活的关系也日益加深。《唐会要》卷四八"议释教"记载唐宣宗复建佛寺:"大中六年十二月,祠部奏……自后应诸州准元敕置寺外,如有胜地名山、灵踪古迹,实可留情,为众所知者,即任量事修建,却仍旧名。其诸县有户口繁盛,商旅辐辏。愿依香火,以济津梁,亦任量事各置院一所,于州下抽三五人住持。其有山谷险难、道途危苦、赢车重负,须暂憩留,亦任因依旧基,却置兰若,并须是有力人自发心营造。"①将地处险道的寺庙充作驿站的补充,寺庙作为驿站的功能得到了官方认证。特别是在江浙一带,因为经济文化的繁荣、寺庙建筑的园林化以及江浙一带秀美幽雅的山水风光,更是吸引了无数诗人驻足。这些诗人、游客的旅途中的暂停点往往是寺庙,诗人在寺庙中暂居时往往留下一些寺庙诗歌。如李颀《宿香山寺石楼》、徐凝《游安禅寺》、于良史《宿天衣寺》等等。云门寺更成为诗人热衷的寄居地,仅仅以"宿云门寺"为题的诗歌就有十余篇,涉及的诗人有宋之问、钱起、罗邺、薛能、顾况、刘得仁、顾非熊诸人。可见,云门寺确实已经成为众多诗人游览旅途上的休憩点。中唐以后,云门寺还成为诗人团体举办茶宴的场所,如严维等诗人在云门寺留下了《云门寺小溪茶宴怀院中诸公》《松花坛茶宴联句》,都揭示了唐代云门寺进一步向世俗开放的现象。

随着寺庙的世俗化发展,僧俗间的交往也日趋频繁,唐代诗人在寺院中结交僧人,与之论佛论诗,留下许多佳作,如杜甫《谒真谛寺禅师》、张籍《宿天竺寺寄灵隐寺僧》、王维《宿道一上方院》、韦应物《送灵澈远云门》、薛能《再游云门访僧不遇》、元稹《寻西明寺僧不在》等等,可以窥见当时寺庙中文人雅士热衷与僧人交往的盛况。云门寺不仅仅是诗人们游览参观的名胜之地、旅途休憩之地,也是诗人们拜访结交高僧大德的场所。例如,姚合有《赠云门灵一律师》,僧灵一有《招皇甫冉游云门》,皇甫冉有《寄灵一静虚二上人》《赠云门邕上人》,严维有《赠云门灵一上人新泉》等。僧人、诗人的交往与创作,大大促进了云门寺文学与佛教的融合,是云门寺文学空间的重要推动因素。与此同时,作为宗教空间的云门寺,其文学空间的独特之处也逐渐彰显。诗人们在与佛教弟子交游、禅修过程中也逐渐接受了佛教的影响,俗语云"世间好诗佛说尽",虽有夸大之嫌,但佛学影响文学之深可见一斑。禅宗重视象喻和启发,需要内心体验,追求言外之意,这与诗歌创作实践有某些类似性,提供了二者相互沟通的桥梁。在唐代一些著名诗人谈禅、参禅,作诗表达禅趣、禅理,禅师也和诗人酬唱、吟诗,表达人生的理想、境界,从而表现出禅对诗的单向

---

① 〔宋〕王溥:《唐会要》卷四八,第 843 页。

的强烈渗透和深入浸染,为唐代诗歌创作打开了新路。禅宗影响诗歌创作的重要方面之一,是以禅人诗为唐诗注入特有的禅趣。这一点在云门寺诗作中也得到印证,唐代诗人不仅在诗作中增添了"僧""佛"等字眼,还增加了佛教意象,将自己的佛学感悟以诗歌的形式加以表达。当然,佛教对文人的吸引是一个不断加深的过程,与之相对应,初盛唐时期关于云门寺佛教的诗句较少,更多侧重云门寺环境描写,到了中晚唐时期,诗作中关于佛法和僧人的内容逐渐增多,诗人关于对佛理的思考也进入一定的深度。唐代初期诗人笔下提到云门大多是叙述在云门寺的活动,如《全唐诗补编·续拾》卷二萧翼《宿云门东客院》"今朝独宿岩东院,唯听猿吟与鸟啼"①,仅仅记叙了其在云门寺客居的生活,并没有进一步发表自己对于佛寺和佛法的态度,但也有较少一部分的诗人,已经在其诗作中表现出了对佛理的思考和感悟,如宋之问《全唐诗》卷五十三《游云门寺》有诗句云:"入禅从鸽绕,说法有龙听。劫累终期灭,尘躬且未宁。"②前一句表现佛法之精妙动人,听僧人讲经说法时如醍醐灌顶,后一句表现宋之问对于佛法的理解,劫数历尽后终会面死亡与轮回,且要将精力放到未曾安定的俗世生活。到了中唐以后,在云门寺联唱中,诗作基本带上了鲜明的佛教色彩,佛教在诗歌中不仅出现的频次高,其内涵与深度也逐渐加深。其中最为明显的即是鲍防主持的《云门寺济公上方偈》联唱,鲍防作序道:"时府中无事,墨客自台省而下者凡十有一人,会云门济公之上方,以偈者赞之流也,姑取于佛事云。"③诗人们直接以佛教中的偈语的形式进行创作,阐发各物象中蕴含的佛理。郑概的《山石榴偈》中有"色空我性,对尔空山"④,表达了其对佛教中"色"和"空"关系的理解,无独有偶,崔泌《蔷薇偈》中"眼根不染,见尔色非"⑤,同样提到了对"色"的理解,并且前半句还蕴含了佛教中惠能的《菩提偈》中不染尘埃的思想。鲍防《护戒刀偈》"剖妄妄绝,决机机坏。彼坚刚刀,护身闻戒"⑥,则表达了持律严格、坚守戒规之意。《松花坛茶宴联句》也有"夜禅三世晤,朝梵一章清"⑦,写夜晚参禅悟道,明了佛教过去、现在、未来三世,早上梵诵一章经文则内心清明澄澈的佛法体验。总的来说,随着寺庙的世俗化发展,云门寺的游览、寓居诗人和诗歌创作

---

① 陈尚君辑校:《全唐诗续拾》卷二,《全唐诗补编》,第 665 页。
② [清]彭定求:《全唐诗》卷五三,第 654 页。
③ 邹志方:《〈会稽掇英总集〉点校》卷一五,人民出版社 2006 年版,第 211—212 页。
④ 邹志方:《〈会稽掇英总集〉点校》卷一五,第 212 页。
⑤ 邹志方:《〈会稽掇英总集〉点校》卷一五,第 213 页。
⑥ 邹志方:《〈会稽掇英总集〉点校》卷一五,第 212 页。
⑦ 邹志方:《〈会稽掇英总集〉点校》卷一四,第 198 页。

明显增多,独立的云门寺文学空间逐渐确立。与此同时,云门寺作为僧俗交往活动的一个发生枢纽,也成为诗歌与佛理交织浸融的中心,为云门寺文学空间增添了特殊的宗教色彩。

云门寺僧人的文学活动将云门寺的宗教空间与文学联系起来,为云门寺文学空间的进一步发展和成熟起到了重要作用。尤其是灵一等著名诗僧,本身就有较高的诗歌水平,是云门寺的文学空间发展中的重要环节。与此同时,他们广泛的文学交游,在越州乃至全国都产生了较大的影响力,也使得修行地云门寺在文人圈中口耳相传,成为求佛问道、寻访高僧和谈论诗艺的名地,推动了云门寺文学空间的发展。如曾经在云门寺修行的僧人灵一、灵澈、清江皆与当时的诗人往来甚密,为云门寺文学空间的发展带来重要影响。

灵一,又称"一公""一上人"。灵一少时出家,初师从扬州法慎,后居于越州云门寺,在越州、杭州长期修行。尤工诗,其诗气质醇和,格律清畅,声名远播。在越州期间,灵一交游广泛,广交世俗友人,并与这些世俗诗人进行诗歌唱酬。《唐诗品汇》"衲子三十三人"中称其:"越中云门寺律师,持律甚严,以清高为世所推。尤善声诗,与刘长卿、皇甫冉、严维相倡和。"[①]说明了灵一律师在当时是著名高僧,名声很大,且有才名,并提及了灵一与刘长卿、皇甫冉等人的交游情况。刘长卿有《西陵寄一上人》诗云:"东山访道成开士,南渡隋阳作本师。了义惠心能善诱,吴风越俗罢淫祠。室中时见天人命,物外长悬海岳期。多谢清言异玄度,悬河高论有谁持。"[②]储仲君《刘长卿诗编年笺注》云:"按此诗疑为皇甫冉至德元载由越州北归,行经西陵渡口时作,唯冉集失载。一上人,即灵一。"[③]虽此诗作者存疑,但知灵一与刘长卿有交往却是无疑的,因《全唐诗》卷八百九记灵一有《宜丰新泉》,乃灵一到杭州宜丰寺后得新泉所作,刘长卿有和诗《和灵一上人新泉》曰:"东林一泉出,复与远公期。"[④]对此事严维亦有《一公新泉》和之,知灵一与刘长卿、严维交往密切。灵一与皇甫冉也有着密切的交往,两人多有诗歌唱酬。《全唐诗》卷二百四十九有皇甫冉作《西陵寄灵一上人》,知此诗为皇甫冉经过西陵遇到大风暂歇,写诗赠给灵一。对此《全唐诗》卷八百九有灵一回应皇甫冉之唱和诗《酬皇甫冉西陵见寄》诗

---

① [明]高棅:《唐诗品汇》,中华书局 2015 年版,第 120 页。
② [清]彭定求:《全唐诗》卷一五一,第 1571 页。
③ 储仲君:《刘长卿诗编年笺注》,第 543 页。
④ [元]辛文房撰,周绍良笺证:《唐才子传笺证》卷三,中华书局 2010 年版,第 490 页。

云:"西陵潮信满,岛屿没中流。越客依风水,相思南渡头。"①灵一此诗中的越客即指皇甫冉,西陵即皇甫冉旅途停驻之地。《全唐诗》卷二四九又有皇甫冉《赴无锡寄别灵一净虚二上人云门所居》,灵一和诗《酬皇甫冉将赴无锡于云门寺赠别》。又据《新唐书文艺传笺证》卷二云:"冉当于至德二载(七五七)春赴无锡尉任,途经越州云门寺,与灵一、李嘉祐等留诗赠别酬和。"②可知皇甫冉至德二载(757)赴无锡任前,至云门寺,与灵一等人交游,并有诗歌唱酬。灵一还与严维、独孤及等人交往,并有诗文流传。严维在云门联唱时,灵一尚居云门寺,因而与游。严维有《一公新泉》《哭灵一上人》等。灵一卒于宝应元年,独孤及为之作塔铭,《唐故扬州庆云寺律师一公塔铭》记录灵一卒年与其交游情况云:"宝应元年冬十月十六日。终于杭州龙兴寺。……由是与天台道士潘清、广陵曹评、赵郡李华、颍川韩极、中山刘颖、襄阳朱放、赵郡李纾、顿邱李汤、南阳张继、安定皇甫冉、范阳张南史、清河房从心相与为尘外之友。"③其中又可印证前文灵一与皇甫冉的交游情况。《全唐文》卷二百六十三有严维《哭灵一上人》诗言灵一英年早逝,具有和晋代慧远大师一样的名望,却早早逝去。昔年灵一与严维曾经共同漫步于岑山路,今时一公已去,只留严维一人。寺中老松更加苍劲,而佛塔前新生了春草。灵一大师佛法精妙、诗文出众,在宗教和文学中都有很高的声望,大师的名望已经在僧传中流传。据诗中"新塔草初生"一句推知严维作此诗时应为灵一亡后次年春季,即为宝应二年(763)。灵一还与陈允初交往,有《送陈允初卜居麻园》。朱放有《灵(一作云)门寺赠灵一上人》,亦知其与灵一交往。《唐才子传校笺》中亦记载其与严维交往:"与皇甫昆季、严少府、朱山人、彻上人等为诗友,酬赠甚多。"④灵一的交游不受限于世俗身份,与僧人、道士、官员、诗人等广泛交往,交往者甚众,与严维、刘长卿、皇甫冉、独孤及、朱放等诗人交游,仅独孤及塔铭中文献提及的就有十几人。灵一凭借自身对佛理的精妙研究和醇和清畅的诗歌才华,成为浙江声名远播的诗僧,吸引了大批文人雅士来到越州云门寺与之谈诗论道,云门寺顺理成章地成为僧俗交往和文学交流的中心。

清江,《宋高僧传》卷一五传云:"会稽人也,不详氏族。幼悟幻泡,身拘羁绁,因入精舍,便恋空门。"⑤说明清江是越州会稽人士,自幼出家学习佛法。清江先是在

① [清]彭定求:《全唐诗》卷八〇九,第9123页。
② 周祖譔主编:《新唐书·文艺传笺证》卷二,凤凰出版社2012年版,第271—272页。
③ [清]董诰等编:《全唐文》卷三九〇,第3962—3963页。
④ [元]辛文房撰,周绍良笺证《唐才子传笺证》卷三,第483页。
⑤ [宋]赞宁撰,范祥雍点校:《宋高僧传》卷一五,中华书局1987年版,第368页。

杭州天竺寺修行,后回到越州,根据《全唐诗》卷八百十法照《送清江上人》一诗中"早晚云门去,依应逐尔曹"①一句可知,清江返还越州期间居住在云门寺。清江有才名,和皎然一起被称为"会稽二清"。清江是继灵一之后越州的又一著名诗僧,与严维、章八元、皇甫温、卢纶、朱湾等交往。清江有《早发陕州途中赠严秘书》《喜严侍御蜀还赠严秘书》,陶敏先生考严侍御为严维兄弟。《全唐诗》卷八一二《早发陕州途中赠严秘书》诗云:"此身虽不系,忧道亦劳生。万里江湖梦,千山雨雪行。人家依旧垒,关路闭层城。未尽交河虏,犹屯细柳兵。艰难嗟远客,栖托赖深情。贫病吾将有,精修许少卿。"②《唐才子传校笺》卷三注:"据此诗,则建中年间清江又曾北游上都,并寄寓严维家中。"③清江的《宿严维宅简章八元》亦能证明曾宿严维宅中事。清江还有《喜皇甫大夫同宿大梁驿》诗,《全唐诗人名汇考》卷八考:"皇甫大夫,皇甫温,大历九年八月自陕州赴浙东任,当经大梁。"④作此诗时皇甫温自陕西赴越州刺史任,清江自浙东出发游历,二人在汴州大梁相遇。另耿沣有《与清江上人及诸公宿李八昆季宅》,卢纶有《洛阳早春忆吉中孚校书司空曙主簿因寄清江上人》,朱湾有《同清江师月夜听坚正二上人为怀州转法华经歌》,知其皆与清江交往。刘禹锡《澈上人文集纪》言:"世之言诗僧多出江左。灵一导其源,护国袭之。清江扬其波,法振沿之。"⑤知清江亦是闻名于全国的浙东诗僧,在浙东一带文学影响力较大,又与严维等人交往,且清江多次出越,游于陕川等地,更是让云门的名声广为流传,使云门寺文学空间提升了其文学影响力。

灵澈,会稽人,幼时即在云门寺出家,喜好文章,曾跟从严维学诗,后有名声传出,经皎然等人推崇后名扬天下。灵澈一生游历天下,交游甚广,与严维、刘长卿、皎然、包佶、权德舆、卢纶、李逊、路应、刘禹锡等人交往。关于灵澈从严维学诗一事,《唐五代文学编年史·中唐卷》有详细考证:"《中兴间气集》卷上:'八元尝于都亭偶题数言,盖激楚之音也。会稽严维到驿,问八元曰:尔能从我学诗乎?曰能。少顷遂发,八元已辞家,维大异之,遂亲指喻。数年,词赋擢第。'八元大历六年进士。《刘禹锡集》卷一九《澈上人文集纪》:'从越客严维学诗,遂籍籍有声。'《昼上人集》卷九《赠包中丞书》:'有会稽沙门灵澈年三十有六,知其有文十余年而未识之。'

---

① [清]彭定求:《全唐诗》卷八一〇,第9135页。
② [清]彭定求:《全唐诗》卷八一二,第9144页。
③ [元]辛文房著,傅璇琮主编:《唐才子传校笺》卷三,第539页。
④ 陶敏:《全唐诗人名汇考》卷八一二,辽海出版社2006年版,第1338页。
⑤ [唐]刘禹锡撰,卞孝萱校订:《刘禹锡集》卷一九,中华书局1990年版,第239页。

书作于兴元元年,知灵澈大历初即有文名。章八元、灵澈从严维学诗约在本年。"①从中知灵澈、章八元在兴元元年(784)跟从严维学诗,灵澈少有才名,后与皎然等人交往。又《宋高僧传》卷十五载:"释灵澈……居越溪云门寺……故秘书郎严维、刘随州长卿、前殿中侍御史皇甫曾,睹面论心,皆如胶固,分声唱和。"②亦可印证灵澈确实曾师从严维学诗,有师徒之谊,与其交往甚密,并与刘长卿、皇甫冉诗歌相和。严维去世后,灵澈出越州,游于吴兴,与皎然、包佶交往。《全唐文》卷九百一十七有皎然《赠包中丞书》,其中提及灵澈来吴兴之事云:"有会稽沙门灵澈……及上人自浙右来湖上见存,并示制作。观其风裁,味其情致,不下古手,不傍古人,则向之严、刘、皇甫所许。畴今所觌,则三君之言,犹未尽上人之美矣!"③包佶知灵澈投访后甚喜,又给李纾去信夸赞灵澈之文采。《唐才子传校笺》卷三云:"因以书荐于包侍郎佶。佶得之大喜,又以书致于李侍郎纾。时二公以文章风韵为世宗。《文集纪》:'皎然以书荐于词人包侍郎佶。包得之大喜,又以书致于李侍郎纾。是时以文章风韵主盟于世者曰包、李,以是上人之名由二公而扬,如云得风,柯叶张王。'"④经过包佶、李纾这两位当时文坛首领夸赞后,灵澈之名天下皆闻。灵澈与刘长卿的交往,在大历末至贞元初。刘长卿有《送灵澈上人还越中》,诗中"沃州深处草堂闲"⑤提到沃州即沃洲山,在会稽新昌,白居易曾作《沃洲山禅院记》,灵澈回越州即居沃州寺。储仲君《刘长卿诗编年笺注》云:"按灵澈为越州云门寺僧,见《宋僧传》卷一五本传。约于大历末、建中初居湖州何山,见皎然《赠包中丞书》及《灵澈上人何山寺七贤石》诗。此诗送归越州,当在大历十二年(七七七)或十三年。"⑥刘长卿又有《酬灵澈公相招》诗云:"石涧泉声久不闻,独临长路雪纷纷。如今渐欲生黄发,愿脱头冠与白云。"⑦当为灵澈还越中之前邀请刘长卿游越之作,与《送灵澈上人还越中》同时。据此诗题又可推知灵澈应有诗题为招刘长卿同住何山寺,今已无见。而刘长卿又有《送灵澈上人归嵩阳兰若》一诗,储仲君《刘长卿诗编年笺注》云:"按皎然《与包中丞书》(《全唐文》卷九一七),灵澈于兴元元年(七八四)赴京师,或尝止嵩

---

① 陶敏、李一飞、傅璇琮:《唐五代文学编年史·中唐卷》,第173页。
② 〔宋〕赞宁撰,范祥雍点校:《宋高僧传》卷一五,第369页。
③ 〔清〕董诰:《全唐文》卷九一七,第9553页。
④ 〔元〕辛文房著,傅璇琮主编:《唐才子传校笺》卷三,第614页。
⑤ 〔清〕彭定求:《全唐诗》卷一五一,第1563—1564页。
⑥ 储仲君:《刘长卿诗编年笺注》,第435—436页。
⑦ 〔清〕彭定求:《全唐诗》卷一五○,中华书局1960年版,第1557页。

阳。如诗题不误,当作于灵澈再次北上时,应在贞元初年。"①从以上可知刘长卿与灵澈在湖州、嵩阳等地会面交往,二人有诗歌往来。灵澈在浙东期间还与温州刺史路应、李缜、戴公怀、孟翔等人唱和,路应等人在温州山水间游览,见百丈之仙岩,其上有古树,又有水势浩大之瀑布四处,路应因作《仙岩即事》诗,灵澈则有《奉和郎中题仙岩瀑布十四韵》和之。皎然亦与路应交往,其《寄路温州》附于灵澈诗后。知灵澈、路应、皎然三人皆有文学交游。灵澈卒后,有集十卷,刘禹锡为之作序。刘禹锡《澈上人文集序》记录了此事,在灵澈亡后十七年,刘禹锡在吴郡任职,灵澈的弟子秀峰前来,请刘禹锡为灵澈之诗集作序。弟子称灵澈曾经游历吴郡,大历年间至元和年间将近五十年内,有诗歌唱和三千余首,删去其中三百篇,整理汇集成十卷。从中可知灵澈与众诗人交往多,诗歌唱酬多,声名远播。

综上所述,云门寺屡出高僧,他们名望高、交游广,使得云门寺之名不断在文人中间流传,抬升了云门寺文学空间的文学地位。从云门寺诗僧的交往人物来看,严维、刘长卿、包佶等人都是当时江南地区的著名诗人,尤其是严维,更是浙东联唱群体的核心人物,而云门寺也正是浙东联唱活动的重要地点,由此可见诗僧的文学交往对于云门寺大型文学活动发生的促进作用。

3.诗歌唱和活动与云门寺文学空间的定型

唐代云门寺的唱和活动,一是唐初王勃在云门献之山亭,效仿王羲之的兰亭集会举行了一次修禊雅聚,二是大历年间鲍防、严维与众浙东诗人云门联唱,留有许多云门联唱诗篇,三是元稹在越州时期与白居易等人共游云门唱和。云门唱和活动自初唐而始,至中唐鲍防、严维等联唱,其间数十年云门相关诗作大多是个体诗人途经云门或者游访云门所作,没有形成一定的规模,而到了中唐以后,情况大不相同,除却诗人的单篇独作,还有相当数量的云门寺唱和诗歌出现。中唐以后的诗会,诗人们以团体的形式,短期内多次在云门寺举行大规模的诗会活动。从时间维度上,唱和活动时间跨度长,唐初至中唐一直有诗会在此举行,云门寺因而具有长盛不衰的吸引力,大大加速了云门寺空间和文学的紧密关系的提升,唐代云门寺文学空间最终得以构建并定型。

唐初王勃在会稽云门献之山亭,效仿王羲之的兰亭集会举行了一次修禊雅聚,写下了《三月上巳祓禊序》,并于是年秋季再次雅集于云门献之山亭,写下《越州秋

---

① 储仲君:《刘长卿诗编年笺注》,第 494 页。

日宴山亭序》。《兰亭考》卷十二"释禊"载《三月上巳被禊序》原文数句,题为《献之山亭修禊序》,在宋代孔延之所编《会稽掇英总集》卷二十中又将此序题为《修被禊于云门王献之山亭序》。《全唐文》卷一八一"王勃"载:"永淳二年,暮春三月,修被禊于献之山亭也。"①记载了王勃此次修禊活动的时间是永淳二年(683)三月,地点是在云门王献之亭,即云门山王子敬山亭,宋代施宿《嘉泰会稽志》卷九"云门山"记载:"山有谢敷宅、何公井、好泉亭、王子敬山亭、永禅师临书阁。"②王勃此次修禊又赞云门山之盛景,《全唐文》卷一八一记载此序写云门寺风景秀丽,上有碧天白云,下有青草杂花,重山、茂林、鲜花、碧草、山鸟、溪流,无一不备。《王勃集》卷五又赞云门曰:"是以东山可望,林泉生谢客之文;南国多才,江山助屈平之气。"③点明云门环境清雅,为创作增添隐逸风流之气,且多出才子。此次修禊之事,模仿魏晋之风韵,进一步增添了云门的文化底蕴和吸引力,开唐代云门寺诗会之风气。

中唐时期,鲍防、严维等人在浙东任职,组织了一大批诗人在浙东集会唱和,云门寺成为大历浙东诗人诗会唱和的聚集地。此次诗会的主要主持者鲍防在越州的时间是广德元年(763)至大历五年(770),又根据《会稽掇英总集》卷一五中序曰:"己酉岁,仆忝尚书郎,司浙南之武。"④清楚地交代了《云门寺济公上方偈》创作时间是己酉年,即大历四年(769),则此次云门寺诗会的举办时间约是大历四年(769)。诗人们在云门周边游览、唱和,有众多佳作留下,如联唱诗《云门寺小溪茶宴,怀院中诸公》《松花坛茶宴联句》《自云门还,泛若耶入镜湖,寄院中诸公》《柏梁体状云门山物并序》《云门寺济公上方偈》《征镜湖故事》《入五云溪寄诸公联句》等等,记载了诗人们泛舟若耶溪与镜湖上云门山在云门寺举办茶宴的盛况。此次诗会将云门文学空间的范围进一步扩大了,不再局限于王氏家族的旧迹,《自云门还泛若耶入镜湖寄院中诸公》诗曰:"山中秋赏罢,溪上晚归时。出谷秦人望,经湖谢客期"⑤,结合诗题知,诗人们游赏云门寺后,从云门山下,泛舟入若耶溪,出山谷,见秦望山,经过镜湖时作此诗。此时诗人将云门寺诗歌的描写对象扩大到了若耶溪、镜湖和秦望山,而《柏梁体状云门山物并序》亦是对整体云门山环境的描绘,至

① [清]董诰:《全唐文》卷一八一,第1839页。按,这篇序文作者或真伪有疑问,清蒋之翘《王子安集注》卷七收此文,注云:"此非子安所作,篇内有永淳二年句,计其时子安殁已数年。然自北宋沿讹迄今。故著其谬,仍存其文。"然即便非王勃的作品,也可以看出唐宋时越州文人于云门集会的情况。

② [宋]施宿:《嘉泰会稽志》卷九,《宋元浙江方志集成》第4册,第1821—1822页。

③ [清]董诰:《全唐文》卷一八一,第1842—1843页。

④ 邹志方:《〈会稽掇英总集〉点校》卷一五,第211—212页。

⑤ 邹志方:《〈会稽掇英总集〉点校》卷一四,第199页。

此,云门周边以云门寺为中心构建出了一个完整的成体系的文学空间,以云门寺为核心,一直辐射到若耶溪与镜湖。此次诗会历时长,频次高,诗人们一年之内多次游览于云门周边,在云门山、云门寺、若耶溪、镜湖都留有诗篇,这种短期内多次举行的诗会活动迅速提高了文人对于云门寺的关注度,云门寺的文学空间构建也因此次诗会而快速发展。

长庆年间(821—824),元稹诗歌唱和团体也来到了云门寺,特别是元稹、白居易的到来,为云门寺增添了更多名气,将云门寺的声名远扬天下。白居易在长庆二年(822)夏至长庆四年(824)春间担任杭州刺史,长庆三年(823)秋冬至大和三年(829)九月,元稹任越州刺史、浙东观察使。越州杭州相距不远,元白多有诗歌寄赠,其中多次提到越州镜湖,如元稹《戏赠乐天复言》:"孙园虎寺随宜看,不必遥遥羡镜湖。"①而白居易则有《酬微之夸镜湖》回应,诗中不仅提到了镜湖,还提及了若耶溪。而白居易赴越州则将此次诗会推向高潮,"长庆四年(824)春,时任杭州刺史的白居易与任湖州刺史的崔玄亮曾共赴越州,与元稹一起游赏赋诗"②。此次诗会元稹、白居易、崔玄亮共游会稽,访云门寺、法华寺、龙瑞宫等地,诗作数篇,元稹有《游云门》《题法华山天衣寺》③《春分日投简阳明洞天作》,白居易有《宿云门寺》《会二同年》《题法华山天衣寺》④《和春分日投简阳明洞天作》。

元白越州聚会后,元稹唱和集团中的其他诗人也有关于云门的唱和诗,如徐凝,长庆四年(824)徐凝投入元稹门下,与元稹共游云门寺,其有诗题为《酬相公再游云门寺》,可知元稹本应有《再游云门寺》。再如赵嘏,在浙东与元稹交往,有《游云门》及《浙东陪元相公游云门寺》。《唐才子传校笺》卷七"赵嘏"有注:"至其生年,可定为元和元年(八〇六)而无扞格。"⑤其弱冠前后,曾北至塞上,后游浙东。可推知赵嘏游浙东的时间大致为大和元年(827)前后。而大和三年(829),元稹入为尚书左丞,继而出为武昌节度使,后卒于镇。因此赵嘏的《游云门》及《浙东陪元相公游云门寺》的创作时间要晚于白居易云门寺诗,另据诗歌内容,大致创作于在大和元年(827)至大和三年(829)间的秋季。由此推知,元稹集团的云门寺唱和自长庆年间而始,多次游览于云门寺、镜湖等地,至元稹离开越州前仍游于云门。

---

① 〔唐〕元稹撰,冀勤点校:《元稹集》卷二二,第283页。
② 咸晓婷:《元稹浙东幕诗酒文会活动考论》,《阅江学刊》2012年第3期。
③ 邹志方《〈会稽掇英总集〉点校》卷八注:"天衣寺"应为"法华寺",第104页。
④ 邹志方《〈会稽掇英总集〉点校》卷八注:"天衣寺"应为"法华寺",第104页。
⑤ 〔元〕辛文房著,傅璇琮主编:《唐才子传校笺》卷七,第297页。

　　唐代云门诗会活动自初唐始,大历(766—779)时联唱活动频繁,直至大和年间(827—835)元稹等人仍在云门进行诗歌创作。唱和时间跨度长,历史久,唱和活动频次高。在这段时间内,经过了众多诗人描写、多次诗歌唱和,云门寺及其周边镜湖、若耶溪等地在众多诗句中留下身影,以云门寺为中心的云门寺文学空间逐渐建立并成熟。

　　云门寺作为中唐越州诗会的重要举办地,有众多诗人云集于此参与诗歌唱和活动。大批诗人的聚集,不仅增加了诗云门歌创作的数量,让联唱这一诗歌形式得以有发挥的空间,从而留下众多富有特色的浙东联唱诗,还营造出了云门盛会之感,让云门寺声名远扬,增加了云门对于文人的吸引力。贾晋华先生考证了大历鲍防严维诗会的参与诗人数量:"综上所考,《大历年浙东联唱集》的作者共有五十七人,可确考者有鲍防、严维、刘全白、朱迪、吕渭、谢良辅、丘丹、陈允初、郑概、杜奕、范憕、樊珣、刘蕃、贾弇、沈仲昌、李清、范淹、吴筠、口迥、成用、张叔政、周颂,共二十二人;可能参加者有皇甫曾、张河、神邕、卢士式、裴冕、徐嶷、王纲、秦系、朱放、张志和、灵澈、清江、陆羽、李华舅,共十四人。"①我们将涉及云门的联唱诗中的诗人一一统计出来:《云门寺小溪茶宴怀院中诸公》联句的参与者有严维、谢良弼、裴晃、吕渭、郑概、陈允初、庾骏、萧幼和,共 8 人。《云门寺济公上方偈》联句活动的参与者共有 11 人,但目前能够确定的诗人仅有李聿、杜奕、鲍防、杜倚、郑概、崔泌、袁邕、任逸 8 位,其余 3 位阙名。《柏梁体状云门山物并序》的参与者有:秦瑀、鲍防、李聿、李清、杜奕、袁邕、吕渭、崔泌、陈允初、郑概、杜倚,共 11 人。《松花坛茶宴联句》的参与者有谢良弼、裴晃、萧幼和、严维、袁邕、李聿、崔泌、鲍防、庾骏、郑概、吕渭、杜倚、李清、陈允初、杜奕、□成用、张叔政、周颂,共 18 人。《自云门还,泛若耶入镜湖,寄院中诸公》的参与者包括谢良弼、吕渭、郑概、严维、裴晃、陈允初、萧幼和,共 7 人。《征镜湖故事》的参与者有陈允初、吕渭、严维、郑概、谢良弼、贾肃、庾骏、裴晃,共 8 人。《入五云溪寄诸公联句》的参与者有鲍防、严维、郑概、成用、吕渭、陈允初、张叔政、贾弇、周颂,共 9 人。

　　从以上可以整理出大历年间参与云门寺诗歌唱和活动的诗人名单,有鲍防、严维、谢良弼、郑概、吕渭、陈允初、李聿、杜奕、杜倚、崔泌、袁邕、裴晃、庾骏、萧幼和、李清、任逸、□成用、张叔政、周颂、秦瑀、贾肃、贾弇,共 22 人参与了云门唱和。与贾晋华先生考证的大历浙东唱和诗人相对比,可以发现目前能够确定的大历唱和

---

　　① 贾晋华:《〈大历年浙东联唱集〉考述》,《文学遗产》1989 年第 3 期。

诗人几乎全部参与了云门寺的唱和活动,由此可见云门寺在大历时期的文化吸引力已经很高,经过先唐和唐初的不断积蓄,至大历时以鲍防、严维为首的诗人群体汇集云门、大规模唱和,提高了云门寺在文学上的地位与声望,诗人们创作的大量的云门联唱诗在浙东唐诗中具有鲜明特色,云门寺的文学空间得以发展和成熟。元稹诗歌唱和群体在云门进行诗歌唱和时,元稹、白居易、徐凝、赵嘏等人在云门寺的创作又将云门寺的文学空间发展推向繁盛阶段。

唱和诗人众多使得云门寺唱和形成规模,而唱和诗人身份重要、影响力大则是推动云门寺文学空间在唐代浙东乃至全国形成强大吸引力与认同的因素。大历时期的鲍防、严维在云门众多唱和诗人中居于领袖地位,组织了多次联唱,对浙东诗人有很强的吸引力。长庆(821—824)至大和三年(829),元稹在越州任职,在此期间与白居易等人唱和,元稹和白居易官职高、文采极高,在唐代文学中占据重要地位,在当时对全国都有相当强的吸引力,元白对云门寺的描绘是继大历唱和后云门寺文学空间迎来的又一高潮。本节选取几位唱和诗人的生平情况,包括鲍防、严维、谢良弼、吕渭、元稹、白居易,结合其官职身份与影响力等信息,分析唱和诗人的身份和影响力对于云门寺文学空间发展的作用。

鲍防,随薛兼训到浙,为浙东观察使薛兼训从事,任行军司马,广德元年(763)至大历五年(770)在越州,在浙东幕府中地位较高,仅次于节度使及副使,掌握实权。且鲍防文学素养很高,《旧唐书》本传记载:"鲍防,襄州人。幼孤贫,笃志好学,善属文。"①《新唐书》本传云:"防于诗尤工,有所感发,以讥切世敝,当时称之。"②从中知鲍防诗文精妙,针砭时弊,被时人所称道。另外《全唐文》卷七百八十三"穆员"的《鲍防碑》中还说明了鲍防在越州的政绩情况:"公之佐兼训也,令必公口,事必公手,兵兼于农,盗复于人。自中原多故,贤士大夫以三江五湖为家,登会稽者如鳞介之集渊薮,以公故也。"③说明鲍防在越州期间掌握管理实权,具有很高的政治地位,并且在浙东广招贤士,一时间众多诗人、文士投入越州幕府。这也是当时云门寺能够举办大规模诗歌唱和活动的原因之一。新出土武元衡撰《唐故兰陵郡夫人萧氏墓志铭并序》:"大唐贞元十三年,龙集丁丑,十月三日,故金紫光禄大夫、工部尚书、赠太子少保东海鲍宣公夫人兰陵郡夫人萧氏,寝疾薨于上都光福里之私第,

---

① [后晋]刘昫等:《旧唐书》卷一四六,第3956页。
② [宋]欧阳修、宋祁撰:《新唐书》卷一五九,第4950页。
③ [清]董诰等编:《全唐文》卷七八三,第8190页。

享年五十八。……宣公之殁,逮兹八年。"①志主为鲍防夫人。《萧氏墓志》叙鲍防事云:"公自弱冠,登进士甲科。文章籍甚,震曜中夏。斥华尚质,秉笔者咸知向方。惟人禀五行而生,罔不异其好尚。道无全用,材罕兼能。公则道备文武,材并轮椭。故入登琐闼,出总戎轩。外由军司马当百城十连之寄,南统闽越,北临太原,瓯民代人,至于今怀其德而行其教;内历尚书郎,升散骑省,典小宗伯,为大京兆,领御史府,守上将军,龟虎联华,缛映中外。爰自县大夫,至尚书之致政也,事无重轻,询夫人而后。故所莅之职,必闻其政。宣公加命服之年,邑号光启。"②进一步印证了鲍防诗歌才绝,名声显盛,在越州等地任政期间,政令通行,广纳贤才。结合这些传记和碑志,可以看出鲍防大历年在越州期间,交游广泛,在文人中影响力很大,吸引了众多文人前往越州,并通过组织浙东联唱,促进了浙东的文采风流,是推进浙东唐诗发展的重要人物。

严维,越州人,文采斐然,名声远传,《舆地纪胜》卷十"绍兴府"载:"与同郡贺知章俱以文词扬名上京。"③可知其在当时文坛上亦有一定的地位和名望。《全唐文》卷二百六十三小传云:"严维。字正文。越州山阴人。至德二载进士。擢辞藻宏丽科。调诸暨尉。辟河南幕府。终秘书省校书郎。"④《唐才子传笺证》记载了严维是越州人,一开始在桐庐隐居,向往隐士生活,后来因为辞藻宏丽、才华出众,被推举做官,但严维不慕官场名利,情愿在家乡作小官,方便照顾家中贫弱亲老,于是担任诸暨尉。辛文房还对严维的诗歌风格大加赞赏,称其诗歌有魏晋风度,诗风淡雅庄重,少嗟叹愁绪,自在风流,被世人称道⑤。从这些记载中可以得知,严维一生官职不高,但少有仕途不顺之感叹,其人乐于隐逸,有魏晋之人遗风,其诗言辞宏丽,诗风雅重,闻名于时人。并且严维交游广泛,与刘长卿、李嘉祐、钱起、皇甫冉、秦系、灵一、灵澈等人交往,从严维诗可知其交往之广,严维多赠酬诗、送别诗,有《酬刘员外见寄》《送薛尚书入蜀》《酬普选二上人期相会见寄》《送皇甫拾遗归朝》等等。严维在越州文坛上具有一定的地位,和鲍防成为大历云门唱和的领袖人物。其在文坛上的名气和其广泛的交游吸引了众多诗人,且严维本为越州人,在当地文人中更是盛名远播,对越州当地的诗人具有较大的号召力。而严维的隐逸倾向和魏晋风

---

① 吴钢主编:《全唐文补遗·千唐志斋新藏专辑》,三秦出版社 2006 年版,第 288—289 页。
② 吴钢主编:《全唐文补遗·千唐志斋新藏专辑》,第 289 页。
③ [宋]王象之编著,赵一生点校:《舆地纪胜》卷十,浙江古籍出版社 2013 年版,第 402 页。
④ [清]彭定求等编:《全唐诗》卷二六三,第 2914 页。
⑤ [元]辛文房撰,周绍良笺证:《唐才子传笺证》卷三,第 560 页。

度,更使得他与方外之人关系密切,如与灵一、灵澈、秦系等人来往。严维集官员、隐士、诗人于一身的身份,加之其在文坛上的名望,吸引了众多会稽当地诗人、隐士、僧人参与云门唱和,为云门寺文学空间的发展提供了更多特色因素。

谢良弼,出自陶翰门下,曾任中书舍人,谢良辅之兄。顾况《礼部员外郎陶氏集序》云:"唐词臣姓陶氏,讳翰……登公之门,李膺之门也,鲍、马二京兆、中书谢舍人良弼、良辅,侍御史李封殿中刘全诚名自公出。"①知谢良弼与陶翰交往,且曾任中书舍人,名声经陶翰而宣扬。陶翰有《送谢氏昆季下第归南阳序》,其中"谢氏昆季"即指谢良辅、谢良弼兄弟二人。《云笈七签》卷一一五:"王氏者,中书舍人谢良弼之妻也,东晋右军逸少之后,会稽人也。良弼进士擢第,为浙东从事而婚焉。"②可知谢良弼在浙东与其幕僚经历以及婚姻状况有关。又《新唐书》卷一百五十九鲍防之传记载了鲍防与中书舍人谢良弼交往密切,二人皆文采出众,名声在外,当时世人将此二人并称为"鲍谢"③。不过针对《新唐书》此条,王辉斌的《唐代诗文论集》一书中对于"鲍谢"进行了详细考证,综合《鲍防传》、胡震亨的《唐音癸签》以及谢良弼、谢良辅的交游状况,考证"鲍谢"是鲍防和谢良辅④。姑且不论"鲍谢"之"谢"究竟指谁,但有一点毋庸置疑,鲍防与谢氏兄弟二人均相交甚笃,在浙东有多次酬唱经历,此次云门寺的茶宴联句即是一例。

吕渭,《旧唐书》有传云:"字君载,河中人。父延之,越州刺史、浙江东道节度使。"⑤吕渭墓志近已出土,全称为《唐故通议大夫使持节都督潭州诸军事守潭州刺史兼御史中丞充湖南都团练观察处置等使赐紫金鱼袋赠陕州大都督东平吕府君墓志铭并序》,由其子吕温所撰。墓志详细记录了他的生平,其中记录其浙东经历云:"吾先府君讳渭……展转江淮间数岁,兵部尚书薛兼训平山越,镇浙东,又辟公为节度巡官,□婺州永康令。既下车□奸吏杜泄,州将阎伯玙左右受略,飞驿来救。公先置法而后视符,连境风生,惮独相贺。"⑥谓其曾在薛兼训浙东幕担任节度巡官,之后又任职婺州永康令。吕渭参与鲍防严维等人组织的云门诗歌唱和活动即是在为薛兼训幕府时之事。薛兼训,正史无传,但他人传记、地方史志,以及一些文学作

① [清]董诰等编:《全唐文》卷五二八,第5366—5367页。
② [宋]张君房:《云笈七签》卷一一五,齐鲁书社1988年版,第1332页。
③ [宋]欧阳修、宋祁:《新唐书》卷一五九,第4950页。
④ 王辉斌:《唐代诗文论集》,武汉大学出版社2017年版,第404—405页。
⑤ [后晋]刘昫:《旧唐书》卷一三七,第3768页。
⑥ 吴钢主编:《全唐文补遗》第四辑,三秦出版社1997年版,第81页。

品中对他有所记载。如《旧唐书·鲍防传》记载鲍防天宝末年中进士,而后在薛兼训幕府为官①。而据郁贤皓先生考证,薛兼训任越州刺史、浙东观察使的时间在宝应元年(762)至大历五年(770),阎伯玙为婺州刺史在大历五年(770),则吕渭在浙东应在此间。吕渭诗歌现存五首,《会稽掇英总集》存与严维等联句八首。吕渭参与云门唱和活动非常频繁,在云门寺相关七篇联唱中有六篇留名,积极地推动云门诗歌联唱活动,为云门文学空间发展做出了实际贡献。

元稹更是当时文坛上举足轻重的人物,少有才名,被宰相令狐楚称赞其为当代"鲍谢"。元稹尤擅长写诗,其文采之出众闻名于天下,其诗被称为"元和体"。《旧唐书》卷一六六传有言:"自衣冠士子,至闾阎下俚,悉传讽之,号为'元和体'。"②可见元稹声名之广,自文人士子到坊边平民,无人不知元稹之诗,无人不晓元稹之名。且元稹则有"元才子"的美名流传。元稹还曾官至同中书门下平章事,后在越州亦居高位,为越州刺史。这样一个位高权重又才华盖世的诗人被贬来越,广招文士,纵情于会稽山水之间,提升了越州的文化吸引力,促进了越州诗歌的创作。《旧唐书》传曰:"在郡二年,改授越州刺史、兼御史大夫、浙东观察使。会稽山水奇秀,稹所辟幕职,皆当时文士,而镜湖、秦望之游,月三四焉。而讽咏诗什,动盈卷帙。"③可见元稹及其幕府在当时多次游览于镜湖、秦望山一带,且诗作众多。元稹在越州期间游览于以云门寺为中心的云门山、镜湖、秦望山等地,与众幕僚等人多有唱和,将云门之景写进诗作广为流传,云门寺文学空间在其唱和诗中进一步得到完善与发展。

白居易是与元稹齐名的文坛魁首,两人交往亲密,多有诗歌唱酬,号为"元白"。《旧唐书》卷一百六十六传云:"七月,除杭州刺史。俄而元稹罢相,自冯翊转浙东观察使。交契素深,杭、越邻境,篇咏往来,不间旬浃。尝会于境上,数日而别。"④记载了白居易担任杭州刺史、元稹担任浙东观察使时期,两人诗歌往来频繁。白居易还到越州与元稹聚会,与元稹、崔玄亮等人在越州纵览山水、寻访古迹,游于会稽云门。其诗作中多次提到云门景物,不仅有诗《宿云门寺》,白居易一句回应元稹的戏言"一泓镜水谁能羡?自有胸中万顷湖"⑤,更将云门的美名伴随元白之趣闻流传

---

① ［后晋］刘昫:《旧唐书》卷一四六,第3956页。
② ［后晋］刘昫:《旧唐书》卷一六六,第4331页。
③ ［后晋］刘昫:《旧唐书》卷一六六,第4336页。
④ ［后晋］刘昫:《旧唐书》卷一六六,第4353页。
⑤ 邹志方:《〈会稽掇英总集〉点校》卷三,第38页。

千古。可以说,白居易的到来为元稹云门唱和活动增添了更多光彩与风流,将云门寺文学空间的发展推向了高潮。

云门寺唱和诗人虽多有声名不显以至于几无可考的诗人,但是唱和诗人中也不乏声望高、权势大、文采一流的诗人。鲍防是当时浙东幕府中地位较高并掌握实权的官员兼诗人,严维是越州当地著名文士,两人在浙东的影响力大,吸引了众多当地诗人与诗僧参与云门唱和。元稹、白居易在浙东是高级官员,其诗文名扬天下,在全国范围内都有比较强的吸引力,云门寺及周边经过元白二人的描绘,又一次在浙东诗歌留下印记。

总体而言,云门寺诗歌唱和活动自唐初始,一直持续到中唐时期,唱和活动持续时间长,唱和频次高。在著名诗人、高官、大规模诗人团体长期多次唱和多重因素的叠加下,云门寺唱和活动盛极一时,云门寺的文学空间正式确立和成熟,在浙东地区甚至全国具有较大的声望。

(二)《唐天台山新桐柏观颂》与天台道教文化

天台山南麓的桐柏山,峰崖耸立,环境清幽,自三国葛玄翁隐居华顶,结庐炼丹,此处便已成为中国道教的东南圣地。有唐一代,"国师"司马承祯来到桐柏山修行,唐睿宗敕令为其重修道观,名桐柏观,成为天台山最主要的道场。作为声名远播的道教南宗祖庭,桐柏观在唐代有特殊的政治和文化地位,同时也是诸多唐代诗人的驻足之地,如孟浩然有《宿天台桐柏观》诗云:"海行信风帆,夕宿逗云岛。缅寻沧洲趣,近爱赤城好。扪萝亦践苔,辍棹恣探讨。息阴憩桐柏,采秀弄芝草。鹤唳清露垂,鸡鸣信潮早。愿言解缨绂,从此去烦恼。高步凌四明,玄踪得三老。纷吾远游意,学彼长生道。日夕望三山,云涛空浩浩。"①关于桐柏观的地理环境、兴衰历程以及司马承祯与桐柏观的渊源,以唐明皇篆额、祠部郎中崔尚撰文、大书法家韩择木书丹的《唐天台山新桐柏观颂》②记载最为详尽。由于道观被毁,遗址被淹,该碑实物虽已残毁,然以传世文献著录的碑文,参照金石文献和新出墓志,可以梳理该碑的流传轨迹,进而发现碑文的撰写时间与立碑时间并不一致;从碑文内容来看,具有较深的道教内涵;而作为唐代诗人崔尚为数不多的传世作品,该碑也具有重要的文学价值。

---

① [清]彭定求:《全唐诗》卷一五九,第 1623 页。
② 以下简称《唐桐柏观碑》。

1. 新出墓志与撰碑者崔尚生平

《崔尚墓志》是 2002 年出土于洛阳市伊川县彭婆乡万安山之南的一方唐代墓志,原石现藏洛阳师范学院图书馆。拓本首见于《洛阳新出墓志释录》,录文载同书第 107—108 页,又见于《新出土唐墓志百种》第 184 页,《唐代诗人墓志汇编·出土文献卷》第 172—173 页。《崔尚墓志》一出土,便受到了不少研究者的关注,陶敏先生《出土墓志中所见之"斯文崔魏徒"》①,胡可先教授《新出墓志与杜甫研究》②《新出石刻与唐代文学家族研究》等都涉及了《崔尚墓志》,但是关注点主要在于崔尚与杜甫的关系以及文学家族的层面,对于崔尚本人的生平仕历以及诗文作品所涉较少。近年来又新发现了几方崔尚撰文的墓志,可作为崔尚事迹与作品的补充。

(1)崔尚家族的文学传承

崔尚,字庶几,清河东武城人。《新唐书·宰相世系表》,载其于崔氏南祖房下③。关于其家世,墓志所叙甚详,从中我们可以看出崔氏作为唐代望族,数代擅长文学,可以说是非常具有代表性的文学世家。

墓志云:"曾王父君实,随射策甲科,唐朝请大夫、许州司马,文集十卷,藏于秘府。"④《新唐书·艺文志》:"《崔君实集》十卷。"⑤《旧唐书·经籍志》:"《崔君实集》十卷。"⑥可与墓志相印证,传世文献不载其官职,墓志可补缺。从其官职来看,崔氏该支入唐当从崔君实开始。《新表》记崔灵茂五世孙崔君实三子:崔县解、崔县象、崔县黎。墓志又云:"王父悬解,进士高第,坊州宜君县丞,文集五卷,行于世。"又《唐代墓志汇编》元和〇七三《(裴简)亡妻清河崔氏墓志铭》:"五代祖悬解。"⑦《唐故曹州离狐县丞盖(蕃)府君墓志铭》题署"桂坊太子司直清河崔悬黎",志云:

---

① 中华书局编辑部编:《傅璇琮先生八十寿辰论文集》,中华书局 2012 年版,第 75—80 页。
② 胡可先:《新出石刻与唐代文学家族研究》,北京大学出版社 2017 年版,第 264—284 页。
③ 胡可先:《新出石刻与唐代文学家族研究》:"崔氏定著房:一曰郑州,二曰鄢陵,三曰南祖,四曰清河大房,五曰清河小房,六曰清河青州房,七曰博陵安平房,八曰博陵大房,九曰博陵第二房,十曰博陵第三房。这十房崔氏,前六房属清河崔氏,后四房属博陵崔氏,新出土崔氏诗人墓志,如果再从分支划分,又可分为四个族系:崔尚、崔翘、崔安潜属于崔融一系,属于崔氏南祖房;崔泰之与崔备为一系,属于崔氏许州鄢陵房;崔元略属于博陵大房,崔沔属于博陵二房。"(北京大学出版社 2017 年版,第 397 页。)
④ 胡可先、杨琼:《唐代诗人墓志汇编·出土文献卷》,上海古籍出版社 2021 年版,第 172 页。下文志文皆从此书。
⑤ [宋]欧阳修、宋祁等撰:《新唐书》卷六〇,第 1598 页。
⑥ [后晋]刘昫:《旧唐书》卷四七,第 2073 页。
⑦ 周绍良:《唐代墓志汇编》,第 1999 页。

"桂坊太子司直清河崔悬黎畅之游款，府君言行，是所钦承，故敬凭为铭。"①《新表》所载"崔县解""崔县黎"应作"崔悬解""崔悬黎"为是，"崔县象"也应作"崔悬象"。据墓志所言，崔悬解为进士及第，官宜君丞，有文集五卷行于世。又《新表》载崔悬解有二子：崔谷神、崔融。墓志云："考谷神，制举高第，陕州河北县尉，文集三卷。中书舍人、修国史、太常少卿兼知制诰、国子司业、上柱国、清河子，赠卫州刺史文公融，君之叔父也。"崔谷神，《新表》不载其仕宦。《唐会要》卷七六《贡举中·制科举》载崔谷神于高宗乾封元年（666）应制举及第，科目是幽素科②，《册府元龟》卷六四五《贡举部》同③。墓志载其官至河北县尉，《新表》不载其仕宦或因其仕宦不显。

崔谷神之弟崔融，与李峤、苏味道、杜审言合称"文章四友"。《旧唐书》卷九四、《新唐书》卷一一四有传，关于其字与入仕，两者所载有出入。《新唐书》本传作"字安成"，《新表》则作"字文成"，其入仕，《旧唐书》本传作"初，应八科举擢第"，《新唐书》本传作"擢八科高第"。《唐会要》卷七六《贡举中·制科举》载："上元三年正月，辞殚文律科，崔融及第。"④中宗为太子时，崔融为侍读。永隆二年（681），受薛元超的举荐，任崇文馆学士。武后时，任著作佐郎、右史，进为凤阁舍人。久视元年（700），受到张昌宗的排挤，贬为婺州长史。中宗复辟，张易之被诛，崔融因近张易之兄弟而贬为袁州刺史，但不久又任国子司业，兼修国史。神龙二年（706），崔融参与修撰《则天实录》，以功封清河县子。卒时五十四岁，追赠卫州刺史，谥曰文公。作为当时著名文人，崔融著作颇丰。《旧唐书·经籍志》载："《崔融集》四十卷。"⑤《新唐书》卷五八有："《则天皇后实录》二十卷。魏元忠、武三思、祝钦明、徐彦伯、柳冲、韦承庆、崔融、岑羲、徐坚撰，刘知几、吴兢删正。"⑥同书卷六十："《崔融集》六十卷。"⑦与《旧唐书》所载卷数不同。又《新唐书·艺文志》："崔融《宝图赞》一卷，王起注。"⑧同卷："《珠英学士集》五卷，崔融集武后时《三教珠英》学士李峤、张说等诗。"⑨《全唐文》卷二一七至卷二二〇收其文四卷。《唐文拾遗》卷一六补《荷华帖》

① 吴钢：《全唐文补遗》第一辑，第64页。
② ［宋］王溥：《唐会要》卷七六，第1641页。
③ ［宋］王钦若：《册府元龟》卷六四五，第7768页。
④ ［宋］王溥：《唐会要》卷七六，第1641页。
⑤ ［后晋］刘昫：《旧唐书》卷四七，第2075页。
⑥ ［宋］欧阳修、宋祁：《新唐书》卷五八，第1471页。
⑦ ［宋］欧阳修、宋祁：《新唐书》卷六〇，第1600页。
⑧ ［宋］欧阳修、宋祁：《新唐书》卷六〇，第1617页。
⑨ ［宋］欧阳修、宋祁：《新唐书》卷六〇，第1623页。

一篇,《唐文续拾》卷二又补《赠兵部尚书户忠公神道碑并序》一篇。此外,新出土《大唐故中书令兼检校太子左庶子户部尚书汾阴男赠光禄大夫使持节都督秦成武渭四州诸军事秦州刺史薛公(元超)墓志铭并序》文末署:"崔融纂,曜、骆、演书序,毅、俊书铭。万三奴镌,万元抗镌。"①新出土《大周故特进太子太保赠太尉并州牧魏王墓志铭并序》题署:"梁王三思撰文,朝议大夫行雍州录事参军事长孙琬书。"志云:"著作郎崔君,字重悬金,词光积玉,庶传不朽,敬托为铭。"这里的"著作郎崔君"亦是崔融。此外,还有《周故给事中太子中允李府君墓志铭并序》,题署"朝议大夫行春官郎中知凤阁制诰清河崔融撰"②。志主李亶为著名诗人李益的曾祖父,志文中崔融称与李亶"婿相谓娅,妻又吾姨",知两家有姻亲关系。崔融存诗十八首,载《全唐诗》卷六八。此外,新出土《唐故工部员外郎阳府君(修己)墓志铭并序》,志文提及志主的文学才能时,收录了其与崔融的交往诗:"至如清河崔融、琅琊王方损、长乐冯元凯、安陆郝懿,并相友善。尝遗笔于崔,并赠诗曰:'秋豪调且利,霜管贞而直。赠子嗣芳音,揽搦时相忆。'崔还答云:'绿豪欣有赠,白凤耻非才。况乃相思夕,疑是梦中来。'词人吟绎,以为双美。"③该诗《全唐诗》失收,可作辑佚之用。

墓志云:"公子中书舍人、知制诰、赠定州刺史贞公禹锡,君之从父兄也。英贤间出,卿长相惭。清风激于百代,盛德流于四海,志有之。"崔禹锡,字洪范,崔融之子。《新唐书·崔融传》:"禹锡,开元中,中书舍人,赠定州刺史。"④《唐故银青光禄大夫礼部尚书上柱国清河县开国男赠江陵郡大都督谥曰成崔府君墓志铭并序》:"先是公之元兄贞公禹锡为礼部郎,及迁中书舍人,公乃继入郎署。时从父兄尚为右史,皆盛德美才,齐加朱绂,时人谓为三张兄弟,荣耀当时。"⑤"三张兄弟"指的是西晋文学家张载、张协、张亢,三人是当时的文学代表人物,墓志以此比喻崔氏兄弟,足见三人在文坛的地位。崔禹锡为能文之士,所作见于宋赵明诚《金石录》卷五:"第九百一唐《同州河渎纪瑞颂》崔禹锡撰,王崇敬八分书,先天元年。"⑥同书卷七:"第一千二百六十七唐《百家岩寺记》崔禹锡撰,刘轸行书,天宝七载九月。"⑦《全唐诗》卷一百十一收其《奉和圣制送张说巡边》诗一首。

---

① 吴钢:《全唐文补遗》第一辑,第 69 页。

② 赵君平、赵文成:《秦晋豫新出墓志搜佚》,第 352 页。

③ 齐运通:《洛阳新获七朝墓志》,中华书局 2012 年版,第 245 页。

④ [宋]欧阳修、宋祁等撰:《新唐书》卷一一四,第 4196 页.

⑤ 吴钢:《全唐文补遗》第九辑,第 369 页。

⑥ [宋]赵明诚撰,金文明校证:《金石录校证》卷五,第 93 页。

⑦ [宋]赵明诚撰,金文明校证:《金石录校证》卷七,第 135 页。

另，墓志撰者崔翘，两《唐书》有传，他本人的墓志也已出土，所叙生平事迹甚详，从墓志中可以看出崔翘也是当时名噪一时的著名文人："四岁敏嘲咏，七岁善隶书，八岁工文章，遂穷览载籍。十四明经高第，十六拔萃甲科……惟公读圣人之书，行先王之道，三叶掌诰，一家工文，代宗学府，人称墨妙。高风雅望，四海具瞻；逸韵清词，一时特绝。斯可谓文学矣。"①关于崔翘的入仕，《唐会要》卷七六《贡举中·制科举》载崔翘于则天大足元年(701)应制举及第，科目是拔萃科②。玄宗开元元年(713)，又中良才异等科。《唐尚书省郎官石柱题名考》引《唐语林》："大足元年，置拔萃科，始于崔翘。"③记录了崔翘为中拔萃科之第一人。上文已述及崔翘与崔禹锡、崔尚三人皆擅长文学，《全唐文》卷三二八载其文七篇：《上玄宗尊号表》《请封西岳纪荣号表》《请封西岳表》《对家僮视天判》《对伏日出何典宪判》《对县令不修桥判》《对祭器判》，陈尚君《全唐文补编》卷三十六又收《五台山清凉寺碑》一篇，加上新出土的《崔尚墓志》与《崔偃墓志》，共十篇。《全唐诗》卷一二四收其《奉和圣制答张说南出雀鼠谷》《送友人使夷陵》《郑郎中山亭》三首。

综上所述，我们可以看出崔尚家族是很有代表性的文学世家，自崔君实由隋入唐，至崔融进入文学发展的鼎盛时期。而从崔氏几位文学家的交往来看，家族群体性特征十分明显，与当时的高官和统治者关系也十分密切，这一点，下文考察崔尚的文学实绩与交往诗时将进行详细论述。

(2)崔尚的仕宦经历

关于崔尚的仕宦经历，传世文献仅见其为进士及第，官任祠部郎中和郑州刺史。然而对其仅有的两条仕宦记录，也还有比较大的争议。《崔尚墓志》的出土，无疑为我们厘清他的仕宦经历提供了翔实的资料。

关于其入仕经历，墓志云："君国子进士高第，中书令燕国公张说在考功员外时，深加赏叹。调补秘书省著作局校书郎。"对于其进士及第时间，《唐诗纪事》卷一四云："(崔)尚登久视六年进士第，官至祠部郎中。"④《杜诗详注》卷一六引《唐科名记》："崔尚擢久视二年进士。"⑤武后圣历三年五月改元久视，次年正月改元大足，久视仅一年，徐松《登科记考》卷四"久视元年"下有崔尚条："《唐诗纪事》：'尚登久

① 齐运通：《洛阳新获七朝墓志》，中华书局2012年版，第245页。
② ［宋］王溥：《唐会要》卷七六，第1642页。
③ ［清］劳格、赵钺：《唐尚书省郎官石柱题名考》卷六，中华书局1992年版，第312页。
④ ［宋］计有功：《唐诗纪事》卷一四，第210页。
⑤ ［清］仇兆鳌：《杜诗详注》卷一六，第1438页。

视六年进士第。'按,'六'亦'元'之讹。"①同理,《杜诗详注》所言"久视二年"亦有讹误。墓志言其为时任考功员外郎的张说所赞赏,张说任考功员外郎的时间为长安初年:"长安初,修《三教珠英》毕,迁右史内供奉,兼知考功贡举事。"②故《登科记考》以崔尚为久视元年(700)进士应该是没有问题的。崔尚的解褐之职为秘书省著作局校书郎。《新获洛阳墓志续编》有《唐故滑州匡城县丞范阳卢府君(医王)墓志铭并序》③,题下署"秘书省校书郎清河崔尚撰"。根据墓志可知志主卢医王,景龙三年(709)十一月二日葬。故知在景龙三年(709),崔尚还在秘书省校书郎任上。

　　墓志又言:"秩满,授汜水县尉,稍迁大理评事。初,陈留郡奏谋逆者,命使推劾。朝廷所难,委君此行,果雪非罪。使乎之美,复存于今。俄迁右补阙。……历秘书郎、起居舍人、著作郎。……无何,外转竟陵郡太守。"据《大唐故太中大夫使持节都督梁凤兴洋等四州诸军事守梁州刺史上柱国南阳樊公墓志铭并序》题下署"朝议郎行秘书省秘书郎博陵崔尚撰"。志文曰:"粤以开元九年岁次辛酉二月戊寅朔七日甲申,合葬于河南万安山之南原,礼也。"④知墓志撰写时间为开元九年(721)。又《唐故京兆府蓝田县主簿李府君墓志铭并序》题下署"著作郎上柱国清河崔尚撰文",志文曰:"惟有唐开元十有二年春正月庚午,京兆府蓝田县主簿赵人李君卒于万年崇义里第,享年五十一。厥闰十有二月己卯,葬于偃师县龙池乡之原,故夫人清河崔氏祔焉。"⑤知墓志撰文时间为开元十二年(724)春正月。根据墓志所署官职,我们知道崔尚在景龙三年(709)至开元九年(721)之前历任汜水县尉、大理评事、右补阙。开元九年(721)至开元十二年(724)历任秘书郎、起居舍人和著作郎。任著作郎不久后便转任竟陵郡太守,时间应该在开元十二年(724)后。

　　根据墓志所载,崔尚在竟陵郡太守任上政绩优异,之后便汝阴郡担任太守一职:"寻换汝阴郡太守,其政化复如竟陵焉。入为虞部郎中,月余转祠部。中太官荐食,侍女熏衣,俊茂之选,弥纶是属。改信王府司马,出牧东平郡。岁余,授济王府司马,改通川郡太守。以疾不之任,授陈王府长史。不乐王官,其疾转殛。以天宝四载七月九日终于京师静恭里之私第,时年六十六。"汝阴郡即颍州,唐天宝元年(742)改颍州名汝阴郡,至德二载(757)复颍州。新出土崔尚撰《唐故阆州奉国县令

①　[清]徐松:《登科记考》卷四,第130页。
②　[后晋]刘昫:《旧唐书》卷九七,第3050页。
③　乔栋、李献奇、史家珍:《洛阳新获墓志续编》,科学出版社2008年版,第85页。
④　齐运通、杨建锋:《洛阳新获墓志二〇一五》,中华书局2017年版,第162页。
⑤　毛阳光、余扶危:《洛阳流散唐代墓志汇编》,第216页。

郑府君灵志文》署:"颍州刺史崔尚撰。"①墓主郑融,开元十八年(730)六月七日葬,可知崔尚开元十二年(724)至开元十八年(730)分别担任了竟陵郡太守和颍州刺史。又新出土《唐故平原郡太君卢氏合附(祔)之铭》,题署:"太中大夫前尚书祠部郎中清河崔尚造。"②墓主以开元二十六年(738)五月葬,此时崔尚已罢祠部郎中一职。故可推知崔尚任祠部郎中当在开元十八年(730)与开元二十六年(738)之间。陶敏先生《出土墓志中所见之"斯文崔魏徒"》:"崔尚开元十八年尚在颍州刺史任,见其《卢医王墓志》,至其为祠部郎中,则已在开元末,天宝初。《金薤琳琅》卷一五《唐天台山桐柏观颂》,'守大中大夫、尚书祠部郎中、上柱国、清河崔尚造。……天宝元年太岁壬午三月二日丁未弟子毗陵道士万惠超等立'可证。"③认为崔尚在祠部郎中时间为开元末、天宝初,根据卢氏墓志,我们可以将这一时间提前至开元二十六年(738)之前。崔尚在祠部郎中任后又被委任信王府司马,出牧东平郡,仅一年多,便改济王府司马、通川郡太守,然因疾不赴,改授陈王府长史,至天宝四载(745)卒,享年六十六。

(3)崔尚的文学成就和文学交往

关于崔尚的文学创作和交往关系,传世文献记载非常有限。但墓志却用了很大的篇幅来讲述他的文学创作、交往以及诗歌在当时的接受与影响。

首先,就其文章而言,《全唐文》卷三〇四存其文《唐天台山新桐柏观颂》《沁州刺史冯公碑》两篇。《宝刻丛编》卷二还载有"《唐淄川郡述德记并诗序》,记崔器撰,序崔尚、蒋涣、王晃等撰,诗李邕撰。天宝十载九月立"。但这篇文章仅存标题、撰者以及立碑时间,并未见全文。此外便是新出土的崔尚所撰的墓志,现可见《唐故滑州匡城县丞范阳卢府君(医王)墓志铭并序》《大唐故太中大夫使持节都督梁凤兴洋等四州诸军事守梁州刺史上柱国南阳樊公墓志铭并序》《唐故京兆府蓝田县主簿李府君墓志铭并序》《唐故平原郡太君卢氏合附(祔)之铭》四篇。墓志言其有"文集廿卷行于时",然现已不见,从宋代的著录情况来看,崔尚的文章较早就亡佚了,在当时流传也不是很广。

就其诗作而言,《全唐诗》卷一〇八存《恩赐乐游园宴》诗一首:"春日照长安,皇恩宠庶官。合钱承罢宴,赐帛复追欢。供帐凭高列,城池入迥宽。花催相国醉,鸟

---

① 吴钢:《全唐文补遗》第9辑,第356页。

② 赵君平、赵文成:《秦晋豫新出墓志蒐佚》,国家图书馆出版社2011年版,第584页。

③ 陶敏:《出土墓志中所见之"斯文崔魏徒"》,《傅璇琮先生八十寿庆论文集》,中华书局2012年版,第78页。

和乐人弹。北阙云中见,南山树杪看。乐游宜缔赏,舞咏惜将阑。"①《全唐诗》卷三玄宗有《同二相已下群官乐游园宴》诗。崔尚此诗当为应制之作,宋璟、张说、赵冬曦、崔沔、胡皓、王翰、苏颋等亦有和作,可与崔尚诗加以参读。此外,崔尚墓志载其解褐时作有《初入著作局》诗一首,此诗仅得诗题,未见全诗,但作为崔尚早期的作品,还深得崔融赏识,可见崔尚颇有作诗的才能。墓志另有《温泉诗》一首,曰:"形胜乾坤造,光辉日月临。愿将涓滴助,长此沃尧心。"这是比较难得的墓志中出现的佚诗全篇,未见于《全唐诗》和《全唐诗补编》。对于该诗,墓志言:"帝嘉其旨意,赉杂彩三十四。时录诗者多,咸称纸贵。"可见崔尚这首诗在当时颇受关注,传录者甚多。

戴伟华先生在《开元及天宝初诗坛的主流诗歌创作》一文中提出开元和天宝初诗坛的主流诗人活动是以上层文士为主,是强势群体的组合:

> 首先,以帝王为中心的创作,表现为追求政治协调、平衡的赏赐诗和出行诗以及为弘扬文化、宠幸文臣的学士赐宴诗;其次,文士为朝廷礼仪之需的乐章写作,显示出以官品取诗的政治倾向;最后以重臣为中心的写作活动,包括了重大送行活动和同僚官吏之间的诗歌创作。②

从崔尚的诗歌和文章作品来看,《全唐诗》仅收的一首诗乃应制唱和之作,墓志所载《温泉诗》是献帝王诗,又言其"为朝集使作《上尊号表》,众以为能",流传下来的《唐天台山新桐柏观颂》则是由唐玄宗亲自篆额的碑文,亦为应制之作,所见诗文,除了墓志,基本上都是以帝王和政治为中心的作品,说明崔尚在当时是处于上层主流文人行列的。

关于崔尚的文学交往关系,墓志云:"时有知音京兆杜审言、中山刘宪、吴兴沈佺期期赞美焉。……时金部郎贾升廉问,作诗颂美,略云:'育子变颓俗,渡兽旌深恩。'其从政有如此者。"

墓志涉及三人。杜审言,字必简,乃杜甫祖父,《旧唐书》卷一九○、《新唐书》卷二○一有传;刘宪,字元度,事迹见于《旧唐书》卷一九○、《新唐书》卷二○一;沈佺期,字云卿,事迹见于《旧唐书》卷一九○、《新唐书》卷二○二。这三人都是唐代著名文人,从他们的经历来看,三人在景龙二年(708)前后都曾担任修文馆学士。《唐

---

①　[清]彭定求:《全唐诗》卷一○八,第1122页。

②　戴伟华:《开元及天宝初诗坛的主流诗歌创作》,《华南师范大学学报(社会科学版)》2013年第5期。

诗纪事》"李适"条对此记载甚详：

> 初，中宗景龙二年，始于修文馆置大学士四员、学士八员、直学士十二员。象四时、八节、十二月。于是李峤、宗楚客、赵彦昭、韦嗣立为大学士；适、刘宪、崔湜、郑愔、卢藏用、李乂、岑羲、刘子玄为学士；薛稷、马怀素、宋之问、武平一、杜审言、沈佺期、阎朝隐、韦安石为直学士；又召徐坚、韦元旦、徐彦伯、刘允济等满员。①

又《唐会要》卷六四"弘文馆"条载：

> 至景龙二年四月二十二日，修文馆增置大学士四员，学士八员，直学士十二员，征攻文之士以充之。二十三日，敕中书令李峤、兵部尚书宗楚客并为大学士。二十五日，敕秘书监刘宪、中书侍郎崔湜、吏部侍郎岑羲、太常卿郑愔、给事中李适、中书舍人卢藏用、李乂，太子中舍刘子元，并为学士。五月五日，敕吏部侍郎薛稷、考功员外郎马怀素、户部员外郎宋之问、起居舍人武平一、国子主簿杜审言并为直学士。②

由此可以推测崔尚与杜审言、刘宪、沈佺期诸人的交往应该在景龙二年(708)，三人都在修文馆任职。其中杜审言作为"文章四友"之一，与崔尚的叔父崔融也有颇多往来。傅璇琮先生《唐才子传校笺》卷一：

> 审言有《送崔融》诗："君王行出将，书记远从征。祖帐连河阙，军麾动洛城。旌旗朝朔气，笳吹夜边声。坐觉烟尘扫，秋风古北平。"此乃送崔融从军出征之诗。陈子昂《送著作佐郎崔融等从梁王东征》诗(《陈子昂集》卷二)诗前小序云："岁七月，军出国门。……时比部郎中唐奉一、考功员外郎李迥秀、著作佐郎崔融，并参帷幕之宾，掌书记之任。燕南怅别，洛北思欢，顿旌节而少留，倾朝廷而出饯。"又据《通鉴》卷二〇五，万岁通天元年五月，营州契丹松漠都督李尽忠等反，七月，命梁王武三思率兵征讨，审言、子昂之诗皆于此时饯崔融等行，崔融亦有《留别杜审言并呈洛中旧友》诗。审言既于圣历元年由洛阳丞贬吉州司户，万岁通天元年秋又在洛阳作送崔融诗，则其任洛阳丞亦当在万岁通天元年前后。③

---

① ［宋］计有功：《唐诗纪事》卷九，上海古籍出版社 1987 年版，第 113 页。
② ［宋］王溥：《唐会要》卷六四，第 1316—1317 页。
③ 傅璇琮：《唐才子传校笺》卷一，第 69—70 页。

崔尚诗歌受杜审言奖掖,恐与杜审言和崔融的关系分不开。又杜甫《壮游》诗中有"斯文崔魏徒,以我似班扬",原注曰"崔郑州尚、魏豫州启心",讲述了崔尚和魏启心对自己诗歌的称道。有学者对于崔尚从未任过郑州刺史这一点来质疑这句话的真实性,但是从崔、杜两家的交往情况来看,杜甫这句话应该是真实的,对于"崔郑州尚",陶敏先生和胡可先先生都认为郑州或为郓州之误①,这种猜测是合理的。

《崔尚墓志》所载交往关系还有贾昇。贾昇,生平事迹不详。《元和姓纂》卷七有:"水部郎中贾昇。"②从墓志看贾昇还担任过金部郎中一职,且为崔尚赋诗赞扬其政绩:"育子变颓俗,渡兽旌深恩。"亦为能诗之人,此句亦可补《全唐诗》。

2.《唐桐柏观碑》的流传轨迹与撰立时间

《唐桐柏观碑》的碑石流传情况颇为复杂,对于其流传轨迹,尚未有成果加以梳理。与此同时,该碑经常被学者拿来与《崔尚墓志》相印证,以此来考察崔尚的生平轨迹。事实上,结合崔尚所撰的几方墓志,补充崔尚生平事迹后,我们发现该碑的撰文时间与立碑时间并不一致,以立碑时间来考订其事迹是有问题的。这也提醒我们,在利用石刻材料研究作家生平时,应注意区分撰文和立碑、立志时间。

《唐桐柏观碑》碑石现已残毁,存于天台山鸣鹤观。传世文献对该碑的奇特历程有简要的记录。《天台山全志》所录碑文后附注云:"按,此碑久已断为三截,止有中截存妙山,在天台县东一百步"。民国《台州府志》王舟瑶案:"明都穆《金薤琳琅》载,是碑仅阙廿四字,可见其时尚存完石。至释传灯《天台山方外志》则云,碑仆三截,中截犹存,是万历时已残缺。齐氏《志要》,即本传灯语。而黄氏乃目为乾隆中所仆,误甚。光绪乙未,余纂郡志,属叶伯丹明经书访金石。伯丹重得残碑中截于妙山下池畔,尚存七十余字。今为陈氏所藏。"③至陈甲林《天台山游览志》:"残石存七十五字,与碑文考之,每行五十五字,丁辅之校毕记此。"④书中还附有拓片照片,并说明了拓片由来:"桐柏崇道观叶愚炼师拓赠。"⑤丁辅之乃晚清著名的金石书画家,叶愚炼师应即叶伯丹,为清光绪年间桐柏观道士,可知拓片应拓于清末,该碑仍存 75 字。然而现今藏于鸣鹤观的碑石文字已被全部凿去,成为一块没有文字

①　参见陶敏《出土墓志中所见之"斯文崔魏徒"》,《傅璇琮先生八十寿庆论文集》,中华书局 2012 年版,第 78 页;胡可先《新出墓志与杜甫研究》,《新出石刻与唐代文学家族研究》,第 264 页。

②　[唐] 林宝撰,岑仲勉校记:《元和姓纂(附四校记)》卷七,第 1054 页。

③　任林豪、马曙明:《台州道教考》,中国社会科学出版社 2009 年版,第 108 页。

④　陈甲林:《天台山游览志》,中华书局 1937 年版,第 57 页。

⑤　陈甲林:《天台山游览志》,第 57 页。

的断石。所幸的是,该碑碑文仍有流传,主要见于传世文献《全唐文》卷三〇四、《唐文粹》卷二一、《天台山全志》卷一一、《嘉定赤城志》卷三〇、《金薤琳琅》卷一五等。各文献所录标题稍有差异,《全唐文》所录题为《唐天台山新桐柏观颂并序》,《唐文粹》所录为《唐天台山新桐柏观之颂并序》,《天台山全志》所录为《桐柏观碑记》,《金薤琳琅》所录则为《唐天台山桐柏观颂》。正文除"玄""元"等避讳所造成的异文之外,亦有"苞"与"包"、"揽"与"括"、"蒋"与"蔡"、"惠"与"患"等少数几处差别,或为传抄之误。兹据《全唐文》迻录碑文如下(加下划线的 75 字为残碑拓片所存之字):

唐天台山新桐柏观颂并序

崔尚　尚,久视六年进士大中大夫,行尚书祠部郎中

天台也,桐柏也,代谓之天台,真谓之桐柏。此两者同体(一作出)而异名,同契乎元,道无不在。夫如是,亦奚必是桐柏耶?非桐柏耶?因斯而谈,则无是是,无非非矣。

而稽古者言之,桐柏山高万八千丈,周旋八百里,其山八重,四面如一。中有洞天,号金庭宫,即中右弼王乔子晋之所处也,是之谓不死之福乡,养真之灵境。故立观有初,强名桐柏焉耳。古观荒废,则已久矣。故老相传云:昔葛仙公始居此地,而后有道之士往往因之。坛址五六,厥迹犹在。洎乎我唐,有司马炼师居焉。景云中,天子布命于下,新作桐柏观,盖以光昭我元元之丕烈,保绥我国家之永祉者也。

夫其高居八重之一,俯临千仞之余,背阴向阳,审曲面势。东西数百步,南北亦如之。连山峨峨,四野皆碧,茂树郁郁,四时并青。大岩之前,横岭之上,双峰如阙,中天豁开,长涧南泻。诸泉合漱,一道瀑布,百丈悬流,望之雪飞,听之风起。石梁翠屏可倚也,琪树珠条可攀也。仙花灵草,春秋互发,幽鸟清猿,<u>晨暮</u>合响,<u>信足</u>赏也。始丰南走,云嶂间起。剡川北通,烟岑相接。东则亚入<u>沧海</u>,不远蓬莱,西则浩然长山,无复人境。总揽奥秘,郁为秀绝。苞元气以混<u>成</u>,镇厚地而安静,非夫神与仙宅,仙得神营。其孰能致斯哉!故初构天尊之堂,昼日有云五色,浮霭其上,三井投龙之所,时有异云气,入堂复出者三,<u>书之</u>者记祥也。然后为虚室以鉴户,起层台而垒土。经之殖殖,成之翼翼。缀日月以为光,笼云霞以为色,花散金地,香通元极,真侣好道,是<u>游斯息。微我</u>炼师,孰能兴之!

炼师名承祯,一名子微,号曰天台白云。河内温人,晋宣帝弟太常馗之后。

祖晟,仕隋为亲侍大都督。父仁最,唐兴为朝散大夫襄州长史。名贤之家,奕代清德,庆灵之地,生此仙才。以为服冕乘轩者,宠惠吾身也;击钟陈鼎者,味爽人口也。遂乃捐公侯之业,学神仙之事,科篆教戒,博综无所遗。窈冥夷希,微妙讵可识。无思无为,不饮不食,仰之弥峻,巍乎其若山,挹之弥深,湛乎其若海。夫其通才练识,赡学多闻,翰墨之工,文章之美,皆忘其所能也。练师蕴广成之德,睿宗继黄轩之明,斋心虚求,将倚国政,侃侃然不可得而动也。我皇孝思维则,以道理国,协帝尧之用心,宠许由之高志,故得放旷而处,逍遥而游。闻炼师之名者,足以激厉风俗,睹炼师之容者,足以脱落氛埃。以慈为宝,以善救物,神以知来,智以藏往。允所谓名登仙格,迹在人寰,奥不可测矣。

夫道生乎无名,行乎有精(一作情),分而作三才,播而作万物,故为天下母。修之者昌,背之者亡,故为天下贵,况绝学无忧,长生久视也哉!道之行也,必有阶也。行道之阶,非山莫可。故有为焉,有象焉,瞻于斯,仰于斯。若舍是居,教将奚依?损之又损,以至于无为。元门既崇,不名厥功。朝请大夫使持节台州诸军事守台州刺史上柱国贾公名长源,有道化人,有德养物,尝谓别驾蒋钦宗等曰:且道以含德,德以致美,美而不颂,后代何观?乃相与立石纪颂,以奋至道之光。其辞曰:

邈彼天台,嵯峨崔嵬。下临沧海,遥望蓬莱。漫若天合,呀如地开。烟云路通,真仙时来。顾我炼师,于彼琼台。炼师炼师,道入元微。嚼日安坐,凌霄欲飞。兴废灵观,炼师攸赞。道无不为,美哉轮奂。窈窈茫茫,通天降祥。保我皇唐,如山是常。

《唐桐柏观碑》碑石拓片

《唐桐柏观碑》的题署，见于多部传世文献。《元丰九域志》卷五："《桐柏观碑》，唐天宝元年为司马炼师所立，玄宗御书额。其碑崔尚文，韩择木八分书。"[①]《金石录》卷六："《唐桐柏观碑》，崔尚撰，韩择木八分书。明皇正书题额。天宝元年三月。"[②]《金薤琳琅》卷一五："《唐天台山桐柏观颂》，守太中大夫、尚书祠部郎中、上柱国、清河崔尚造。□□□□书翰林院学士、庆王府属韩择木八分书。……天宝元年太岁壬午三月二日丁未弟子毗陵道士万惠超等立。"[③]可知该碑书额者为唐明皇，撰文者为祠部郎中崔尚，书丹者为大书法家韩择木，立碑时间为天宝元年（742）三月。

笔者上文已根据《崔尚墓志》以及崔尚所撰的多篇墓志，对其生平仕历作了一番考证。可知其确任过祠部郎中一职，《唐桐柏观碑》正是作于其祠部郎中任上，据此亦可推断碑文的撰写时间。首先，我们已考证出崔尚任祠部郎中在开元十八年（730）到开元二十六年（738）之间，这也说明，《唐桐柏观碑》碑文撰写时间与立碑时间并不一致。陶敏先生根据《唐桐柏观碑》立碑时间来推论崔尚担任祠部郎中的时间值得商榷。

根据碑文与《元丰九域志》所述，《唐桐柏观碑》乃是唐玄宗为纪念国师司马承祯所立。司马承祯生于太宗贞观十二年（638），卒于玄宗开元二十三年（735），故碑文创作时间应为开元二十三年（735）至二十六年（738）之间。碑文结尾又叙述了时任台州刺史的贾长源与别驾蔡钦宗共同撰写铭文一事："朝请大夫使持节台州诸军事守台州刺史上柱国贾公名长源，有道化人，有德养物，尝谓别驾蔡钦宗等曰：且道以含德，德以致美，美而不颂，后代何观？乃相与立石纪颂，以奋至道之光。"考《嘉定赤城志》卷四十："台州天庆观有《唐开元真容应见碑》，盖开元二十九年立也。后题'朝散大夫使持节临海郡诸军事守临海郡太守贾长源'。及桐柏观碑，天宝元年立，则作'朝请大夫使持节诸军事守台州刺史上柱国贾长源'，此一人耳。所载官称及郡号不同如此。盖尝考之，唐至天宝元年改台州为临海郡，至乾元元年复为台州。不应开元二十九年便称临海郡，天宝元年却称台州。又唐自武德元年改郡为州，太守为刺史加号持节，后为使持节诸军事，至天宝元年复改刺史曰太守。亦不应开元二十九年已称临海郡太守，而天宝元年既改作太守复号刺史。非二碑之误，

① ［宋］王存：《元丰九域志》卷五，《文渊阁四库全书》第471册，第128页。
② ［宋］赵明诚撰，金文明校证：《金石录校证》卷六，第122页。
③ ［明］都穆：《金薤琳琅》卷一五，《历代碑志丛书》第2册，第258页。

则史之误也。"①实际上,二碑与史皆无误,开元二十九年(741)正是玄宗改元天宝之年,而根据前文所考,《唐桐柏观碑》应作于开元二十三年(735)至二十六年(738)之间,台州郡号与官称并未更改,这也更加证明了该碑文撰写时间在天宝元年(742)立碑之前。

3.《唐桐柏观碑》的道教内涵与后世影响

李唐王朝统治的近三百年时间里,历代皇帝都将道教作为巩固统治的政治工具和精神支柱,道教也因此得到了空前的繁荣。天台山桐柏观作为道教南宗祖庭,具有悠久的道教传统,在唐代更获得了特殊的政治和文化地位。《唐桐柏观碑》主要叙述了桐柏观的道教渊源、绝佳独特的修道环境和司马承祯在此的修道经历,通过对碑文道教内涵的解读,也可管窥玄宗时期道教的发展盛况。

《唐桐柏观碑》开篇即言桐柏的道教渊源与发展:"桐柏山高万八千丈,周旋八百里,其山八重,四面如一。中有洞天,号金庭宫,即中右弼王乔子晋之所处也,是之谓不死之福乡,养真之灵境。故立观有初,强名桐柏焉耳。古观荒废,则已久矣。故老相传云:昔葛仙公始居此地,而后有道之士往往因之。坛址五六,厥迹犹在。泊乎我唐,有司马炼师居焉。景云中,天子布命于下,新作桐柏观,盖以光昭我元元之丕烈,保绥我国家之永祉者也。"道教何时传入天台似无法确切考证,据《唐桐柏观碑》所叙,最早在天台山修道者乃西周时期周灵天太子晋,桐柏观亦是由他所建。据明释无尽撰《天台山方外志》记载了这一传说:"西周灵王太子晋乔,乘白鹤而至赤城。数日方去,后立祠于缑氏山下,道家称右弼真人治桐柏山,掌吴越水旱",其后"台之寺院奉为护法伽蓝神"②。传说并不能证明天台道教的源起,但可以看出天台山实为道教生存的沃土。之后进入天台修道传道的著名道士便是东汉末年的葛仙翁。葛仙翁即葛玄,字孝先,原籍山东琅琊,高祖徙居句容。被尊称为中国道教四大天师之一、道教灵宝派的开山宗师。孙吴赤乌初年(238),葛玄在孙权的支持下,在天台山建桐柏宫,成为天台道教的创始人。③　其后,桐柏观声名渐隆。初唐时期,司马承祯离开长安,隐于天台。景云二年(711),唐睿宗下旨在天台山修建桐柏观为司马承祯修道之所。《赐司马承祯置观敕》曰:"敕:台州始丰县界天台山废桐柏观一所,自吴赤乌二年葛仙翁已来,至于国初,学道坛宇,连接者十余所。闻

①　[宋]陈耆卿:《嘉定赤城志》,《宋元方志丛刊》,第7596页。
②　[明]释无尽:《天台山方外志》,台湾丹青图书公司印行,第361页。
③　[元]赵道一:《历世真仙体道通鉴》卷二三,《道藏》第5册,第237页。

始丰县人毁坏坛场，斫伐松竹，耕种及作坟墓，于此触犯，家口死亡，不敢居住，于是出卖。宜令州县准地数亩酬价，仍置一小观，还其旧额。更于当州取道士三五人，选择精进行业者，并听将侍者供养。仍令州县与司马炼师相知，于天台山中辟封内四十里，为禽兽草木长生之福庭，禁断采捕者。"①自司马承祯开始，经过不断的重建与扩建，桐柏观终于渐具规模，在司马承祯及其后世弟子的影响下，天台山的道教迅速发展起来，桐柏观最终成为道教南宗的祖庭。天台山之所以能成为道教名山圣境，与其雄奇峻秀、绝佳独特的自然环境分不开。晋代孙绰《游天台山赋》有如此描述："天台山者，盖山岳之神秀者也。涉海则有方丈、蓬莱，登陆则有四明、天台，皆玄圣之所游化，灵仙之所窟宅。夫其峻极之状，嘉祥之美，穷山海之瑰富，尽人情之壮丽矣！"②身处其中，自然而然对陶冶性情有着潜移默化的作用。桐柏观的地理环境非常适宜养生修道。《唐桐柏观碑》第二部分便描绘了桐柏观所处地理位置及独特的自然环境。

　　崔尚笔下的桐柏观所处山峰高峻险要，视野旷远辽阔："夫其高居八重之一，俯临千仞之余，背阴向阳，审曲面势。东西数百步，南北亦如之。连山峨峨，四野皆碧，茂树郁郁，四时并青。大岩之前，横岭之上，双峰如阙，中天豁开，长涧南泻。"唐代诗人们也有感于此，纷纷作诗加以描绘："上逼青天高，俯临沧海大。"（孟浩然《越中逢天台太乙子》）"上尽峥嵘万仞巅，四山围绕洞中天。"（孟浩然《玉霄峰》）"高高翠微里，遥见石梁横。"（孟浩然《寻天台山》）而诗仙李白笔下的天台山更是具有倾倒东南的气势："天台四万八千丈，对此欲倒东南倾。"（李白《梦游天姥吟留别》）天台山不仅高，而且险。《太平寰宇记》引《启蒙记》："天台山去天不远，路经油溪，水深险清泠。前有石桥，路径不盈尺，长数十丈，下临绝涧，唯忘其身，然后能济。济者梯岩壁，援萝葛之茎，度得平路，见天台山蔚然绮秀，列双岭于青霄，上有琼楼玉阙、天堂、碧林、醴泉，仙物毕具也。晋隐士白道猷得过之，获醴泉、紫芝、灵药。今石桥名相山。"③《法苑珠林》亦载："天台悬崖峻峙，峰岭切天，古老相传云上有往时精舍，得道者居之，虽有石桥跨涧，而横石断人，且莓苔青滑，自终古以来，无得至者。"④天台山如此险峻，当时的交通条件下，应是人迹罕至之地，使静谧、朦胧成为当地自然环境的一大特征，这也是天台山能引来道教栖息的一大原因。除了高山，

---

① 李希泌主编：《唐大诏令集补编》卷三○，第1364—1365页。
② 许结主编：《历代赋汇（校订本）》卷二二，凤凰出版社2018年版，第606页。
③ ［宋］乐史：《太平寰宇记》卷九八，第1966—1967页。
④ ［唐］释道世著，周叔迦、苏晋仁校注：《法苑珠林校注》卷八三，中华书局2003年版，第2413页。

水也是建造宫观必不可少的元素之一，山因水而活，景得水而秀，山无水不成为山，更不可能成为名山。

桐柏宫的水境亦是得天独厚，重峦叠嶂，流水潺潺，孕育了参天古木和繁茂的植被，为桐柏宫的生存和发展奠定了良好的条件："诸泉合漱，一道瀑布，百丈悬流，望之雪飞，听之风起。石梁翠屏可倚也，琪树珠条可攀也。仙花灵草，春秋互发，幽鸟清猿，晨暮合响，信足赏也。始丰南走，云嶂间起。剡川北通，烟岑相接。东则亚入沧海，不远蓬莱，西则浩然长山，无复人境。总揽奥秘，郁为秀绝。苞元气以混成，镇厚地而安静，非夫神与仙宅，仙得神营。其孰能致斯哉！"在这里，我们看到了一个朦胧飘忽、亦真亦幻、若隐若现的神秘境界："故初构天尊之堂，昼日有云五色，浮霭其上，三井投龙之所，时有异云气，入堂复出者三，书之者记祥也。然后为虚室以鉴户，起层台而垒土。经之殖殖，成之翼翼。缀日月以为光，笼云霞以为色，花散金地，香通元极，真侣好道，是游斯息。微我炼师，孰能兴之！"这里地势高峻，直摩苍天，便于与天上的神仙直接沟通；这里清幽静谧、人烟僻绝，便于静心修炼最终羽化成仙。

这样的天台山无疑给道士们提供了一个现实土地上的圆满去处，如果在这样的名山潜修，精诚所至，能感动仙真降临，授以秘术灵文，如司马承祯在《天地宫府图序》所说的那样："冥寂感而通焉，故得琼简嚜文，方传代学；琅函丹诀，下济浮生。诚志攸勤，则神仙应而可接；修炼克著，则龙鹤升而有期。"①可见，当时天台山极其适宜养生修道的地理环境为桐柏观的发展兴盛提供了必要的条件。

《唐桐柏观碑》还以较大篇幅叙述了司马承祯的家世和修道经历，其中部分内容可与司马承祯传记互证和补充。关于其字号与籍贯家世，碑文云："炼师名承祯，一名子微，号曰天台白云。河内温人，晋宣帝弟太常馗之后。祖晟，仕隋为亲侍大都督。父仁最，唐兴为朝散大夫襄州长史，名贤之家。"《旧唐书》记载："道士司马承祯，字子微，河内温人。周晋州刺史琅琊公裔玄孙。"《续仙传》亦言："司马承祯，字子微。"碑文言其"一名子微"或有误，子微当是司马承祯之字，而非名。而碑文所叙司马承祯之世系可为《旧唐书》本传之补充。碑文还对司马承祯的文学、书法才能作了评价："夫其通才练识，赡学多闻，翰墨之工，文章之美，皆忘其所能也。"司马承祯不但精通道义，而且工于辞章，其与往来者，多当时名士。与陈子昂、卢藏用、宋之问、王适、毕构、李白、孟浩然、王维、贺知章为"仙宗十友"。《全唐诗》卷八五二收

---

① ［宋］张君房：《云笈七签》卷二十七《洞天福地》，《道藏》第 22 册，第 198 页。

其诗《答宋之问》。同时他也擅篆隶之书,并自为一体,号"金剪刀书",《旧唐书》记载了玄宗命他以三种字体书写《老子道德经》,刊正文匍,刻为石经之事。关于司马承祯与道教之渊源,《旧唐书·司马承祯传》云:"少好学,薄于为吏,遂为道士。事潘师正,传其符及辟谷导引服饵之术。师正特赏异之。谓曰:'我自陶隐居传正一之法,至汝四叶矣。'"①按《云笈七签》卷五《真系》记载,上清经法,陶宏景授王远知,王授潘师正,潘授司马承祯。自陶氏至司马承祯为四世,故司马承祯为陶宏景的四传弟子。司马承祯游历名山,隐于天台玉霄峰,自称"白云子"或"白云道士"。②《唐桐柏观碑》亦言司马承祯弃仕修道之事:"奕代清德,庆灵之地,生此仙才。以为服冕乘轩者,宠惠吾身也;击钟陈鼎者,味爽人口也。遂乃捐公侯之业,学神仙之事,科篆教戒,博综无所遗。窈冥夷希,微妙讵可识。无思无为,不饮不食,仰之弥峻,巍乎其若山,挹之弥深,湛乎其若海。"仙宗十友之一卢藏用曾手指近京的终南山对司马承祯说:"此中大有佳处,何必天台。"司马承祯沉思片刻慢慢回答说:"以仆视之,仕宦之捷径耳。"③卢藏用早年在终南山修道,后被招隐入仕,司马承祯对靠清修博取功名的行径并不认同,可见其兴趣在于潜心修道而非做官。

天台是司马承祯最喜爱也是最久居之地,亦是司马承祯成名之所。他先后多次被唐睿宗、唐玄宗征召入京,都是从这里出发的。而且从碑文来看,几位统治者对司马承祯都极为倚重:"练师蕴广成之德,睿宗继黄轩之明,斋心虚求,将倚国政,侃侃然不可得而动也。我皇孝思维则,以道理国,协帝尧之用心,宠许由之高志,故得放旷而处,逍遥而游。闻炼师之名者,足以激厉风俗,睹炼师之容者,足以脱落氛埃。以慈为宝,以善救物,神以知来,智以藏往。允所谓名登仙格,迹在人寰,奥不可测矣。"《旧唐书》亦载:"景云二年,睿宗令其兄承祎就天台山追之至京,引入宫中。问以阴阳术数之事……承祯固辞还山,仍赐宝琴一张及霞纹帔而遣之。朝中词人赠诗者百余人。开元九年,玄宗又遣使迎入京,亲受法篆,前后赏赐甚厚。十年,驾还西都,承祯又请还天台山,玄宗赋诗以遣之。十五年,又召至都,玄宗令承祯于王屋山自选形胜置坛室以居焉。"④玄宗所赋之诗当为《王屋山送道士司马承祯还天台》:"紫府求贤士,清溪祖逸人。江湖与城阙,异迹且殊伦。间有幽栖者,居然厌俗尘。林泉先得性,芝桂欲调神。地道逾稽岭,天台接海滨。音徽从此间,万

---

① [后晋]刘昫:《旧唐书》卷一九二,第 5127 页。

② [宋]张君房:《云笈七签》卷五《真系》,《道藏》第 22 册,第 22—25 页

③ [宋]欧阳修、宋祁等撰:《新唐书》卷一二三,第 4375 页。

④ [后晋]刘昫:《旧唐书》卷一九二,第 5127—5128 页。

古一芳春。"①唐代皇帝大多崇奉道教,其中尤以玄宗为甚。唐玄宗在位近半个世纪,对道教给予了极大的弘扬和支持,作为道教的传播者和主体,道士和女冠受到了特殊的优待,这是玄宗扶植道教的一个重要方面。而他宠待司马承祯之深,甚至超过了王公贵族,时常向他求教治国之道,除了丰厚的赏赐和赠诗,司马承祯居王屋山阳台观期间,玄宗亲自题写匾额,并遣专使送达,又赐绢三百匹,"以充药饵之用"。《唐桐柏观碑》亦是由当时的大手笔崔尚奉敕而作,并得玄宗亲自篆额。从崔尚在碑文末尾的阐述:"夫道生乎无名,行乎有精,分而作三才,播而作万物,故为天下母。修之者昌,背之者亡,故为天下贵。"我们也可以清楚地看到修道的重要性以及当时道教的"国教"地位。

最后,就该碑文的影响而言,自崔尚作《唐桐柏观碑》,桐柏观名声越来越大,渐开南宗祖庭之先声。司马承祯之后,越来越多的道教名家进入天台山修仙,如徐灵府、杜光庭、张伯端等。与此同时,关于桐柏观的文学创作亦多有涌现。如司马承祯的三传弟子徐灵府随师父田虚应来到天台山,结茅为庐,并完成了一项伟大的功业,即修复了桐柏观。在桐柏观的殿宇修复之际,与白居易并称"元白"的唐代大诗人元稹,欣然提笔,写下了《重修桐柏观记》:

> 岁太和己酉,修桐柏观讫事。道士徐灵府以其状乞文于余,曰:有葛氏子,昔仙于吴。乃观桐柏,以神其居。葛氏既去,复荒于墟。墟有犯者,神犹祸诸。实唐睿祖,悼民之愚。乃诏郡县,厉其封隔。环四十里,无得樵苏。复观桐柏,用承厥初。俾司马氏,宅时灵都。马亦勤止,率合其徒。兵执锯铝,独持斧钺。手缔上清,实劳我躯。棱棱巨幢,粲粲流珠。万五千言,体三其书。置之妙台,以永厥图。不及百年,忽焉而芜。芜久将坏,坏其反乎。神启密命,命友余徐。徐实何力,敢告俸余。侯用俞止,俾来不虚。曾未讫岁,奂乎于于。乃殿乃阁,以廪以厨。始自础栋,周于墁圬。事有终始,侯其识欤?余观旧志,极其邱区。我识全圮,孰烦镏铢。克合徐志,冯陈协夫。②

《宝刻丛编》卷一三云:"唐修桐柏宫碑,唐浙东团练观察使、越州刺史元稹撰并书。台州刺史颜颢篆额。桐栢宫以景云中建,道士徐灵府等重葺。碑以太和四年四月立。"知该碑的立碑时间为太和四年(830),元稹在浙东时所作。与崔尚所作的

《唐桐柏观碑》骈散结合的形式不同,元稹所作用四字韵,在叙事方面不如崔尚之文详尽,但也基本上交代清楚了桐柏观从建立到重修的过程,然其中的道教内涵则不如崔尚之文详尽。对于该文,欧阳修《集古录跋尾》卷九云:

> 右唐元稹撰文并书。其题云《修桐柏宫碑》,又其文以四言为韵语,既牵声韵,有述事不能详者,则自为注以解之。为文自注,非作者之法。且碑者石柱尔,古者刻石为碑,谓之碑铭、碑文之类可也。后世伐石刻文,既非因柱石,不宜谓之碑文,然习俗相传,理犹可考,今特题云《修桐柏宫碑》者,甚无谓也。此在文章,诚为小瑕病,前人时有忽略,然而后之学者不可不知。自汉以来,墓碑多题云某人之碑者,此乃无害,盖目此石为某人之墓柱,非谓自题其文目也。今稹云《修桐柏宫碑》,则于理何稽也?①

欧阳修对于元稹以四言韵语作文并自注的方式提出了质疑,且认为将此文称作碑文是没有依据的。《全唐文》题该文为《重修桐柏观记》,或因此改之。而元稹以《修桐柏宫碑》为题,或与崔尚《唐桐柏观碑》有关也未可知。而除了元稹所作,宋代曹勋亦有《重修桐柏观记》。从中我们亦可看出桐柏观的兴衰历史。

---

① 〔宋〕欧阳修撰,李逸安点校:《欧阳修全集》,中华书局 2001 年版,第 5 册,第 2288 页。

第四章　唐代浙东的本土诗人与寓居诗人

相比游历而言,寓居则是一个静态、长时段的过程,就寓居的原因来看,亦可分为几个类别:一是出生于浙东,即本土诗人;二是因战乱、宗教信仰等原因在浙东避乱、隐居或修行的诗人;三是或因调派,或因贬谪在浙东任职者,即前一章提到的宦游诗人,他们在浙东也往往有一个相对长期的居住经历,但前文已多有述及,故本章对于诗人的寓居活动考察主要集中在本土诗人、隐居诗人与诗僧、道士诗人三个方面。

一、本土诗人及其分布特征

所谓浙东本土诗人,主要指籍贯为越、婺、衢、温、台、明、处七州的诗人。根据陈尚君先生《唐代诗人占籍考》,浙东本土诗人共有七十五位,然陈文所收仅限于有诗作存世者,且仅罗列诗人姓名,未对其生平事迹加以论述。事实上,还有一部分诗人,他们的墓志记载或科举实绩证明了他们的作诗才能,只是未有诗歌留存,这些诗人也应纳入本土诗人的范围。笔者对相关材料进行搜集整理后,剔除误收的宋人一位①,又补充了十三位未收诗人,共考得本土诗人八十七位。

1. 越　州

虞世南　字伯施,越州余姚人。《旧唐书·虞世南传》:"虞世南,字伯施,越州余姚人。隋内史侍郎世基弟也。祖检,梁始兴王谘议;父荔,陈太子中庶子,俱有重名。叔父寄,陈中书侍郎,无子,以世南继后,故字曰伯施。世南性沈静寡欲,笃志勤学,少与兄世基受学于吴郡顾野王,经十余年,精思不倦,或累旬不盥栉。善属

---

① 《唐代诗人占籍考》有"周镛",《全唐诗》小传谓其为唐末诸暨县人。陶敏《全唐诗作者小传补正》卷七二七"周镛":"周镛存七律《诸暨五泄山》一首。但此诗《宋诗纪事》卷一三亦收,小传云'镛,仁宗时人'。《浙江通志》卷一五载周镛此诗,次刁约《五泄山》诗后。《浙江通志》卷一二三'选举一':'皇祐五年癸巳郑獬榜:……周镛,龙泉人,知府。'周镛宋人,其人及诗当删。"(陶敏《全唐诗作者小传补正》卷七二七,第1183页),可从。

文,常祖述徐陵,陵亦言世南得己之意。又同郡沙门智永,善王羲之书,世南师焉,妙得其体,由是声名籍甚。……陈灭,与世基同入长安,俱有重名,时人方之二陆。……大业初,累授秘书郎,迁起居舍人。……及至隋灭,宇文化及弑逆之际,世基为内史侍郎,将被诛,世南抱持号泣,请以身代,化及不纳,因哀毁骨立,时人称焉。……太宗灭建德,引为秦府参军。寻转记室,仍授弘文馆学士,与房玄龄对掌文翰。"①虞世南与其兄虞世基皆为浙东重要文人,大业十四年(618),隋灭之际,宇文化及杀隋炀帝,时虞世基为内史侍郎,一同被杀。武德四年(621),太宗灭窦建德,虞世南入唐为秦府参军。待秦王平天下,开设文学馆,又以虞世南弘文馆"十八学士"之一,厚礼待之。《唐会要》卷六四:"武德四年十月,秦王既平天下,乃锐意经籍,于宫城之西开文学馆,以待四方之士。于是以僚属大行台司勋郎中杜如晦,记室、考功郎中房玄龄及于志宁,军咨祭酒苏世长,安策府记室薛收,文学褚亮、姚思廉,太学博士陆德明、孔颖达,主簿李元道,天策仓曹李守素,记室参军虞世南……并以本官兼文学馆学士。及薛收卒,征东虞州录事参军刘孝孙入馆,令库直阎立本图其状,具题其爵里,命褚亮为文赞,号曰'十八学士',写真图藏之书府,用彰礼贤之重也。诸学士食五品珍膳,分为三番,更直宿阁下。每日引见,讨论文典。得入馆者,时人谓之登瀛州。"②虞世南文学成就很高。在隋时即撰有《北堂书钞》一百六十卷。陈振孙《直斋书录解题》卷一四云:"《北堂书钞》一百六十卷,唐秘书监余姚虞世南伯施撰。其书成于隋世。"③入唐后又撰有《帝王略论》五卷,与裴矩合撰《大唐书仪》十卷,又有文集三十卷,《旧唐书·经籍志》《新唐书·艺文志》均有著录,但都已散佚。《旧唐书·虞世南传》:"有集三十卷,令褚亮为之序。"④其诗歌著名者有《结客少年场行》《怨歌行》《赋得临池竹应制》《蝉》等。

孔德绍　会稽人。《隋书》卷七六《孔德绍传》:"会稽孔德绍,有清才,官至景城县丞。窦建德称王,署为中书令,专典书檄。及建德败,伏诛。"⑤盖其亦卒于武德四年(621)。孔德绍为诗人,《旧唐书》卷七二《刘孝武传》云:"弱冠知名,与当时辞人虞世南、蔡君和、孔德绍、庾抱、庾自直、刘斌等登临山水,结为文会。"⑥《全唐诗》

① ［后晋］刘昫:《旧唐书》卷七二,第 2565—2566 页。
② ［宋］王溥:《唐会要》卷六四,第 1117 页。
③ ［宋］陈振孙:《直斋书录解题》卷一四,上海古籍出版社 2015 年版,第 423 页。
④ ［后晋］刘昫:《旧唐书》卷七二,第 2571 页。
⑤ ［唐］魏徵:《隋书》卷七六,中华书局 1973 年版,第 1749 页。
⑥ ［后晋］刘昫:《旧唐书》卷七二,第 2583 页。

存其诗十二首。

贺知章　会稽永兴人,唐代著名诗人。其事迹《旧唐书·贺知章传》记载甚详:
"贺知章,会稽永兴人,太子洗马德仁之族孙也。少以文词知名。……天宝三载,知
章因病恍惚,乃上疏请度为道士,求还乡里,仍舍本乡宅为观。上许之,仍拜其子典
设郎曾为会稽郡司马,仍令侍养。御制诗以赠行,皇太子已下咸就执别。至乡无几
寿终,年八十六。"①以天宝三载(744)年八十六推算,其生年当在显庆四年(659)。
贺知章的籍贯,历来亦颇有争议,一说越州永兴人,主要见于《旧唐书》本传;一说四
明人,盖因其号"四明狂客"。玄宗有《送贺知章归四明》诗序云:"天宝三年,太子宾
客贺知章……正月五日,将归会稽……乃赋诗赠行。"②诗题中有"四明"二字,但诗
序仍称其所归之地为会稽,又时人卢象亦有《送贺秘监归会稽歌》,可知玄宗诗题中
的"四明"当有误。贺知章撰写的墓志近年多有出土。如《大唐故银青光大夫行大
理少卿上柱国渤海县开国公封公墓志铭并序》,题署:"秘书少监、会稽贺知章
撰。"③《唐故光禄少卿上柱国虢县开国子姚君墓志铭并序》,末署:"起居郎会稽贺
知章撰。"④盖其为会稽人基本没有争议。据《新唐书·地理志》,仪凤二年(677),
析会稽、诸暨二县地置永兴县,治所在故永兴城,隶属越州。天宝元年(742),改为
萧山县,隶属会稽郡。乾元元年(758),改郡为州,复隶越州。故可知贺知章出生
时,其地为越州永兴县;而天宝三载(744)归故里时,已经改称会稽郡萧山县。贺知
章年少时生长在会稽,成年后前往长安,他有不少诗歌述说对会稽的怀念。"稽山
罢雾郁嵯峨,镜水无风也自波。莫言春度芳菲尽,别有中流采芰荷"⑤,稽山、镜湖
皆是会稽的著名景观,采莲也是江南重要的农业活动,这些意象无疑来自其少年时
的经历。

万齐融　《旧唐书·文苑传》云:"神龙中,知章与越州贺朝、万齐融,扬州张若
虚、邢巨,湖州包融,俱以吴越之士,文辞俊秀,名扬于上京……人间往往传其
文。"⑥徐浩撰《徐浚墓志铭》云:"至于制作侔造化,兴致穷幽微,往往警策,蔚为佳
句。常与太子宾客贺公、中书侍郎族兄安贞、吴郡张谔、会稽贺朝、万齐融、余杭何

①　[后晋]刘昫:《旧唐书》卷一四〇,第5033—5035页。
②　[清]彭定求:《全唐诗》卷三,第31页。
③　张国华、沈阳:《唐代封祯墓志铭考释》,《文物春秋》2013年第2期。
④　毛阳光:《洛阳流散唐代墓志汇编》,国家图书馆出版社2013年版,第172页。
⑤　[清]彭定求:《全唐诗》卷一一二《采莲曲》,第1147页。
⑥　[后晋]刘昫:《旧唐书》卷一九〇,第5035页。

誉为文章之游,凡所唱和,动盈卷轴。"①万齐融《法华寺戒坛院碑》云:"律师俗姓徐氏,晋室南迁,因官诸暨,遂为县族。……故洺州刺史徐峤之、工部尚书徐安贞,咸以宗室设道友之敬。国子司业康希铣、太子宾客贺知章、朝散大夫杭州临安县令朱元慎,亦以乡曲具法朋之礼。"②都提到了他与贺知章、贺朝、徐安贞等人的交游。又李颀《寄万齐融》诗,诗云"小邑常叹屈,故乡行可游"③,是李颀送万齐融罢县令后归越之作。孙逖《酬万八贺九云门下归溪中作》诗,其中万八为万齐融,贺九为贺朝。《宋高僧传》卷一四《唐越州法华山寺玄俨传》:"天宝十五载岁次景申,万齐融述《颂德碑》焉。"④则其天宝十五载(756)还在世。另有《唐阿育王寺常住田碑》署"秘书监正字郎万齐融撰,赵州刺史徐峤之书",此碑后毁于战火。大和七年(833),明州刺史于季友,根据僧惠印所睹旧文,邀处士范的重书,此碑现存于宁波阿育王寺。

贺朝 亦为贺知章等吴越诗人群体一员,详见于上述"万齐融"条。芮挺章《国秀集》有:"会稽尉贺朝三首。"⑤孟浩然有《与崔二十一游镜湖寄包贺二公》诗:"府掾有包子,文章推贺生。"⑥"包贺二公"为包融、贺朝。另有《久滞越中贻谢南池会稽贺少府》诗,"贺少府"亦为贺朝。

朱可名 《全唐诗》卷五五七收其《应举日寄兄弟》诗,并附小传:"朱可名,越州人,会昌进士及第,终长安令。"⑦诗有"废刈镜湖田"句,谓其为越州人当以此。又《全唐文》卷八二五黄滔《莆山灵岩寺碑铭》:"元和才子章孝标、邵楚苌、朱可名寄诗以题。"⑧张为《诗人主客图》序:"若主人门下处其客者,以法度一则也。以白居易为广大教化主,上入室杨乘,入室张祜、羊士谔、元积,升堂卢仝、顾况、沈亚之,及门费冠卿、皇甫松、殷尧藩、施肩吾、周元范、祝元膺、徐凝、朱可名、陈标、童翰卿。"⑨以白居易为广大教化主,朱可名为及门。

虞希乔 会稽人,《大唐故会稽虞君墓志铭》:"府君讳希乔,字抱陪,余。北郡

① 赵君平:《唐〈徐浚墓志〉概述》,《书法丛刊》1999 年第 4 期。
② [清]董诰:《全唐文》卷三三五,第 3392—3393 页。
③ [清]彭定求:《全唐诗》卷一三二,第 1339 页。
④ [宋]赞宁撰,范祥雍点校:《宋高僧传》卷一四,第 344 页。
⑤ 傅璇琮、陈尚君、徐俊:《唐人选唐诗新编(增订本)》,第 282 页。
⑥ [清]彭定求:《全唐诗》卷一六〇,第 1662 页。
⑦ [清]彭定求:《全唐诗》卷五五七,第 6466 页。
⑧ [清]董诰等编:《全唐文》卷八二五,第 8699 页。
⑨ [清]李怀民辑评,张耕点校:《重订中晚唐诗主客图》,中华书局 2018 年版,第 1 页。

刺史。祖哲,醴陵。会稽之西,惟绪玉食锦衣盈临体鞠躬争肃勤承履,英豪飒爽,岳孕灵,允膺侍奉,悉理之烈。夔州长史谯公,许青缘息女,愿执箕帚,曾未兼顾。戏!以证圣元年六月三日亡。昔在弱龄,好尚泉石,赴于咏歌,平生乐稽秦宛如。集五卷行于代。泉扃一明。"①原墓志志文"余"字后有缺字,当为"余姚人"。据墓志,其弱龄时即"赴于咏歌",而且有"集五卷行于代",盖亦是能诗者,其作品今不传。

　　徐浩　字季海,会稽人,唐代著名书法家、诗人。生平事迹详见于张式《大唐故银青光禄大夫彭王傅上柱国会稽郡开国公赠太子少师东海徐公神道碑铭并序》②,《旧唐书》卷一三七、《新唐书》卷一六〇《徐浩传》③。林宝《元和姓纂》"诸郡徐氏"叙其家世云:"洛州刺史徐峤之,居会稽,生浩、浚、漪。浩,吏部郎、东海郡公,有传,生璘、现、玫。现,泌州刺史。浚生珽、项、场。"④盖徐浩家族自其父徐峤之起居于会稽。《宋高僧传》卷一五《唐越州称心寺大义传》:"释大义,字元贞,俗姓徐氏,会稽萧山人也。……洛州刺史徐峤、次徐浩,皆宗人也。"⑤亦可参证。据《徐浩神道碑》:"年十五究经术,首科升第,始擢汝州鲁山主簿,□□□卑,时论称之。无何诏征,俾□□贤院。大学士燕国公说,文之沧溟,间代宗师,尝览公应制《喜雨赋》及《五色鸽赋》兼和制等诗,曰:'后进之英,今知所在。'"⑥知其有诗才。

　　徐浚　会稽人,徐浩兄。徐浩撰《唐故朝议郎行冯翊郡司兵参军徐府君墓志铭并序》,题署:"季弟朝散大夫检校尚书金部员外郎上柱国浩撰,侄璘书。"志云:"府君讳浚,字孟江,其先东海郯人。因官家会稽,今居河洛。府君即银青光禄大夫、洛州刺史讳峤之府君之元子。其家风祖德,碑表详焉。府君童稚善属词,十七明经高第。性不苟合,罔沽名以用光;迹在同尘,且晦息以藏志。"⑦与徐浩籍贯记载一致。又墓志云:"至于制作侔造化,兴致穷幽微,往往警策,蔚为佳句。常与太子宾客贺公、中书侍郎族兄安贞、吴郡张谔、会稽贺朝、万齐融、余杭何謇为文章之游,凡所唱和,动盈卷轴。"知其与贺知章、徐安贞、张谔、贺朝、万齐融、何謇等吴越文士交游唱和频繁,是中坚人物之一。

---

　　① 商略、孙勤忠:《有虞故物——会稽余姚虞氏汉唐出土文献汇释》,上海古籍出版社 2016 年版,第 208 页。

　　② [清]王昶:《金石萃编》卷一〇四,中国书店出版社 1985 年版,第 4a 上—5a 上页。

　　③ [后晋]刘昫:《旧唐书》卷一三七,第 3759 页;[宋]欧阳修、宋祁:《新唐书》卷一六〇,第 4965 页。

　　④ [唐]林宝撰,岑仲勉校记:《元和姓纂(附四校记)》卷二,中华书局 1994 年版,第 209 页。

　　⑤ [宋]赞宁:《宋高僧传》卷一五,第 330 页。

　　⑥ [清]董诰:《全唐文》卷四四五,第 4542 页。

　　⑦ 赵君平:《邙洛碑志三百种》,中华书局 2004 年版,第 217 页。

严维　至德二载（757）进士及第，历任诸暨尉、秘书郎、余姚令、右补阙等职。《新唐书·艺文志》："严维，诗一卷。字正文，越州人，秘书郎。"①生平事迹见于《唐诗纪事》卷四十七、《唐才子传·严维传》。《唐才子传》称其"维少无宦情，怀家山之乐，以业素从升斗之禄，聊代耕耳。诗情雅重，挹魏晋之风，锻炼铿锵，庶少遗恨。一时名辈，孰匪金兰"②。岑参有《送严维下第还江东》诗云："勿叹今不第，似君殊未迟。且归沧洲去，相送青门时。望鸟指乡远，问人愁路疑。敝裘沾暮雪，归棹带流澌。严子滩复在，谢公文可追。江皋如有信，莫不寄新诗。"③当是赠严维返乡而作。严维在浙东多有创作，详见上文，兹不赘述。

虞当　会稽人。柳宗元《先君石表阴先友记》云："虞当，会稽人。为郭尚父从事，终沔州刺史。以信闻。"④虞当为柳宗元父友，二人曾同为郭子仪从事。虞当亦颇通诗文，《全唐文补遗》第八辑载《唐故郑居士（液）墓志铭》，题署："外生朝散大夫使持节沔州诸军事守沔州刺史虞当撰。"⑤《金石萃编》卷七九《华岳题名》："前相国京兆第五公，自户部侍郎出牧括州，子聱关内河东副元帅判官、礼部郎中兼侍御史虞当，自中都济河，于华阴拜见，从谒灵祠，因纪贞石，时大唐大历五年六月四日。"⑥虞当与诗人刘长卿、戴叔伦友善，长卿有《闻虞沔州有替将归上都登汉东城寄赠》⑦、戴叔伦有《与虞沔州谒藏真上人》⑧寄虞当。

虞九皋　会稽人，虞当子。柳宗元《先君石表阴先友记》孙汝听注："当有子曰九皋，公有诔焉。"⑨柳宗元《虞鸣鹤诔》云："维某年月日，前进士虞九皋，字鸣鹤，终于长安亲仁里。既克葬于高阳原，二三友生皆至于墓，哀其行之不昭于世，追列遗懿，求诸后土，申荐嘉名，实曰恭甫。"⑩知其进士及第而未授官，应有诗才。

释灵澈　会稽人。刘禹锡《澈上人文集序》："上人生于会稽，本汤氏子……出家号灵澈，字源澄。虽受经论，一心好篇章。从越客严维学为诗，遂籍籍有闻。维卒，乃抵吴兴，与长老诗僧皎然游，讲艺益至。皎然以书荐于词人包侍郎佶，包得之

① ［宋］欧阳修、宋祁：《新唐书》卷六〇，第1610页。
② 傅璇琮：《唐才子传校笺》卷三，第609页。
③ ［清］彭定求：《全唐诗》卷二〇一，第2098—2099页。
④ ［清］董诰：《全唐文》卷五八八，第5945页。
⑤ 吴钢主编：《全唐文补遗》第八辑，第88页。
⑥ ［清］王昶：《金石萃编》卷七九，第3b页。
⑦ ［清］彭定求：《全唐诗》卷一五一，第1565页。
⑧ ［清］彭定求：《全唐诗》卷二七四，第3107页。
⑨ ［唐］柳宗元：《柳宗元集》卷一二，第304页。
⑩ ［清］董诰：《全唐文》卷五九二，第5987页。

大喜。又以书致于李侍郎纾。……贞元中,西游京师,名振辇下。缁流疾之,造飞语激动中贵人,因侵诬得罪,徙汀州。……元和十一年(816)终。"并评价文学才能曰:"上人没后十七年,予为吴郡,其门人秀峰捧先师之文来乞词以志,且曰:'师尝在吴,赋诗近二千首,今删去三百篇,勒为十卷。自大历至元和,凡五十年间,接词客闻人酬唱,别为十卷。今也思行乎昭代,求一言羽翼之。'因为评曰:'世之言诗僧多出江左。灵一导其源,护国袭之。清江扬其波,法振沿之。如么弦孤韵,瞥入人耳,非大乐之音。独吴兴昼公,能备众体。昼公后,澈公承之。'至如《芙蓉园新寺》诗云:'经来白马寺,僧到赤乌年。'《谪汀州》云:'青蝇为吊客,黄耳寄家书。'可为入作者阃域,岂独雄于诗僧间邪。"①灵澈一生大部分时间都寓居于越州云门寺,详参上文。大历末曾短期寓居湖州何山寺,与诗僧皎然交往,之后返回越州,刘长卿有《送灵澈上人还越中》诗云:"禅客无心杖锡还,沃洲深处草堂闲。身随敝屦经残雪,手绽寒衣入旧山。独向青溪依树下,空留白日在人间。那堪别后长相忆,云木苍苍但闭关。"②储仲君《刘长卿诗编年笺注》云:"按灵澈为越州云门寺僧,见《宋僧传》卷一五本传。约于大历末、建中初居湖州何山,见皎然《赠包中丞书》及《灵澈上人何山寺七贤石》诗。此诗送归越州,当在大历十二年(七七七)或十三年。"③刘长卿又有《酬灵澈公相招》诗云:"石涧泉声久不闻,独临长路雪纷纷。如今渐欲生黄发,愿脱头冠与白云。"④当为灵澈还越中之前邀请刘长卿游越之作,与《送灵澈上人还越中》同时。

陈寡言　《历世真仙体道通鉴》卷四〇:"道士陈寡言,字大初,越州暨阳人。隐居于玉霄峰,号曰华林。天台科法,有阙遗者,拾而补之。居常以琴酒为贶,每吟咏,放情自任,未尝加饰,其《山居》诗曰:'醉卧茅堂不闭关,觉来开眼见青山。松花落处宿猿在,麋鹿群群林际还。'又曰:'照水冰如鉴,扫雪玉为尘。何须问今古,便是上皇人。'寡言虽补阙科教,而不躬行,惟传度弟子。有刘介者,字处静,舍明经业,即婺州兰溪,事灵瑞观主吴守素为道士。闻寡言之名,遂就华林请教,奉几杖香火,凡二十年,尽寡言之道。寡言将尸解,谓处静曰:'当盛我以布囊,置石室中,慎勿以木为也。'享年六十四。处静与叶藏质、应夷节为方外友,久之,将坐化,以诗示其徒乃返真。其辞曰:'我本无形暂有形,偶来人世逐营营。轮回债负今还了,搔首

---

① 〔清〕董诰:《全唐文》卷六〇五,第6113—6114页。
② 〔清〕彭定求:《全唐诗》卷一五一,第1563—1564页。
③ 储仲君:《刘长卿诗编年笺注》,第435—436页。
④ 〔清〕彭定求:《全唐诗》卷一五〇,第1557页。

索然归上清.'别有诗十篇,今在天台道元院。"①知其为中唐时道士,隐居于玉霄峰。常以琴酒自娱,每吟咏则放情自适,有诗十卷,已佚。《全唐诗》存其诗二首。

释淡然 陶敏、李一飞、傅璇琮《唐五代文学编年史·中唐卷》:"《孟东野诗集》卷八《送淡公十二首》其一:'翰苑钱舍人,诗韵铿雷公。识本未识淡,仰咏嗟无穷.'其十:'乡在越镜中,分明见归心。镜芳步步绿,镜水日日深.'其十一云:'牵师袈裟别,师断袈裟归。问师何苦去,感吃言语稀。意恐被诗饿,欲住将底依。卢殷刘言史,饿死君已噫。不忍见别君,哭君他是非.'《中华文史论丛》一九八七年第一辑曹汛《淡然考》据'翰院钱舍人'(钱徽于元和八年五月转司封郎中知制诰)语,以为作于元和八年。兹从曹说。本,无本,贾岛为僧时法名。淡然,俗姓诸葛,名珏,法名淡然,越州人。郊送诗称'师得天文章,所以相知怀。数年伊雒同,一旦江湖乖',知善诗,居洛数年,与韩愈、孟郊、李益等交往。今别去,郊因以诗送之。"②又贯休有《怀诸葛觉二首》,胡大浚《贯休歌诗系年笺注·禅月大师贯休年谱稿》云:"诸葛觉生平事迹无考,盖与李益、韩愈、孟郊、贾岛同时。《全唐诗》卷七八九《李益集》录:'《天津桥南山中》各题一句:"野坐分苔席(李益),山行绕菊丛(韦执中)。云衣惹不破(诸葛觉),秋色望来空(贾岛)."'《昌黎集》卷七有《送诸葛觉往随州读书》诗。《义门读书记》卷三十'昌黎集'条:'……诸葛觉,贯休集中作珏。其怀珏诗有"出山因觅孟,踏雪去寻韩。"注云:"遇孟郊韩愈于洛下。"又注云:"诸葛曾为僧,名澹然。"公诗盖送其人也.'宋魏仲举《五百家注昌黎文集》卷七《送诸葛觉往随州读书》注:'韩(醇)曰:"诸葛觉,或云即澹师,后去僧为儒,公逸诗有《澹师鼾睡二首》,为此人作。"孙(汝听)曰:"此诗所谓郱侯,则言宰相李泌也。泌字长源,贞元中为相,封郱县侯。泌之子繁,时刺随(隋)州.""③盖淡然或即诸葛觉,与贯休、韩愈亦有交往。

朱庆馀 名可久,以字行,进士及第。《唐才子传》卷六《朱庆馀传》:"宝历二年裴球榜进士及第,授秘省校书。"④朱庆馀及第归越,张籍、姚合、贾岛皆有诗相赠。齐文榜《贾岛集校注》卷三:"此诗乃朱庆馀及第后岛送之归故乡而作,张籍、姚合并有《送朱庆馀及第后归越》诗,皆作于宝历二年。朱可久:字庆馀,以字行,越州(今浙江绍兴一带)人。登敬宗宝历二年(八二六)进士第,释褐秘书省校书郎。未第前以《闺意献张水部》诗谒水部员外郎张籍,大得赏识,由是知名。文宗大和六年

① [元]赵道一:《历世真仙体道通鉴》卷四〇,《道藏》第五册,上海书店出版社1988年版,第328页。
② 陶敏、李一飞、傅璇琮:《唐五代文学编年史·中唐卷》,第720—721页。
③ [唐]贯休著,胡大浚笺注:《贯休歌诗系年笺注》,第1217页。
④ 傅璇琮:《唐才子传校笺》卷六,第189页。

(832)前后归居越中,约于开成初去世。其诗长于五律七绝,《唐才子传》卷六评为'得张水部诗旨,气平意绝'。生平见《云溪友议》卷下、《唐诗纪事》卷四六、《唐才子传校笺》卷六等。"①张泊《项斯诗集序》云:"吴中张水部为律格诗,尤工于匠物,字清意远,不涉旧体,天下莫能窥其奥。惟朱庆馀一人亲授其旨。"②知其诗法张籍。《新唐书·艺文志》著录《朱庆馀诗集》一卷,《全唐诗》收其诗一百七十七首。

范摅子　范摅为《云溪友议》作者,《云溪友议》是唐代记载诗人本事的重要著作。《唐诗纪事》卷七一"范摅之子"条云:"吴人范摅处士之子,七岁能诗。赠隐者云:'扫叶随风便,浇花趁日阴。'方干曰:'此子他年必成名。'又吟夏日云:'闲云生不雨,病叶落非秋。'干曰:'惜哉! 必不享寿。'果十岁卒。"③记载其子七岁能诗,由此推测,范摅也具备一定的作诗才能。《纪事》谓其"吴人"恐误。《云溪友议序》自署:"五云溪人范摅纂。"《新唐书·艺文志》丙部子录小说家类:"范摅《云溪友议》。咸通时,自称五云溪人。"④《全唐文》范摅下有注曰:"摅自号五云溪人。"李咸用有《悼范摅处士》诗云:"家在五云溪畔住,身游巫峡作闲人。安车未至柴关外,片玉已藏坟土新。虽有公卿闻姓字,惜无知己脱风尘。到头积善成何事,天地茫茫秋又春。"⑤诗中的"五云溪"即若耶溪的别称,汤华泉《范摅二考》亦考订范摅籍贯为会稽,可从。

康僚　会稽人,进士及第。清徐松《登科记考》卷二二:"康□,《孙樵集》《唐故仓部郎中康公墓志铭序》:'公姓康氏,会稽人。自宣城来。长安三举进士,登上第,是岁会昌元年也。其年冬,得博学宏词,授秘书省正字。'"⑥陈尚君《〈登科记考〉正补》云:"《孙可之文集》卷八《唐故仓部郎中康公墓志铭》:'公讳某,字某,会稽人。……自宣城来长安,三举进士,登上第,是岁会昌元年也。其年得博学宏词,授秘书省正字。'咸通九年后任仓部郎中,十三年卒。按郎官柱仓中题名有康僚,约咸通间任,当即其人。其名,《郎官石柱题名考》卷十七作'璙',劳氏引孙集目录作'镣',今从岑仲勉先生《郎官石柱题名新著录》及《文苑英华》卷四、卷六和《全唐文》卷七五七。徐《考》所录缺名。"⑦康僚诗不存,然其为会昌元年(841)进士,同年中博学宏

①　[唐]贾岛著,齐文榜校注:《贾岛集校注》卷三,中华书局2020年版,第132页。
②　[清]陆心源:《唐文拾遗》卷四七,《全唐文》附,第10906页。
③　[宋]计有功:《唐诗纪事》卷七一,中华书局1965年版,第1057页。
④　[宋]欧阳修、宋祁等撰:《新唐书》卷五九,第1542页。
⑤　[清]彭定求:《全唐诗》卷六四六,第7406页。
⑥　[清]徐松:《登科记考》卷二二,中华书局1984年版,第787页。
⑦　陈尚君:《〈登科记考〉正补》,《唐代文学研究》第四辑,第342页。

词科,其作诗才能绝非一般。

吴融　山阴人。《新唐书·文艺传》:"吴融,字子华,越州山阴人。"①《南部新书》云:"吴融,字子华,越州人。弟蜕,亦为拾遗。蜕子程,为吴越丞相,尚武肃女。"②《全唐诗》小传云:"吴融,字子华,越州山阴人。龙纪初,及进士第。"③吴融能诗,《唐才子传·吴融传》亦称其"初力学,富辞调,工捷"④。吴在庆、傅璇琮《唐五代文学编年史·晚唐卷》:"《新唐书·吴融传》:'融学自力,富辞调。龙纪初,及进士第。'按吴融本年登第前累举不第,然颇有声望,《唐摭言》卷五《切磋》条载:'吴融,广明、中和之际,久负屈声,虽未擢科第,同人多赞谒之如先达。有王图,工词赋,投卷凡旬月,融既见之,殊不言图之臧否,但问图曰:更曾得卢休信否? 何坚卧不起,惜哉! ……休,图之中表,长于八韵,向与子华同砚席。'又融有《浐水席上献座主侍郎》(《全唐诗》卷六八六):'暖泉宫里告虔回,略避红尘小宴开。……草能缘岸侵罗荐,花不容枝蘸玉杯。莫讶诸生中独醉,感恩伤别正难裁。'按座主侍郎乃本年知贡举礼部侍郎赵崇,诗当作于融及第后,约二、三月间。"⑤韩偓有《与吴子华侍郎同年玉堂同直怀恩叙恳因成长句四韵兼呈诸同年》诗:"往年莺谷接清尘,今日鳌山作侍臣。二纪计偕劳笔研,一朝宣入掌丝纶。声名烜赫文章士,金紫雍容富贵身。绛帐恩深无路报,语余相顾却酸辛。"⑥赞誉其诗才。

虞鼎　会稽人,虞世南八世孙,进士及第。清徐松《登科记考》卷二三"咸通十年进士科":"虞鼎,杨钜《唐御史里行虞鼎墓志铭》:'公虞姓,讳鼎,字少微,会稽人。登咸通十年进士。'"⑦同年及第的还有司空图、归仁绍等人,司空图尚有《省试》《下榜》诗存世,虞鼎诗不存,然其能进士及第,当有作诗才能。

陈允初　又作"陈元初",会稽人。《元和姓纂》卷三"会稽陈氏":"太常博士陈齐卿,堂弟景津,生允叔、允众、允初。允叔,侍御史。允初,殿中侍御史。"⑧《唐代墓志汇编续集》贞元〇一七《柳氏(均)江夏李夫人墓志》:"次女适侍御史陈允

①　[宋]欧阳修、宋祁:《新唐书》卷二〇三,第5795页。
②　[宋]钱易撰,尚成校点:《南部新书》卷庚,第54页。
③　[清]彭定求:《全唐诗》卷六八四,第7847页。
④　傅璇琮:《唐才子传校笺》卷九,第223页。
⑤　吴在庆、傅璇琮:《唐五代文学编年史·晚唐卷》,第795页。
⑥　[清]彭定求:《全唐诗》卷六八〇,第7787—7788页。
⑦　[清]徐松:《登科记考》卷二三,第858页。
⑧　[唐]林宝撰,岑仲勉校记:《元和姓纂(附四校记)》卷三,第346页。

初。"①李夫人贞元二年(786)卒,六年(790)改葬。可知陈允初贞元六年(790)官至侍御史。陈允初为越中活跃诗人,大历四年(769),与吕渭、严维、谢良弼、贾肃、郑概、庾骙、裴晃等人作《征镜湖故事联句》,僧灵一有《送元初卜居麻源》诗赠允初。值得注意的是秦系有《将移耶溪旧居留赠严维秘书》,题诗一作《留呈严长史陈秘书》,是其诗应赠严维与陈允初二人。

释神邕　《宋高僧传》卷一七有《唐越州焦山大历寺神邕传》:"神邕,字道恭,姓蔡氏。东晋太尉谟即度江祖十五代孙也。因官居于暨阳,邕生于是邑。……倏遇禄山兵乱,东归江湖……旋居故乡法华寺。殿中侍御史皇甫曾、大理评事张河、金吾卫长史严维、兵曹吕渭、诸暨长丘丹、校书陈允初赋诗往复,卢士式为之序,引以继支许之游,为邑中故事。邕修念之外,时缀文句,有集十卷,皇甫曾为序。"②盖其俗姓蔡,生于诸暨。神邕与皇甫曾、严维、陈允初等有交往,应是当时参与联句的成员之一,有文集,但不存。

秦系　《新唐书》卷一九六"隐逸"下有:"秦系,字公绪,越州会稽人。天宝末,避乱剡溪,北都留守薛兼训奏为右卫率府仓曹参军,不就。……与刘长卿善,以诗相赠答。权德舆曰:'长卿自以为五言长城,系用偏师攻之,虽老益壮。'其后东度秣陵,年八十余卒。南安人思之,为立子亭,号其山为高士峰云。"③秦系《献薛仆射·序》:"系家于剡山,向盈一纪。大历五年,人或以其文闻于邺都留守薛公。无何,奏系右卫率府仓曹参军,意所不欲,以疾辞免。"④其里籍为会稽是确定的。秦系避地越中时,亦为浙东诗坛的核心人物,与严维、鲍防等人唱和往来,在浙东留下了诸多脍炙人口的诗篇,详见下考。

康造　康造为颜真卿文人群体联句的参与者之一。据陈尚君《全唐诗补逸》卷十七:"竹山连句题潘氏书堂,颜真卿、陆羽、李萼、裴修、康造、汤清河、清昼、陆士修、房夔、颜粲、颜颙、颜须、韦介、李观、房益、柳淡、颜岘、潘述……连句诗后有黄本骥案语,曰:'连句,即联句也。裴修,前梁县尉。康造,会稽人,推官。汤清河,大理评事。房夔,河南人。颜粲,鲁公族人。李观,字元宾,赵郡赞皇人,洛阳丞,迁太子校书郎。房益,河南人,詹事司直,《湖州志》作武康人,官监察御史。此诗《全唐

---

①　周绍良等:《唐代墓志汇编续集》,上海古籍出版社 2001 年版,第 745 页。
②　[宋]赞宁撰,范祥雍点校:《宋高僧传》卷一七,第 421—422 页。
③　[宋]欧阳修、宋祁等撰:《新唐书》卷一九六,第 5608 页。
④　[清]彭定求:《全唐诗》卷二六〇,第 2898 页。

诗》未载,据石刻本补录。'"①记载康造籍贯为越州会稽。皎然有《康造录事宅送太祝侄之虔吉访兄弟》,僧清昼有《康录事宅送僧联句》,其中康录事皆为康造。

释清江 《宋僧传》卷一五有《唐襄州辨觉寺清江传》:"释清江,会稽人也。不详氏族。……善篇章,儒家笔语,体高辞典,又擅一隅之美,时少伦拟。"②东南诗僧中,清江颇负盛名。刘禹锡《澈上人文集纪》(《刘禹锡集》卷一九)云:"世之言诗僧多出江左。灵一导其源,护国袭之。清江扬其波,法振沿之。"③《又玄集》卷下载清江诗二首。《唐音癸签》卷三〇云僧诗有《十哲僧诗》一卷,清江等撰。《全唐诗》卷八一二收清江诗一卷。清江的诗名还表现在文学交往上。清江有《喜严侍御蜀还赠严秘书》《早发陕州途中赠严秘书》二诗。严秘书为严维,诗云:"此身虽不系,忧道亦劳生。万里江湖梦,千山雨雪行。人家依旧垒,关路闭层城。未尽交河虏,犹屯细柳兵。艰难嗟远客,栖托赖深情。贫病吾将有,精修许少卿。"④据此诗可知其于建中年间曾北游上都,寄寓严维家中。卢纶有《洛阳早春忆吉中孚校书司空曙主簿因寄清江上人》诗、朱湾有《同清江师月夜听坚正二上人为怀州转法华经歌》、耿湋有《与清江上人及诸公宿李八昆季宅》诗,皆与清江有关。清江去世后,刘言史又作《伤清江上人》诗以悼之。

罗珦 《全唐文》卷五〇六权德舆撰《唐故太中大夫守太子宾客上柱国襄阳县开国男赐紫金鱼袋罗公墓志铭并序》:"公讳珦,其先会稽人。……公早孤贫,笃志好学。舅氏徐吏部浩,器以远大,以其兄之子妻之。宝应初,上书言事,廷命太祝。"⑤《新唐书·罗珦传》:"罗珦,越州会稽人。宝应初,诣阙上书,授太常寺太祝。"⑥《全唐诗》载其《行县至浮查山寺》诗一首。

罗让 罗珦子。《旧唐书》卷一八八:"字景宣。祖怀操。父珦,官至京兆尹。让少以文学知名,举进士,应诏对策高等,为咸阳尉。"⑦罗让为元和元年进士,同年制策高第,入"才识兼茂、明于体用科"第四等:"才识兼茂、明于体用科人第三次等元稹、韦惇,第四等独孤郁、白居易、曹景伯、韦庆复,第四次等崔韶、罗让、崔护、元修、薛存庆、韦珩,第五上等萧俛、李蟠、沈传师、柴宿;达于吏理、可使从政科第五上

---

① 陈尚君:《全唐诗补逸》卷一七,《全唐诗补编》,中华书局1992年版,第283页。
② [宋]赞宁撰,范祥雍点校《宋高僧传》卷一五,第368页。
③ [清]董诰:《全唐文》卷六〇五,第6114页。
④ [清]彭定求:《全唐诗》卷八一二,第9144页。
⑤ [清]董诰:《全唐文》卷五〇六,第5148页。
⑥ [宋]欧阳修、宋祁等撰:《新唐书》卷一九七,第5628页。
⑦ [后晋]刘昫:《旧唐书》卷一八八,第4937页。

等陈岵等:咸以待问之美,观光而来,询以三道之要,复于九变之选,得失之间,粲然可观。宜膺德茂之典,式叶言扬之举。其第三次等人,委中书门下优与处分;第四等、第四次等、第五上等,中书门下即与处分。"①同年上第有元稹、白居易、崔护、沈传师诸人,可见罗让的文学才能非同一般。《文苑英华》卷一八一《省试二》录罗让、许稷、杜周士、徐至、乐伸诸人省试诗《闰月定四时》,卷七六录其诗赋《乐德教胄子赋》,可参看。

罗劭京　罗让之子,字子峻。《旧唐书·罗让传》:"子劭京,字子峻,进士擢第,又登科。让再从弟咏。咏子劭权,字昭衡,进士擢第。劭京、劭权知名于时,并历清贯。赞曰:麒麟凤凰,飞走之类。唯孝与悌,亦为人瑞。"②罗邵京尝为长安尉,后辞官归牛渚,贾岛、朱庆馀作诗相送。齐文榜《贾岛集校注》卷一〇《送罗少府归牛渚》诗注云:"诗当作于大和二年(八二八)。罗少府,陶敏《全唐诗人名考证》疑为罗邵(劭)京。劭京字子峻。越州会稽(今浙江绍兴)人……进士及第,文宗大和二年又登贤良方正能直言极谏科。官长安尉,未几,休官东归。朱庆馀有《送长安罗少府》诗云:'科名再得年犹少,今日休官更觉贤。'"③王钦若《册府元龟》卷六四四《贡举部》:"文宗大和二年(闰)三月……诏曰:……贤良方正能直言极谏科举人第三等裴休、裴素,第三次等李郃,第四等南卓、李甘、杜牧、马植、郑亚、崔玙,第四次等崔谠、王式、罗绍京、崔渠、崔慎由、苗愔、韦昶、崔抟,第五上等崔涣、韩宾;详闲吏理达于教化科举人第四次等宋昆;军谋宏远堪任将帅科举人第四次等郑冠、李杉……其第三等、第三次等人委中书门下优于处分,第四次等、第五上等人中书门下即与处分。"④唐人制科及第后即当授官,则罗劭京大和二年(828)被授初官长安尉,刚上任不久就辞官归乡。

罗劭权　《全唐文》有小传云:"劭权,字昭衡,擢进士第。"⑤上文述及罗劭京与族兄弟劭权均知名于时。李德辉《全唐文作者小传正补》:"罗劭权,罗让再从弟咏之子,字昭衡,宣宗以前擢进士第。与族兄弟劭京均知名于时。武、宣宗朝,历任仓部员外郎,司封、金部二郎中。大中、咸通间,继白敏中、毕諴、曹确之后,权兼使相,继升岩廊。时人将此四人并称毕白曹罗,盖四大蕃姓,又均位至宰相。时相崔慎由

---

① 〔清〕徐松撰,孟二冬补正:《登科记考补正》卷一六,中华书局2019年版,第599页。
② 〔后晋〕刘昫:《旧唐书》卷一八八,第4937—4938页。
③ 齐文榜:《贾岛集校注》卷一〇,第572页。
④ 〔宋〕王钦若:《册府元龟》卷六四四,第7434页。
⑤ 〔清〕彭定求:《全唐诗》卷七三三,第7567页。

愤曰：'可以归矣！近日中书，尽是蕃人。盖以毕白曹罗为蕃姓。'"①罗劢权有文学才能，有《刳木为舟赋》存世。

孔绍安 《旧唐书》卷一九〇："孔绍安，越州山阴人，陈吏部尚书奂之子。少与兄绍新俱以文词知名。十三，陈亡入隋，徙居京兆鄠县。闭门读书，诵古文集数十万言，外兄虞世南叹异之……时有词人孙万寿，与绍安笃忘年之好，时人称为孙、孔。……绍安因侍宴，应诏咏石榴诗曰：'只为时来晚，开花不及春。'时人称之。寻诏撰梁史，未成而卒。有文集五卷。"②孔绍安为虞世南妹婿，《新唐书·艺文志》载有孔绍安集五十卷。

孔绍新 见上"孔绍安"条。孔绍新作品不存。

贺敳 唐越州山阴人。《新唐书》卷二〇一："（贺德仁）从子纪、敳亦博学。高宗时，纪为太子洗马，豫修五礼，敳率更令、兼太子侍读，皆为崇贤馆学士。"③《旧唐书·贺德仁传》同。又《唐代墓志汇编续集》垂拱〇〇三《大唐故中书令赠光禄大夫秦州都督薛公（元超）墓志铭》："疏荐郑祖玄、贺敳、沈伯仪、郑玄挺、颜强学、杨炯、崔融等十人为崇文学士。"④《古今岁时杂咏》存贺敳《奉和九月九日》诗一首。

释良价 《宋高僧传》有《唐洪州洞山良价传》："释良价，俗姓俞氏，会稽诸暨人也。少孺从师于五泄山寺。年至二十一，方往嵩山具戒焉。登即游方，见南泉禅师，深领玄契。续造云岩，疑滞顿寝。大中末，于斯丰山大行禅法。后盛化豫章高安洞山，今筠州也。"⑤徐俊《敦煌诗集残卷辑考》有良价《洞山和尚神剑歌》，《全唐诗续拾》卷三四亦有收录。又有"苦是今时学道流，千千万万忍（认）门头。恰似入京朝圣主，只到铜（潼）关便却休"⑥偈语，《全唐诗续拾》卷三一据以收录。

叶简 《全唐诗》有《叶简占失牛》诗，小注曰："吴越时，有叶简者，剡人也。善卜筮，凡有盗贼，皆知其姓名，射覆无不奇中。"诗云："占失牛。已被家边载上州。欲知贼姓一斤求，欲知贼名十干头。果邻人丘甲盗之。"⑦

庄南杰 《唐才子传校笺》卷五云："《直斋书录解题》卷一九'《庄南杰诗集》一卷'下云：'唐进士庄南杰撰。'据此，则南杰曾登进士第，然检徐松《登科记考》未见

① 李德辉：《全唐文作者小传正补》，辽海出版社 2011 年版，第 843 页。
② ［后晋］刘昫：《旧唐书》卷一九〇，第 4982—4983 页。
③ ［宋］欧阳修、宋祁等撰：《新唐书》卷二〇一，第 5729 页。
④ 周绍良、赵超主编：《唐代墓志汇编续集》，第 280 页。
⑤ ［宋］赞宁撰，范祥雍点校：《宋高僧传》卷一二，第 280 页。
⑥ 徐俊纂辑：《敦煌诗集残卷辑考》，中华书局 2000 年版，第 546 页。
⑦ ［清］彭定求：《全唐诗》卷八八〇，中华书局 1960 年版，第 9956 页。

著录。岑仲勉《登科记考订补》、施子愉《登科记考补正》(《文献》第15辑)亦未补。按《明月湖醉后蔷薇花歌》(《全唐诗》卷七八五)云:'白发使君思帝乡,驱妾领女游花傍。持杯忆着曲江事,千花万叶垂宫墙。复有同心初上第,日暮华筵移水际。……谁知奏御数万言,翻割龟符四千里。'明月湖,疑即明月池。据《元和郡县图志》卷三〇《江南道》六,在辰州沅陵县(今湖北省沅陵县)东二百里。又据《书》卷四〇《地理志》三,辰州'在京师南微东三千四百五里'。另加二百里,为三千六百余里。诗云'四千里',当是举其成数而言。诗中忆及进士及第后赴曲江宴会情景。童养年谓此诗乃庄南杰所作。若是,则南杰登进士第一事可无疑,惟未详其登第之年。"①此外,《直斋书录解题》卷十九谓庄南杰"与贾岛同时";《唐才子传》亦称"南杰,与贾岛同时,曾从受学"。

若耶溪女子 其人不可考,范摅《云溪友议》卷中《三乡略》云:"云溪子素闻'三乡'之咏,怅然未明其所自也。洎得吴郡陆君贞洞,或纪其年代而不知者矣。用序乎,然群书有无名氏,乐府集无名诗。今简陆君之意,诗序亦云姓字隐而不书。夫序者,述作之本意,编其旧序,是诗继和者多,不能遍录,略举十余篇以次之。无名序曰:'余本若耶溪东,与同志者二三,纫兰佩蕙,每贪幽闲之境,玩花光于松月之亭,竟昼绵宵,往往忘倦。洎乎初笄,至于五换星霜矣。自后不得已,从良人西入函关,寓居晋昌里第。其居也,门绝嚣尘,花木丛翠。东西邻二佛宫,皆上国胜游之最。伺其闲寂,因游览焉,亦不辜一时之风月也。不意良人已矣,邈然无依,帝里芳春,吊影东迈。涉浐水,历渭川,背终南,陟太华,经虢略,抵陕郊,挹嘉祥之清流,面女几之苍翠。凡经过之所,皆曩昔宴笑之地,绸缪之所。衔冤茹叹,举目魂销。虽残骸尚存,而精爽都失。假使潘岳复生,无以悼其幽思也。遂命笔聊题,终不能涤其怀抱,绝笔恸哭而去。以翰墨非妇人女子之事,名字是故隐而不书。时会昌壬戌岁仲春十九日。'又赋诗曰:'昔逐良人西入关,良人身殁妾空还。谢娘卫女不相待,为雨为云过此山。'和诗十一首。"②其诗叙昔从夫游长安,夫卒,生活无所依,甚悲恸。后有陆贞洞、王祝、刘谷、王滁、李昌邺、王硕、李缟、张绮、高衢、韦冰诸文士题诗唱和,这组唱和诗,《唐诗纪事》卷六七《王祝》条亦有记载,即据《云溪友议》。陈尚君《唐诗人占籍考》若耶溪女子后注"或即李弄玉"。

释遇臻 《景德传灯录》卷二六:"婺州齐云山遇臻禅师,越州人也,姓杨氏。幼

① 傅璇琮:《唐才子传校笺》卷五,中华书局1995年版,第337页。
② [唐]范摅:《云溪友议》卷中,第101—102页。

岁依本州大善寺出家,年满登具,预天台之室,亲承印记。住齐云山宴居,法侣咸凑。……师秋夕闲坐,偶成颂曰:'秋庭肃肃风飕飕,寒星列空蟾魄高。揩颐静坐神不劳,鸟窠无端拈布毛。'其诸歌偈,皆触事而作,三百余首流行,见乎别录。至道中,卒于大善寺。"①其诗歌、别录,今已不见。

2. 婺州

骆宾王 《旧唐书·骆宾王传》:"骆宾王,婺州义乌人。"②《新唐书·骆宾王传》:"(骆)宾王,义乌人。七岁能赋诗。初为道王府属,尝使自言所能,宾王不答。历武功主簿。裴行俭为洮州总管,表掌书奏,不应,调长安主簿。武后时,数上疏言事。下除临海丞,鞅鞅不得志,弃官去。徐敬业乱,署宾王为府属,为敬业传檄天下,斥武后罪。……敬业败,宾王亡命,不知所之。中宗时,诏求其文,得数百篇。"③郗云卿《骆宾王文集序》、辛文房《唐才子传》以及《全唐诗》小传所载均同。尝作《帝京篇》,当以为绝唱。明人胡应麟《补唐书骆侍御传》云:"吾越之言诗文,率由宾王始。非直婺一方耳也。遁余产婺中,于宾王实晚进云。宾王檄后曌大恶数十,义炳日星,而史臣以怨诽讥之。伪周群鼠,倒置君臣大伦以媚曌,可也;而亘千百载而下,而皆周之史,何也?圣人御宇,覆盆洞鉴,勾萌蠕动,有滥必伸,而矧于宾王。於呼!历世久而公论明,盖记之古昔矣。"④骆宾王与王勃、杨炯、卢照邻以藻绘名擅一时,并称"初唐四杰"。

楼颖 义乌人。马端临《文献通考》卷二四八《经籍考》载《国秀集》:"天宝三载国子进士楼颖为序。"⑤是知楼颖天宝三载(744)进士及第。清徐松《登科记考》未收,可补入。《全唐诗》卷二〇三存诗五首。其中《西施石》诗云:"西施昔日浣纱津,石上青苔思杀人。一去姑苏不复返,岸旁桃李为谁春。"⑥是其在浙东时作。

冯宿 字拱之,东阳人。《旧唐书·冯宿传》称:"东阳人。"⑦《新唐书·冯宿传》:"婺州东阳人。"⑧可相印证。王起《冯宿神道碑》:"年廿六,举进士。是时明有司即兵部侍郎陆公贽其人也。又应宏词科,试《百步穿杨叶赋》,虽为势夺,而其文

① [宋]道原撰,尚之煜点校:《景德传灯录》卷二六,中华书局 2022 年版,第 1070 页。
② [后晋]刘昫:《旧唐书》卷一九〇,第 5006 页。
③ [宋]欧阳修、宋祁等撰:《新唐书》卷二百一,中华书局 1975 年版,第 5742 页。
④ [唐]骆宾王著,[清]陈熙晋笺注:《骆临海集笺注》,第 384—385 页。
⑤ [元]马端临:《文献通考》卷二四八,浙江古籍出版社 1988 年版,第 1954 页。
⑥ [清]彭定求:《全唐诗》卷二〇三,中华书局 1960 年版,第 2128 页。
⑦ [后晋]刘昫:《旧唐书》卷一六八,第 4389 页。
⑧ [宋]欧阳修、宋祁等撰:《新唐书》卷一七七,中华书局 1975 年版,第 5277 页。

至今讽之,后生以为楷。"①韩愈《答冯宿书》,五百家注引孙注:"宿字拱之,婺州东阳人。公同年进士。"②冯宿登进士第事,见《登科记考》卷一三③。《唐五代文学编年史·中唐卷》:"《全唐文》卷六二四冯宿《兰溪县灵隐寺东峰新亭记》:'东阳实会稽西部之郡,兰溪实东阳西鄙之邑。岁在戊寅,天官署洪君少卿以为之宰。……后三年夏六月,予过其邑,洪君导予以邑之胜赏,于是有东峰亭之游。……遂揽笔为记,刊于石而附诸地志焉。'"④是其能文。《嘉泰会稽志》卷一六"碑刻"云:"薛苹《禹庙祈雨唱和诗》,薛苹及和者崔述等十七人,共十八诗。豆卢署正书。刻于《复禹衮冕碑》之阴。"⑤而欧阳修《集古录跋尾》卷九《唐薛苹唱和诗》(大和中)云:"《唐薛苹唱和诗》,太和中。右薛苹《唱和诗》,其间冯宿、冯定、李绅皆唐显人,灵澈以诗名后世,皆人所想见者,然诗皆不及苹,岂唱者得于自然,和者牵于强作邪?"⑥则冯宿亦为组诗唱和者之一。

　　冯涓　东阳人,冯宿孙。《舆地纪胜》卷一五五《潼川府路·遂宁府·人物》:"冯涓,其先信都人。连中进士、宏词科。昭宗时为眉州刺史。子群玉,天祐中应明于吏事科,为山阳令。江淮乱,弃官西归,遂为遂宁人。"⑦又《唐诗纪事》:"涓,字信之,信都人。大中初举进士,登宏词科。时危,隐商山十年。昭宗以为眉州刺史,陈田拒命,涓弃郡,于成都墨池灌园自给。王建以为翰林学士,虽诙谐傲物,而多有补益。卒于蜀。"⑧皆以其为信都人,今从冯宿记载,当为婺州人。冯涓有诗才,《北梦琐言》卷三《杜审权斥冯涓》条:"大中四年,进士冯涓登第,榜中文誉最高。是岁,新罗国起楼,厚赍金帛,奏请撰记,时人荣之。"⑨盖其在一众举子中文名最盛。关于其登第时间,孟二冬《登科记考补正》订正为大中十一年:"'恩地'者,晚唐人常用于对座主的称呼……知冯涓登进士第时杜审权为座主。考《记考》卷二十二大中四年(850)裴休知贡举,大中十一年(857)杜审权知贡举。则冯涓登第时间当在大中十一年。吴考亦据《北梦琐言》证冯涓为大中十一年登第……《宋高僧传》卷二十二

①　[清]董诰:《全唐文》卷六四三,第6508页。
②　[唐]韩愈撰、[宋]魏仲举集注:《五百家注韩昌黎集》卷一七,中华书局2019年版,第905页。
③　[清]徐松:《登科记考》卷一三,第465—466页。
④　陶敏、李一飞、傅璇琮:《唐五代文学编年史·中唐卷》,第568页。
⑤　[宋]施宿:《嘉泰会稽志》卷一六,《宋元浙江方志集成》第4册,第2033页。
⑥　[宋]欧阳修:《集古录跋尾》卷九,第200页。
⑦　[宋]王象之:《舆地纪胜》卷一五五,浙江古籍出版社2013年版,第3333页。
⑧　[宋]计有功:《唐诗纪事》卷六六,第989页。
⑨　[五代]孙光宪:《北梦琐言》卷三,中华书局2002年版,第59页。

《周伪蜀净众寺僧缄传》：'释僧缄者，俗名缄也，姓王氏，京兆人。少而察慧，辞气绝群。大中十一年，杜审权下对策成事，秘书监冯涓即同年也。'亦证其是年登第无疑。故移正。"①《全唐诗》存其诗二首。

冯定　冯宿弟，《旧唐书·冯定传》："宿弟定字介夫，仪貌壮伟，与宿俱有文学，而定过之。贞元中皆举进士，时人比之汉朝二冯君。……大和九年（835）八月，为太常少卿。文宗每听乐，鄙郑、卫声，诏奉常习开元中霓裳羽衣舞，以云韶乐和之。舞曲成，定总乐工阅于庭，定立于其间。文宗以其端凝若植，问其姓氏，翰林学士李珏对曰：'此冯定也。'文宗喜，问曰：'岂非能为古章句者耶？'乃召升阶，文宗自吟定送客西江诗。吟罢益喜，因锡禁中瑞锦，仍令大录所著古体诗以献。……先长庆中，源寂使新罗国，见其国人传写讽念定所为黑水碑、画鹤记。韦休符之使西番也，见其国人写定《商山记》于屏障。其文名驰于戎夷如此。"②可知冯定亦为诗人，诗作在当时流传较广，记文、碑文还远传异域。文宗皇帝曾亲吟其诗，并编录成集。冯定诗，今不传。

冯衮　冯宿弟冯定之子，东阳人，登进士第。《旧唐书·冯定传》："东阳人……宿弟定……子衮、颙、轩、岩四人，皆进士第，咸通中历任台省。"③《太平广记》卷二五一引《抒情诗》："唐冯衮牧苏州，江外优伎，暇日多纵饮博。因会宾僚掷卢，冯突胜，以所得均遗一座。乃吟曰：'八尺台盘照面新，千金一掷斗精神。合是赌时须赌取，不妨回首乞闲人。'更因饮酬，戏酒妓，而军倅留情，索然无绪，冯哂之曰：'老夫过戏，无能为也。'倅敛衽而谢。因吟曰：'醉眼从伊百度斜，是他家属是他家。低声向道人知也，隔坐刚抛豆蔻花。'"④《全唐诗》收其诗二首，盖即此二诗。

陶乔　婺州人，进士及第。陈尚君《〈登科记考〉正补》："光绪《金华县志》卷六《进士》：'长庆元年，陶乔，有传。'"⑤孟二冬《登科记考补正》卷一九"长庆元年进士科"："四库本《浙江通志》卷二四〇《陵墓·泰顺县》：'唐进士陶乔墓。《泰顺县志》："在西隅陶家埠。乔字迁于，婺州人。长庆辛丑进士。"'当有其据。"⑥陶乔进士及第，当有作诗才能。

① 孟二冬：《登科记考补正》卷二二，中华书局2018年版，第829—830页。
② ［后晋］刘昫：《旧唐书》卷一六八，第4390—4392页。
③ ［后晋］刘昫：《旧唐书》卷一六八，第4389—4392页。
④ ［宋］李昉：《太平广记》卷二五一，第1951—1952页。
⑤ 陈尚君：《〈登科记考〉正补》，《唐代文学研究》第四辑，第340页。
⑥ 孟二冬：《登科记考补正》卷一九，第695页。

陶史　婺州人,进士及第。孟二冬《登科记考补正》卷二二"咸通元年进士科":
"四库本《浙江通志》卷二四〇《陵墓·泰顺县》:'唐进士陶乔墓。《泰顺县志》:"在
西隅陶家埠。乔字迁于,婺州人。长庆辛丑进士。孙史,登咸通庚辰第。"'又:'唐
祭酒陶史墓。万历《温州府志》:"在四都洪村双桥洋底。"'《泰顺县志》:'字用文,仕
至国学祭酒。'当有其据。"①陶史为陶乔之孙,盖其家族亦有文学渊源。

厉玄　婺州人,登进士第。《唐诗纪事》"厉玄"条:"玄,大和二年进士,终于侍
御史。"②陶敏《全唐诗作者小传补正》:"厉玄,登太和二年进士第。官终侍御史。
姚合同时人。诗五首。"又引《林下诗谈》云:"厉玄渡江,见一妇人尸,收葬之。夜梦
在一处,如深山中,明月初上,清风吹衣,遥闻有吹笙声,音韵缥缈。忽有美女在林
下自咏云:'紫府参差曲,清宵次第闻。'及就试,得《缑山月夜闻王子晋吹笙》题,用
梦中语作第三、第四句,竟以是得赏,举进士。人以为葬妇人之报。"③厉玄《缑山月
夜闻王子晋吹笙》诗云:"缑山明月夜,岑寂隔尘氛。紫府参差曲,清宵次第闻。韵
流多入洞,声度半和云。拂竹鸾惊侣,经松鹤对群。蟾光听处合,仙路望中分。坐
惜千岩曙,遗香过汝坟。"④马戴有《宿裴氏溪居怀厉玄先辈》诗:"树下孤石坐,草间
微有霜。同人不同北,云鸟自南翔。迢递夜山色,清泠泉月光。西风耿离抱,江海
遥相望。"⑤厉玄《寄婺州温郎中》诗云:"婺女家空在,星郎手未携。故山新寺额,掩
泣荷重题。"⑥证厉玄为婺州人。

释贯休　兰溪人。昙域《禅月集序》记贯休事迹云:"贯休,字德隐,婺州兰溪县
登高里人也。俗姓姜氏。家传儒素,代继簪裾。……渐至十五六岁,诗名益著,远
近皆闻。年二十岁,受具足戒。后于洪州开元寺听《法华经》。不数年间,亲敷法
座,广演斯文。迄后兼讲起信论,可谓三冬涉学,百舍求师。寻妙旨于未传,起微言
于将绝。于时江表士庶,无不钦风。"⑦宋僧赞宁《宋高僧传》卷三〇《梁成都府东禅
院贯休传》亦记:"释贯休,字德隐,俗姓姜氏,……七岁,父母雅爱之,投本县和安寺
圆贞禅师出家为童侍。日诵《法华经》一千字耳。……受具之后,诗名耸动于时,乃

---

① 孟二冬:《登科记考补正》卷二二,第839页。
② [宋]计有功:《唐诗纪事》卷五一,第777页。
③ 陶敏著:《全唐诗作者小传补正》卷五一六,辽海出版社2010年版,第861页。
④ [清]彭定求:《全唐诗》卷五一六,第5898页。
⑤ [清]彭定求:《全唐诗》卷五五六,第6444页。
⑥ [清]彭定求:《全唐诗》卷五一六,第5897页。
⑦ [清]董诰:《全唐文》卷九二二,第9604页。

往豫章,传《法华经》《起信论》,皆精奥义,讲训且勤。"①据此,则贯休曾于受具足戒后离乡至洪州学经传法。贯休能诗,诗名高节,宇内咸知。尝有句云:"一瓶一钵垂垂老,万水千山得得来",时称"得得和尚"。唐天复间入蜀,被前蜀主王建封为"禅月大师",赐以紫衣。有《禅月集》存世。

张志和 《新唐书》卷一九六:"张志和,字子同,婺州金华人。始名龟龄。父游朝,通庄、列二子书,为《象罔》《白马证》诸篇佐其说。母梦枫生腹上而产志和。十六擢明经,以策干肃宗,特见赏重。命待诏翰林,授左金吾卫录事参军,因赐名。后坐事贬南浦尉,会赦还,以亲既丧,不复仕,居江湖,自称烟波钓徒。著《玄真子》,亦以自号。有韦诣者,为撰《内解》。志和又著《太易》十五篇,其卦三百六十五。"②颜真卿《浪迹先生玄真子张志和碑铭》云:"玄真子,姓张氏,本名龟龄,东阳金华人……浙江东观察使、御史大夫陈公少游,闻而谒之,坐必终日。……又以门巷湫隘,出钱买地以立闲闶,旌曰回轩巷,仍命评事刘太真为叙,因赋柏梁之什,文士诗以美之者十五人。……大历九年秋八月,讯真卿于湖州。前御史李崿以缣帐请焉。俄挥洒,横拂而纤纩霏拂,乱抢而攒毫雷驰,须臾之间,千变万化,蓬壶仿佛而隐见,天水微茫而昭合。观者如堵,轰然愕贻。在坐六十余人,玄真命各言爵里、纪年、名字、第行,于其下作两句题目,命酒以蕉叶书之,援翰立成。潜皆属对,举席骇叹。竟陵子因命画工图而次焉。真卿以舴艋既敝,请命更之。答曰:'悦惠渔舟,愿以为浮家泛宅,沿溯江湖之上,往来苕霅之间,野夫之幸矣!'其诙谐辨捷,皆此类也。"③时皎然居于越州,至湖州访颜真卿。皎然作《奉应颜尚书真卿观玄真子置酒张乐舞破阵画洞庭三山歌》记此事。《全唐诗》载有张志和诗九首。陈尚君《张志和〈渔歌〉的风流余韵》认为清代《金奁集》所存十五首《渔歌》皆为张志和所作。

张鹤龄 张志和兄。颜真卿《浪迹先生玄真子张志和碑铭》云:"(张志和)兄浦阳尉鹤龄,亦有文学,恐元真流迹不还,乃于会稽东郭买地,结茅斋以居之,闭竹门,十年不出。"④《全唐诗》卷三〇八收张松龄《和答弟志和渔父歌》:"乐是风波钓是闲,草堂松径已胜攀。太湖水,洞庭山,狂风浪起且须还。"⑤《唐诗纪事》卷四六亦载。

---

① [宋]赞宁:《宋高僧传》卷三〇,第 749 页。
② [宋]欧阳修、宋祁:《新唐书》卷一九六,第 5608 页。
③ [清]董诰:《全唐文》卷三四〇,第 3447—3448 页。
④ [清]董诰:《全唐文》卷三四〇,第 3447 页。
⑤ [清]彭定求:《全唐诗》卷三〇八,第 3492 页。

　　滕珦 《新唐书·艺文志》:"《滕珦集》,卷亡。珦,东阳人,历茂王傅,大和初以右庶子致仕,四品给券还乡自珦始。"①《唐会要》卷六七:"(大和)三年四月,右庶子致仕滕珦奏:'伏蒙天恩致仕,今欲归家,乡在浙东,道途遥远,官参四品,伏乞特给婺州已来券。庶使衰羸获安,光荣乡里。'"②白居易《送滕庶子致仕归婺州》诗云:"春风秋月携歌酒,八十年来玩物华。已见曾孙骑竹马,犹听侍女唱梅花。入乡不杖归时健,出郭乘轺到处夸。儿着绣衣身衣锦,东阳门户胜滕家。"③朱金城《白居易集笺校》外集卷上笺云:"作于大和三年(829),洛阳,太子宾客分司。"④滕庶子即滕珦,刘禹锡有《赠致仕滕庶子先辈》诗云:"朝服归来昼锦荣,登科记上更无兄。寿觞每使曾孙献,胜境长携众妓行。矍铄据鞍时骋健,殷勤把酒尚多情。凌寒却向山阴去,衣绣郎君雪里行。"⑤朱庆馀《送滕庶子致仕归江南》诗云:"常怀独往意,此日去朝簪。丹诏荣归骑,清风满故林。诸侯新起敬,遗老重相寻。在处饶山水,堪行慰所心。"⑥亦为大和三年(829)与白居易、刘禹锡同送之作。

　　滕迈 《元和姓纂》卷五"河东滕氏":"今太学博士滕珦,生迈。"⑦《唐诗纪事》卷四九:"迈,登元和进士第。"⑧刘禹锡《赠致仕滕庶子先辈(时及第八人中最长)》自注:"时令子为御史,主务在越中。"⑨滕庶子即腾珦,令子,即滕迈。知其大和初,以侍御佐越州使幕。滕迈工诗,《全唐诗》存其诗二首,断句一联,《全唐诗补遗》补诗一句,《全唐文》存其赋五篇,其《杨柳枝词》传唱颇广,咏柳之句"陶令门前罥接罴,亚夫营里拂朱旗"咏柳而不著柳字,极受称道。迈为台州刺史,赵嘏有诗《淮信贺滕迈台州》诗贺之。诗云:"凋瘵民思太古风,上贤绥辑副宸衷。舟移清镜禹祠北,路转翠屏天姥东。旌旆影前横竹马,咏歌声里乐樵童。遥知到郡沧波晏,三岛离离一望中。"⑩按,《嘉定赤城志》卷八《秩官门》一《历代郡守》:"开成四年,滕迈。"⑪滕迈为睦州刺史,赵嘏有《送滕迈郎中赴睦州》诗送之,云:"郡斋秋尽一江

① [宋]欧阳修、宋祁等撰:《新唐书》卷六〇,中华书局1975年版,第1607页。
② [宋]王溥撰:《唐会要》卷六七,第1390页。
③ [清]彭定求:《全唐诗》卷四六二,中华书局1960年版,第5254—5255页。
④ 朱金城:《白居易集笺校》外集卷上,第3830页。
⑤ [清]彭定求:《全唐诗》卷三五九,中华书局1960年版,第4056页。
⑥ [清]彭定求:《全唐诗》卷五一四,中华书局1960年版,第5868页。
⑦ [唐]林宝撰,岑仲勉校记:《元和姓纂(附四校记)》卷五,第639页。
⑧ [宋]计有功:《唐诗纪事》卷四九,第744页。
⑨ [唐]刘禹锡:《刘禹锡集》卷二五,中华书局1990年版,第332页。
⑩ [清]彭定求:《全唐诗》卷五四九,第6351页。
⑪ [宋]陈耆卿:《嘉定赤城志》卷八,《宋元浙江方志集成》第11册,第5152页。

横,频命郎官地更清。星月去随新诏动,旌旗遥映故山明。诗寻片石依依晚,帆挂孤云杳杳轻。想到钓台逢竹马,只应歌咏伴猿声。"①《咸淳毗陵志》卷二六:"滕刺史迈墓在新桥门外半里荒莽间,有二石兽,刻云:'唐尚书刑部郎官睦州刺史滕公之墓。'"②是迈卒于睦州刺史任。章孝标有《和滕迈先辈伤马》亦是赠滕迈诗,知滕迈曾有伤马之作,然未传世。

滕倪　滕迈宗弟,《全唐诗》存《留别吉州太守宗人迈》诗一首。《云溪友议》卷上"宗兄悼":"滕倪苦心为诗,嘉声早播。远之吉州,谒宗人迈郎中。吉守以'吾家鲜士,此弟则千里之驹也'。每吟其'白发不能容相国,也同闲客满头生'。又《题鹭障子》云:'映水有深意。见人无惧心。'且曰:'魏文酷陈思之学,潘岳褒正叔之文,贵集一家之芳,安以宗从疏远矣?'倪既秋试,捧笈告游,及留诗一首为别。滕君得之怅然,曰:'此生必不与此子再相见也。'乃祖于大皋之阁,别异常情。倪至秋深,逝于商于之馆舍。"③张洎《项斯诗集序》:"元和中,张水部为律格诗,尤工于匠物,字清意远,不涉旧体,天下莫能窥其奥,唯朱庆馀一人亲授其旨。沿流而下,则有任翻、陈标、章孝标、滕倪、司空图等咸及门焉。宝历、开成之间,君声价籍甚,特为水部所知赏,故诗格与水部相类。"④知滕倪诗风能承张籍遗绪。

舒元舆　两《唐书》有传,婺州东阳人,元和八年(813)进士,官刑部、兵部侍郎,大和九年(835)与李训同为宰相,因密谋铲除专权的宦官,事泄后为宦官仇士良所害并族诛。舒元舆素有文名,其《牡丹赋》及《悲剡溪古藤文》颇为士林传诵,《杜阳杂编》:"大和九年,诛王涯、郑注后,仇士良专权恣意,上颇恶之,或登临游幸,虽百戏骈罗,未尝为乐……上于内殿前看牡丹,翘足凭栏,忽吟舒元舆《牡丹赋》云:'俯者如愁,仰者如语,含者如咽。'吟罢,方省元舆词,不觉叹息良久,泪下沾臆。"⑤记甘露之变后,文宗尝吟《牡丹赋》,为之泣下。《新唐书·艺文志》著录有《舒元舆集》一卷,已佚。

彭晓　《十国春秋》卷五七:"彭晓,字秀川,永康人也。广政初,授朝散郎,守尚书祠部员外郎,赐紫金鱼袋。善修炼养生之道,别号真一子。常分魏伯阳参同契为九十章而注之,以应火候九转,上卷分四十章,中卷分三十八章,下卷分十二章。余

---

① [清]彭定求:《全唐诗》卷五四九,第6355页。
② [宋]史能之:《咸淳毗陵志》卷二六,《宋元方志丛刊》第3册,第3190页。
③ [唐]范摅撰,唐雯校笺《云溪友议校笺》卷上,第50—51页。
④ [清]陆心源:《唐文拾遗》卷四七,《全唐文》附,第10906页。
⑤ [唐]苏鹗:《杜阳杂编》,《丛书集成初编》本,商务印书馆1935年版,第18页。

鼎器歌一篇,以应真铅得一,且为图八环,谓之明镜图。今有《参同契分章通真义》三卷、《明镜图诀》一卷行世。"①《全唐文》卷八九一彭晓《参同契通真义后序》:"时孟蜀广政十年岁次丁未九月初八日,昌利化飞鹤山真一子彭晓叙。"②所存诗二首,出《周易参同契通真义》卷下。

　　刘昭禹　《全唐诗》小传云:"刘昭禹,字休明,桂阳人(一云婺州人)。在湖南,累为县令,后署天策府学士,终严州刺史。集一卷,今存诗九首。"③《十国春秋》卷七三:"刘昭禹,字休明,桂阳人(一云婺州人)。起家湖南县令,事武穆王父子,历官容管节度推官、天策府学士,终严州刺史。有诗三百篇。为集一卷行世。"④《天中记》卷三七引《郡阁雅谈》:"湖南天策府学士刘昭禹,字休明,婺州人。少师林宽,为诗刻苦,不惮风雪。"《直斋书录解题》卷一九:"《刘昭禹集》一卷。湖南天策府学士桂阳刘昭禹撰。"⑤《全唐诗》存诗九首,《全唐诗补遗》卷八八六补诗六首,其中《括苍山》《忆天台山》《冬日暮国清寺留题》《灵溪观》等皆与浙东有关。刘昭禹的籍贯难以遽定,暂列于此,以俟后考。

　　方龟精　《全唐诗》卷八八〇有小传曰:"元懿,武肃王第五子。贞明中,自新定判东阳。累奏授宾、睦二州刺史、金华郡王。终年六十六。初元懿之为新定,有卜士方氏,时人号为龟精。常数卜以贻元懿。至是果如其言:'太乙接天河,金华宝贝多。郡侯六十六,别处不经过。'"⑥方龟精仅有此卜辞传世。

3. 温州

　　释玄觉　字明道,永嘉人。《宋高僧传》卷八《唐温州龙兴寺玄觉传》:"释玄觉,字明道。俗姓戴氏,汉末祖侃公第五、燕公九代孙讳烈渡江,乃为永嘉人也。……以先天二年十月十七日于龙兴别院端坐入定,怡然不动。僧侣悲号,以其年十一月十三日殡于西山之阳。春秋四十九。……后李北海邕为守括州,遂列觉行录为碑,号神道焉。觉唱道著明,修证悟入,庆州刺史魏靖都缉缀之,号《永嘉集》是也。"⑦《全唐文》卷四〇二魏静有《永嘉集序》云:"大师俗姓戴氏,永嘉人也。少挺生知,学

①　[清]吴任臣:《十国春秋》卷五七,第833页。
②　[清]董诰:《全唐文》卷八九一,第9308页。
③　[清]彭定求:《全唐诗》卷七六二,第8646页。
④　[清]吴任臣:《十国春秋》卷七三,第1015页。
⑤　[宋]陈振孙:《直斋书录解题》卷一九,第581页。
⑥　[清]彭定求:《全唐诗》卷八八〇,第9956页。
⑦　[宋]赞宁撰:《宋高僧传》卷八,第184—185页。

不加思,幼则游心三藏,长则通志大乘……大师在生,凡所宣纪,总有十篇,集为一卷,庶同归郢悟者,得意忘言耳。"①有《永嘉证道歌》一首,全诗共二百四十七句,为长篇杂言形式,阐扬佛学禅理,在唐代及后世广为流传。玄觉初学天台宗学说,与天台宗师左溪玄朗有深交,《五灯会元》卷二言其"精天台止观圆妙法门……著《证道歌》一首,及《禅宗悟修圆旨》,自浅之深。庆州刺史魏靖缉而序之,成十篇,目为《永嘉集》,并行于世"②。玄觉曾往韶州曹溪谒禅宗六祖慧能,顿有所悟,勉留一宿而去,时称"一宿觉和尚"。回温州后声名大噪,居于龙兴寺。《景德传灯录》《宋高僧传》等将玄觉所创建的永嘉禅观列为慧能南宗禅的别支后,对佛教史研究有重要的作用。玄觉卒于先天二年(713),其一生大部分时间都居于温州,研究佛学。

释玄宗 《宋高僧传》:"释玄宗,姓吴氏,永嘉人也。少时出尘,气度宽裕,于本部永定山宝寿院依常静为师。照得戒已还,诸方游学,抵江陵谒朗禅师门,若真金之就冶焉。决了疑贰,复振锡他行。见紫金山悦可自心,留行禅观。……以大历二年嘱别门徒,溘然化矣。春秋八十六,二月入塔,立碑存焉。"③陈尚君《全唐诗补编·续拾》卷一五:"释玄宗(清刻本作元宗),俗姓吴氏,永嘉人。唐开耀二年生。少时出家于本部永定山宝寿院。得戒后诸方游学,谒江陵朗禅师。复至寿州紫金山留行禅观。大历二年卒,年八十六。诗二首(《全唐诗》无玄宗诗,传据《宋高僧传》卷二十)。"④释玄宗有两首诗,其一为《题石门》:"双扉启(《咸淳临安志》作'起')岩石,尘客过应稀。千古掩不得,从教云夜归。"陈尚君按:"此诗最早见收于南宋潜说友《咸淳临安志》卷二十六,谓'世传唐玄宗有诗'云云。明皇平生行迹未及东南,诗显非其所作。"⑤另一首为《题石门洞》:"密竹流泉不居热,洞门深沉风雨歇。洗出清风快活天,醉弄江南谢家月。"从传记来看,玄宗少时受戒后,便诸方游学,其游历寓居浙东经历未见记载,二诗创作年代难详。

薛正明 小传及佚诗见于陈尚君《全唐诗补编·续拾》卷四五:"薛正明,永嘉人。天佑二年进士,官文房院使。后梁主征之,不就。隐居于南雁白云山白云洞。诗一首(《全唐诗》无薛正明诗)。"⑥薛正明诗题《游南雁荡》,诗云:"遐僻山深自晦

---

① [清]董诰:《全唐文》卷四〇二,第4114页。
② [宋]普济著:《五灯会元》卷二,中华书局1984年版,第91页。
③ [宋]赞宁撰:《宋高僧传》卷二〇,第513—514页。
④ 陈尚君辑校:《全唐诗续拾》卷一五,《全唐诗补编》,第875页。
⑤ 陈尚君辑校:《全唐诗续拾》卷一五,《全唐诗补编》,第875页。
⑥ 陈尚君辑校:《全唐诗续拾》卷四五,《全唐诗补编》,第1413—1414页。

明,峨峨千态画难成。半空高挂龙湫瀑,万仞宏开金石城。日射岚光轻锁黛,泉飞竹径细鸣筝。隐山无路停骖问,拂拂清风两腋生。"①

朱著　小传及逸诗见于陈尚君《全唐诗补编·续拾》卷三五:"朱著,永嘉人,朱褒兄。中和元年永嘉朱褒作乱,二年浙东观察使刘汉宏招之,表请褒为州刺史,从之。大顺元年褒兄诞自为刺史,乾宁元年著自为刺史,历七年,至天复元年褒复为刺史,二年褒兄翔自为刺史。兄弟交据温州二十余年。补诗一、句二(《全唐诗》无朱著诗)。"②有《游南雁荡》一首,《延福院》诗一句。

朱褒　《资治通鉴》卷二六三《唐纪》:"(天复二年)五月,庚戌,温州刺史朱褒卒,兄敖自称刺史。"《考异》引《旧五代史》:"朱褒,温州人。兄弟皆为本州岛牙校。刺史胡璠卒,朱诞据郡,褒逼诞而代之。"③《全唐诗》小传云:"朱褒,永嘉人,善属诗文。值寇乱据州,以同姓结援梁太祖。奏授温州刺史,充静海军使。诗一首。"④诗题《悼杨氏妓琴弦》,诗云:"魂归寥廓魄归泉,只住人间十五年。昨日施僧裙带上,断肠犹系琵琶弦。"⑤陶敏先生补正云:"《山堂肆考》卷一一二:'唐温州刺史朱褒《悼亡奴》诗:"魂归冥漠魄归泉……"注云:"唐人亡者遇七日,则以亡者衣物施僧。"事见唐《杨氏丧仪》。'所存即此诗。按宋龚颐正《芥隐笔记》据秦再思《记异录》谓诗为'温州朱使君'悼妓之作,《万首唐人绝句》卷六九、《全唐诗》卷七○○则收韦庄诗,归属难定。"⑥朱褒存诗尚难确定作者,暂录于此,以俟后考。

释永安　《宋高僧传》卷二八《大宋杭州报恩寺永安传》:"释永安,姓翁氏,温州永嘉人也。少岁淳厚,黄中通理。遇同郡汇征大师凤鸣越峤,玉莹蓝田,获落文心,沉潜学奥,以其出乐安孙邰拾遗之门也,而有慕上之心,往拜而乞度。"⑦《景德传灯录》卷二六《杭州报恩永安禅师》:"杭州报恩光教寺第五世住永安禅师,温州永嘉人也,姓翁氏。幼岁依本郡汇征大师出家。后唐天成中,随本师入国,吴越忠懿王命征为僧正。师尤不喜俗务,拟潜往闽川投访禅会,属路岐艰阻,遂回天台山,结茅而止。寻遇韶国师开示,顿悟本心,乃辞出山。征师闻于忠懿王,初命住越州清泰院,次召居上寺,署正觉空慧禅师。"永安禅师乃孙邰门人,有偈语一首,曰:"汝问西来

①　陈尚君辑校:《全唐诗续拾》卷四五,《全唐诗补编》,第1414页。
②　陈尚君辑校:《全唐诗续拾》卷三五,《全唐诗补编》,第1226页。
③　[宋]司马光:《资治通鉴》卷二六三,第8574页。
④　[清]彭定求:《全唐诗》卷七三四,第8388页。
⑤　[清]彭定求:《全唐诗》卷七三四,第8389页。
⑥　陶敏:《全唐诗作者小传补正》卷七三四,第1207页。
⑦　[宋]赞宁撰:《宋高僧传》卷二八,第707页。

意,且过遮边立。昨夜三更时,雨打虚空湿。电影豁然明,不似蚰蜒急。"①可知其与诗人孙郃关系密切,其诗所见仅此偈语。

释道怤 《宋高僧传》卷一三《后唐杭州龙册寺道怤传》:"释道怤,俗姓陈,永嘉人也。卯总之年,性殊常准,而恶鲑血之气。亲党强唉以枯鱼,且虞呕哕。求出家于开元寺。具戒已,游闽入楚,言参问善知识,要决了生死根源。见临川曹山寂公,大有征诘,若昙询之问僧稠也。终顿息疑于雪峰,闽中谓之小怤布纳。时太原同名,年腊之高故。暨回浙,住越州鉴清院。时皮光业者,日休之子,辞学宏赡,探赜禅门,尝深击难焉。退而谓人曰:'怤公之道,崇论闳议,莫臻其极。'武肃王钱氏钦慕,命居天龙寺,私署顺德大师。次文穆王钱氏创龙册寺,请怤居之,吴越禅学自此而兴。"②道怤曾游闽地和楚地,回浙后居越州鉴清院,与皮日休之子往来颇多。其诗,《全唐诗》不存,陈尚君《全唐诗补遗》据《祖堂集》卷十、《景德传灯录》卷十八补其诗九首。

释晓荣 《五灯会元》卷十《龙册晓荣禅师》:"杭州龙册寺晓荣禅师,温州邓氏子。……问:'如何是般若大神珠?'师曰:'般若大神珠,分形万亿躯。尘尘彰妙体,刹刹尽毗卢。'问:'如何是日用事?'师曰:'一念周沙界,日用万般通。湛然常寂灭,常展自家风。'"③晓荣禅师诗《全唐诗》不载,据上述《五灯会元》记载,可补诗二首。

释本先 《景德传灯录》卷二六《温州瑞鹿寺本先禅师》:"温州瑞鹿寺本先禅师,温州永嘉人也,姓郑氏。幼岁于本州集庆院出家,纳戒于天台国清寺,得法于天台韶国师。师初遇国师,国师导以'非风幡动,仁者心动'之语,师即时悟解。……乃述颂三首。一《非风幡动仁者心动颂》曰:'非风幡动唯心动,自古相传直至今。今后水云徒欲晓,祖师真实好知音。'二《见色便见心颂》曰:'若是见色便见心,人来问著方难答。若求道理说多般,孤负平生三事衲。'三《明自己颂》曰:'旷大劫来只如是,如是同天亦同地。同地同天作么形?作么形兮无不是。'"记载了本先颂歌三首,又:"大中祥符元年二月……言讫,奄然开一目,微视而寂。寿六十七,腊四十二。长吏具以事闻,诏本州常加检视。如昼乃奉师尝所著《竹林集》十卷、诗篇歌辞共千余首,诣阙上进。诏藏秘阁,如昼特赐紫衣。"④知其临终时已有诗歌千余首,惜不传。

---

① [宋]道原著:《景德传灯录》卷二六,第1058—1059页。
② [宋]赞宁撰:《宋高僧传》卷一三,第310页。
③ [宋]普济著:《五灯会元》卷一〇,中华书局1984年版,第613页。
④ [宋]道原著:《景德传灯录》卷二六,第1070—1076页。

吴畦　清徐松《登科记考》卷二二"大中十二年进士科":"《唐语林》:'令狐滈、弟澄皆好文,有称科场中。以父为丞相,未得进。滈出访郑侍郎,道遇大尹,投国学避之。遇广文生吴畦,从容久之。畦袖卷呈滈,由是出入滈家。荐畦于郑公,遂先滈一年及第。'按滈于大中十三年及第,则畦及第在此年。惟此知举为李藩,言郑侍郎,误。"[1]陈尚君《〈登科记考〉正补》云:"《唐语林》卷三:'(吴)畦袖卷呈(令狐)滈,由是出入滈家。滈荐畦郑公,遂先滈一年及第。后至郡守。'徐氏系于大中十二年云:'按滈于大中十三年及第,则畦及第在此年。惟此知举为李藩,言郑侍郎,误。'今按:徐《考》实以滈为十四年进士,而此云'十三年及第',疑此书初属稿时收滈在十三年,后复改易,而吴畦则未作相应改动。十三年为兵部侍郎郑颢知举,《语林》所云不误。"吴畦诗,《全唐诗》不存。陈尚君《全唐诗补编·续拾》据《温州府志》补其诗一首[2]。

4. 衢州

徐安贞　《旧唐书·徐安贞传》:"徐安贞者,信安龙丘人。尤善五言诗。尝应制举,一岁三擢甲科,人士称之。开元中为中书舍人、集贤院学士。上每属文及作手诏,多命安贞视草,甚承恩顾。累迁中书侍郎。天宝初卒。"[3]岑仲勉《元和姓纂四校记》云:"《旧书》一九○中有传。信安龙丘人,官至中书侍郎。《集古录目·玄觉律师碑》,工部侍郎徐安贞撰,开元十五年立。又《金石录校证》八《徐偃王庙碑》,亦安贞撰,大历八年立,则改立或追立也。《萃编》八三开元二十八年《田琬德政碑》,安贞撰文。安贞亦见《曲江集》附卷。"[4]《金石录校证》:"第一千四百八十六《唐徐偃王庙碑》,徐安贞撰,张宙正书,大历八年十月。"[5]徐安贞诗,《全唐诗》存十一首。方建新等《浙江文献要目》载:"《徐侍郎集》二卷、附录一卷,唐龙丘徐安贞撰。明万历间刻本。"[6]徐安贞是唐代衢州最著名的诗人之一,唐人芮挺章《国秀集》卷上载其诗六首,说明其在当朝即颇有影响。

黄郁　衢州人,进士及第。《唐摭言》卷九《恶得及第》条:"黄郁,三衢人,早游

---

① 〔清〕徐松:《登科记考》卷二二,第 833 页。

② 陈尚君辑校:《全唐诗续拾》卷三六,《全唐诗补编》,第 1238—1239 页。

③ 〔后晋〕刘昫:《旧唐书》卷一九○,第 5036 页。

④ 〔唐〕林宝撰,岑仲勉校记:《元和姓纂(附四校记)》卷二,第 209 页。

⑤ 〔宋〕赵明诚撰,金文明校证:《金石录校证》卷八,第 159 页。

⑥ 方建新:《浙江文献要目》,浙江古籍出版社 2016 年版,第 124 页。

田令孜门,擢进士第,历正郎金紫。"①清徐松《登科记考》卷二三考订为广明二年,即中和元年(881)及第②。黄郁诗今不传。

释大义 释大义为南宗禅江西马祖道一之法嗣,在信州上饶县鹅湖山创仁寿院,时称鹅湖和尚,元和十三年(818)卒。其行状事迹亦多所记载,见于《观堂集》卷十五、《景德传灯录》卷七等。韦处厚《兴福寺内道场供奉大德大义禅师碑铭》叙之最详,其中对于他的籍贯记载:"大师东海徐氏,衢州须江人也。"③大义诗歌,《全唐诗》不载,陈尚君先生《全唐诗续拾》卷二三收其《坐禅铭》一首,原注出自《缁门警训》卷二④。

江景防 《十国春秋》卷八七:"江景防字汉臣,常山人。事忠懿王,官侍御史。……景防子孙后相继擢正科者四十人,贵显不绝。"⑤《全唐诗》未收江景防诗,陈尚君《全唐诗补编·续拾》卷四六补其诗一首,题曰《保安寺》,诗云:"扰扰尘埃白日忙,偶然来谒赞公房。行登峻岭跻攀倦,坐俯清泉笑傲凉。林静鸟声酬客语,风来花气逐人香。此时已觉凡尘断,分得高僧兴味长。"⑥注其来源《宋诗纪事补遗》卷二引《开化县志》。

5.台州

项斯 字子迁,台州人。《唐文拾遗》卷四七张泊《项斯诗集序》:"项斯字子迁,江东人也。会昌四年左仆射王起下进士及第。"⑦《嘉定赤城志》卷三二《人物门》一《历代》:"项斯,郡人,字子迁。按:张为《唐诗主客图》有'清奇雅正升堂项斯'之语。擢进士第,官至丹徒尉。《张泊集序》作江东人。"⑧宋钱易《南部新书》卷甲:"项斯始未为闻人,因以卷谒江西杨敬之。杨甚爱之,赠诗云:'几度见诗诗尽好,及观标格过于诗。平生不解藏人善,到处逢人说项斯。'未几诗达长安,斯明年登上第。"⑨《太平广记》卷二〇二引《尚书故实》云:"杨敬之爱才公正。尝知江表之士项斯,赠诗曰:'处处见诗诗总好,及观标格过于诗。平生不解藏人善,到处相逢说项斯。'因

① [五代]王定保:《唐摭言》卷九,第100页。
② [清]徐松:《登科记考》卷二三,第879页。
③ [清]董诰:《全唐文》卷七一五,第7352页。
④ 陈尚君辑校:《全唐诗续拾》卷二三,《全唐诗补编》,第993—994页。
⑤ [清]吴任臣撰,徐敏霞、周莹点校:《十国春秋》卷八七,第1265页。
⑥ 陈尚君:《全唐诗续拾》卷四六,《全唐诗补编》,第1441页。
⑦ [清]陆心源:《唐文拾遗》卷四七,《全唐文》附,第10906页。
⑧ [宋]陈耆卿:《嘉定赤城志》卷三二,《宋元浙江方志集成》第11册,第5429页。
⑨ [宋]钱易撰,尚成校点:《南部新书》卷甲,上海古籍出版社2012年版,第2页。

此遂登高科也。"①因为杨敬之的揄扬,项斯于会昌四年(844)及进士第。"逢人说项"也成为人所共知的成语典故。胡应麟《诗薮》外编卷三:"唐诗人千数,而吾越不能百人。"②此后于台州下列项斯以赞其诗才。

罗虬 《全唐诗》小传曰:"罗虬,台州人。词藻富赡,与隐、邺齐名,世号'三罗'。累举不第。为鄜州从事。《比红儿诗》百首,编为一卷。"③陶敏《全唐诗作者小传补正》:"罗虬(? —880),台州人。《北梦琐言》卷一三:'罗虬累举不第,务于躁进,因罢举依于宦官,典台州,昼锦也。'典台州谓为台州刺史,非谓虬为台州人。《唐语林》卷三:'刘允章……掌贡举,尤恶朋党。初,进士有"十哲"之号,皆通连中官。郭缊、罗虬,皆其徒也。……比考帖,虬居其间。允章诵其诗有"帘外桃花晒熟红",不知"熟红"何用。虬已具在去留中,对曰:"《诗》云:'关关雎鸠,在河之洲,窈窕淑女,君子好逑。'侍郎得不思之?"顷之唱落,众莫不失色。及出榜,惑于浮说,予夺不能塞时望,允章自鄂渚分司东都。'刘允章知咸通九年贡举,见《登科记考》卷二三。《唐摭言》卷一〇:'罗虬词藻富赡,与宗人隐、邺齐名,咸通、干符中,时号"三罗"。'④关于罗虬的籍贯,学术界争议较大。明胡应麟以为罗隐、罗邺、罗虬均为杭州人,见《诗薮》外编卷三唐上,然《全唐诗·罗虬小传》则称其为台州人,今人谢先模《罗隐籍贯考辨》主台州说。陈尚君《唐诗人占籍考》亦将罗虬置于台州。

释清观 《宋高僧传》卷二十《唐天台山国清寺清观传》:"释清观,字明中,临海人也,姓屈氏。初诞弥,手足指间有幕蹼属相着焉,佛经所谓纲漫相也。迨为童孺,神俊挺然,乃有出尘之志。遂诣国清寺,投元璋律师执侍瓶钵,……少览百家,弥通三教。仍善属文,长于诗笔。……大中初,天下寺刹中兴,观入京请大钟归寺鸣击,并重悬敕额,则集贤院学士柳公权书题也。柳复有诗序,送其东归。"⑤知清观俗姓屈,善属诗文,曾入京请大钟,与柳公权有交往。《全唐诗》收其《赠圆珍和尚》诗一句⑥。

释重机 事迹见于《五灯会元》卷八《天龙重机禅师》:"杭州天龙寺重机明真禅师,台州人也。得法玄沙,复回浙中。钱武肃王请出世开法。"其中记载其颂歌一

---

① [宋]李昉:《太平广记》卷二〇二,第 1523 页。
② [明]胡应麟:《诗薮》外编卷三,中华书局 1962 年版,第 176 页。
③ 卷六六六,第 7625 页。
④ 陶敏著:《全唐诗作者小传补正》卷六六六,第 1078 页。
⑤ [宋]赞宁撰,范祥雍点校:《宋高僧传》卷二〇,第 526—527 页。
⑥ [清]彭定求:《全唐诗逸》卷中,中华书局 1960 年版,第 10192 页。

首:"盲聋喑哑是仙陀,满眼时人不奈何。只向目前须体妙,身心万象与森罗。"①

释怀玉 《宋高僧传》卷二四《唐台州涌泉寺怀玉传》:"释怀玉,姓高,丹丘人也。"丹丘为天台之别称。怀玉诗,《全唐诗》不存,传记中记其偈语一首:"清净皎洁无尘垢,莲花化生为父母。我修道来经十劫,出示阎浮厌众苦。一生苦行超十劫,永离娑婆归净土。"②

蒋琰 陈尚君《全唐诗补编·续拾》卷三二:"琰,字公器,高池人,一作仙居人。乾符间明经,累官谏垣。诗二首。"《全唐诗》未录蒋琰诗,陈尚君据《光绪仙居志》卷二三补《隐居即事》一首:"半榻和云卧碧山,飘飘似鹤一身闲。十年不作红尘梦,卓午呼童早闭关。"又据清戚鹤泉编《三台诗录》卷一与清王魏胜《安州诗录》卷一补《日泊》:"谁惜光阴似惜金,十年湖海已投簪。于今雨屋(《安州诗录》作"屋雨")青灯夜,消尽风尘未了心。"③

张文伏 陈尚君《全唐诗补编·续拾》卷四二:"(张)文伏,字德昭,仙居人。天成元年进士,授淮东安抚司,移刺太原,称循吏,晋大中大夫锡二品服。未几归隐盂川。周显德及宋初屡诏皆不起,年八十余卒。"补《束范丞相质》诗一首④。

林元籍 生平不详,事迹仅见于《全浙诗话》卷五:"(林)元籍,台郡人。《三台诗话》:郑司户虔初至台,见风俗朴野,选民间子弟教之。一日,与弟子林元籍辈郊行,举一对曰:'石压笋斜出。'元籍应声云:'谷阴花后开。'司户大惊,异曰:'何教化神速如是!'"⑤盖其与郑虔同时,曾从郑虔学诗。

6. 明州

孙郃 四明人,进士及第。《登科记考》卷二四"乾宁四年进士科":"孙郃,《读书志》:'孙郃字希韩,四明人。乾宁四年进士。'《唐诗纪事》:'郃与方干友善,好荀、杨、孟子之书,学退之为文,为校书郎。'"⑥《新唐书·艺文志四》:"《孙子文纂》四十卷。又《孙氏小集》三卷。孙郃,字希韩,乾宁进士第。"⑦《全唐诗》卷六九四《孙郃小传》:"孙郃,字希韩,四明人。乾宁中登进士第,官校书郎、河南府文学。文集四

---

① [宋]普济著,苏渊雷点校:《五灯会元》卷八,中华书局1984年版,第450页。
② [宋]赞宁撰,范祥雍点校:《宋高僧传》卷二四,第619页。
③ 陈尚君辑校:《全唐诗续拾》卷三二,《全唐诗补编》第1166页。
④ 陈尚君辑校:《全唐诗续拾》卷四二,《全唐诗补编》,第1349页。
⑤ [清]陶元藻编,俞志慧点校:《全浙诗话》卷五,中华书局2013年版,第153页。
⑥ [清]徐松:《登科记考》卷二四,第915页。
⑦ [宋]欧阳修、宋祁:《新唐书》卷六〇,第1609页。

十卷,小集三卷。今存诗三首。"①《嘉定赤城志》卷三二《人物门》一《历代》:"孙郃,按:方干诗前后序皆云:乐安人。字希韩,登乾宁进士第。"②《延祐四明志》卷四:"孙郃,奉化人。博学高才,唐末为左拾遗,朱温篡唐,著《春秋无贤臣论》《卜世论》,即脱冠裳,服布衣以隐。著书纪年悉用甲子,以示不臣之义。"③《宋高僧传》卷三〇《梁四明山无作传》:"吴越武肃王钱氏仰重召,略出四明,因便归山,盖谢病也。……时奉化乐安孙郃,退居啸傲,不交缁伍,唯接作,交谈终日。……以梁开平中卒于四明,春秋五十六。"④孙郃有关浙东之作,有《送无作上人游云门法华寺序》:"越中山水,名于天下。山寺云门法华又名焉。尝忆北海游越,越帅日率从事乐妓酒馔访北海。北海不乐,因曰:'某久住此,盖为云门、法华二寺,今日携酒乐,大似方便发遣。'越帅乃已(此出孙相公谱书。谱书是颜鲁公作)。又见朱访诗曰:'长忆云门寺,门前千万峰。'郃尝居越中,每吟此诗,未游二寺,尝以为过。上人名僧也,又游名寺,前欲游天台,今游云门、法华二寺。乃知灵鹊不之蓬岛,则在青田,有异凡禽游不择地。别上人快快,因为序送之。"⑤《全唐文》误作者为"孙郃"。又有《哭方玄英先生》诗:"牛斗文星落,知是先生死。湖上闻哭声,门前见弹指。官无一寸禄,名传千万里。死着弊衣裳,生谁顾朱紫?我心痛其语,泪落不能已。犹喜韦补阙,扬名荐天子。"⑥方玄英即方干,睦州青溪人,长期隐居于越州。

邢允中　陈尚君《全唐诗补编·续拾》卷二十二"邢允中":"邢允中,明州奉化人。元和中官左班殿直监盐酒商税务。"其诗《全唐诗》不存,《补编》补《洗钵潭》《驻锡峰》诗二首。⑦

释宗亮　《宋高僧传》卷二七《唐明州国宁寺宗亮传》:"释宗亮,姓冯氏,奉化人也。家傍山而居,后称月僧焉。……建州太守李频为寺碑云:'于清心行不污者,得二十八人,以补其员,广住持也。律僧宗亮、禅僧全佑而已。'国宁经藏,载加缮写,躬求正本,选纸墨,鸠聚傜施,建造三门藏院诸功德廊宇,皆亮之力焉。晚年专事禅寂,不出寺门。处士方干赠诗云:'秋水一泓常见底,洞松千尺不生枝。空门学佛知多少,剃尽心花只有师。'终于本寺,春秋八十。亮恒与沙门贯霜、栖梧、不吟数

①　[清]彭定求:《全唐诗》卷六九四,中华书局1960年版,第7989页。
②　[宋]陈耆卿:《嘉定赤城志》卷三二,《宋元浙江方志集成》第11册,第5429页。
③　[元]马泽,袁桷:《延祐四明志》卷四,《宋元浙江方志集成》第9册,第4028页。
④　[宋]赞宁撰,范祥雍点校:《宋高僧传》卷三〇,第747页。
⑤　[清]董诰:《全唐文》卷八二〇,第8634—8635页。
⑥　[清]彭定求:《全唐诗》卷六九四,第7989页。
⑦　陈尚君:《全唐诗续拾》卷二三,《全唐诗补编》,第1000页。

十人,皆秉执清奇,好迭为文会,结林下之交。撰《岳林寺碑》《诗集》三百许首,赞颂并行于代。而于福敬二田,锐心弥厚焉。亮为江东生罗隐追慕,乐安孙郃最加肯重,著《四明郡才名志序》,诸儒骏士外,独云:'释宗亮多为玄士先达仿仰焉。'"①知其有岳林寺碑、诗三百余首,赞颂并行于代,惜不存。与诗人李频、方干、罗隐、孙郃皆有交往。

释契此 《宋高僧传》卷二一《唐明州奉化县契此传》:"释契此者,不详氏族,或云四明人也。形裁腲脮,蹙頞皤腹,言语无恒,寝卧随处。常以杖荷布囊入廛肆,见物则乞,至于醢酱鱼菹,才接入口,分少许入囊,号为长汀子布袋师也。曾于雪中卧,而身上无雪,人以此奇之。有偈云:'弥勒真弥勒,时人皆不识'等句。……以天复中终于奉川,乡邑共埋之。后有他州见此公,亦荷布袋行。江浙之间多图画其像焉。"②其诗作未见于《全唐诗》,传中偈语可作补遗。

胡幽贞 《全唐诗》卷七六八:"胡幽贞。四明人。自号无生居士。"③有诗二首,分别为《题西施浣纱石》《归四明》。

吴商浩 陶敏《全唐诗作者小传补正》卷七七四:"吴商浩事迹无考,存诗九首,除《湘云》外,均出《才调集》卷九。清胡文学辑《甬上耆旧诗》卷一录吴商浩诗七首,云:'《塞上篇》末云:"分明更想残宵梦,故国依然在甬东。"然则商浩定为甬上人也。'甬东,谓今浙江鄞县。"④

7. 处州(括州)

叶法善 《旧唐书》卷一九一:"道士叶法善,括州括苍县人。自曾祖三代为道士,皆有摄养占卜之术。法善少传符箓,尤能厌劾鬼神。显庆中,高宗闻其名,征诣京师,将加爵位,固辞不受。求为道士,因留在内道场,供待甚厚。……法善自高宗、则天、中宗历五十年,常往来名山,数召入禁中,尽礼问道。然排挤佛法,议者或讥其向背。以其术高,终莫之测。睿宗即位,称法善有冥助之力,先天二年,拜鸿胪卿,封越国公,仍依旧为道士,止于京师之景龙观,又赠其父为歙州刺史。当时尊宠,莫与为比。"⑤《两浙金石志》卷二《唐宣阳观钟铭》:"维唐大历十二年岁次丁巳正月甲寅朔廿五戊寅,宣阳观奉为国王圣化普及,道俗存亡,敬造洪钟一口,用铜一

---

① [宋]赞宁撰,范祥雍点校:《宋高僧传》卷二七,第686页。
② [宋]赞宁撰,范祥雍点校:《宋高僧传》卷二一,第553页。
③ [清]彭定求:《全唐诗》卷七六八,第8721页。
④ 陶敏:《全唐诗作者小传补正》卷七七四,第1345页。
⑤ [后晋]刘昫:《旧唐书》卷一九一,第5107—5108页。

千五百斤。□奏敕置观。金紫光禄大夫、鸿胪卿、越国公道士叶法善,刺史贾□,县令李冲,市承郑保进。"①宣阳观在唐括州境内。《全唐诗》卷八六〇有其诗三首。

　　杜光庭　唐末五代著名宫廷道士,生平事迹多见于杂传、野史,故所存争议较多。关于其籍贯,史籍记载不一。宋人《宣和书谱》、明人陶宗仪《书史会要》均载其为括苍人;五代孙光宪《北梦琐言》、宋人陶岳《五代史补》载其为长安人;张唐英《蜀梼杌》称其为京兆杜陵人寓居处州;宋人陈耆卿《赤城志》持两种说法:或曰天台人,或曰括苍人;《十国春秋》及《全唐文》小传也持两种说法,或曰缙云人,或曰长安人。归纳起来,关于杜光庭的籍贯共有四种记载,分别为括苍、缙云、长安、天台。正因为自宋以来各种史籍众说纷纭,清代所修《浙江通志》及《陕西通志》也都各有所本,分别称其为括苍人和长安人。从杜光庭留存的作品来看,《题鸿都观》诗云:"亡吴霸越已功全,深隐云林始学仙。鸾鹤自飘三蜀驾,波涛犹忆五湖船。双溪夜月明寒玉,众岭秋空敛翠烟。也有扁舟归去兴,故乡东望思悠然。"②罗争鸣指出,诗中"双溪"即缙云的双溪,杜光庭所撰《道教灵验记》《录异记》《神仙感遇传》等所记之事多发生在处州、越州一带,可见其曾生活于处州,然认定杜光庭籍贯为处州缙云,因其父祖辈难以稽考,故仍需存疑③,所论有一定道理。从杜诗"故乡东望思悠然",可知杜光庭将处州视作其故土,故暂将其收录于处州本土诗人中。

　　释德韶　《宋高僧传》卷一三有《大宋天台山德韶传》:"释德韶者,姓陈氏,缙云人也。幼出家于本郡,登戒后,同光中寻访名山,参见知识,屈指不胜其数。初发心于投子山和尚,后见临川法眼禅师,重了心要,遂承嗣焉。始入天台山,建寺院道场。无几,韶大兴玄沙法道,归依者众。"德韶在后唐清泰三年(936)来到天台通玄峰,对通玄峰一见钟情,当时就有偈示众:"通玄峰顶,不是人间,心外无法,满目青山。"后在通玄峰建了他在天台的第一个道场——通玄寺,事见《景德传灯录》卷二五。

　　从上述浙东本土诗人占籍情况来看,本土诗人分布有几个特征:

　　一是在诗人数量上,以当时的政治核心越州最多,婺州次之,温州再次,其余四州都在10人以下。越州诗人占绝对优势与其当时的政治地位、经济和教育发展情况息息相关。从时段上来看,相比初盛唐而言,中晚唐的本土诗人数量有所增加,

① ［清］阮元:《两浙金石志》卷二,第31页。
② ［清］彭定求:《全唐诗》卷八五四,第9663页。
③ 罗争鸣:《唐五代道教小说研究》,复旦大学2003年博士学位论文。

表现出文学和学术发展上升之态势,或为宋代以后浙东学派的兴起与发展奠定了基础。

二是从诗人的身份来看,本土诗人中有不少为诗僧和道士诗人。可引发我们对地域与僧诗、道诗通俗化与地域之间关系的思考。越州本土诗人最多 37 人,但诗僧与道士诗人共 6 人,所占比例 15％左右;而温州 10 人当中有 6 位,占了 60％强;邻近温州的处州本土诗人皆为僧道;其余婺州 11％,衢州 25％,台州 37.5％,明州 33％。从这一数据来看,相对落后地区诗僧数量高于相对发达地区,与上述统计相对应的是,僧人多数出生在贫穷地区,除了落发寺院研习佛经之外,他们大多数并没有条件接受良好的教育。绝大多数僧人都出身寒素,或自小就入寺庙,连出生地都不详,也正是因为这样的阶层,入释门的人大多文化水平低下,仅小部分人修养较高,如与当时文士交往密切的灵澈、皎然等,故《中兴间气集》有云:"自齐梁以来,道人工文者多矣,罕有入其流者。"①而从这些僧人存世的作品来看,受限于文化修养水平,他们的创作多是靠自己的经验和冥思,用韵语记录下对佛教思想的阐释和理解,发表诗作也是缘于宣扬佛教,故通俗易懂,如玄觉《永嘉正道歌》云:"穷释子、口称贫,实是身贫道不贫。贫则身常披缕褐,道则心藏无价珍……几回生,几回死,生死悠悠无定止。自从顿悟了无生,于诸荣辱何忧喜。"②温州与邻近的处州,诗僧数量的优势与玄觉《永嘉正道歌》的广泛流布想必也有一定的关联。

三是从人物关系来看,呈现出一定的家族特征。如越州会稽县的罗珦、罗让,东阳县冯宿、冯宿的侄子冯衮、宗人冯涓,滕珂、滕迈父子及滕迈的宗人滕倪,金华县张志和、张松龄兄弟,温州永嘉县的朱著、朱褒兄弟等,这些都是家族文学的代表。《蔡宽夫诗话》云:"从古诗人罕有祖孙父子三世著称者,吾浙章八元作《慈恩寺》诗,子孝标有《归燕诗》,孙碣复有《焚书坑诗》,虽后人不无所议,而当其脱稿时,靡不脍炙人口,竞相播传,可谓极一时之盛矣。他若父子能诗,则顾况顾非熊是也;族中兄弟能诗,则罗邺、罗虬、罗隐是也;妇翁女增能诗,则施肩吾、何希尧,章八元、方干是也,亦浙中一时佳话。"家族中的成员是文化传承的重要载体,家族文学往往是在经年累月的文化积淀中形成的。自唐代安史之乱后,诗坛逐渐萧条,家族诗人群体此时对诗坛的支撑显得尤为重要。时人对家族诗人群体相当重视,对父子皆及第的家族评价很高,这也直接刺激了家族文学群体的发展。东阳县的滕珦、滕迈

---

① ［唐］高仲武:《中兴间气集》卷下,中华书局 2014 年版,第 516 页。
② ［宋］道原:《景德传灯录》卷三〇,第 1218 页。

父子及滕迈的宗人滕倪,都有诗歌传世,清王崇炳《金华征献略》卷十载:"滕珦……子亦侍御史。白乐天赠诗云:'身着锦衣儿戏彩,东阳门外数滕家。'其为时所荣如此。"可见,当时人们对家族文学的推崇。浙东地区家族诗人的兴起源自安史之乱以后,大批的北方士人南迁,其中不乏一些拥有雄厚文学背景的士族家庭,他们的到来刺激了南方私学的发展。私学有群体化的私塾与家学等多种形式,家学的发达使浙东家族诗人的数量有所增多。在中晚唐诗坛不济的情况下,浙东地区家族诗人的产生无疑为唐代后期文学注入了新的力量,是盛唐之后形成的一种新的文学现象。

二、隐逸诗人及其寓居活动

隐逸起源于上古尧舜时期,历经春秋末期、战国、魏晋南北朝、唐五代、宋元,形成了前后相继的四个高峰期,至明清时期逐渐式微。先秦隐士群体中,除老子、庄子等哲学家外,多数并非文学家,文学作品鲜有流传。汉代隐士多为学者,文学成就亦不甚突出。直至魏晋南北朝,文人和隐士的境界逐渐趋同,隐居山水与文学创作开始相伴滋长。《晋书·谢安传》载:"初辟司徒府,除佐著作郎,并以疾辞。寓居会稽,与王羲之及高阳许询、桑门支遁游处,出则渔弋山水,入则言咏属文,无处世意",即反映了隐士与文人、隐逸与文学的紧密结合。与此相联系,隐逸地域重心也从中原黄河流域向南方长江流域辐射,田余庆《东晋门阀政治》即指出东晋成、康以后,王、谢、郗、蔡等侨姓士族争相到会稽抢置田业,经营山居,卸官后亦遁迹于此,待时而出。[1] 以王、谢为代表的侨姓高门隐居此地,同时也吸引了大量名士聚居,日常游胜吟咏,使魏晋遗风、六朝精神融入浙东的清奇山水,也是后人隐逸于此的重要背景。有唐一代,诗人隐逸浙东,相互寄赠、寻访、送别、集会,在寻常生活中留下了大量诗歌,是浙东唐诗之路诗歌的重要组成部分,现举其要者述之。

(一)方干

方干曾隐于镜湖,《唐才子传》卷七有传云:"干,字雄飞,桐庐人。幼有清才,散拙无营务。大中中举进士不第,隐居镜湖中。湖北有茅斋,湖西有松岛,每风清月明,携稚子邻叟,轻棹往返,甚惬素心。所住水木幽阒,一草一花,俱能留客。家贫,蓄古琴,行吟醉卧以自娱。徐凝初有诗名,一见干器之,遂相师友,因授格律。干有

---

① 田余庆:《东晋门阀政治》,北京大学出版社 2005 年版,第 64 页。

赠凝诗云：'把得新诗草里论。'时谓反语为村里老，疑干讥诮，非也。干貌陋兔缺，性喜凌侮。王大夫廉问浙东，礼邀干至，误三拜，人号为'方三拜'。王公嘉其操，将荐于朝，托吴融草表，行有日，王公以疾逝去，事不果成。干早岁偕计，往来两京，公卿好事者争延纳，名竟不入手，遂归，无复荣辱之念。浙间凡有园林名胜，辄造主人，留题几遍。初李频学干为诗，频及第，诗僧清越贺云'弟子已折桂，先生犹灌园'。咸通末卒，门人相与论德谋迹，谥曰玄英先生。乐安孙郃等缀其遗诗三百七十余篇为十卷。"①方干归隐镜湖时间，吴在庆《增补唐五代文史丛考》考订最迟不过会昌三年(843)："方干于唐武宗会昌(841—846)间已隐居于镜湖了。考方干有《寄普州贾司仓岛》诗：'乱山重复迭，何路访先生。岂料多才者，空垂不世名。闲曹犹得醉，薄俸亦胜耕。莫问吟诗石，年年芳草平。'据此诗诗题及诗所叙，诗乃作于贾岛为普州司仓时，故《唐诗纪事》卷四〇《贾岛》载岛'自长江迁普州司仓，方干自镜湖寄诗曰：乱山重复迭……'那么贾岛何时任普州司仓？考苏绛《贾司仓墓志铭》记：'解褐，责授遂州长江县主簿。三年在任，卷不释手。秩满，迁普州司仓参军。……会昌癸亥岁七月二十八日终于郡官舍。'(《全唐文》卷七六三)据李嘉言《贾岛年谱》，贾岛任普州司仓参军在开成五年(840)九月至会昌三年(843)七月卒时，则方干寄诗贾岛当在此时间内。《唐诗纪事》谓'方干自镜湖寄诗'，则可知方干最迟在会昌三年已隐居于镜湖矣。"②《唐五代文学编年史·晚唐卷》会昌三年(843)："七月，贾岛本年六十五岁，在普州司仓参军任。此时前，方干曾自镜湖寄诗相慰。二十八日卒。后李频、无可、曹松、李克恭等人有诗哭吊，苏绛为撰墓志铭。晚唐贯休诸诗人或读其诗集，或过其墓，皆致哀吊湖仰之情。有《长江集》十卷。《新唐书·贾岛传》：'会昌初，以普州司仓参军迁司户，未受命卒，年六十五。'其任普州司仓时，方干有《寄普州贾司仓岛》(《全唐诗》卷六四九)，中云：'岂料多才者，空垂不世名。……莫问吟诗石，年年芳草平。'《唐诗纪事》卷四十贾岛条：'自长江迁普州司仓，方干自镜湖寄诗曰……'方干之寄诗最迟当在本年。……岛卒后，诸文士多有哭吊之作，李频《哭贾岛》(《全唐诗》卷五八九)：'恨声流蜀魄，冤气入湘云。无限风骚句，时来日夜闻。'……贯休有《读刘得仁贾岛集二首》(《全唐诗》卷八二九)，又《读贾区贾岛集》(《全唐诗》卷八三三)：'区终不下岛，岛亦不多区。冷格俱无敌，贫

① 傅璇琮：《唐才子传校笺》卷七，第371—378页。
② 吴在庆：《增补唐五代文史丛考》，第161—162页。

根亦似愚。'"①亦谓方干在会昌三年(843)之前已隐居镜湖。

方干隐居镜湖时,游历颇多。如往游婺州,有《东阳道中作》:"百花香气傍行人,花底垂鞭日易醺。野父不知寒食节,穿林转壑自烧云。"②离开东阳又有《出东阳道中作》诗:"马首寒山黛色浓,一重重尽一重重。醉醒已在他人界,犹忆东阳昨夜钟。"③在东阳则有《涵碧亭》诗:"高低竹杂松,积翠复留风。路极阴溪里,寒生暑气中。闲云低覆草,片水静涵空。方见洋源牧,心倅造化功。"④其在婺时间,据《唐五代文学编年史·晚唐卷》在大中九年(855):"按方干本年寒食节已在婺州东阳游览,此诗乃秋日离东阳之作。此后又南游毗邻之处州,有诗寄献段成式。"⑤盖其在离开婺州后,又有处州之游。

漫游之余,方干与往来浙东的诗人、官员交往频繁,留下了诸多酬赠之作。贯休曾访方干镜湖居所,有《春晚访镜湖方干》诗:"幽居湖北滨,相访值残春。路远诸峰雨,时多撅鳖人。蒸花初酿酒,渔艇劣容身。莫讶频来此,伊余亦隐沦。"⑥据胡大浚《贯休歌诗系年笺注》:"诗人咸通七年(866)春游越,时方干隐于会稽(今绍兴)镜湖,贯休数造访之,并为诗以赠。"⑦崔道融有《镜湖雪霁贻方干》诗:"天外晓岚和雪望,月中归棹带冰行。相逢半醉吟诗苦,应抵寒猿袅树声。"⑧亦是游镜湖后赠方干之作。此外,方干有《寄台州孙从事百篇》《送孙百篇游天台》《赠孙百篇》《越中逢孙百篇》诸诗。宋龚明之《中吴纪闻》卷一"孙百篇"云:"吴士孙发,尝举百篇科,故皮日休赠以诗云:'百篇宫体喧金屋,一日官衔下玉除。'陆龟蒙亦有云:'直应天授与诗情,百咏惟消一日成。'其见推于当时如此。"⑨可知方干在浙东往来密切的诗友有孙发。从方干现存诗歌来看,其与浙东地方长官酬赠颇多,可考者有五:

一是处州刺史段成式。段氏出任处州之事见于《好道庙记》:"缙云郡之东南十

① 吴在庆、傅璇琮:《唐五代文学编年史·晚唐卷》,第 225—226 页。
② [清]彭定求:《全唐诗》卷六五三,第 7504 页。按,于兴宗亦有《东阳涵碧亭》,陶敏等《刘禹锡全集编年校注》卷八《答东阳于令涵碧图诗》注云:"《全唐诗》卷五六四于兴宗《东阳涵碧亭》:'高低竹杂松,积翠复留风。路剧阴溪里,寒生暑气中。按此诗实为方干《涵碧亭》诗,见《玄英集》卷一、《全唐诗》卷六四八。诗为五律,题下原注:'洋州于中丞宰东阳日置。'其末二联云:'闲云低覆草,片水静涵空。方见洋源牧,心倅造化功。'"
③ [清]彭定求:《全唐诗》卷六五三,第 7500 页。
④ [清]彭定求:《全唐诗》卷六四八,第 7444—7445 页。
⑤ 吴在庆、傅璇琮:《唐五代文学编年史·晚唐卷》,第 388 页。
⑥ [清]彭定求:《全唐诗》卷八三四,第 9407 页。
⑦ [唐]贯休著,胡大浚笺注:《贯休歌诗系年笺注》卷一八,第 840 页。
⑧ [清]彭定求:《全唐诗》卷七一四,第 8209 页。
⑨ [宋]龚明之:《中吴纪闻》卷一,上海古籍出版社 1986 年版,第 12 页。

五里,抵古祠曰'好道'。……予大中九年到郡,越月方谒。至十年夏旱,悬祭沈祀。"①方干有《赠处州段郎中》诗云:"幸见仙才领郡初,郡城孤峭似仙居。杉萝色里游亭榭,瀑布声中阅簿书。德重自将天子合,情高元与世人疏。寒潭是处清连底,宾席何心望食鱼。"②诗题中的段郎中即段成式,诗当作于大中九年(855)稍后。

二是越州刺史杨严。《会稽掇英总集》卷一八《唐太守题名记》:"杨严,咸通五年九月,自前中书舍人授。六年二月二十四日,追赴阙。"③《嘉泰会稽志》卷二《太守》同④。《旧唐书·杨严传》:"兄收作相,封章请外职,拜越州刺史、御史中丞、浙东团练观察使。收罢相贬官,严坐贬邵州刺史。"⑤方干有《上越州杨严中丞》诗云:"连枝棣萼世无双,未秉鸿钧拥大邦。折桂早闻推独步,分忧暂辍过重江。晴寻凤沼云中树,思绕稽山枕上窗。试把十年辛苦志,问津求拜碧油幢。"⑥为杨严观察浙东时方干投赠之作。

三是浙东观察使王沨。方干《越中言事二首》诗,题注:"咸通八年琅琊公到任后作。"诗云:"异术闲和合圣明,湖光浩气共澄清。郭中云吐啼猿寺,山上花藏调角城。香起荷湾停棹饮,丝垂柳陌约鞭行。游人今日又明日,不觉镜中新发生。""云霞水木共苍苍,元化分功秀一方。百里湖波轻撼月,五更军角慢吹霜。沙边贾客喧鱼市,岛上潜夫醉笋庄。终岁逍遥仁术内,无名甘老买臣乡。"⑦诗题注中的"琅琊公"即王沨,《会稽掇英总集》卷一八《唐太守题名记》:"王沨,咸通八年,自前尚书户部侍郎授。"⑧《嘉泰会稽志》卷二《太守》同⑨。诗的末句"无名甘老买臣乡",买臣即朱买臣,会稽人。诗人以此表明自己隐居越州以至终老的意愿。又《送王侍郎浙东入朝》诗云:"自将苦节酬清秩,肯要庞眉一个钱。恩爱已苏句践国,程途却上大罗天。鱼池菊岛还公署,沙鹤松栽入画船。密奏无非经济术,从容几刻在炉烟。"⑩吴在庆《增补唐五代文史丛考》有"方干之生平与诗歌系年"云:"唐懿宗咸通九年(868),六十岁。有《送王侍郎浙东入朝》诗……王侍郎即王沨,咸通八年二月始任

---

① [清]董诰:《全唐文》卷七八七,第8235—8236页。
② [清]彭定求:《全唐诗》卷六五〇,第7468—7469页。
③ [宋]孔延之:《会稽掇英总集》卷一八,《宋元浙江方志集成》第14册,第6556页。
④ [宋]施宿:《嘉泰会稽志》卷二,《宋元浙江方志集成》第4册,第1667页。
⑤ [后晋]刘昫:《旧唐书》卷一七七,第4601页。
⑥ [清]彭定求:《全唐诗》卷六五二,第7494页。
⑦ [清]彭定求:《全唐诗》卷六五一,第7475页。
⑧ [宋]孔延之:《会稽掇英总集》卷一八,《宋元浙江方志集成》第14册,第6556页。
⑨ [宋]施宿:《嘉泰会稽志》卷二,《宋元浙江方志集成》第4册,第1668页。
⑩ [清]彭定求:《全唐诗》卷六五二,第7489页。

浙东观察使。本诗云:'密奏无非经济术,从容几刻在炉烟。'据诗所言,王沨入朝恐非离任,乃属公干,故有'密奏'之句。又本年底至咸通十二年方干在桐庐,而王沨离浙东任在李绾咸通十一年五月镇浙东前(见《会稽掇英总集》卷一八),则方干送王侍郎入朝当在本年。"①

四是浙东观察使王龟。《会稽掇英总集》卷一八《唐太守题名记》:"王龟,咸通十三年十一月,自同州防御兼长春宫等使、检校右散骑常侍授。"②《旧唐书·王龟传》:"(咸通)十四年,转越州刺史、御史大夫、浙东团练观察使。"③方干有《献王大夫》《陪王大夫泛湖》《献浙东王大夫二首》皆是投赠王龟之作。孙光宪《北梦琐言》卷六:"诗人方干,亦吴人也。王龟大夫重之。既延入内,乃连下两拜。亚相安详以答之,未起间,方又致一拜,时号'方三拜'也。"④王定保《唐摭言》记载:"王大夫廉问浙东,干造之,连跪三拜,因号'方三拜'。王公将荐之于朝,请吴子华为表章。无何公遘疾而卒,事不谐矣。"⑤《嘉泰会稽志》卷一四"隐遁":"(方干)隐于会稽,渔于镜湖,萧然山水间,以诗自放。咸通中,太守王龟知其亢直,荐之,召以谏官。"⑥王龟曾荐方干,颇为方干感念,有《谢王大夫奏表》,王龟卒后,又作《哭王大夫》诗以悼之。

五是刘汉宏。方干有诗《狂寇后上刘尚书》《尚书新创敌楼二首》《贼退后赠刘将军》,诗中的刘尚书、刘将军皆为刘汉宏。吴在庆《增补唐五代文史丛考》有"方干之生平与诗歌系年"云:"据《新唐书》卷一九〇本传:'会浙东观察使柳瑶得罪,乃授汉宏观察使,代之。'《唐方镇年表》卷五浙东中和二年条引《题名记》:'广明元年十一月四日自宿州刺史、检校左散骑常侍授,转至检校兵部尚书。'按汉宏镇浙东之时间《旧唐书·僖宗纪》记在中和元年正月。又诗中所称'贼退',盖指浙东一带兵乱事。据《资治通鉴》卷二五三,乾符六年末黄巢军即'转掠饶、信、池、宣、歙、杭十五州',广明元年六月'黄巢别将陷睦州、婺州'。又卷二五四亦记中和元年八月杜雄陷台州、朱温陷温州。方干诗题所言贼或即指此。"⑦又云:"唐僖宗中和四年(884),七十六岁,仍在浙东。《狂寇后上刘尚书》《尚书新创敌楼二首》盖作于本年

① 吴在庆:《增补唐五代文史丛考》,第334—335页。
② [宋]孔延之:《会稽掇英总集》卷一八,《宋元浙江方志集成》第14册,第6556页。
③ [后晋]刘昫:《旧唐书》卷一六四,第4281—4282页。
④ [五代]孙光宪:《北梦琐言》卷六,第142页。
⑤ [五代]王定保:《唐摭言》卷一〇,第118页。
⑥ [宋]施宿:《嘉泰会稽志》卷一四,《宋元浙江方志集成》第4册,第1991页。
⑦ 吴在庆:《增补唐五代文史丛考》,第336页。

或稍后。方干有《狂寇后上刘尚书》《尚书新创敌楼二首》,两诗之尚书均指刘汉宏。据中和二年条引《题名记》所载,汉宏至越州后初乃检校左散骑常侍,后方转至检校兵部尚书。据《新唐书·刘汉宏传》,汉宏授越州观察使后,'僖宗在蜀,贡输踵驿而西,帝悦,宠其军为义胜军,即授节度使'。其授节度使,据《资治通鉴》卷二五五所记乃在中和三年十二月。又《尚书新创敌楼二首》之一云:'十里水云吞半郭,九秋山月入千门。'诗乃作于中和四年九月之后。两诗当作于本年或稍后。'①所考详尽。

　　方干的卒年,史籍记载颇有争议。吴在庆、傅璇琮《唐五代文学编年史·晚唐卷》所考最详:"方干之卒,《唐才子传·方干传》记在咸通末,并谓'门人相与论德谋迹,谥曰玄英先生'。按谓方干卒咸通末,误。考席启寓《唐诗百名家全集·方玄英先生诗集》所录孙郃《玄英先生传》云:'光启、文德间,客有至自镜湖者,云先生亡矣。说先生将殁于世,乃与其子曰:志吾墓者谁欤?能无自志焉。吾之诗,人自知之,遂志其日月姓名而已。然先生不仕,家甚贫,时以书告急于越帅刘公,公许之未至也。又书曰:救溺者徐徐,行则不及矣。帅遗钱十万,绢五束,先生复书不能他词,唯曰千感万思耳,翌日而卒。'刘克庄《后村诗话》新集卷四亦谓干'卒光启、文德间,临终语其子曰:吾诗人自知之,志吾墓者,纪其岁月而已。其诗高处在晚唐诸公之上'。据此,方干乃卒于光启、文德间,时越帅刘公尚在任。按此刘公为刘汉宏。据《新唐书·僖宗纪》,'杭州刺史董昌攻越州,浙东观察使刘汉宏奔于台州'在光启二年十月,《通鉴》卷二五六所记同。则方干之卒当在此时刘汉宏奔台州之前。方干卒后,其诗为孙郃等人编成集。《唐才子传·方干传》云:'乐安孙郃等缀其遗诗三百七十余篇,为十卷。'"②可知其卒于光启年间。方干卒后,诗人多有吊唁之作,孙郃《哭方玄英先生》:"牛斗文星落,知是先生死。湖上闻哭声,门前见弹指。官无一寸禄,名传千万里。死著弊衣裳,生谁顾朱紫。我心痛其语,泪落不能已。犹喜韦补阙,扬名荐天子。"③杜荀鹤《哭方干》:"何言寸禄不沾身,身没诗名万古存。况有数篇关教化,得无余庆及儿孙。渔樵共垒坟三尺,猿鹤同栖月一村。天下未宁吾道丧,更谁将酒酹吟魂。"④唐彦谦《吊方干处士二首》:"不谓高名下,终全玉雪身。交犹及前辈,语不似今人。别号行鸣雁,遗编感获麟。敛衣应自定,只著古衣巾。""不比他人死,何诗可挽君。渊明元懒仕,东野别攻文。沧海诸公泪,青山处士坟。

　　① 吴在庆:《增补唐五代文史丛考》,第336页。
　　② 吴在庆、傅璇琮:《唐五代文学编年史·晚唐卷》,第769—771页。
　　③ 〔清〕彭定求:《全唐诗》卷六九四,第7989页。
　　④ 〔清〕彭定求:《全唐诗》卷六九二,第7962页。

相看莫浪哭，私谥有前闻。"①虚中《悼方干处士》："先生在世日，只向镜湖居。明主未巡狩，白头闲钓鱼。烟莎一径小，洲岛四邻疏。独有为儒者，时来吊旧庐。"②诗中多涉其镜湖隐居事。

（二）秦系

《新唐书·隐逸传》云："秦系，字公绪，越州会稽人。天宝末，避乱剡溪，北都留守薛兼训奏为右卫率府仓曹参军，不就。客泉州，南安有九日山，大松百余章，俗传东晋时所植，系结庐其上，穴石为研，注老子，弥年不出。刺史薛播数往见之，岁时致羊酒，而系未尝至城门。姜公辅之谪，见系辄穷日不能去，筑室与相近，忘流落之苦。公辅卒，妻子在远，系为葬山下。张建封闻系之不可致，请就加校书郎。与刘长卿善，以诗相赠答。权德舆曰：'长卿自以为五言长城，系用偏师攻之，虽老益壮。'其后东度秫陵，年八十余卒。南安人思之，为立子亭，号其山为高士峰云。"③关于隐居的原因，秦系有《献薛仆射》诗，其序自叙云："系家于剡山，向盈一纪，大历五年，人或以其文闻于邺留守薛公，无何，奏为右卫率府仓曹参军，意所不欲，以疾辞免，因将命者，辄献斯诗。"④赵昌平《秦系考》："按序'向盈一纪'语，乃指将近十二年，则系始隐剡溪，当由大历五年（770）上推十二年，为至德三年（758）。史所称'天宝末'（天宝十五年为756）已欠精确，殆为均在安史之乱前期而就大略言之，至《苕溪》所称'天宝末客泉南'，又显为误记史传所云，错以避乱剡溪之年作'客泉南'之年。秦系此诗与序，更使我们发现《新唐书》本传的一个更大的失误。此诗题作《献薛仆射》，仆射当指尚书（左右）仆射，序更称'邺守薛公'，则此薛公，当为邺郡守而领尚书仆射衔者。检《旧唐书·地理志二》，唐代相州，即汉之魏郡，天宝元年，改为邺郡，属河北道。这与《新唐书》所云'北都留守薛兼训'显然矛盾，因'北都'即太原，属河东道（《旧唐书·地理志》二），而薛兼训大历五年任北都留守时所领台省职称为御史大夫（《旧唐书·代宗纪》大历五年），地点、职官与领衔均与诗序不符。"⑤据赵昌平先生考订，这里的"薛仆射"为薛嵩。《旧唐书·薛嵩传》云："（仆固）怀恩平河朔旋，乃奏嵩及田承嗣、张忠志、李怀仙分理河北道；诏遂以嵩为相州刺史，充相、卫、洺、邢等州节度使，承嗣镇魏州，忠志镇恒州，怀仙镇幽州，各据数州之地。

---

① ［清］彭定求：《全唐诗》卷六七一，第7669页。
② ［清］彭定求：《全唐诗》卷八四八，第9607页。
③ ［宋］欧阳修、宋祁等撰：《新唐书》卷一九六，中华书局1975年版，第5608页。
④ ［清］彭定求：《全唐诗》卷二六○，中华书局1960年版，第2898页。
⑤ 赵昌平：《秦系考》，《中华文史论丛》1984年第4辑。

时多事之后,姑欲安人,遂以重寄委嵩。嵩感恩奉职,数年间,管内粗理,累迁检校右仆射。大历八年正月卒。诏遣弟崿知留后,累加崿太子少师。"①赵昌平先生进一步考证云:"可知薛嵩于宝应二年(763)闰正月至大历八年卒前一直任相州刺史,充相、卫、洺、邢节度使,并于宝应二年后数年加检校右仆射,此正与秦系《献薛仆射诗序》'大历五年,人或以其文闻于郓守薛公'相合。《新唐书》盖以薛兼训大历初曾任浙东节度使,五年,迁北都留守,其僚属鲍防又曾'与系同举场',遂误将系诗序中之'薛公'误作'薛兼训'。以后《剡录》《唐才子传》等以讹传讹,铸成定论。澄清这一史实对于我们了解秦系的思想有很大关系。薛嵩、田承嗣等均为安史余党,他们分据河北,成为唐中央政权势力之外的独立王国。秦系《献薛仆射》诗寓庄于谐,以调侃的笔调,拒绝了薛嵩的延揽,说明这位'终年常裸足,连日半蓬头'(《山中崔大夫有书相问》)的狂生颇有气骨。'长策胸中不复论,荷衣蓝缕闭柴门。当时汉祖无三杰,争得咸阳与子孙?'对于其《闲居览史》一类作品,我们在澄清上述史实后,当有更深切的理解。"②盖秦系隐居剡中与拒绝安史余党延揽有关。

据秦系《将移耶溪旧居留呈严长史陈校书》③可知其在剡中的其中一处隐居之地在若耶溪边,居处离云门不远,故多有登临游览之作,如《云门山》《宿云门上方》。此外还有《将移耶溪旧居留赠严维校书》《春日闲居》《山中枉皇甫温大夫见招书》《耶溪书怀寄刘长卿员外》《张建封大夫奏系为校书》《会稽山居寄薛播侍郎》等诗,皆作于剡中隐居时。

秦系在越地还建有丽句亭。宋高似孙《剡录》卷四云:"秦系丽句亭。系天宝间避地剡川作丽句亭,郡守改其居曰秦君里。大历五年业守薛公仆射奏为右卫率府仓曹参军,系作诗辞之,自谓系家于剡山,向盈一纪。"④戴叔伦有《题秦隐君丽句亭》云:"北人归欲尽,犹自住萧山。闭户不曾出,诗名满世间。"⑤描写了安史之乱后,避地江南的北方士人归乡的现象,此时秦系仍隐于剡中,从第二句来看,秦系丽句亭在萧山。皎然游越中,也曾访秦系丽句亭并题诗,诗云:"独将诗教领诸生,但看青山不爱名。满院竹声堪愈疾,乱床花片足忘情。"⑥又《酬秦山人赠别二首》其

---

① [后晋]刘昫:《旧唐书》卷一二四,第3525—3526页。
② 赵昌平:《秦系考》,《中华文史论丛》1984年第4辑。
③ [宋]李昉:《文苑英华》卷一六六,第799页。
④ [宋]高似孙:《剡录》卷四,《宋元方志丛刊》第7册,第7224页。
⑤ [清]彭定求:《全唐诗》卷二七四,第3101页。
⑥ [清]彭定求:《全唐诗》卷八一七,第9210页。

一云："知君高隐占贤星,卷叶时时注佛经。姓被名公题旧里,诗将丽句号新亭。来观新月依清室,欲漱香泉护触瓶。我有主人江太守,如何相伴住禅灵。"①诗中的"旧里"指秦君里,"新亭"指秦系丽句亭。赵昌平《秦系考》:"考皎然集有《题秦系山人丽句亭》诗(集卷四),当为皎然访秦系越中隐处所作(见《剡录》)。更有《戛铜碗龙吟歌》(集卷七),序云'大历十三祀,秦僧传至桐江,予使儿童戛金效之'。诗更云'乍向天台华顶宿,秋宵一吟更清迥'。桐江、天台、剡溪紧邻(浙西),必为同时所游,可知皎然访秦系于剡中丽句亭,当在大历十三年秋左右。皎然又有《思村东北塔铭》(集卷九),末署'大历丁巳岁建子月',思村在湖州德清县(《湖州府志》),'大历丁巳岁建子月'为大历十二年十月。则可知皎然剡中之游又在大历十二年十月后,这样前所析秦系出越中旧山的时间区间可进一步缩小了。"②盖皎然访秦系丽句亭在大历十三年(778)。

　　与方干一样,秦系在浙东也与地方官僚往来颇密。一是鲍防。秦系《鲍防员外见寻因书情呈赠》诗云:"少小为儒不自强,如今懒复见侯王。览镜已知身渐老,买山将作计偏长。荒凉鸟兽同三径,撩乱琴书共一床。犹有郎官来问疾,时人莫道我佯狂。"题注:"曾与系同举场。"③据《旧唐书·鲍防传》:"天宝末举进士,为浙东观察使薛兼训从事,累至殿中侍御史,入为职方员外郎,改太原少尹,正拜节度使。"④《旧唐书》卷一一《代宗纪》大历五年,"秋七月丁卯,以浙东观察使、越州刺史、御史大夫薛兼训为检校工部尚书、太原尹、北都留守,充河东节度使"⑤,是秦系诗应为大历五年七月鲍防拜职方员外郎但还未离浙东时作。二是诸暨令丘丹。秦系《山中赠诸暨丹丘明府》诗云:"荷衣半破带莓苔,笑向陶潜酒瓮开。纵醉还须上山去,白云那肯下山来。"⑥《宋高僧传》卷一七《神邕传》:"倏遇禄山兵乱,东归江湖……旋居故乡法华寺。殿中侍御史皇甫曾、大理评事张河、金吾卫长史严维、兵曹吕渭、诸暨长丘丹、校书陈允初赋诗往复,卢士式为之序引,以继支许之游。为邑中故事。"⑦是丘丹为诸暨令之记载。三是耿沣。秦系《山中赠耿拾遗沣兼两省故人》诗

---

① 〔清〕彭定求:《全唐诗》卷八一五,第9183页。
② 赵昌平:《秦系考》,《中华文史论丛》1984年第4辑。
③ 〔清〕彭定求:《全唐诗》卷二六〇,第2898页。
④ 〔后晋〕刘昫:《旧唐书》卷一四六,第3956页。
⑤ 〔后晋〕刘昫:《旧唐书》卷一一,第297页。
⑥ 〔清〕彭定求:《全唐诗》卷二六〇,第2901页。
⑦ 〔宋〕赞宁:《宋高僧传》卷一七,第386页。

云:"数片荷衣不蔽身,青山白鸟岂知贫。如今非是秦时世,更隐桃花亦笑人。"①耿
㳫在左拾遗任上,曾有往江淮充括图书使的经历。卢纶有《送耿拾遗㳫充括图书使
往江淮》诗可证。梁肃有《送耿拾遗归朝廷序》,则是耿㳫完成充括图书使命而将归
朝廷,梁肃送别之作。傅璇琮《耿㳫考》考证耿㳫此段经历在大历八年(773)至十一
年(776)②,时秦系亦居越州,诗当是耿㳫使至越州时所赠。四是浙东观察使崔昭。
《山中崔大夫有书相问》诗云:"客在烟霞里,闲闲逐狎鸥。终年常裸足,连日半蓬
头。带月乘渔艇,迎寒绽鹿裘。已于人事少,多被挂冠留。素业堆千卷,清风至一
丘。苍黄倒藜杖,伛偻睹银钩。迹愧巢由隐,才非管乐俦。从来自多病,不是傲王
侯。"③赵昌平《秦系考》附《秦系年表》:"代宗大历十一年(776),约五十二岁。在剡
中,是年七月至十一年崔昭任浙东观察使,系与之游,其《山中崔大夫有书相问》诗
当作于本年七月至十三年出山前。"④五是东阳令戴叔伦。戴叔伦有《张评事涉秦
居士系见访郡斋即同赋中字》《送秦系》《题秦隐君丽句》等多首诗寄秦系。傅璇琮
《戴叔伦的事迹系年及作品的真伪考辨》云:"《全唐诗》卷二七四载戴叔伦《张评事
涉秦居士系见访郡斋即同赋中字》……当为秦初作。此时秦系隐居于会稽,故能近
道至东往访。戴叔伦另有《送秦系》《题秦隐君丽句》(同上卷),当同在东阳时所
作。"⑤六是严维、陈允初。秦系有《将移耶溪旧居留赠严维秘书》诗云:"鸡犬渔舟
里,长谣任兴行。那邀落日醉,已被远山迎。书箧将非重,荷衣著甚轻。谢安无个
事,忽起为苍生。"⑥陶敏、李一飞、傅璇琮《唐五代文学编年史·中唐卷》:"《全唐
诗》卷二六○秦系《将移耶溪旧居留赠严维秘书》。按严维官秘书郎后未归越,题当
从《文苑英华》卷一六六作'留呈严长史陈校书'。严长史,严维。陈校书,陈允初。
《宋高僧传》卷一七《神邕传》:'金吾卫长史严维,……校书陈允初赋诗往复。'"⑦是
其诗应赠严维与陈允初二人。七是薛播、袁高、高参。秦系《会稽山居寄薛播侍郎
袁高给事高参舍人》诗云:"稷契今为相,明君复是尧。宁知买臣困,犹负会稽
樵。"⑧薛播为侍郎事,《旧唐书·薛播传》:"(崔)祐甫辅政,用为中书舍人。出汝州

---

① [清]彭定求:《全唐诗》卷二六○,第2900页。
② 傅璇琮:《唐代诗人丛考》,第517—527页。
③ [清]彭定求:《全唐诗》卷二六○,第2899页。
④ 赵昌平:《秦系考》附《秦系年表》,《中华文史论丛》1984年第4辑。
⑤ 傅璇琮:《唐代诗人丛考》,第383页。
⑥ [清]彭定求:《全唐诗》卷二六○,第2897页。
⑦ 陶敏、李一飞、傅璇琮:《唐五代文学编年史·中唐卷》,第173页。
⑧ [清]彭定求:《全唐诗》卷二六○,第2900页。

刺史,以公事贬泉州刺史,寻除晋州刺史,河南尹,迁尚书左丞,转礼部侍郎。遇疾,贞元三年卒。"①袁高为给事中,《旧唐书·德宗纪》:兴元元年(784)八月,"前湖州刺史袁高为给事中"②。高参为舍人事,《旧唐书·德宗纪》:贞元元年(785)七月,"以谏议大夫高参为中书舍人"③。盖本诗是贞元元年(785)后赠此三人所作。八是皇甫温。秦系有《寄浙东皇甫中丞》《山中枉皇甫温大夫见招书》诗。皇甫温由陕虢观察使兼御史大夫又有授浙江观察使,故与秦系有所往来。

(三)朱放

朱放在安史之乱后亦隐居越州,《唐才子传》卷五《朱放传》有记载:"初,居临汉水,遭岁歉,南来卜隐剡、镜湖间,排青紫之念,结庐云卧,钓水樵山,尝著白纻屩鹿裘笋屦,盘桓酒家。"关于朱放隐居浙东的细节,笺证云:"严维《赠送朱放》诗云:'昔年居汉水,日醉习家池。道胜迹常在,名高身不知。欲依天目住,新自始宁移。生事曾无长,惟将白接䍦。'按始宁指谢灵运之始宁墅,谢有《过始宁墅》诗。据《嘉泰会稽志》卷一三,始宁在越州上虞县。又检《元和郡县图志》卷二六《江南道》二越州剡县:'剡溪,……北流入上虞县界上虞江。'同书卷二五《江南道》一,天目山在杭州於潜县北六十里。朱放离襄阳后先至越州上虞,后又移居杭州於潜县一带。刘长卿有《送朱山人放越州贼退后归山阴别业》诗(《全唐诗》卷一四七),知朱放于越州山阴尚有别业。据《元和郡县图志》卷二六《江南道》二,镜湖即在会稽、山阴两县之间。《才子传》谓其'卜隐剡溪、镜湖间',即指其移居越州事。《极玄集》卷下、《新唐书》卷六〇《艺文志》四、《唐诗纪事》卷二六均云其'隐居剡溪'。放有诗《剡溪行却寄新别者》(《全唐诗》卷三一五)、《经故贺宾客镜湖道士观》(同上)、《剡溪夜月》(同上)等均言及剡溪、镜湖事。朱放何时移居越地,尚难确考。按放有《灵门寺赠灵一上人》诗(同上卷三一五)。据前引独孤及《一公塔铭》,知灵一宝应元年(762)十月卒于杭州龙兴寺。朱放与灵一交往,必在宝应元年前。其时朱放已是灵一熟友,可知必已移居越地多年。宝应元年上距天宝十五载安史之乱爆发仅七年,疑朱放因避安史之乱而移居越地。"④可从。朱放在越时,与秦系有所交往,秦系有《晚秋拾遗朱放访山居》:"坠栗添新味,寒花带老颜。侍臣当献纳,那得到空山。"⑤又朱放

---

① [后晋]刘昫:《旧唐书》卷一四六,第3955页。
② [后晋]刘昫:《旧唐书》卷一二,第346页。
③ [后晋]刘昫:《旧唐书》卷一二,第349页。
④ 傅璇琮:《唐才子传校笺》卷五,第343—345页。
⑤ 陶敏、李一飞、傅璇琮:《唐五代文学编年史·中唐卷》,第419页。

《山中谒皇甫曾》诗云："寻源路已尽，笑入白云间。不解乘轺客，那知有此山。"①这里的"山中"应是朱放所隐的剡山之中。

（四）戴叔伦

戴叔伦曾两度寓居浙东。一是代宗广德年间居越，有《越溪村居》诗："年来桡客寄禅扉，多话贫居在翠微。黄雀数声催柳变，清溪一路踏花归。空林野寺经过少，落日深山伴侣稀。负米到家春未尽，风萝闲扫钓鱼矶。"②赵昌平《秦系考》考证："代宗广德元年（763），约三十九岁。在剡中，本年或稍后与戴叔伦交游。按：时江淮刘展之乱与安史之乱初平。据傅璇琮先生《戴叔伦考》，叔伦刘展乱时由金坛家乡奔亡，至是年返江南。而据叔伦《越溪村居》诗、《送谢夷甫宰余姚县诗》，可知戴叔伦定居越中。叔伦《题秦隐君丽句亭诗》云'北人归欲尽，犹自住萧山。闭户不曾出，诗名满世间'，所称'北人归欲尽'正写安史乱后避乱江南的中原人士返回家乡景象。后三句适可证系仍隐剡中。故知本年与稍后系与叔伦游。"③可从。其《送谢夷甫宰余姚县》亦作于此间，蒋寅《戴叔伦诗集校注》所云："据诗中所述浙东之破败，应作于代宗宝应二年（763）袁晁农民起义失败之后。《旧唐书·代宗纪》：'宝应元年八月，袁晁陷台州，二年三月，袁傪破袁晁之众于浙东，四月，李光弼奏生擒袁晁，浙东州县尽平。'"④二是建中年间任东阳令，属于宦居。陆长源《唐东阳令戴叔伦去思颂》："建中元祀，皇上新景命，将致天下于仁寿之域。以兵革盗□，闾阎□□，前□之□犹轸，□□□延度求俾乂。夏五月壬辰，诏书以监察御史里行戴叔伦为东阳令，□□□也。"⑤可知戴叔伦任东阳令在建中元年（780）。叔伦在东阳亦有创作，如《送东阳顾明府罢归》诗云："祖帐临鲛室，黎人拥鹢舟。坐蓝高士去，继组鄹夫留。白日落寒水，青枫绕曲洲。相看作离别，一倍不禁愁。"⑥《戏留顾十一明府》："江明雨初歇，山暗云犹湿。未可动归桡，前程风浪急。"⑦《临流送顾东阳》："海上独归惭不及，邑中遗爱定无双。兰桡起唱逐流去，却恨山溪通外江。"⑧从这几首诗歌的题目和诗意来看，诗人到东阳时，前任顾明府尚未离开，故有这几首饯

---

① ［清］彭定求：《全唐诗》卷三一五，第3541页。
② ［清］彭定求：《全唐诗》卷二七三，第3092页。
③ 赵昌平：《秦系考》附《秦系年表》，《中华文史论丛》1984年第4辑，第151页。
④ 蒋寅：《戴叔伦诗集校注》卷一，上海古籍出版社2010年版，第17页。
⑤ ［清］董诰：《全唐文》卷五一〇，第5185页。
⑥ ［清］彭定求：《全唐诗》卷二七四，第3113页。
⑦ ［清］彭定求：《全唐诗》卷二七四，第3101页。
⑧ ［清］彭定求：《全唐诗》卷二七四，第3106页。

行赠别之作。又《张评事涉秦居士系见访郡斋即同赋中字》《送秦系》《题秦隐君丽句》诸诗,如前文所述,乃是与秦系的交往之作。据蒋寅《戴叔伦诗集校注》附录《年谱简编》考证,戴叔伦于建中四年(783)年初离开东阳,《婺州路别录事》《将赴湖南留别东阳旧僚兼示吏人》二诗即是离任时所作[①],诗中所表达的离愁别绪,反映出他与东阳旧僚之间深厚的情感纽带。又蒋寅《戴叔伦诗集校注》前言云:"当时的浙东,在安史乱中虽未遭叛军荼毒,但因'天宝以后,中原释未,辇越而衣,漕吴而食'(《通典·食货》),负担着庞大的军费开支,百姓也被搜刮得贫困不堪,农村经济日益凋敝。叔伦初到东阳时,这里'凶寇俶扰,邑人荐瘥,田为蒿莱,人挤沟壑'。面对这一局面,他本着'简以惠下,信以怀亡'的原则,下车伊始,首先'缓其赋,使其人舒',然后'平其役,使其人劝',从而引得逋人逐渐归还,荒田日益开辟;又兴修水利事业,终于发展了农业生产,使东阳一县'室有箱而知积,岁无云而有秋',经过三年的休养生息,初步呈现出安定富足的小康景象。兴元元年(784)他离任一年后,东阳人民为纪念他的德政,立《唐东阳令戴公去思颂》碑颂德。"[②]可见戴叔伦在东阳任上,在地方治理上展现了卓越的才能。

(五)皇甫冉

皇甫冉与灵一有《西陵寄灵一上人》《酬皇甫冉西陵见寄》二诗相互酬赠,盖其浙东经历当无疑异。而从其《赋得越山三韵》诗来看,诗人在浙东曾有长时段的寓居经历,诗云:"西陵犹隔水,北岸已春山。独鸟连天去,孤云伴客还。只应结茅宇,出入石林间。"[③]可见其在越州有固定的居所。张继有《春夜皇甫冉宅欢宴》:"流落时相见,悲欢共此情。兴因尊酒洽,愁为故人轻。暗滴花茎(一作垂)露,斜晖月过城。那知横吹笛(一作曲),江外作边声。"[④]当是访问皇甫冉居处所作。张继也有越中经历,刘长卿有《送行军张司马罢使回》诗云:"时危身赴敌,事往任浮沈。末路三江去,当时百战心。春风吴苑绿,古木剡山深。千里沧波上,孤舟不可寻。"[⑤]从"古木剡山深"可知是送张继入越所作。皇甫冉至德年间开始寓居越中,这可从其诗作中寻得端倪。皇甫冉有《宿严维宅送包七》诗,云:"江湖同避地,分手自依依。尽室今为客,经秋空念归。岁储无别墅,寒服羡邻机。草色村桥晚,蝉声江树稀。

---

① 蒋寅:《戴叔伦诗集校注》附录二,第282—283页。
② 蒋寅:《戴叔伦诗集校注》前言,第4页。
③ [清]彭定求:《全唐诗》卷二五〇,第2819页。
④ [清]彭定求:《全唐诗》卷二四二,第2718页。
⑤ [清]彭定求:《全唐诗》卷一四八,第1510页。

夜凉宜共醉,时难惜相违。何事随阳侣,汀洲忽背飞。"①严维宅,《嘉泰会稽志》卷一三:"严长史宅,大历中,郑概、裴冕等联句赋诗,与长史凡六人。长史名维,以诗著称。其自句云:'落木秦山近,衡门镜水通。'又皇甫冉《宿长史宅》诗亦云:'昔闻玄度宅,门对会稽峰。君住东湖上,清风继旧踪。'以诗考之,可想见其处也。"②此诗亦载刘长卿集,储仲君《刘长卿诗编年笺注》云:"按此诗当为皇甫冉作。冉集题作《宿严维宅送包七》(《全唐文》卷二四九)。独孤及《唐故扬州庆云寺律师一公塔铭》(《全唐诗》卷三九〇)云:灵一'与天台道士潘清、广陵曹评、赵郡李华、颍川韩极、中山刘颖、襄阳朱放、赵郡李纾、顿丘李汤、南阳张继、安定皇甫冉、范阳张南史、清河房从心相与为尘外之友,讲德味道,朗咏终日'。又据前皇冉与灵一赠答诗,可证皇甫冉于天宝十五载避乱南下,即先至越州,而于是年冬始归润州,故得与灵一游处。宿严维宅送包佶,亦在此时。……天宝十五载春夏,刘长卿已在润州,秋日赴苏州,旋即归至润州,次年春即已赴长洲尉任,其间未尝至越州。诗云:'江湖同避地,分首自依依。'与长卿之行迹抵牾,而与皇甫冉合,故知当为冉作也。"③其《皇甫冉诗疑年(续)》又说道:"《秋府宿严维宅》(二四九),至德元年(756)。至德元年秋,皇甫冉在越(说详《西陵寄一上人》诗注)。秋季在越,仅知此年,而诗题明言秋夜,故系于此。……严维有《酬诸公宿镜水宅》诗(二六三),镜水即镜湖。冉诗云'君住东湖下',当即此宅。严维诗云:'幸免低头向府中,贵府藜藿与君同。'时尚未登第入仕。《唐才子传》三:'严维,字正文,越州人。至德二年,江淮选补使、侍郎崔涣下,以词藻宏丽进士及第。'诗又云:'阳雁叫霜来枕上,寒山映月在湖中。'亦作于秋日,殆即酬答皇甫诸人之作。"④盖《宿严维宅送包七》《秋夜宿严维宅》都是在皇甫冉寓居越州期间拜访严维宅所作,时间则在至德元年(756)左右。皇甫冉居越期间还有《独孤中丞筵陪饯韦君赴昇州》诗:"中司龙节贵,上客虎符新。地控吴襟带,才高汉缙绅。泛舟应度腊,入境便行春。处处歌来暮,长江建业人。"⑤韦君即韦黄裳,据郁贤皓先生《唐刺史考全编》"昇州":"《通鉴·乾元元年》:二月'甲辰,置浙江西道节度使,领苏、润等十州,以昇州刺史韦黄裳为之'。《中兴间气集》卷上皇甫冉《独孤中丞筵陪饯韦君赴昇州》,此韦使君,即韦黄裳。独孤中丞,谓独孤峻。按独

---

① [清]彭定求:《全唐诗》卷二四九,第 2809 页。

② [宋]施宿:《嘉泰会稽志》卷一三,《宋元浙江方志集成》第 4 册,第 1953—1954 页。

③ 储仲君:《刘长卿诗编年笺注》,第 542—543 页。

④ 储仲君:《皇甫冉诗疑年(续)》,《山西大学师范学院学报》1993 年第 3 期。

⑤ [清]彭定求:《全唐诗》卷二四九,第 2795 页。

孤峻乾元元年代李希言为越州刺史。韦黄裳赴任昇州当即在此年。《旧唐书·肃宗纪》：乾元元年十二月'甲辰，以昇州刺史韦黄裳为苏州刺史、浙西节度使'。则是年末黄裳即迁苏州。"①皇甫冉此诗为乾元元年(758)为韦黄裳饯行所作。此外，皇甫冉在浙东还有《奉和独孤中丞游法华寺》诗："谢君临郡府，越国旧山川。访道三千界，当仁五百年。岩空驷驭响，树密旆旌连。阁影凌空壁，松声助乱泉。开门得初地，伏槛接诸天。向背春光满，楼台古制全。群峰争彩翠，百谷会风烟。香象随僧久，祥鸟报客先。清心乘暇日，稽首慕良缘。法证无生偈，诗成大雅篇。苍生望已久，回驾独依然。"②乃是在越时游法华寺之作。

（六）施肩吾

《唐才子传校笺》卷六："肩吾，字希圣，睦州人。元和十五年卢储榜进士第后，谢礼部陈侍郎云：'九重城里无亲识，八百人中独姓施。'不待除授，即东归。张籍群公吟饯，人皆知有仙风道骨，宁恋人间升斗耶？而少存箕颍之情，拍浮诗酒，摩挲烟霞。初读书五行俱下，至是授真筌于仙长，遂知逆顺颠倒之法，与上中下精气神三田反覆之义。以洪州西山十二真君羽化之地，慕其真风，高蹈于此。题诗曰：'重重道气结成神，玉阙金堂逐日新。若数西山得道者，兼余即是十三人。'早尝赋《闲居遣兴诗》一百韵，颇述初心，大行于世。著《辨疑论》一卷，《西山传道》、《会真》等记各一卷。述气住则神住，神住则形住，为《三住铭》一卷，及所为诗十卷，自为之序，今传。"③张籍有《送施肩吾东归》诗云："知君本是烟霞客，被荐因来城阙间。世业偏临七里濑，仙游多在四明山。早闻诗句传人遍，新得科名到处闲。惆怅灞亭相送去，云中琪树不同攀。"④"四明山""云中琪树"皆指向施肩吾及第后东归浙东。又《嘉泰会稽志》卷一三"施肩吾宅"云："施肩吾宅在山阴，唐真人施君肩吾之故居也。陈文惠公诗云：'幽居正想沧霞客，夜久月寒珠露滴。千年独鹤两三声，飞下岩前一株柏。'"⑤实则《嘉泰会稽志》所录陈文惠公诗即施肩吾《秋夜山居二首》其一。施肩吾在越创作丰富，如《兰渚泊》《越中遇寒食》《遇越州贺仲宣》《越溪怀古》《忆四明山泉》《寄四明山子》《同诸隐者夜登四明山》《宿四明山》皆为寓居浙东时游览所作。

---

① 郁贤皓：《唐刺史考全编》附编，第3454页。

② ［清］彭定求：《全唐诗》卷二五〇，第2823页。

③ ［元］辛文房著，傅璇琮校笺：《唐才子传校笺》卷六，第3册，第139—142页。

④ ［清］彭定求：《全唐诗》卷三八五，第4339页。

⑤ ［宋］施宿：《嘉泰会稽志》卷一三，《宋元浙江方志集成》第4册，第1954页。

（七）崔道融

崔道融，荆州人，唐末诗人。早年避居永嘉，后依闽王王审知，天祐四年（907）征为右补阙，未赴任而卒。与司空图、柳韬及黄滔等为诗友。有《东浮集》十卷、《申唐集》三卷，皆佚，《全唐诗》存其诗一卷。吴在庆、傅璇琮《唐五代文学编年史·晚唐卷》："《直斋书录解题》卷十九录《东浮集》九卷，云：'唐荆南崔道融撰。自称东瓯散人。乾宁乙卯永嘉山斋编成，盖避地于此，今缺第十卷。'又《唐才子传·崔道融传》谓'有《申唐集》十卷，自序云："乾符乙卯夏，寓永嘉山斋，收拾草稿，得五百余篇。"'按《唐才子传》此处所记年号乾符乃乾宁之误，《申唐集》应为《东浮集》（详《唐才子传校笺·崔道融传》笺）。乾宁乙卯即本年。"①又云："《全唐诗》卷七一四崔道融有《元日有题》诗：'十载元正酒，相欢意转深。自量麋鹿分，只合在山林。'按据此诗，崔道融本年隐居山中已历十载。据前考，道融约于广明元年（880）避乱至永嘉山中，至本年为十年，诗约作于此时。"②黄滔有《祭崔补阙》即祭崔道融文："洎博陵崔君之生也，迥禀高奇，兼之文学。近则继李飞之蜕随贡，远则同毛义之志奉亲。东浮谢公旧州，式避戈载，遁于仙岩潜谷，克业经纶。"③亦记崔道融避乱隐于永嘉事。崔道融隐居浙东时曾与方干交游，《全唐诗》卷七一四崔道融有《镜湖雪霁贻方干》，盖游览方干镜湖别业后所作。

（八）陆修

陆修，字公佐，吴郡人，初隐居越州。权德舆《唐故使持节歙州诸军事守歙州刺史赐绯鱼袋陆君墓志铭》："君讳修，字公佐，吴郡人。曾祖某，某官。考某，某官。君早孤，与兄隐居于越，有佳山水，率子弟耕汲于其中，日修桑门之法，摈落人事。贞元初，兄既殁，始为宗姻士友所强，慨然有应知已之心。繇试左环卫，历大理评事，摄监察御史里行佐黔中，又以殿中侍御史内供奉佐浙东。……君峻而通，直而和，群而不党，至若流俗之龌龊，细人之姑息，屑屑汲汲之态，不萌于胸中。器度夷远，英华发外，居常无怵迫，临事有风节。同心定交，造次以文，评议鉴裁，精明不惑，从善亲仁，发于肺肝，文章宏朗，有作者风格。学不为人，与古为徒，向使登其年，充其量，束带公朝，其骨鲠魁垒之士欤？常与故虔州刺史陇西李公受、故右补阙安定梁宽中、今礼部郎中京兆韦德符、右补阙广平刘茂宏、秘书郎赵郡李叔翰、方外

① 吴在庆、傅璇琮：《唐五代文学编年史·晚唐卷》，第864页。
② 吴在庆、傅璇琮：《唐五代文学编年史·晚唐卷》，第793页。
③ ［清］董诰：《全唐文》卷八二六，第8708页。

士右谕德博陵崔公颖暨子友善。"①知其擅文章,有风节,知名之士如梁肃、权德舆、韩愈、李翱等均与之友善。《元和姓纂》卷一〇"嘉兴陆氏"有"歙州刺史陆参",岑仲勉《元和姓纂四校记》考订为"陆修"②。韩愈有《送陆歙州诗序》:"贞元十八年二月十八日,祠部员外郎陆君出刺歙州。"③旧注:"陆修也。"④故其名应以"陆修"为是。权德舆有《早发杭州泛富春江寄陆三十一公佐》《酬陆三十二参浙东见寄》,即是赠陆修而作。韦应物有《送陆侍御还越》《听江笛送陆侍御》,丘丹有《和韦使君听江笛送陈(一作陆)侍御》,陆侍御皆指陆修。陆修为浙东从事时,还与李翱有所交游,李翱《复性书上》云:"南观涛江入于越,而吴郡陆修存焉,与之言。陆修曰:'子之言,尼父之心也,东方如有圣人焉,不出乎此也,惟子行之不息而已矣。'"⑤陆修其时为浙东观察使从事。

(九)李郢

李郢,字楚望,大中十年(856)进士,《唐才子传》卷八有传,言其"初居余杭,出有山水之兴,入有琴书之娱,疏于驰竞"。校笺云:"李郢在杭州有诗作,然是否居杭州,于其诗中未得确证。其《不睡》诗云:'沃州山里苦心人,十五年来少睡身。……家寄江南断音信,一凭归梦去无因。'(《全唐诗续补遗》卷一二)又《试日上主司侍郎》其二云:'石帆山下有灵源,修竹茅堂寄此身。闭户偶多乡老誉,读书粗得圣人言。来时已作青云意,试夜忧生白发根。十五年余诗弟子,名成岂合在他门。'(同上)沃洲山在越州剡县,石帆山亦在越州。白居易《沃洲山禅院记》:'沃洲山在剡县南三十里。'(《全唐文》卷六七六)权德舆《会稽虚上人石帆山灵泉北坞记》:'先是,此山无泉。……公乃默以心感,恍若有通,崖隒之下,微得泉脉,……决之潴之,喷若玉窦,泄为瑶池。'此即李郢诗所谓'石帆山下有灵源'。诗或云'十五年来',或云'十五年余',可见郢乃长期居越州者。又诗称'家寄江南','修竹茅堂寄此身',亦可证郢非江南人,其为京兆人当可无疑。《试日上主司侍郎》诗既云学诗十五年余,则郢大中十年及第恐已近不惑矣。李郢有《上裴晋公》诗云:'四朝忧国鬓如丝,龙马精神海鹤姿。天上玉书传诏夜,阵前金甲受降时。……惆怅旧堂扃绿野,夕阳无限鸟飞迟。'(《全唐诗》卷五九〇)裴晋公,裴度,元和中因平淮西功封晋国公,历相

①　[清]董诰:《全唐文》卷五〇三,第5118—5119页。
②　[唐]林宝撰,岑仲勉校记:《元和姓纂(附四校记)》卷一〇,第1421—1422页。
③　[清]董诰:《全唐文》卷五五五,第5612页。
④　[唐]韩愈著,[清]方世举编年笺注:《韩昌黎诗集编年笺注》卷二,中华书局2012年版,第77页。
⑤　[清]董诰:《全唐文》卷六三七,第6434页。

宪、穆、敬、文四朝,大和末为东都留守,于东都建绿野堂。开成三年冬自太原归朝,四年三月卒,均见《旧唐书》卷一七〇本传。知郢诗作于开成三年(838)春,时郢当年二十以上。即以此年年二十计,郢亦当生于元和十四年(819),大中十年及第时已三十八岁。闻一多《唐诗大系》定郢生年为832年,开成三年仅七岁,断误。"①大致考证了李郢寓居越州苦读的经历,可从。李郢曾在浙东担任幕僚,有《重阳日寄浙东诸从事》,诗云:"野人多病门长掩,荒圃重阳菊自开。愁里又闻清笛怨,望中难见白衣来。元瑜正及从军乐,宁戚谁怜叩角哀。红旆纷纷碧江暮,知君醉下望乡台。"②何光远《鉴诫录》卷八云:"卢延让有《哭李郢端公终越州从事》,至今吟者,无不怆然。……卢公诗曰:'军门半掩槐花宅,每过犹闻哭临声。北固暴亡兼在路,东京权葬未归茔。渐穷老仆慵看马,著惨佳人暗理笙。诗侣酒徒销散尽,一场春梦越州城。'"③盖其卒于浙东。

(十)范的

范的为唐代书法家兼诗人,曾隐居剡越间,所存诗有《时在育王寺书石字奉酬□丞使君寄赠四韵依次用本韵》,诗云:"拙艺荷才雄,新诗起谢公。开缄光佛域,望景动星宫。风雪文章里,书镌琬琰中。将谁比佳句?霞绮散成红。"④孙望《全唐诗补逸》卷七收入,并云:"石刻于题下原署'处士范的上'。于季友《育王寺碑后记》有'剡越间隐逸之士曰范的,业文功书,未遇于时,尝萍泊云水间。一日,扁舟到明'等语。又《育王寺常住田碑》,原为万齐融所撰,徐峤之书。其后碑隳,大和七年于季友为明州刺史时,始邀范的重书。其碑题下署'顺阳范的书并篆额',是范的为顺阳人。范生平可考者仅此。又诗中'琬下'原是'御名'两字,盖避武宗讳不书。武宗名炎,则诗中此字原当作琰可知。然则诗之作在大和间,镌石则在武宗会昌中,其间相去固将十载矣。"⑤陈尚君云:"又见《两浙金石志》卷一,题中'□丞'作'中丞','次用本韵'四字为题注小字。此王昶避嘉庆帝讳而注为'御名'。"⑥《阿育王寺碑》现尚存明清时期旧拓,《北京图书馆藏中国历代石刻拓本汇编》亦收此碑拓本⑦,题

① 傅璇琮主编:《唐才子传校笺·补正》卷八,第404—405页。
② [清]彭定求:《全唐诗》卷五九〇,第6849—6850页。
③ [五代]何光远《鉴诫录》卷八,中华书局1985年版,第57页。
④ 陈尚君辑校:《全唐诗补逸》卷七,《全唐诗补编·外编》,第170页。
⑤ 孙望:《全唐诗补逸》卷七,《全唐诗补编》本,中华书局1992年版,第170页。
⑥ 孙望:《全唐诗补逸》卷七,《全唐诗补编》本,第170页。
⑦ 北京图书馆金石组:《北京图书馆藏中国历代石刻拓本汇编》第30册,中州古籍出版社1989年版,第142页。

中"中丞"字清晰可见,"琬琰"二字亦可辨,盖孙望先生推测避唐武宗讳以及作年为武宗时似有不确。又于季友《阿育王寺碑后记》云:"此寺碑记,尝为寇盗隳坏,久无竖立。有好事僧惠印,录其旧文,藏于箧笥。又与老宿僧明秀、志诠寺主僧志□、上座僧栖云、都维那僧巨嵩会议,重建其碑焉,余美其乐善。会剡越间有隐逸之士曰范的,业文攻书,未遇于时,常萍泊云水间。余邀以书之,添圣境游观之一事,略记端由于碑后云。大和七年十二月一日,明州刺史于季友记。"①朱彝尊《唐阿育王寺常住田碑跋》云:"右《唐阿育王寺常住田碑》,秘书监正字郎万齐融撰,其初赵州刺史徐峤之书,既隳于寇,明州刺史于季友,于僧惠印所睹旧文,邀处士范的重书,大和七年冬事也。寺建于晋太康二年,田赐于宋元嘉二年,额更于梁普通三年。释道宣录,神州塔寺,以是塔居第一焉。碑题越州都督府鄮县者,齐融,神龙中与贺知章、贺朝、张若虚、邢巨、包融等,俱以吴越之士知名。见刘昫《唐书·文苑传》。《国秀》《搜玉》二集曾载其诗。《唐书》以贺朝万为一人,齐融为一人,误矣。唐自武德四年诸州置总管,未久更都督府,至乾元元年始号越州。而鄮县即故鄞州,开元二十六年始割县置明州。齐融撰碑时,寺犹属越州也。碑引诗'倬彼甫田,岁取十千',以'甫'作'硕',不知何所本。其阴有记,则于季友辞。附赠范的诗,的亦有和韵之作。胡氏《统签》、季氏《全唐诗》均未之载。季友,太保顿次子也,尚宪宗女惠康公主,拜驸马都尉,授羽林将军。制系元稹所草。史不言其为明州刺史,《宰相世系表》第书绛、宋等州刺史云。"②综合上述信息,可推知范的在浙东隐居时间约在大和年间。

三、方外诗人及其寓居活动

浙东人文的又一突出特征是道教与佛教的盛行。就道教名山而言,有禹遇东海圣姑的会稽山、黄帝游仙之处缙云山、葛玄等灵仙所居的天台山,为天下人所神往。道教推崇的洞天福地,不少都分布在浙东地区。据北宋道士张君房《云笈七签》所记,唐以来公认的道教"十大洞天"中,浙东有天台、赤城山等三处;"三十六小洞天"中,浙东有四明、会稽山等八处;"七十二福地"中,浙东有东、西仙源、天姥岑等十五处。就佛教而言,东晋以来,浙东地区在佛教传播与发展中扮演了举足轻重的角色。在这片沃土上,高僧云集,佛法昌盛,构成了佛教中国化进程中不可忽视

---

① ［清］董诰:《全唐文》卷七四一,第7661页。

② ［清］朱彝尊著,王利民校点:《曝书亭全集》卷五〇,吉林文史出版社2009年版,第530页。

的重要篇章。如支遁自吴地迁徙会稽后,与书法大家王羲之结为至交。王羲之邀请支遁大师驻锡山阴灵嘉寺,一时间成为名士争相拜访的高僧。支遁大师的佛学造诣深厚,其影响远播,为浙东佛教的传播与发展奠定了坚实的基础。佛教史上声名显赫的智𫖮大师,自建康瓦官寺移居天台山,开创了弘禅法,判释经教。其佛学思想深邃,禅法高妙,深受隋朝皇室的尊崇,被誉为国师。他的传教创宗经历,始于建康,大成于浙东,充分展现了浙东在佛教中国化进程中的重要地位。吉藏大师,生于建康的安息人,陈时出家,名扬四海。隋朝灭陈后,吉藏大师迁至会稽嘉祥寺,以讲授三论著称,成为三论宗的创始人。他的佛学思想独树一帜,深受隋及唐初朝廷的重视与推崇。智𫖮、吉藏等高僧的传教创宗经历,不仅在浙东地区产生了深远的影响,更推动了佛教的中国化。而浙东地区浓厚的佛道文化底蕴,吸引了众多修为深湛、世所推重的名道、高僧前来寓居修炼,讲经说道。他们与当地官员保持着密切的联系,与大批文人墨客酬唱往还,共同推动了浙东文化的繁荣发展,不仅丰富了浙东的佛教文化,更为浙东唐诗之路的发展注入了新的活力。

(一)寓居浙东的诗僧

关于浙东的诗僧,姜光斗先生曾撰写《论唐代浙东的僧诗》一文,对十七位浙东诗僧的行事、作品作了较为全面的论述。但其中部分诗僧仅占籍浙东,并无长期寓居浙东的经历或创作。另如寒山、拾得等诗僧,是否确有其人,生活年代究竟为何,因可查考的外部资料大部分是传说性而非历史性的,因此难以作为传统考据学的论据来使用。而从诗歌内容看,究竟是否出自一人之手也仍然存在着较大的争议。故长期以来,关于此二人的考察仍缺乏实证性基础,因而也难以得出让学界普遍认同的结论。在浙东有长期寓居经历的本土诗僧,前文已多有察考,故笔者在此拟选择几位重要的非本土诗僧,对其浙东寓居情况作一梳理。

1. 贯休

贯休,俗姓姜,字德隐,婺州兰溪人,事见《唐才子传》卷八、《宋高僧传》等。贯休一生游历广泛,但其在浙东寓居时间较长。比较集中的有四个阶段。

一是五泄山寺修禅。贯休《送僧入五泄》诗云:"五泄江山寺,禅林境最奇。九年吃菜粥,此事少人知。山响僧担谷,林香豹乳儿。伊余头已白,不去更何之。"① 胡大浚《贯休歌诗系年笺注》卷一六注云:"五泄,《浙江通志》卷二三一《寺观六》:

---

① 〔清〕彭定求:《全唐诗》卷八三三,第9393—9394页。

'五泄寺。《诸暨县志》：在县西五泄山中，唐元和三年灵默禅师建，名三学禅院。咸通六年，赐名五泄永安禅寺。天祐三年改应乾禅院，后仍改今名。'贯休于大中元年（847）入诸暨县五泄山寺修禅，诗言'九年吃菜粥'，乃作于大中九年（855）初离五泄山时。"①

　　二是自江西东归后居兰溪。有《归故林后寄二三知己》诗云："昨别楚江边，逡巡早数年。诗虽清到后，人更瘦于前。岸翠连乔岳，汀沙入坏田。何时重一见，谈笑有茶烟。"②胡大浚《贯休歌诗系年笺注》卷八注云："咸通五年秋后，诗人自江西归兰溪，本篇作于'归后'，六年初也。"③《游金华山禅院》诗云："兹地曾栖菩萨僧，旃檀楼殿瀑崩腾。因知境胜终难到，问著人来悉不曾。斜谷暗藏千载雪，薄岚常翳一龛灯。多惭不及当时海，又下嵯峨一万层。"④胡大浚《贯休歌诗系年笺注》卷二四云："咸通六年（865）居金华，出游周边名山寺观时作。"⑤又《春游凉泉寺》诗云："一到凉泉未拟归，迸珠喷玉落阶墀。几多僧祇因泉在，无限松如泼墨为。云堑含香嗁鸟细，茗瓯擎乳落花迟。青山看著不可上，多病多慵争奈伊。"⑥胡大浚《贯休歌诗系年笺注》卷二五云："凉泉寺：在婺州。《宝刻丛编·两浙东路婺州》：'唐凉泉寺碑，僧法珪撰，蒋峦行书。大历十年三月八日。'诗为咸通六年（865）居金华时作。"⑦又有《瀫江秋居作》诗云："无事相关性自摅，庭前拾叶等闲书。青山万里竟不足，好竹数竿凉有余。近看老经加澹泊，欲归少室复何如。面前小沼清如镜，终养琴高赤鲤鱼。"⑧胡大浚《贯休歌诗系年笺注》卷二一注云："瀫江即兰溪……此诗情怀淡薄而不及战乱，大抵应作于久游江西、吴越、初返故里居兰溪时。姑系乾符元年（874）。"⑨《野居偶作》诗云："高谈清虚即是家，何须须占好烟霞。无心于道道自得，有意向人人转赊。风触好花文锦落，砌横流水玉琴斜。但令如此还如此，谁羡前程未可涯。"⑩胡大浚《贯休歌诗系年笺注》卷二一注云："本篇当为乾符元年

① ［唐］贯休著，胡大浚笺注：《贯休歌诗系年笺注》卷一六，第757页。
② ［清］彭定求：《全唐诗》卷八二九，第9343—9344页。
③ ［唐］贯休著，胡大浚笺注：《贯休歌诗系年笺注》卷八，第397页。
④ ［清］彭定求：《全唐诗》卷八三七，第9432页。
⑤ ［唐］贯休著，胡大浚笺注：《贯休歌诗系年笺注》卷二四，第1033页。
⑥ ［清］彭定求：《全唐诗》卷八三七，第9433页。
⑦ ［唐］贯休著，胡大浚笺注：《贯休歌诗系年笺注》卷二五，第1047页。
⑧ ［清］彭定求：《全唐诗》卷八三六，第9419页。
⑨ ［唐］贯休著，胡大浚笺注：《贯休歌诗系年笺注》卷二一，第932页。
⑩ ［清］彭定求：《全唐诗》卷八三六，第9420页。

(874)居兰溪时作。"①《题兰江言上人院二首》,其一云:"一生只着一麻衣,道业还欺习彦威。手把新诗说山梦,石桥天柱雪霏霏。"其二云:"只是危吟坐翠层,门前岐路自崩腾。青云名士时相访,茶煮西峰瀑布冰。"题注:"时王蔼先辈有诗二首题其院,因和题之。"②胡大浚《贯休歌诗系年笺注》卷二一注云:"王蔼、言上人院均未详。兰江,即兰溪。诗疑为乾符元年(874)居兰溪时作。"③从上述诗歌的内容来看,都是在江西归兰溪后所作,知贯休这一阶段在婺州居住时间较长,且多有创作。

三是黄巢之乱后避寇婺州山寺。吴在庆、傅璇琮《唐五代文学编年史·晚唐卷》:"《全唐诗》卷八三七有贯休《山居诗二十四首》其序云:'愚咸通四五年中,于钟陵作山居诗二十四章。放笔,稿被人将去。厥后或有散书于屋壁,或吟咏于人口。一首两首,时时闻之,皆多字句舛错。洎乾符辛丑岁,避寇于山寺,偶全获其本,风调野俗,格力低浊,岂可闻于大雅君子。一旦抽毫改之,或留之、除之、修之、补之,却成二十四首。亦斐然也,蚀木也,概山讴之例也。或作者气合,始为一朗吟之可也。'按乾符辛丑岁即指本年,诗乃本年修改而成。今录其一二以见一斑:'万境忘机是道华,碧芙蓉里日空斜。幽深有径通仙窟,寂寞无人落异花。掣电浮云真好喻,如龙似凤不须夸。君看江上英雄冢,只有松根与柏槎。'(其四)'自休自己自安排,常愿居山事偶谐。僧采树衣临绝壑,狖争山果落空阶。闲担茶器缘青嶂,静衲禅袍坐绿崖。虚作新诗反招隐,出来多与此心乖。'又贯休有《闻前王使君在泽潞居》(《全唐诗》卷八二八)诗,中云:'使君圣朝瑞,乾符初刺婺。德变人性灵,笔变人风土。……不幸大寇崩腾来,孤城势孤固难锢。……大驾正西幸,飘零何处去。婺人空悲哀,对生祠泣沾莓苔。忽闻暂寄河之北,兵强四面无尘埃。'按此王使君即乾符、广明间婺州刺史王恺。诗作于'大驾西幸'后,即约在本年。"④贯休又有《闻王恺常侍卒》诗三首:"世乱君巡狩,清贤又告亡。星辰皆有角,日月略无光。金柱连天折,瑶阶被贼荒。令人转惆怅,无路问苍苍。""宗社运微衰,山摧甘井枯。不知千载后,更有此人无。政入龚黄甲,诗轻沈宋徒。受恩酬未得,不觉只长吁。""恺在扶天步,重兴古国风。还如齐晏子,再见狄梁公。棠树梅溪北,佳城舜庙东。谁修循

---

① [唐]贯休著,胡大浚笺注:《贯休歌诗系年笺注》卷二一,第936页。

② [清]彭定求:《全唐诗》卷八三六,第9421页。

③ [唐]贯休著,胡大浚笺注:《贯休歌诗系年笺注》卷二一,第941页。

④ 吴在庆、傅璇琮:《唐五代文学编年史·晚唐卷》,辽海出版社1998年版,第715—716页。

吏传,对此莫匆匆。"①对于王慥的怀念,颇为真切感人。诗言"世乱君巡狩,清贤又告亡",即是在中和元年(881)僖宗西幸之后。

四是中和五年(885)自庐山返浙东,居于兰溪别墅。胡大浚《禅月大师贯休年谱稿》"中和五年、光启元年乙巳"云:"秋末自庐山返浙东,过衢州,谒刺史杜某。……杜某刺衢约在光启间,本集卷三《寄杜使君》云:'杉松经雪后,别有精彩出……亦知休明代,谅无经济术。门前九个峰,终拟为丈乞。'卷五《上杜使君》云:'苍生苦疮痏,如何尽消削。圣君新雨露,更作谁恩渥。'睽之'休明代''疮痏''尽消削''圣君新雨露'等语必作于本年三月僖宗返长安后。'九个峰'当指九峰山。《浙江通志》卷十八《山川十》:'衢州府龙丘山……《弘治衢州府志》:又名九峰山,山际有石壁百余丈,复有岩名三叠。唐徐安贞读书其中。《上杜使君》……当作于秋冬之际初至衢时也。"②贯休重返故里后,居于兰溪别墅,有《湖头别墅三首》,其一云:"梨栗鸟啾啾,高歌若自由。人谁知此意,旧业在湖头。饥鼠掀菱壳,新蝉避栗皱。不知江海上,戈甲几时休。"其二云:"桑柘参桐竹,阴阴一径苔。更无他事出,只有衲僧来。堲蚁争生食,窗经卷烧灰。可怜门外路,日日起尘埃。"其三云:"南北如仙境,东西似画图。园飞青啄木,檐挂白蜘蛛。邻叟教修废,牛童与纳租。寄言来往客,不用问荣枯。"③胡大浚《贯休歌诗系年笺注》卷一四注云:"湖头别墅:据'旧业在湖头'等语,此当为寺人在兰溪之旧居。诗言'戈甲几时休''日日起尘埃',则为历经黄巢之乱,姑系于光启二年(886)重返故里之时。'梨栗鸟啾啾',深秋时节也。"④可从。

2. 辩才

辩才事迹见于唐代《法书要录》卷三载何延之《兰亭记》。记云:"《兰亭》者,晋右将军会稽内史琅琊王羲之字逸少所书之诗序也。右军蝉联美胄,萧散名贤,雅好山水,尤善草隶。……右军亦自珍爱,宝重此书,留付子孙传掌。至七代孙智永——永即右军第五子徽之之后,安西成王咨议彦祖之孙,卢陵王胄昱之子,陈郡谢少卿之外孙也。……兄弟初落发时,住会稽嘉祥寺,寺即右军之旧宅也。后以每年拜墓便近,因移此寺。自右军之坟,及右军叔荟以下茔域,并置山阴西南三十一

---

①　[清]彭定求:《全唐诗》卷八三一,第9367—9368页。

②　[唐]贯休著,胡大浚笺注:《贯休歌诗系年笺注》,第1204—1205页。

③　[清]彭定求:《全唐诗》卷八三二,第9383页。

④　[唐]贯休著,胡大浚笺注:《贯休歌诗系年笺注》卷一四,第677页。

里兰渚山下。梁武帝以欣、永二人,皆能崇于释教,故号所居之寺为永欣焉。事见《会稽志》。其临书之阁,至今尚在。禅师年近百岁乃终,其遗书并付弟子辩才。才俗姓袁氏,梁司空昂之玄孙,辩才博学工文,琴棋书画皆得其妙。每临禅师之书,逼真乱本。辩才尝于所寝方丈梁上,凿其暗槛,以贮《兰亭》,宝惜贵重,甚于禅师在日。"①知其本姓袁,为梁司空袁昂玄孙,王羲之七世孙释智勇的弟子,贞观年间居于会稽永欣寺。智勇圆寂前,将王羲之《兰亭》交付辩才保管。

辩才诗歌存世两首,皆与《兰亭序》有关。姜光斗《论唐代浙东的僧诗》云:"一首见于陈尚君辑校《全唐诗补编》第 666 页,题为《赴召》。诗云:'云霄咫尺别松关,禅室空留碧嶂间。纵使朝廷卿相贵,争如心与白云闲。'此诗当是唐太宗为索取《兰亭》真迹,召其赴朝廷时所作。何延之《兰亭始末记》云:'贞观中,太宗以听政之暇,锐志玩书,临右军真草书帖,购募备尽,唯未得《兰亭》。寻知此书,知在辩才处,乃降敕追师入内道场供养,恩赉优洽,数日后,因言次乃问及《兰亭》,方便善诱,无所不至。辩才确称往日侍奉先师,实尝获见,自禅师丧后,洊经丧乱,坠失不知所在。既而不获,遂入归越中。后更推究,不离辩才处,又敕追辩才入内,重问《兰亭》,如此者三度,竟靳固不出。'据此,这首诗当作于第一次'乃降敕追师入内道场供养,恩赉优洽'时。辩才不为富贵利禄所动,用诗抒写了这位高僧留恋山林禅室、向往清闲幽静的僧人生活、蔑视功名利禄的高尚情怀。唐太宗虽用尽威胁手段来榨取《兰亭》真迹,也不能得逞,于是后来只好行使骗术了。另一首见《全唐诗》卷八〇八,题为《设缸面酒款萧翼探得来字》,诗云:'初酝一缸开,新知万里来。披云同落寞,步月共徘徊。夜久孤琴思,风长旅雁哀。非君有秘术,谁照不然灰。'此诗即录自《兰亭始末记》,是萧翼假扮成山东书生,初见辩才,'共围棋抚琴,投壶握槊,谈后说文史,意甚相得',骗得辩才信任后,辩才以缸面酒(初熟酒)招待他后所作。此诗对仗精工,情景交融,感情浓烈,表现了辩才对于这位一见如故的'书生'的极大的热忱。尾联居然称颂萧翼有秘术,竟把心如死灰的出家人的心都照燃了。虽然辩才面对一位骗子,浪费了感情,但他却为后人留下了一首佳作,倒是幸事。"②值得注意的是,何延之《兰亭记》文中有"都督齐善行闻之,驰来拜谒。萧翼因宣示敕旨,具告所由"语,据《会稽掇英总集》卷一八《唐太守题名记》:"齐善行,贞观十七年九月,自兰

---

① [唐]张彦远辑:《法书要录》卷八,上海书店出版社 1986 年版,第 99—100 页。
② 姜光斗:《论唐代浙东的僧诗》,《唐代文学研究》,1996 年。

州都督授。"①是萧翼取《兰亭序》及与辩才唱和在贞观十七年(643)或稍后。然《隋唐嘉话》卷下云:"太宗为秦王日,……使萧翊就越州求得之,以武德四年入秦府。"②《南部新书》卷丁云:"《兰亭》者,武德四年,欧阳询就越访求得之,始入秦王府。"③与何延之所记时间有异,有待进一步考证。

3. 灵一

《宋高僧传》卷一五:"释灵一,姓吴氏,广陵人也。……年肇九岁,僻嫌朽宅,决入梵园,堕息慈之伦,禀出家之制。暨乎始冠,受其具足,学习无倦,律仪是修。……以宝应元年冬十月十六日,寂灭于杭州龙兴寺,春秋三十五,凡满十五安居。"又云:"初舍于会稽山南悬溜寺,接禅者隐空、干靖,讨论第一义谛。或游庆云寺,复居余杭宜丰寺。……每禅诵之隙,辄赋诗歌事,思入无间,兴含飞动。潘阮之遗韵,江谢之阙文,必能缀之,无愧古人。循循善诱,门弟子受教,若良田之纳膏雨焉。一迹不入族姓之门,与天台道士潘志清、襄阳朱放、南阳张继、安定皇甫曾、范阳张南史、吴郡陆迅、东海徐嶷、景陵陆鸿渐为尘外之友,讲德味道,朗咏终日。"④《灵一塔铭》云:"初舍于会稽南山之南悬溜寺焉,与禅宗之达者释隐空、虔印、静虚相与讨十二部经第一义谛之旨。既辩惑,徙居余杭宜丰寺。"⑤知其早年居于会稽山悬溜寺,悬溜寺或即云门寺。灵一在此期间与皇甫冉、朱放、李嘉祐往还颇多,前文已论及,此处不再赘述。灵一卒后,独孤及为其作塔铭,李纾等为刻石武林山,严维有诗哭之。灵一在浙东的时间无法精确考证,但从酬赠诗文来看,至德二年(757)前后有浙东寓居经历。

4. 行满

《宋高僧传》卷二二"行满传":"释行满者,万州南浦人也。羁贯成童,厥性明黠,笃辞所亲,求为佛子。受戒方毕,闻重湖间。禅道隆盛,石霜之门,济济多士,遂往求解。属诸禅师弃代,满往像章,观诸法席,既得安然。次闻天台灵圣之迹,由是结束游之,栖华顶峰下智者院,知众僧茶窨。见人怡怿,居几十载,未睹其愠色。卧一土床,空其下,烧粪扫而暖之。每日脱衣就床,则蚤虱蛰蛰焉喋之,及喂饲得所,

---

①　[宋]孔延之:《会稽掇英总集》卷一八,《宋元浙江方志集成》第14册,第6552页。
②　[唐]刘𫘧:《隋唐嘉话》卷下,中华书局1979年版,第54页。
③　[宋]钱易撰,尚成校点:《南部新书》卷丁,上海古籍出版社2012年版,第32页。
④　[宋]赞宁撰,范祥雍点校:《宋高僧传》卷一五,第360页。
⑤　[清]董诰:《全唐文》卷三九〇,第3962—3963页。

还着衣如故。或人潜扪其衣,蚤虱寂无踪矣。先是居房槛外有巨松,横枝之上寄生小树。每遇满出坐也,其寄生木必袅袅而侧,时谓此树作礼茶头也。或不信者,专伺满出,则纷纷然。满去,则屹立亭亭,更无动摇。虽随众食,量少分而止。四十年内,人未见其便溺。以开宝中预向人说'我当行矣'。令众僧念文殊名号相助,默焉坐化,春秋年可八十余。满多作偈颂以唱道焉。"①又行满《付法最澄法师书》:"比丘僧行满,稽首天台大师。行满幸蒙嘉运,得遇遗风,早年出家,誓学佛法,遂于毗陵。大历年中,得值荆溪先师,传灯训物,不揆暗拙,忝陪末席。荏苒之间,已经数载。再于妙乐,听开涅槃。教是终穷,堪为宿种。先师言归佛陇,已送余生。学徒雨散,如犊失母。才到银峰,奄徒灰灭。父去留药,狂子何依。且行满扫洒龛坟,修持院宇,经今廿余祀。诸无可成,忽适日本国求法供奉大德最澄法师云:'亲辞圣泽,面奉春宫,求妙法于天台,学一心于银地,不惮劳苦,远涉沧波,忽夕朝闻,忘身为法,睹兹盛事。亦何异求半偈于雪,访道场于知识。且行满倾以法财,舍以法宝。百金之寄,其有兹乎。愿得太师以本念力,慈光远照,早达乡关。弘我教门,报我严训。生生世世,佛种不断。法门眷属,同一国土,成就菩提。龙华三会,共登初首。'"②可知行满早年出家,大历间从天台宗湛然学止观学说。湛然卒后,住天台华顶峰20余年,享年80余岁。行满诗今存一首,《送最澄上人还日本国》:"异域乡音别,观心法性同。来时求半偈,去罢悟真空。贝叶翻经疏,归程大海东。何当到本国,继踵大师风。"收于《全唐诗续拾》卷一九。此诗为送别日本入唐求法僧最澄所作,最澄唐贞元二十年(804)入唐,到达临海,在台州龙兴寺师从天台山修禅寺道邃受天台教义,又投天台佛陇山行满座主学习。二十一年,学成归国,此诗即作于最澄还日本之际。其《付法最澄法师书》文中有"愿得太师以本念力慈光远照,早达乡关。弘我教门,报我严训"语,则是最澄回国时行满付法之辞。

5. 幻梦

幻梦事迹不详,亦存《送最澄上人还日本国》诗一首,当与行满同时,在天台山修行。

6. 天然

《宋高僧传》卷一一"唐南阳丹霞山天然传":"释天然,不知何许人也。少入法

---

① [宋]赞宁撰,范祥雍点校:《宋高僧传》卷二二,第571—572页。
② [日]伊藤松:《邻交征书》,上海辞书出版社2007年版,第112页。

门,而性梗概,谒见石头禅师,默而识之,思召其自体得实者,为立名天然也。乃躬执爨,凡三年,始遂落饰。后于岳寺希律师受其戒法,造江西大寂会。寂以言诱之,应答雅正。大寂甚奇之。次居天台华顶三年,又礼国一大师。元和中,上龙门香山,与伏牛禅师为物外之交。后于慧林寺遇大寒,然乃焚木佛像以御之。……以长庆四年六月告门人曰:'备沐浴,吾将欲行矣。'乃戴笠策杖入屦,垂一足,未及地而卒,春秋八十六。"[1]从天然的生平经历可知,其在元和年间曾在天台华顶寓居三年,礼国一禅师。天然诗《全唐诗续拾》今存五首。

7. 法常

《宋高僧传》卷一一"唐明州大梅山法常传释":"释法常,俗姓郑,襄阳人也。稚岁从师于荆之玉泉寺。凡百经书,一览必暗诵,更无遗忘。冠年,受具足品于龙兴寺。容貌清峻,性度刚敏,纳衣囊钵,毕志卯斋。贞元十二年,自天台之于四明余姚之南七十里,寓仙尉梅子真之旧隐焉。昔梅福初入山也,见多龙穴,神蛇每吐气成楼阁,云雨晦冥。边有石库,内贮仙药神仙经籍。……由是编苫伐木,作覆形之调,居仅四十年,验实非常之人也。开成年初院成,徒侣辐辏,请问决疑,可六七百纳徒矣。四年,常忽示疾。九月十九日,山林摇荡,鸟兽悲鸣,辞众而逝,报龄八十八,戒腊六十九。"[2]据传可知法常20岁左右在台州龙兴寺受具足品,贞元十二年(796),从天台前往四明余姚之南七十里的大梅山隐居修行四十年,在浙东寓居的时间是比较长的。《全唐诗续拾》存其诗二首。

(二)寓居浙东的道士诗人

在浙东的道士诗人,除了上文已述及的本土诗人如陈寡言、叶法善、杜光庭等,最重要的便是天台道士司马承祯和徐灵府。

1. 司马承祯

《旧唐书·司马承祯传》云:"道士司马承祯,字子微,河内温人。周晋州刺史、琅邪公裔玄孙。少好学,薄于为吏,遂为道士。事潘师正,传其符及辟谷导引服饵之术。师正特赏异之。谓曰:'我自陶隐居传正一之法,至汝四叶矣。'承祯尝遍游名山,乃止于天台山。"[3]按《云笈七签》卷五《真系》记载,上清经法,陶宏景授王远

---

①　[宋]赞宁撰,范祥雍点校:《宋高僧传》卷一一,第250—251页。
②　[宋]赞宁撰,范祥雍点校:《宋高僧传》卷一一,第259—260页。
③　[后晋]刘昫:《旧唐书》卷一九二,第5127页。

知，王授潘师正，潘授司马承祯。自陶氏至司马承祯为四世，故司马承祯为陶宏景的四传弟子。司马承祯游历名山，隐于天台玉霄峰，自称"白云子"或"白云道士"①。刘肃《大唐新语》卷一〇云："司马承祯，字子征，隐于天台山，自号白云子，有服饵之术。则天中宗朝，频征不起。睿宗雅尚道教，稍加尊异，承祯方赴召。"②天台是司马承祯最喜爱也是居住最久之地，亦是司马承祯成名之所。武则天、唐睿宗、唐玄宗先后多次征召他入京，《旧传》曰："则天闻其名，召至都，降手敕以赞美之。及将还，敕麟台监李峤饯之于洛桥之东。景云二年（711），睿宗令其兄承祎就天台山追之至京，引入宫中，问以阴阳术数之事。承祯对曰：'道经之旨：为道日损，损之又损，以至于无为。且心目所知见者，每损之尚未能已，岂复攻乎异端，而增其智虑哉！'帝曰：'理身无为，则清高矣！理国无为，如何？'对曰：'国犹身也。《老子》曰：游心于澹，合气于漠，顺物自然而无私焉，而天下理。《易》曰：圣人者，与天地合其德。是知天不言而信，不为而成。无为之旨，理国之道也。'睿宗叹息曰：'广成之言，即斯是也！'承祯固辞还山，仍赐宝琴一张及霞纹帔而遣之，朝中词人赠诗者百余人。"景云二年，司马承祯辞睿宗还天台后，唐睿宗有《赐天师司马承祯三敕》③，不久又下诏恢复桐柏观，以便司马承祯居住，有《复建桐柏观敕》，《天台山志》亦载其敕在景云二年（711）。又据《旧唐书》载："开元九年，玄宗又遣使迎入京，亲受法篆，前后赏赐甚厚。十年，驾还西都，承祯又请还天台山，玄宗赋诗以遣之。十五年，又召至都，玄宗令承祯于王屋山自选形胜，置坛室以居焉。"④盖司马承祯开元九年（721）受玄宗之召进京，十年（722）又回天台。自司马承祯开始，天台山的道教迅速发展起来，而其所居住的桐柏观也成为道教南宗的祖庭。关于这一点，笔者在上文已展开了较为详细的研究，此处不再赘述。

司马承祯居于天台，也吸引了众多文人雅士前来拜访，如沈佺期《同工部李侍郎适访司马子微》诗云："紫微降天仙，丹地投云藻。上言华顶事，中问长生道。华顶居最高，大壑朝阳早。长生术何妙，童颜后天老。清晨朝凤京，静夜思鸿宝。凭崖饮蕙气，过涧摘灵草。人非冢已荒，海变田应燥。昔尝游此郡，三霜弄溟岛。绪言霞上开，机事尘外扫。顷来迫世务，清旷未云保。崎岖待漏恩，怵惕司言造。轩皇重斋拜，汉武爱祈祷。顺风怀崆峒，承露在丰镐。泠然委轻驭，复得散幽抱。柱

① ［宋］张君房：《云笈七签》卷五《真系》，《道藏》第 22 册，第 22—25 页。
② ［唐］刘肃撰：《大唐新语》卷一〇，中华书局 1984 年版，第 158 页。
③ 李希泌主编：《唐大诏令集补编》卷三〇，上海古籍出版社 2003 年版，第 1363—1364 页。
④ ［后晋］刘昫：《旧唐书》卷一九二，第 5127—5128 页。

下留伯阳,储闻登四皓。闻有参同契,何时一探讨。"①陶敏《沈佺期宋之问集校注》卷三:"司马承祯,字子微,自号白云子。为道士,师潘师正,后止于天台山。景云二年,睿宗令其兄承祎就天台山追之至京,固辞还山,仍赐宝琴一张及霞纹帔而遣之,朝中词人赠诗者百余人。见《旧唐书》卷一九二、《新唐书》卷一九六本传。……《资治通鉴》卷二一○载其事于景云二年(711)十二月。按李适卒于此年十一月,参卷五《故工部侍郎李公祭文》,诗当作于十一月前。"②盖其在景云二年(711)自京还天台便吸引了沈佺期、李适前往拜访。

2. 徐灵府

生平事迹见于《历世真仙体道通鉴》卷四○:"道士徐灵府,号默希子,钱塘天目山人。通儒学,无意于名利。居天台云盖峰虎头岩石室中,凡十余年。门人建草堂请居之,弗往。而后自庐于石层上。乔松修竹森然在目。有环池方百余步,中多怪石若岛屿,因名之曰方瀛。日以修炼自乐于其间,尝为诗曰:'寂寂凝神太极初,无心应物等空虚。性修自性非求得,欲识真人只是渠。'又曰:'学道全真在此生,迷徒待死更求生。今生不了无生理,纵复生知何处生?'唐会昌初,武宗诏浙东廉访使以起之,辞不获出。见廉使,献言志诗曰:'野性歌三乐,皇恩出九重。求传紫宸命,免下白云峰。多愧书传鹤,深惭纸画龙。将何佐明主,甘老在岩松。'廉访奏以衰槁免命,由此绝粒,久之凝寂而化,享年八十二。著《玄鉴》五篇,注《通玄真经》十二篇及撰《天台山记》《三洞要略》,门人得其道惟左元泽。"③赵璘《因话录》卷四亦有:"元和初,南岳道士田良逸、蒋含弘,皆道业绝高,远近钦敬。……桐柏山陈寡言、徐灵府、冯云翼三人,皆田之弟子也。"④元和中,田良逸自南岳徙天台,徐灵府与其同行。又《天台山记》述其所作过程云:"灵府以元和十年,自衡岳移居台岭,定室方瀛,至宝历初岁,已逾再闰,修真之暇,聊采经诰,以述斯记,用彰灵焉。"由是知《天台山记》作于宝历初年,而徐灵府入天台则在元和十年(815)。

徐灵府在天台,曾主持重修桐柏观。元稹《重修桐柏观记》云:"岁太和己酉,修桐柏观讫事,道士徐灵府以其状乞文于余。"⑤周相录《元稹集校注·续补遗》卷三注:"大和三年作于越州,时为浙东观察使、越州刺史。桐柏观:《(嘉定)赤城志》卷

① [清]彭定求:《全唐诗》卷九五,第1022—1023页。
② [唐]沈佺期、宋之问著,陶敏、易淑琼校注:《深佺期宋之问集校注》卷三,第187页。
③ [元]赵道一:《历世真仙体道通鉴》卷四○,《道藏》第五册,第328页。
④ [唐]赵璘撰,黎泽潮校笺:《因话录校笺》卷四,合肥工业大学出版社2013年版,第63、65页。
⑤ [清]陆心源:《唐文拾遗》卷五○,《全唐文》附,第10948页。

三〇《寺观门四·天台》：'桐柏崇道观：在县西北二十五里，旧名桐伯，唐睿宗景云二年为司马承祯建。'"①《宝刻丛编》卷一三"台州"引《集古录目》："《唐修桐柏宫碑》，唐浙东团练观察判使越州刺史元稹撰并书，台州刺史颜顗篆额。桐柏宫以景云中建，道士徐灵府等重葺，碑以大和四年四月立。"②盖其修葺桐柏观在大和三年（829）前。

---

①　[唐] 元稹著，周相录校注：《元稹集校注·续补遗》卷三，第 1632 页。
②　[宋] 陈思：《宝刻丛编》卷一三，《历代碑志丛书》，第 577 页。

第五章　台州司马吴颛墓志与
《送最澄上人还日本国》组诗研究

贞元二十一年(805)三月,被后人尊称为"传教大师"的日本入唐求法僧最澄结束了在天台的求法之旅,准备启程返回日本。与之相识的台州地方官员、文士以及僧侣为其举办了饯行茶会并作诗赠别。最澄回国后,将这组赠别诗连同台州司马吴颛撰写的诗序编集成卷,名曰《台州相送诗》,载入其《显戒论缘起》一书,这组中日交往诗也由此保存下来。

中土传世文献对这次诗会及相关作品均未作记载,故参与这次组诗创作的诗人们多湮没于历史的尘埃中。直到清人陆心源《唐文续拾》[①]自《日本邻交征书》转录吴颛所作诗序,今人张步云、周琦《唐代逸诗辑存》[②]自《显戒论缘起》辑录整组诗歌,我们才对这次诗会的缘起和参与者有所了解。然而由于史料的缺乏,对于创作者的具体情况和生平事迹,仍难以做进一步的考察。笔者近日新发现《吴颛墓志》一方,为我们研究该集诗序作者台州司马吴颛提供了新材料。

吴颛墓志首题"唐故普安郡太守濮阳吴府君墓志铭并序",盖题"大唐故吴府君墓志铭",题下署"从父弟朝请郎前行左监门卫录事参军吴居易撰兼书"。为方便讨论,据拓片将墓志释文标点如下:

唐故普安郡太守濮阳吴府君墓志铭并序
从父弟朝请郎前行左监门卫录事参军吴居易撰兼书

普安太守之先,出自帝喾之后,播种百谷,命以为稷。能平九土,祀以为社。武王克商,追尊我王。奄有东土,无怠无荒,三让天下,仁德何长。降自秦汉,迄于晋魏。謇謇长沙,著之于忠。桓桓武阳,拊[附]凤攀龙。我文我武,昔周之度。我伯我季,光启我祖。炳兮焕兮,发迹岐下。凛凛清风,粲然可睹。

---

① [清]董诰等编:《全唐文·唐文续拾》卷五,第11222页。
② 张步云:《唐代逸诗辑存》,《文学遗产》1983年第2期。

皆□□□,宁不我谷。祖从谏,皇洪州高安县尉。父赓,皇尚舍直长。太守即尚舍之长子也。先太夫人弘农杨氏。今太守吴公,濮阳人,讳颋,字体仁。天不祐善,孑然早孤,野云无依,飘荡江湖。会帝元舅列公从祖,学诗学礼,以道以知,十年之间,名播京师。贞元初,起家参并州军事,令问令望,曰美曰彰。长源陆公作镇于汝,暗然上闻。屈迹于掾,俄迩数年。兴元相国严公奏天子,降赐诏,豸冠绣服,委以军府,同舍外郎,罕出其右。监临二州,星回半纪。如风偃草,煦然若春。道之不行,出为台州司马。廉使叹其能,请遥倅戎事。元和初,拜洛州福昌令,又迁雍州兴平令。歌咏之声不绝,虽古之人,无以加也。荆州户计十万,控三江,扼五岭,方伯思其材,相国难其人。屈公之行,超以赤县,不言而化。长淮自清,颓纲一振,朝廷喧然,乃荷□之德。元和中,出刺于沔,龚黄之化,复见前朝。贡禹岂足名哉!才一二年,□复领剑州诸军事。剑阁之高可仰,如公之德不可仰也。元和末,不幸遘疾,终于剑州官舍,年将六十有二。呜呼哀哉!善人云亡,复何言哉!以元和十五年二月十八日归葬于长安县居安乡,祔大茔,礼也。夫人吴郡陆氏,携弱抱幼,还于旧里。一恸一绝,泪血如水。悠悠高天,无所依倚。夫人先府君讳质,皇给事中。太夫人琅耶王氏,皆盛德良家,四海仰止。有男五人,何其盛欤!泣血逾度,何其孝欤!野客最幼,何其悼欤!季弟居易奉嫂厚命,喻以慈分,遣□于文。惊沙暗飞,愁骨可断。文不尽言,言岂尽意。铭曰:

天色苍苍,善人云亡。白日西曛,热我中肠。贤愚一贯,善恶何臧。悲哉已矣,天道茫茫。

吴颋的生平事迹,唯见于《送最澄上人还日本国诗序》文末署名,曰:"贞元二十一年巳日台州司马吴颋叙。"①陆心源《唐文拾遗》收录此文并注云:"颋,贞元中台州司马。"②传世文献的记载仅此只言片语,今其墓志出土,始可窥见全豹。除了台州司马的任职经历,吴颋还多次入幕担任幕僚,最后官至剑州刺史,兹论说如次。

一、新出墓志与吴颋生平考论

(一)吴颋的外戚身份与早年成长经历

吴颋出身于濮阳吴氏,《元和姓纂》卷三吴姓"濮阳鄄城"条云:"汉有长沙吴王

---

① 陈尚君辑校:《全唐诗补编·续拾》卷一九,第943页。
② [清]董诰等编:《全唐文·唐文续拾》卷五,第11222—11223页。

芮,后汉有广平侯吴汉,南阳人也。桓帝时吴遵。遵孙质。质六代孙隐之,晋广州刺史。其先祖自濮阳过江,居丹阳,历仕江左。七代孙景达,唐尚药奉御。曾孙令珪,赠太尉,女即章敬皇太后也。珪子溆、澄、凑。"①是知吴氏在唐虽非显姓,但因出了唐肃宗章敬吴皇后,亦曾显贵一时。吴颛门第出身不高,祖父吴从谏仅官至县尉,父亲吴賡官终尚舍直长,在唐时属殿中省尚舍局,为正七品下②,故未见载诸史。又墓志云:"今太守吴公,濮阳人,讳瑗,字体仁。天不祐善,孑然早孤,野云无依,飘荡江湖。会帝元舅列公从祖,学诗学礼,以道以知,十年之间,名播京师。"可知吴颛父母在其年幼时便已逝世,未能给予更多的照拂,吴颛的成长和学习主要倚仗其从祖父一族。"帝元舅"即章敬皇后弟弟,唐代宗舅舅吴凑、吴溆、吴澄兄弟,事迹详见于《旧唐书》卷一八三《外戚传》。史书叙其家世云:

> 吴溆,章敬皇后之弟也,濮州濮阳人。祖神泉,位终县令。父令珪,益州郫县丞。宝历二年,代宗始封拜外族,赠神泉司徒,令珪太尉,令珪母弟前宣城令令瑶为开府仪同三司、太子家令,封濮阳郡公;中郎将令瑜为开府仪同三司、太子谕德、济阳郡公。溆时为盛王府录事参军,拜开府仪同三司、太子詹事、濮阳郡公。以元舅迁鸿胪少卿、金吾将军。建中初,迁大将军。……弟凑。凑,宝历中与兄溆同日开府,授太子詹事,俱封濮阳郡公。凑以兄弟三品,固辞太过,乞授卑官。乃以凑检校太子宾客,兼太子家令,充十王宅使。累转左金吾卫大将军……凑于德宗为老舅,汉魏故事,多退居散地,才免罪戾而已。凑自贞元已来,特承恩顾,历中外显贵,虽圣奖隆深,亦由凑小心办事,奉职有方故也。③

章敬皇后家族墓志,近年来多有出土,所载家族世系可补订史籍记载之缺误。崔德元所撰《唐秘书省校书郎薛公夫人濮阳吴氏墓志铭并序》云:

> 曾祖讳思训,皇汉州德阳县令。蹈道贞纯,不居显位,以贵孙章敬皇太后诞先元圣,追赠司徒。祖令珪,仕至益州郫县丞。秀钟河岳,气含精粹。以太后之灵,追赠太尉。夫人即兵部尚书、右金吾大将军凑之第二女也。尚书,帝之元舅,作圣股肱。允武允文,智周万物。娶河东裴氏,丰庆茂祉,而生夫人。④

---

①　[唐]林宝撰,岑仲勉校记:《元和姓纂(附四校记)》,第283—284页。
②　[唐]李林甫等撰,陈仲夫点校:《唐六典》卷一一,第329页。
③　[后晋]刘昫等撰:《旧唐书》卷一八三,第4746、4747、4749页。
④　胡戟著:《珍稀墓志百品》,陕西师范大学出版社2016年版,第164—165页。

志主为肃宗吴后弟弟吴凑之女,墓志记载其先世"不居显位"。曾祖吴思训仅官至县令,祖父吴令珪亦仅为县丞,因接姻皇家而渐次通显,被追赠太尉,父亲吴凑则官至兵部尚书、右金吾大将军,记载了这一外戚家庭显贵的过程。该墓志书者署"兄士矩",乃章敬皇后侄子,吴溆之子。陈鸿撰《唐故朝议郎行大理司直临濮县开国男吴君墓志铭并序》曰:

> 高祖绚,德阳县令,赠司空。曾祖训,神泉县令,赠司徒。祖珪,郫县丞,赠太尉。父溆,右金吾卫大将军,赠太子太傅。四代经明,藉在春官。人物公望,仪冠当时。才如命何,不为将相。代宗践作,始以外戚受封。君讳士平,字贞之,太傅第三子。既生,食太官之膳,服御府之缯。伯父叔公,朱轮华毂。①

志主吴士平为章敬皇后弟弟吴溆之子,尚有兄弟士则、士矩。又吴士范撰《唐陕虢都防御押衙朝议郎试抚州司马上柱国冯夫人吴氏阴堂志》云:

> 夫人讳惎,姓吴氏,濮阳人。……泊五代祖景达,隋西阁祭酒;大王父思训,唐绵州神泉县令,□赠至太师;王父令瑜,开府仪同三司、光禄卿;皇考湾,朝议大夫、秘书郎、河中府田曹参军。……秘书即章敬皇太后之从父弟也。大历初,代宗皇帝以孝理,追升太后之族,次授五品阶,拜秘书郎。②

志主吴惎的祖父令瑜与章敬皇后父亲令珪为亲兄弟,故其祖、父皆因此显达。从已出土的三方墓志来看,章敬皇后祖父的名讳,史书、墓志皆有抵牾之处。史书记载为"神泉",《吴士平墓志》记载为"训",其他两方墓志则为"思训",综合来看当以"思训"为准,其官至神泉县令,史书误将其官职记载为名字。《吴士平墓志》记载章敬皇后父亲名字为"珪",亦误,当为"令珪"。

《吴颖墓志》记载志主与吴凑兄弟有从祖关系,然所言并不十分明确。从其先世名讳来看,吴颖祖父名"从谏",吴凑祖父名"思训",后字部首皆为"言",词语结构与含义也颇为相合,可推测二人祖父辈为兄弟关系,故有"帝元舅列公从祖"之说。结合史籍与墓志,我们可以梳理出章敬皇后与吴颖家族世系表如下:

---

① 崔庚浩、王京阳:《唐高陵县尉吴士平夫妻墓志考释》,《陕西历史博物馆馆刊》第7辑,第222页。

② 周绍良主编:《全唐文新编》,第8914页。

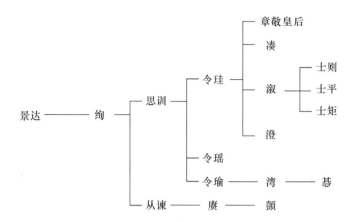

从墓志与史籍记载来看,吴凑家族成员也具备一定的文学才能。《吴士平墓志》专门提到了"君之元兄士则,季弟士矩,理行名节,标准衣冠。文学刀笔,波澜江海。后族不华,家风未改"①。《新唐书·吴士矩传》亦云:"澳子士矩,文学早就,喜与豪英游,故人人助为谈说。"②《全唐诗》卷八八七有吴士矩《饮后献时相》诗一首。同书卷四〇五元稹《开元观闲居酬吴士矩侍御三十韵》自注:"本句有'永惭沾药犬,多谢出囊锥'。"③当为吴士矩诗残句,是知《新唐书》本传言其早具文学不虚。元稹《开元观闲居酬吴士矩侍御三十韵》《元和五年予官不了罚俸西归三月六日至陕府与吴十一兄端公崔二十二院长思怆曩游因投五十韵》《寄吴士矩端公五十韵》,皆是酬吴士矩之作。白居易《京使回累得南省诸公书因以长句诗寄谢萧五刘二元八吴十一韦大陆郎中崔二十二牛二李七庾三十二李六李十杨三樊大杨十二员外》《雪中酒熟欲携访吴监先寄此诗》《吴秘监每有美酒独酌独醉但蒙诗报不以饮招辄此戏酬兼呈梦得》《懒放二首呈刘梦得吴方之》,诗中吴十一、吴监、吴秘监亦为吴士矩。刘禹锡有《秋斋独坐寄乐天兼呈吴方之大夫》《吴方之见示听江西故吏朱幼恭歌三篇颇有怀故林之想吟讽不足因而和之》《酬瑞(端)州吴大夫夜泊湘川见寄一绝》,诗中吴方之即吴士矩。可见吴士矩与当时文人交游之盛,与大诗人元稹、白居易、刘禹锡皆为诗友,常在一起饮酒唱和。

　　由于和吴皇后家族的宗族关系,吴颢虽然早失恃怙,犹能"学诗学礼,以道以知,十年之间,名播京师"。而吴颢后来的仕途与婚姻,应该也与他的外戚身份颇有

① 崔庚浩、王京阳:《唐高陵县尉吴士平夫妻墓志考释》,《陕西历史博物馆馆刊》第 7 辑,第 223 页。
② [宋]欧阳修、宋祁撰:《新唐书》卷一五九,第 4956 页。
③ [清]彭定求:《全唐诗》卷四〇五,第 4518 页。

关系。

(二)仕宦经历

吴顗的入仕当是通过门荫,墓志亦未记载其科举经历,应该是没有参加过科举考试。其解褐之职为并州军事,之后又在多个幕府中担任幕僚。

先是汝州刺史陆长源幕。墓志云:"贞元初,起家参并州军事,令问令望,曰美曰彰。长源陆公作镇于汝,暗然上闻。屈迹于掾,俄迨数年。"长源陆公即陆长源。陆长源为唐代著名文人、书法家,《旧唐书》卷一四五与《新唐书》卷一五一皆有其传。陆长源先后在昭义军节度使薛嵩和浙西节度韩滉幕府中担任幕僚和转运副使,又担任过监察御史,建、信、汝等州刺史。贞元十二年(796),被授检校礼部尚书、宣武军行军司马,决断汴州政事。贞元十五年(799),朝廷又任命他为宣武军节度使,结果遭遇军士哗变被害。陆长源刺汝州之事,大约在贞元五年(789)前后。欧阳修《集古录跋尾》卷六"唐流杯亭侍宴诗"云:

> 右《流杯亭侍宴诗》者,唐武后久视元年幸临汝温汤,留宴群臣应制诗也,李峤序,殷仲容书。开元十年,汝水坏亭,碑遂沉废。至贞元中,刺史陆长源以为峤之文、仲容之书,绝代之宝也,乃复立碑造亭,又自为记,刻其碑阴。武氏乱唐,毒流天下,其遗迹宜为唐人所弃。而长源当时号称贤者,乃独区区于此,何哉? 然余今又录之,盖亦以仲容之书可惜,是以君子患乎多爱。①

赵明诚《金石录校证》卷五:"第八百五,周流杯亭碑阴。陆长源撰,八分书,无姓名。贞元五年立附。"②陆长源在汝州时曾为损毁的殷仲容书《流杯亭侍宴诗》造亭立碑,自记其事于碑阴,此碑重立于贞元五年(789),则其当时已在汝州刺史任上。陆长源博学擅书法,好褒扬贤能,曾撰东阳令戴叔伦《去思颂》及颜真卿《去思碑》。著述有《唐春秋》六十卷,小说《辨疑志》三卷,专斥神怪妖异迷信之说。与韩愈、李翱、封演及高僧皎然、澄观及茅山宗师韦景昭等交善,与孟郊交谊最为久切。陆长源被害后,众多文士有悼念之作。如李翱《故处士侯君墓志》:"侯高字元览,上谷人。少为道士,学黄老练气保形之术,居庐山,号华阳居士。每激发则为文达意,其高处骎骎乎有汉魏之风。性刚劲,怀救物之略,自侪周昌、王陵,所如固不合,视贵善宦者如粪溲。与平昌孟郊东野、昌黎韩愈退之、陇西李渤澹之、河南独孤朗用晦、陇西李

---

① [宋]欧阳修著,李逸安点校:《欧阳修全集》卷一三九,中华书局2001年版,第2206—2207页。
② [宋]赵明诚撰,金文明校证:《金石录校证》卷五,第85页。

翱习之相往来。汴州乱，兵士杀留后陆长源，东取刘逸淮，乃作《吊汴州文》，投之大川以诉。"①叙述了侯高在陆长源被害后曾作《吊汴州文》，并投于大川以祭之。白居易《哀二良文并序》、韩愈《汴州乱》二首亦是为凭吊陆长源而作。陆长源在汝州时间较长，一直到贞元十二年（796）方离开前往汴州，吴颎在陆长源幕担任掾官当在贞元五年（789）到十二年（796）之间。

墓志续云："兴元相国严公奏天子，降赐诏兮冠绣服，委以军府，同舍外郎罕出其右。监临二州，星回半纪。如风偃草，煦然若春。"兴元相国严公即严震。《旧唐书》卷一三"本纪第十三"："（贞元）十二年春正月……乙丑，成德军节度使、检校司徒、兼侍中浑瑊兼中书令；兴元节度使严震、魏博田绪、西川韦皋并加检校左右仆射、同中书门下平章事。于是方镇皆叙进兼官。"②严震在贞元十二年（796）拜相，同年，陆长源离开汝州，前往汴州任职，吴颎转而投入了严震府中担任幕僚。又《旧唐书》卷一三："（贞元十五年）六月癸巳，山南西道节度使、检校尚书左仆射、平章事严震卒。秋七月乙巳，以兴州刺史兴元都虞候严砺为兴元尹兼御史大夫、山南西道节度、度支营田观察等使。"③贞元十五年（799），严震卒，从祖弟严砺继其位。据《新唐书·严砺传》："（严）砺在位，贪沓苟得，士民不胜其苦。素恶凤州刺史马勋，即诬奏，贬贺州司户参军。"④又《新唐书》卷一七四《元稹传》："按狱东川，因劾奏节度使严砺违诏过赋数百万，没人涂山甫等八十余家田产奴婢。时砺已死，七刺史皆夺俸，砺党怒。俄分司东都。"⑤严砺去世后，元稹弹劾其生前贪腐之事，还因惹怒其党羽被贬。《吴颎墓志》言："道之不行，出为台州司马。"盖亦因得罪了严砺而被贬斥到台州这样的偏远之地担任司马的闲职。从墓志"监临二州，星回半纪"来看，吴颎在山南西道的幕僚经历持续了六年，即贞元十二年（796）至贞元十八年（802）。

墓志又云："廉使叹其能，请遥倅戎事。"此处廉使即台州刺史。据《千唐志斋藏志》载《唐故中散大夫使持节台州诸军事守台州刺史上柱国赐紫金鱼袋颍川陈公（皆）墓志铭并序》："贞元十四年迁台州刺史……十八年十二月十五日遘厉薨于郡之适寝，享年七十三。"⑥《嘉定赤城志》卷八《郡守》："贞元十八年，韦叶。"⑦则贞元

---

① [清]董诰：《全唐文》卷六三九，第 6456 页。
② [后晋]刘昫等撰：《旧唐书》卷一三，第 383 页。
③ [后晋]刘昫等撰：《旧唐书》卷一三，第 390 页。
④ [宋]欧阳修、宋祁：《新唐书》卷一四四，第 4709 页。
⑤ [宋]欧阳修、宋祁：《新唐书》卷一七四，第 5227 页。
⑥ 河南省文物研究所，河南省洛阳地区文管处编：《千唐志斋藏志》，文物出版社 1984 年版，第 985 页。
⑦ [宋]陈耆卿：《嘉定赤城志》卷八，《宋元方志丛刊》第 7 册，第 7341—7342 页。

十八年(802)分别有陈皆、韦叶担任过台州刺史,韦叶之后是陆质。陆质,《旧唐书》本传云:"陆质,吴郡人,本名淳,避宪宗名改之。质有经学,尤深于《春秋》,少师事赵匡,匡师啖助。助、匡皆为异儒,颇传其学,由是知名。陈少游镇扬州,爱其才,辟为从事。后荐于朝,拜左拾遗。转太常博士,累迁左司郎中,坐细故,改国子博士,历信、台二州刺史。"①陆质是唐代著名的经学家,学宗异儒啖助、赵匡,在综合啖、赵二人学说的基础上,著有《集注春秋》二十卷、《春秋集传纂例》十卷、《春秋微旨》二卷、《春秋集传辨疑》七卷等。陆质在当时长安的文人群体中颇有影响,如柳宗元即以执弟子礼于陆质为荣:"恒愿扫于陆先生之门,及先生为给事中,与宗元入尚书同日,居又与先生同巷,始得执弟子礼。"②又称其学曰:"有吴郡人陆先生质(淳),与其师友天水啖助泊赵匡,能知圣人之旨,故《春秋》之言及是而光明,使庸人、小童,皆可积学以入圣人之道。传圣人之教,是其德岂不侈大矣哉!"③当时在长安的青年子弟,竞相讲论陆质新学,并关联时政,形成了一个长安"新学"讨论圈。陆质在台州任上,曾接待过日本求法僧最澄,这也是中日关系史上的一件大事。日僧圆仁《入唐求法巡礼行记》:"志远和上自说云:'日本国最澄三藏贞元廿年入天台求法,台州刺史陆公自出纸及书手,写数百卷与澄三藏。'"④《唐文续拾》卷五吴颛《送最澄上人还日本国诗序》:"以贞元二十年九月二十六日臻于海郡,谒太守陆公。……台州司马吴颛叙。"⑤《唐文续拾》卷四《印记》后题:"大唐贞元廿一年二月廿日,朝议大夫、持节台州诸军事、守台州刺史、上柱国陆淳给。"⑥综合上述几种文献来看,陆质最迟二十年(804)九月已在台州刺史任。吴颛与陈皆、韦叶的交往情况没有更多的记载,不过可以确定的是陆质有请吴颛"倅戎事"的经历。贞元二十一年(805)二月二十日,陆质给最澄发了印记,三月一日,又发了通关文牒。不久之后便被召还回京任给事中。同年四月,顺宗立广陵王李纯为皇太子,陆质旋即被征为太子侍读。

根据墓志记载,陆质离开台州不久,吴颛也随即北上了,并在元和初年(806)先后担任了洛州福昌令和雍州兴平令,也都是下层官僚,故不久之后,他又前往荆南,

① [后晋]刘昫:《旧唐书》卷一八九,第4977页。
② [唐]柳宗元:《柳河东集》卷三十一,中华书局1979年版,第819页。
③ [唐]柳宗元:《柳河东集》卷九,第209页。
④ [日]圆仁著,白化文、李鼎霞、许德楠校注:《入唐求法巡礼行记校注》,花山文艺出版社2007年版,第269页。
⑤ [清]陆心源:《唐文续拾》卷五,《全唐文》末附,中华书局1983年版,第11222页。
⑥ [清]陆心源:《唐文续拾》卷四,《全唐文》末附,中华书局1983年版,第11221页。

墓志云:"荆州户计十万,控三江,扼五岭,方伯思其材,相国难其人。屈公之行,超以赤县,不言而化,长淮自清,颓纲一振,朝廷喧然,乃荷□之德。"查吴廷燮《唐方镇年表》卷五"荆南"条,元和年间担任过荆南节度使的主要有元和元年(806)至三年(808)的裴均,元和三年(808)至四年(809)的赵昌,元和四年(809)至六年(811)的赵宗儒,元和六年(811)至九年(814)的严绶,元和九年(814)至十一年(816)的袁滋以及元和十一年(816)至长庆元年(821)的裴武①。从墓志下文来看,吴颛元和中便已出刺沔州,至其元和末年去世前又有剑州一任,从时间上来看,其在荆南应该是在元和前期。志文所言"方伯"可能是赵宗儒或严绶。相国则是李吉甫,《新唐书·李吉甫传》云:"德宗以来,姑息藩镇,有终身不易地者。吉甫为相岁余,凡易三十六镇,殿最分明。"②可见其当时是掌握方镇官员任命大权的主要人物。可以推论吴颛在荆南的时间大致为元和四年(809)到元和九年(814)之间。

离开荆南幕后,吴颛的仕途开始有所发展:"元和中,出刺于沔,龚黄之化,复见前朝。贡禹岂足名哉!才一二年,□复领剑州诸军事。剑阁之高可仰,如公之德不可仰也。"则其在荆南后一直到去世前年前分别担任过沔州刺史和剑州刺史。《唐刺史考全编》对于沔、剑二州的记载较少,元和年间担任过沔州刺史的仅元和八年(813)的严公弼和元和中的崔元方③,剑州刺史则有元和元年(806)武德昭、元和二年(807)崔实成、元和中王潜④。吴颛墓志可以对元和中的沔州刺史与元和末的剑州刺史人员提供补充材料。剑州刺史为吴颛之终官,墓志首题以其官职为"普安郡太守",盖因唐玄宗天宝元年(742),曾改剑州为普安郡,领普安、黄安、武连、梓潼、阴平、临津、永归、剑门八县,唐肃宗乾元元年(758)又复名剑州,之后便一直沿用"剑州"之名。据墓志,吴颛卒于元和末年,享年近六十二,于元和十五年(820)二月归葬长安,其卒年大致在元和十四年(819)末到元和十五年(820)初,逆推其生年当在乾元元年(758)左右。

(三)婚姻与永贞革新事件

值得注意的是,吴颛与永贞革新派人物的关系。据墓志记载:"夫人吴郡陆氏,携弱抱幼,还于旧里。一恸一绝,泪血如水。悠悠高天,无所依倚。夫人先府君讳

① 吴廷燮撰:《唐方镇年表》卷五"荆南",中华书局1980年版,第689—691页。
② [宋]欧阳修、宋祁:《新唐书》卷一四六,第4740页。
③ 郁贤皓著:《唐刺史考全编》,第1842页。
④ 郁贤皓著:《唐刺史考全编》,第3014页。

质,皇给事中。太夫人琅耶王氏,皆盛德良家,四海仰止。"可知吴颤与陆质不仅是上下级,还是翁婿关系。陆质是永贞革新派的重要人物之一。据《旧唐书》记载,陆质任太子侍读期间曾替革新派打探宪宗心意,因此遭到皇帝斥责:"时(韦)执谊得幸,顺宗寝疾,与王叔文等窃弄权柄。上(指李纯)在春宫,执谊惧,质已用事,故令质入侍,而潜伺上意,因用解。及质发言,上果怒曰:'陛下令先生与寡人讲义,何得言他?'质惶惧而出。"①这件事发生后不久,陆质便卧病不起。直至九月,王叔文领导的永贞革新彻底失败,九月十三日(己卯),柳宗元、刘禹锡等被唐宪宗贬官,逐出庙堂,两天之后陆质卒于长安。

从吴颤的仕宦梳理中可以看出,吴颤应该在陆质离开台州不久后便北返,但北返后的吴颤在仕途上并没有多大的起色,仅担任了县令之职。这与永贞革新的失败以及陆质的去世应该有一定的关系。但是相比"二王"黜往四川,柳宗元、韦执谊、刘禹锡、吕温、韩泰、凌准、陈谏、韩晔、程异等都远黜江南为州郡司马而言,吴颤受永贞革新事件的影响还是比较小的,甚至在事件平息之后步步升迁,最后官至州郡刺史。这一方面与陆质去世有关,另一方面与其吴皇后族人的身份也颇有关系,甚至以陆质在当时的身份地位,能将女儿嫁给"孑然早孤"的吴颤,想必也与其皇室外戚身份相关。

二、吴颤的文学创作与《送最澄上人还日本国》组诗考察

纵观吴颤的一生,出身寒微,孑然早孤,凭借与肃宗吴皇后同宗的亲缘关系得以接受教育并获门荫出仕,然仕途生涯的大部分时间都沉沦下僚。但从他辗转多次的幕僚经历来看,所从府主陆长源、陆质,皆为唐代著名文学家,严震等人亦为当代名臣,其中陆质更是与其有翁婿之谊,可知吴颤在当时是有一定声名的,墓志谓其"学诗学礼,以道以知,十年之间,名播京师",虽有一定的美饰成分,但也并非虚言。只是他的生平经历与文学才能多湮没于历史之尘埃,仅有一篇诗序与一首赠别诗因日本遣唐僧人最澄保留了下来,正是这两篇作品展现了他的文学才能,也使后人得以窥见他人生最生动的一个片段和一场极具历史意义的中日交往活动。

最澄在唐求法结束,返回日本时曾带回了数量庞大的佛教典籍、文集以及诗歌作品。就赠别诗而言,目前可见主要就是《送最澄上人还日本国叙》一篇,诗九首,

---

① 〔后晋〕刘昫:《旧唐书》卷一八九,第4977—4978页。

收录于《显戒论缘起》上卷,乃最澄离开台州返回明州前,由吴颛组织当地送别的官员、文士、僧人所作。值得注意的是,日本学者户崎哲彦在《唐代台州刺史陆淳与日僧最澄(上)》一文中曾做过梳理,指出《天台霞标》有《比睿山经藏目录》,载《大唐将来书》,其目录记载有"《天台师友相送诗集》四卷";又今存《传教大师将来目录》一卷,载有"《相送集》四卷百纸"。《将来目录》末有署名"大唐贞元贰拾壹年岁次乙酉(805),五月朔己巳,拾叁日辛巳,日本国求法僧最澄",可知最澄临归所编,有"《相送集》四卷(一作七卷)"者。此集书名及卷数与《天台师友相送诗集》相符。从时间推考,先称《相送集》四卷(805 年),后称《天台师友相送诗集》四卷(812 年)。《相送集》四卷(或后改为七卷)含越州、明州等地送诗,《显戒论缘起》所载《台州相送诗》一卷,似专结集以州治送诗,诗集所题"天台",地名限于天台山①。也就是说,最澄归国后,编纂有《相送集》,我们今日所见载入《显戒论缘起》上卷的九首《送最澄上人还日本国》,只是最澄所编《相送集》甚至《台州相送诗》中的一部分,当时或许还有明州、越州等地的送别诗。

《送最澄上人还日本国》诗叙和诗歌的文本,最早发现于最澄《显戒论缘起》上卷之中。《显戒论缘起》不同版本亦有差异,户崎哲彦在《唐代台州刺史陆淳与日僧最澄》一文中对不同版本进行了细致的互校,今参合各家,移录如下。

送最澄上人还日本国叙

过去诸佛,为求法故,或碎身如尘,或捐躯强虎。尝闻其说,今睹其人。日本沙门最澄,宿植善根,早知幻影,处世界而不著,等虚空而不碍。于有为而证无为,在烦恼而得解脱。闻中国故大师智颛,传如来心印于天台山,遂赍黄金,涉巨海,不惮滔天之骇浪,不怖映日之惊鳌,外其身而身存,思其法而法得,大哉其求法也。以贞元二十年九月二十六日,臻于临海郡,谒太守陆公,献金十五两、筑紫斐纸二百张、筑紫笔二管、筑紫墨四挺、刀子一、加斑组二、火铁二、加火石八、兰木九、水精珠一贯。陆公精孔门之奥旨,蕴经国之宏才,清比冰囊,明逾霜月,以纸等九物,达于庶使,返金于师。师译言请赍金贸纸,用书《天台止观》。陆公从之,乃命大师门人之裔哲曰道邃,集工写之,逾月而毕。邃公亦开宗指审焉,最澄忻然瞻仰,作礼而去。三月初吉,邅方景浓,酌新茗以饯行,对春风以送远。上人还国谒奏,知我唐圣君之御宇也。

---

① 〔日〕户崎哲彦:《唐代台州刺史陆淳与日僧最澄(上)——唐诗在日本》,《台州学院学报》2019 年第 1 期。

贞元二十一年巳日，台州司马吴颢叙

诗

重译越沧溟，来求观行经。问乡朝指日，寻路夜看星。
得法心愈喜，乘杯体自宁。扶桑一念到，风水岂劳形。

台州录事参军孟光

往岁来求请，新年受法归。众香随贝叶，一雨润禅衣。
素舸轻翻浪，征帆背落晖。遥知到本国，相见道流稀。

台州临海县令毛涣

万里求文教，王春怆别离。来传不住相，归集祖行诗。
举笔论蕃意，焚香问汉仪。莫言沧海阔，杯度自应知。

乡贡进士崔謩

一叶来自东，路在沧溟中。远思日边国，却逐波上风。
问法言语异，传经文字同。何当至本处，定作玄门宗。

广文馆进士全济时

家与扶桑近，烟波望不穷。来求贝叶偈，还过海龙宫。
流水随归处，征帆远向东。相思渺无畔，应使梦魂通。

天台沙门行满

异域乡音别，观心法性同。来时求半偈，去罢悟真空。
贝叶翻经疏，归程大海东。何当到本国，继踵大师风。

天台归真弟子许兰

道高心转实，德重意唯坚。不惧洪波远，中华访法缘。
精勤同慧可，广学等弥天。归到扶桑国，迎人拥海堧。

天台僧幻梦

却返扶桑路，还乘芦叶船。上潮看浸日，翻浪欲滔天。
求宿宁逾月，云行讵来年。远将干竺法，归去化生缘。

前国子监明经林晕

求获真乘妙，言归倍有情。玄关心地得，乡思日边生。
作梵慈云布，浮杯涨海清。看看达彼岸，长老散华迎。

在这组送行诗中，吴颢的诗叙具有统摄作用。与一般诗序交代送行时间、地点、缘由不同，吴颢这篇诗叙着墨于最澄求法的全过程：首句揭示过去诸佛求法之艰难，次两句点明赠别的主体——日本沙门最澄,同时赞扬最澄早知佛理之道行以及不惧万里波涛前来天台求法之诚心。接着引入叙事,陈述最澄求法的具体经历。最澄入台后,首先拜谒了台州刺史陆淳,献上了随身携带的异域宝物与黄金。陆淳收下了纸、笔等九物,婉拒了黄金。最澄便提出以金换纸,抄写佛教典籍。陆淳遂安排龙兴寺和尚、天台宗师道邃用一个多月时间替最澄集工抄写智者大师《天台止观》并加以讲解,直至他"忻然瞻仰,作礼而去"。整个过程不仅清楚交代了最澄的求法过程,且突出了陆淳在弘扬天台佛法中的主导作用,同时展现了其"精孔门之奥旨,蕴经国之宏才,清比冰囊,明逾霜月"的品格。诗叙最后引出了送行的主题,点明了送行的时间、场景,并表达了对最澄回国后展现大唐国风的期待。整篇诗序以散句为主,偶尔夹杂骈句,在简短精练的篇幅中融入了层次丰富的叙事内容和颂扬之情。

从九首送行诗的创作来看,体裁统一,皆为五言律诗,内容上既与诗序有所关联,彼此之间亦多有呼应。如吴顗本人的诗歌,首联"重译越沧溟,来求观行经",描写越洋求经之不易,颔联"问乡朝指日,寻路夜看星",点明赠别对象日本僧人之身份,颈联"得法心愈喜,乘杯体自宁"写得法之后的愉悦之情,尾联"扶桑一念到,风水岂劳形"寄托最澄顺利回国的祝福,与其诗叙的论述次序基本一致。而对照诸人诗歌,我们亦能找到共同的内容和情感表达,如写求法路途遥远、艰难重重,有"一叶来自东,路在沧溟中""上潮看浸日,翻浪欲滔天""来求贝叶偈,还过海龙宫""不惧洪波远,中华访法缘";写求法成功之喜悦,有"往岁来求请,新年受法归""来时求半偈,去罢悟真空""求获真乘妙,言归倍有情";写送别最澄的不舍与思念之情,有"万里求文教,王春怆别离""遥知到本国,相见道流稀""莫言沧海阔,杯度自应知""相思渺无畔,应使梦魂通";最多的还是对最澄归国的祝福和期许,如"何当至本处,定作玄门宗""何当到本国,继踵大师风""归到扶桑国,迎人拥海墺""远将干竺法,归去化生缘""看看达彼岸,长老散华迎"。凡此主题皆在诗序涵盖的范围之内,盖是先有吴顗之序,后有赠别之诗,序和诗都充分把握住了送别的要义与送别对象的特点。

值得注意的是,除了上述九首诗歌,《天台霞标》第四篇第一卷尚有陆淳诗一首,诗名题为《台州刺史陆淳送最澄阇梨还日本》,诗云:"海东国主尊台教,遣僧来听《妙法华》。归来香风满衣袂,讲堂日出映朝霞。"此诗未载于《天台相送诗》中,且为七言,体裁上亦与前诗不同,故学术界对此诗多抱有怀疑态度。据户崎哲彦《唐代台州刺史陆淳与日僧最澄(下)》:

此诗,未知出于何书。慈本获之希烈宿祢钞书中也。原本"海"作"汝","妙"作"于"。慈本依义改之。或曰:"此诗载在《禅宗日工集》,又改数字,载之《本朝高僧传》某传也。"……《禅宗日工集》者,禅僧义堂周信(1325—1388,号空华)所撰日记,别称《空华日用工夫集》,四十八卷……卷一"应安二年(1369)五月十四日"条云:"古天和尚(周誓)说话次,问《圆悟心要》载六祖怀集、四会之义。又举台州太守《送传教大师诗》曰:'海东国主尊台教,故遣僧来听《法华》。皈去香风满衣裓,讲堂日出映朝霞。'乃最澄也。今比睿山中秘箧第一云云。"①

这是最早记载陆淳诗歌的文献。对比《天台霞标》本所录诗歌,除了"故遣僧来听《法华》"被改动之外,颔联"皈去"亦被改为"归来",从作诗者的身份来看,前者较为恰当,且此诗收录时间亦早于《霞标》本,似更贴近诗歌原貌。胡可先教授《天台山:浙东唐诗之路与海上丝绸之路的交汇》判断该诗的真伪时提出:但就其所言情事,再与台州官员送最澄诗比照,作为陆淳所作,应该是有依据的。诗歌也写得很好,首句叙说最澄来台州的原因是日本皇帝尊崇天台山佛教,次句叙说最澄受日本天皇的委派来台州听授《妙法莲华经》的过程,三句则言最澄归国的情况,设想其香火旺盛,布满僧衣,四句设想最澄弘扬教义的情景,讲堂与朝霞相映,是对最澄最好的赞美。② 颇有见地。结合前文所述《送最澄上人还日本国》组诗,极有可能只是最澄《相送集》四卷乃至《台州相送诗》的其中一部分,那么陆淳此诗体裁非五言律诗,且未与九首送别组诗编在一处,也是说得通的。从吴顗的身份背景、其与陆淳的翁婿关系以及诗叙的创作来看,这次送别茶会的组织者和主导者应该就是吴顗,陆淳并未参与,诗亦非同时创作。从最澄离开前,陆淳为其所作印记来看,作送别诗亦非只有三月上巳日这一个机会。

上述台州送别诗歌对于研究唐代中日交往活动无疑具有特殊的意义。一方面体现了中日物质文化的交流状况。吴顗《送最澄上人还日本国叙》云:"以贞元二十年九月二十六日,臻于临海郡,谒太守陆公,献金十五两、筑紫斐纸二百张、筑紫笔二管、筑紫墨四挺、刀子一、加斑组二、火铁二、加火石八、兰木九、水精珠一贯。"筑紫是日本出产优良纸张笔墨的地区,据《延喜式》记载,太宰府每年要向朝廷进贡"笔一千一百二十管(兔毛、鹿毛各五百六十管)、墨四百五十廷、斐纸一二百张、麻

---

① [日]户崎哲彦:《唐代台州刺史陆淳与日僧最澄(下)》,《台州学院学报》2019年第2期。
② 胡可先:《天台山:浙东唐诗之路与海上丝绸之路的交汇》,《浙江社会科学》2019年第12期。

纸二百张"①,最澄带到大唐的筑紫斐纸、筑紫笔、筑紫墨皆为当地采用独特工艺所制质量上乘之物。从最澄明州到台州的过所记载来看,还有水精念珠十贯、檀龛水天菩萨一躯送往天台山供养。另一方面也促进了中日诗歌文化之交流。最澄回国后,日本嵯峨天皇、仲雄王等多有赠答最澄之作,就内容来看,多与天台宗有关。如嵯峨天皇有五律《答澄公奉献诗》②,诗中"远传南岳教,夏久老天台"直接点明求法之所为天台,又"羽客亲讲席,山精供茶杯"则是想象最澄聆听道邃亲自讲法的场景,"山精供茶杯"亦与天台产茶的特色相契合。最澄卧病,嵯峨天皇、仲雄王、嵯峨天皇、仲雄王又有《和澄公卧病述怀之作》③同题诗,表达出对最澄高深佛法的赞美以及对其卧病的极大关怀。最澄去世后天皇又有《哭澄上人》诗云:"吁嗟双树下,摄化契如如。惠远名仍驻,支公业已虚。草深新庙塔,松掩旧禅居。灯焰残空座,香烟绕像炉。苍生稍集少,缁侣律仪疏。法体何久住,尘心伤有余。"④表达了对最澄创立传播天台宗这一功绩的肯定以及失去最澄的悲痛。这些诗歌体裁皆为五言,想必与当时唐人好作律诗以及送别诗中多五言有关。

---

① [日]藤原忠平编:《延喜式》卷二三,仁孝天皇文政十一年松平齐贵校刊本,第16页。
② [日]小道宪之:《文华秀丽集》,岩波书店1964年版,第258页。
③ [日]小道宪之:《文华秀丽集》,第262页。
④ [日]小道宪之:《文华秀丽集》,第263页。

第六章 新见武义主簿丁仙之墓志与丁仙之生平、创作研究

　　唐代著名的诗歌选本《丹阳集》由盛唐著名诗选家殷璠汇辑储光羲、包融、丁仙芝、殷遥等十八位润州籍诗人的诗歌作品而成,在文学史上有重要的地位。入选该集的十八位诗人在当时皆有诗名,然大部分仕宦不达,生平资料可征者甚微。陈尚君《殷璠〈丹阳集〉辑考》①、吕玉华《〈丹阳集〉考辨》②、陶敏《〈全唐诗〉人名考证》等都曾对诸人生平事迹加以钩稽,笔者《新出墓志与〈丹阳集〉诗人考辨》③又据新出土马挺、蔡希周、包陈等人墓志加以考订补充,揭开了一些关于《丹阳集》的未发之覆。然入选其中的"余杭尉丁仙芝",因史料匮乏,生平事迹尚存诸多疑窦。我们仅知其占籍润州,历任主簿、余杭尉。所幸的是,近期丁仙之墓志在洛阳出土,从墓志来看,丁仙之曾有浙东经历,在东阳郡武义县担任主簿。通过墓志,我们不仅可以解决其名字争议,还可以对其生卒、历官、交往等诸多问题加以考证,厘清其在浙东的任职经历和诗歌创作情况。

　　丁仙之墓志长、宽皆 40 厘米,志文正书,共 20 行,满行 20 字。志盖题"大唐故丁府君墓志铭",志文首题"大唐故余杭郡余杭县尉丁府君墓志文并序",题下署"承义郎前京兆府好畤县尉陈允升撰"。现据拓片将丁仙之墓志整理标点,并就墓志内容参证传世文献加以考释。

大唐故余杭郡余杭县尉丁府君墓志文并序

承义郎前京兆府好畤县尉陈允升撰

　　公讳仙之,字冲用,丹杨郡丹杨县人也。昔齐有丁公,克开厥后。爰自汉魏,实

---

　　① 陈尚君:《殷璠〈丹阳集〉辑考》,见《唐代文学丛考》,中国社会科学出版社 1997 年版,第 223—243 页。

　　② 吕玉华:《〈丹阳集〉考辨》,《文献》2003 年第 2 期。

　　③ 杨琼、胡可先:《新出墓志与〈丹阳集〉诗人考辨》,《陕西师范大学学报(哲学社会科学版)》2014 年第 3 期。

繁人物。曾祖伯春,陈祯明初,举秀才,随晋陵郡太守。祖孝俭,以衣冠子弟随授奉信员外郎,皇朝秘书著作郎。父慎行,优游里闬,未遒冠冕。公在弱年,美姿仪,习文史,尤长诗赋。自国子生进士高第,有盛名于天下。位遇不达,调补东阳郡武义主簿。不以卑屑意,当官有正色之雄。廉察使刘日正以名献于天庭,寻改余杭郡余杭尉。异政尤举,黜陟使席豫亦荐于上。寻丁外忧,服未阕,以天宝三载六月廿一日遘疾终丹杨私第,春秋五十有五。呜呼!诗虽入室,仕迷其门。廊庙之器也,委乎草莽;龙凤之姿也,蟠于泥沙。惜哉!嗣子充等乳臭而孤,菊芳未秀,随圣善陈氏家于洛阳,遂迁神北土。以天宝十载十二月十一日反葬于尸乡之西界首阳之南原,礼也。铭曰:

> 名满天下兮,位何卑。才运不并兮,古有之。扁舟东土兮,素车洛师。稚子哀号兮,仰天未立。孀妻俯孤兮,临穴而泣。

一、新出墓志与丁仙之生平考论

(一)丁仙之名字与生卒年补正

关于丁仙之的姓名,有"丁仙芝""丁先芝""丁仙之"三种说法。史籍本作"丁仙芝",《全唐诗》卷一一四云其名"仙,一作先"①,新出墓志有《唐故随州司法参军陆府君(广成)墓志铭并序》,题署:"前国子进士丁仙之撰。"②陈尚君先生《石刻所见唐代诗人资料零札》云:"丁仙芝。《千唐志斋藏志》收《唐故随州司法参军陆府君墓志铭》,因'年号纪年不详'而殿于唐志之末。按墓志署'前国子进士丁仙芝撰'。……《全唐诗》卷一一四云其名'仙一作先',据此亦可定谳。"③确定其姓名为"丁仙芝",然忽视了陆广成墓志所反映"之"与"芝"二字之别。实则《千唐志斋藏志》所载拓片图版即作"丁仙之",陈先生审读有误。现据丁仙之墓志更可确定其名本作"丁仙之"。又墓志云"公讳仙之,字冲用,丹杨郡丹杨县人也",知其字为"冲用",可补史籍之阙载。

丁仙之的生卒年,历来不详,据墓志所载丁仙之于"天宝三载(744)六月廿一日遘疾终丹杨私第,春秋五十有五",可逆推其生年为公元 690 年,即载初二年,因九

① [清]彭定求:《全唐诗》卷一一四,第 1155 页。
② 河南文物研究所:《千唐志斋藏志》,文物出版社 1989 年版,第 1206 页。
③ 陈尚君:《石刻所见唐代诗人资料零札》,《唐代文学研究》第一辑,山西人民出版社 1988 年版,第 420 页。

月武则天登基称帝,改元"天授",故亦可作天授元年。

(二) 丁仙之仕宦经历考察

1. 科举及第

丁仙之的家世,历来无考,墓志云:"曾祖伯春,陈祯明初举秀才,随晋陵郡太守。祖孝俭,以衣冠子弟随授奉信员外郎,皇朝秘书著作郎。父慎行,优游里闬,未遑冠冕。"这是我们研究丁仙之成长环境最原始的材料。从墓志叙述来看,其曾祖举秀才,官至郡太守,祖父则以门荫入仕,官秘书省著作郎,虽非显宦,然对丁仙之的成长与文学才能应有一定的影响。而父亲丁慎行不再出仕为官,则使丁仙之的生活和仕宦经历相比其他士族出身的文人来说要艰难得多。

墓志续云:"公在弱年,美姿仪,习文史,尤长诗赋。自国子生进士高第,有盛名于天下。"储光羲有《贻丁主簿仙芝别》有诗注云"同为太学诸生",又陆广成墓志署:"前国子进士丁仙之撰。"皆可与墓志印证,知其确为国子进士登第。至于登第时间,墓志未载,徐松《登科记考》卷七:"储光羲《贻丁主簿仙芝别》诗注云:'丁侯前年举,予次年举。'又云:'同年举而丁侯先第。'按,光羲于(开元)十四年及第,则仙芝在此年也。"①判定丁仙之及第时间为开元十三年(725)。而《至顺镇江志》卷一八《人材·科举》:"丁仙芝,曲阿人。开元十二年进士第,余杭尉。"②与《登科记考》推论不合,似方志记载不确。

2. 解褐武义主簿

虽为进士出身且"有盛名于天下",而丁仙之仕宦并不显达:"位遇不达,调补东阳郡武义主簿。"东阳郡武义主簿乃丁仙之解褐之职。关于其任武义主簿的时间,可据其撰写的陆广成墓志作大致考订。但陆广成墓志没有直接叙述卒葬之年,仅言"维岁大荒落十一月甲午,终于陕州之魏□,明年献春正月乙酉,归葬于东都北山先人之旧茔"。故《千唐志斋藏志》将其附于无年代可考墓志之中,《唐代墓志汇编》亦将其置于无年代可考之残志之中。而据学者考证,陆广成之卒日为开元十七年

---

① [清]徐松:《登科记考》卷七,第240页。
② [元]俞希鲁:《至顺镇江志》卷一八,《宋元方志丛刊》第3册,中华书局1990年版,第2847页。

(729)十一月八日,葬日为开元十八年(730)正月二十四日。① 知其开元十八年(730)尚未解褐授职,任东阳郡武义主簿应在开元十八年(730)之后。

诗人在武义主簿任上的表现,墓志曰:"不以卑屑意,当官有正色之雄",是比较中肯的评价。丁仙之有《赠朱中书》诗存世,诗云:

> 十年种田滨五湖,十年遭涝尽为芜。
> 频年井税常不足,今年缗钱谁为输。
> 东邻转谷五之利,西邻贩缯日已贵。
> 而我守道不迁业,谁能肯敢效此事。
> 紫微侍郎白虎殿,出入通籍回天眷。
> 晨趋彩笔柏梁篇,昼出雕盘大官膳。
> 会应怜尔居素约,可即长年守贫贱。②

诗有"紫微侍郎白虎殿"语,知"朱中书"为中书侍郎。唐玄宗开元元年(713)将中书省改为紫微省,五年(717)又复原名,故唐代诗人常将"中书"称为"紫微"。但"朱中书"之名已很难确切考证。诗歌前四句描绘了务农者以种田为生,遭遇洪涝灾害导致田园荒芜、颗粒无收的场景,面对频繁的赋税,更是无力缴纳。次四句写东西邻居靠转谷、贩缯等商业方式致富,"我"却坚守种地不转行。后六句则寄希望于"紫薇侍郎"关注像"我"这样的务农者,使其能够过上安守贫贱的生活。此诗的创作大体与其个人生活经历分不开,从父亲不出仕以及自己身处下僚的情况来看,丁仙之的生活应不富裕,甚至可能需要参加劳动来补贴生活,因此他的目光更多地放在下层劳动人民身上,通过赠诗给官职较高的友人朱中书来求得统治者对农业、农民的重视。

3. 改授余杭尉

丁仙之的第二任官职为余杭郡余杭尉,亦是其终官,改此官是得廉察使刘日正推荐,墓志曰:"廉察使刘日正以名献于天庭,寻改余杭郡余杭尉。"刘日正,未见史传记载,综合零散的传世史料与新出墓志可推断为开元二十三年(735)为润州刺

---

① 郭文镐《千唐志斋唐志年号纪年考》云:"唯开元十七年十一月有甲午,故大荒落指开元十七年(729),墓主卒于本年十一月八日。……此志墓主之葬期即开元十八年正月己酉(二十四日)。"(《文博》1987年第5期)程章灿《陆广成墓志考》云:"此志墓主卒于玄宗开元十七年己巳十一月甲午(初八日),葬于开元十八年庚午正月己酉(二十四日)。"(《考古》1995年第10期)

② [清]彭定求等编:《全唐诗》卷一一四,第1155页。

史、江南道采访使。《唐故长安县尉彭城刘府君（颢）墓志铭》载："烈考润州刺史江南东道采访使赠兖州都督，讳日正，风规存于省闼，惠泽浃于江湖。"①盖其在当时为人为官颇有声名。李华《润州鹤林寺故径山大师碑铭》载："故江东采访使润州刺史刘日正。"②《册府元龟》卷一六二："（开元二十三年）辛亥，置十道采访处置使……润州刺史刘日正为江南道采访使。"③卷一三一："二十四年正月，敕诸道采访使信安郡王祎、嗣鲁王道坚、牛仙客、宋询、刘日正、班景倩、唐昭各赐一子官，赏其巡察之劳也。"④又《大唐故中书舍人李府君（霞光）墓志并序》曰："刘日正廉问江介，复奏为判官。"⑤《大唐故银青光禄大夫行尚书左丞赠太常卿上柱国汝阳郡开国侯蒋府君（洌）墓志铭并序》："授大理评事。江东廉使刘日正表充判官。"⑥其中"廉问江介"与"廉察使""江东廉使"皆指刘日正为江南道采访使一事。则丁仙之得刘日正推荐改余杭尉当在开元二十三年（735）、二十四年（736）之间。值得重视的是，刘日正亦能撰文，与当时的一些著名文人都有所还往。《大唐西市博物馆藏墓志》载有《唐故偃师县令上柱国刘公（彦参）墓志铭》，题署："弟彦回撰序，侄日正铭。"⑦彦参葬于开元七年（719）三月八日。揆其时代，此"刘日正"当即《丁仙之墓志》中的刘日正。《刘彦参墓志铭》述及刘日正与墓主的关系："寄词于从祖兄子日正。"铭文云："岱宗镇海，长淮纪地。涵晶郁云，演灵通气。降生玄哲，秉是明义。文足经纶，孝能锡类。心冥数象，躬揭月日。道贯古今，化光蒲密。邻几体二，执德惟一。未践汉台，奄居滕室。楚山望远，桐乡事故。未归兆域，权开祠墓。亳京前壤，尸亭旧路。言閟泉扉，独伤庭树。"因为是为其叔父撰写墓志，故而对于刘氏先世渊源的追溯，对于墓主的评价以及怀思，都蕴涵于字里行间。当时著名文人的文章中也经常出现刘日正的影像。如高适《信安王幕府诗序》云："开元二十年，国家有事林胡，诏礼部尚书信安王总戎大举，时考功郎中王公，司勋郎中刘公，主客郎中魏公，侍御史李公，监察御史崔公，咸在幕府，诗以颂美数公，见于词凡三十韵。"⑧其中"司勋郎中刘公"即刘日正，为高适颂美者之一。王维《裴仆射济州遗爱碑》："诏封东岳，

① 周正：《〈刘颢墓志〉考释》，《书法研究》2017 年第 2 期。
② ［清］董诰：《全唐文》卷三二○，第 3246 页。
③ ［宋］王钦若等：《册府元龟》卷一六二，第 352 页。
④ ［宋］王钦若等：《册府元龟》卷一三一，第 118 页。
⑤ 周绍良主编：《唐代墓志汇编》，上海古籍出版社 1992 年版，第 1600 页。
⑥ 毛阳光主编：《洛阳流散唐代墓志汇编续集》，国家图书馆出版社 2018 年版，第 418 页。
⑦ 胡戟、荣新江主编：《大唐西市博物馆藏墓志》，北京大学出版社 2012 年版，第 394 页。
⑧ 刘开扬：《高适诗集编年笺注》，第 39 页。

……大驾还都,分遣中丞蒋钦绪、御史刘日政(正)、宋珣等巡按,皆嘉公之能,奏课第一。"①张九龄有《奉和圣制送十道采访使及朝集使》诗,其"十道采访使"即包括刘日正。因此,刘日正是玄宗朝颇有文名的文人士大夫,故其举荐丁仙之既重丁之文才,同时也应与刘日正自己的文学素养有关。

二、丁仙之的文学交游与浙东创作

除了生平仕历,墓志撰者对于丁仙之生平事迹的总结评价为我们研究其文学地位提供了原始资料,而墓志涉及的文学家席豫则补充了其文学交往关系。

从传世史料来看,《光绪丹阳县志》卷三五著录丁仙之有《丁余杭集》二卷,然已亡佚。《全唐诗》尚存其诗十四首,《全唐诗逸》卷上有逸句一联,《全唐诗续拾》有佚诗一首。陆广成墓志是其目前可见唯一的文章作品。对于丁仙之的诗歌作品,唐人殷璠在《丹阳集》中评价道:"仙芝诗婉丽清新,迥出凡俗,恨其文多质少。"②肯定了丁仙之诗歌清丽脱俗的语言风格,但因其推崇建安诗的"风骨弥高",故对丁仙之的"文多质少"有所遗恨。

与丁仙之同时期的墓志撰者陈允升亦对其文学才华亦给予了评价。《丁仙之墓志》就语言风格而言,凝练朴实,然陈允升在有限的篇幅中花费较多的笔墨评价志主的一生:"公在弱年,美姿仪,习文史,尤长诗赋。自国子生进士高第,有盛名于天下……诗虽入室,仕迷其门。廊庙之器也,委乎草莽。龙凤之姿也,蟠于泥沙……名满天下兮,位何卑。才运不并兮,古有之。"其中"尤长诗赋""诗虽入室"突出丁仙之在诗赋创作上造诣之高,"盛名于天下""名满天下"说明其诗名之盛,而作者"仕迷其门""委乎草莽""蟠于泥沙""位何卑""才运不并"诸多扼腕之语则从侧面说明丁仙之才华之高。储光羲《贻丁主簿仙芝别》诗有"高名处下位,逸翮栖卑枝"之言,亦与墓志相印证,可见诸人皆以丁仙之才高位卑为憾。

丁仙之对后世亦颇有影响力,明人李攀龙《古今诗删》、高棅《唐诗品汇》、钟惺《唐诗归》、清人王士禛《唐贤三昧集》等重要诗歌选本都选编了他的诗歌。唐汝询《汇编唐诗十集》评其《余杭醉歌赠吴山人》诗曰:"唐云:高华浑雅,无法可寻,论字句者,未足语此。"叶矫然《龙性堂诗话续集》亦有:"此篇句句字字古调,唐人绝无此等笔。王元美谓此歌千古绝唱,正不在多知音知言。"可见其诗亦颇得后人欣赏。

①　陈铁民:《王维集校注》卷九,第771、777页。
②　傅璇琮、陈尚君、徐俊编:《唐人选唐诗新编(增订本)》,第136页。

(一)文学交游

传世文献记载与丁仙之有文学往来可知姓名者有储光羲。储光羲为唐代著名诗人,亦是入选《丹阳集》的十八位诗人之一。丁仙之解褐前往武义任职,其作《贻丁主簿仙芝别》诗云:

> 赫赫明天子,翘翘群秀才。昭昭皇宇广,隐隐云门开。
> 摇曳君初起,联翩予复来。兹年不得意,相命游灵台。
> 骅骝多逸气,琳琅有清响。联行击水飞,独影凌虚上。
> 关河施芳听,江海徵新赏。敛祍归故山,敷言播天壤。
> 云峰虽有异,楚越幸相亲。既别复游处,道深情更殷。
> 下愚忝闻见,上德犹遭迍。偃仰东城曲,楼迟依水滨。
> 脱巾从会府,结绶归海裔。亲知送河门,邦族迎江澨。
> 夫子安恬淡,他人怅迢递。飞艎既眇然,洲渚徒亏蔽。
> 人谋固无准,天德谅难知。高名处下位,逸翮栖卑枝。
> 去去水中泜,摇摇天一涯。蓬壶不可见,来泛跃龙池。①

从丁仙之任武义主簿的时间来看,此诗当作于开元十八年(730)到二十四年(736)之间。诗歌前八句写两人一前一后到长安,同年应举,然二人皆落第,相伴游览灵台一事,从登科时间来看,此事当发生在开元十二年(724)。次八句言二人再次应举及第归乡,储光羲自注曰:"同年举而丁侯先第。"则分别在开元十三年(725)、十四年(726)及第。接着转入送别主题,"楚越幸相亲",丹阳乃楚国发源地,丁仙之任职的武义则属越国,此诗盖为储光羲送丁仙之赴武义主簿任而作。后八句言自己应制举后解官,丁仙之仍处于仕途困顿的状态,如今终于授官了,亲戚朋友都到河边送别。次四句描写送别的场景,丁仙之表现得安然恬淡,送行的人惆怅相隔,一直目送他的船只远去。末八句抒发离别之情。整首诗先追溯二人共同应举的经历,再描写送别丁仙之赴任武义主簿的场面,言语之中既为友人脱离仕途困顿感到欣慰,同时又为其才高而位卑感到遗憾,两人间的深厚友谊溢于言表。

与丁仙之有文学交往者,除了传世文献所见储光羲,尚有志文中提及的席豫:"异政尤举,黜陟使席豫亦荐于上。"席豫是盛唐著名文学家,三迁中书舍人,与韩休、许景先、徐安贞、孙逊相次掌制诰,后又得韩休举荐拜吏部侍郎,官至礼部尚书。

---

① [清]彭定求:《全唐诗》卷一三八,第1399—1400页。

《新唐书·席豫传》记载:"长安中,举学兼流略、词擅文场科,擢上第,时年十六,以父丧罢。复举手笔俊拔科,中之……俄举贤良方正异等。为阳翟尉。开元初,观察使荐豫贤,迁监察御史,出为乐寿令。"①是其擅长文学,在科举、制举考试中表现不俗。近年来新发现席豫撰写的墓志有四方:开元八年(720)《大唐故通议大夫沂州司马清苑县开国子刘府君(敦行)神道记》,题署"堂外甥大理寺丞席豫词"②;开元十年(722)《大唐故中散大夫守少府监上柱国赵郡李府君(述)墓志铭并序》,题署"户部侍郎席豫撰"③;开元二十三年(735)《唐故京兆府云阳县尉李君(滔)墓志铭并序》,题署"尚书吏部侍郎席豫撰"④;开元二十八年(740)《大唐故太子少师赠扬州大都督昌黎韩府君(休)墓志铭并序》,题署"中散大夫守尚书左丞上柱国安定席豫撰"⑤。这四方墓志不仅补充了席豫的文章作品,同时也为其生平仕历、交游关系提供了佐证以及系年线索。

席豫长于文学,诗文名动当朝。《全唐诗》卷一一一存其诗五首,《全唐诗续拾》卷十二辑补二首,《全唐文》存其文三篇,加上新发现的四篇墓志,目前留存下来的诗文共有十四篇之多。《旧唐书·席豫传》:"玄宗幸温泉宫,登朝元阁赋诗,群臣属和。帝以豫诗为工,手制褒美曰:'览卿所进,实诗人之首出,作者之冠冕也。'"⑥可见席豫的诗歌作品为玄宗所称道,在当时颇有影响力,唐人芮挺章《国秀集》就选录了其《蒲津迎驾》《奉和敕赐公主镜》诗⑦。就现存诗歌来看,天宝三载(744)贺知章归乡入道,唐玄宗君臣于长安饯行送别,有《送贺秘监归会稽》三十余首,其中即有席豫一首。再如《奉和圣制送张说巡边》《奉和圣制答张说扈从南出雀鼠谷》,同题唱和者有宋璟、苏颋、韩休、贺知章、王丘、苏晋、崔禹锡等著名文士,皆为玄宗宫廷中君臣唱和的活跃人物,加上张说、张九龄这样的文坛领袖人物,组成了开元中后期最高规格的文士群体。宰相李林甫也有投赠歌作,即《秋夜望月忆韩席等诸侍郎因以投赠》,其中席侍郎即为席豫,韩侍郎应为韩休。席豫的影响力体现在其掌纶翰、典贡举、选拔人才上。《新唐书》有"典选六年,拔寒远士多至台阁,当时推知人,

---

① 〔宋〕欧阳修、宋祁:《新唐书》卷一二八,第4467页。
② 吴钢主编:《全唐文补遗》第六辑,第35页。
③ 吴钢主编:《全唐文补遗》第六辑,第36页。
④ 吴钢主编:《全唐文补遗·千唐志斋新藏专辑》,第170页。
⑤ 赵占锐、呼啸:《唐宰相韩休及夫人柳氏墓志考释》,《唐史论丛》第23辑,三秦出版社2016年版,第249—252页。
⑥ 〔后晋〕刘昫等:《旧唐书》卷一九〇,第5036页。
⑦ 傅璇琮、陈尚君、徐俊编:《唐人选唐诗新编(增订本)》,第300—301页。

号'席公'云"①。言其知人善任,使得很多文士脱颖而出。颜真卿《摄常山郡太守卫尉卿兼御史中丞赠太子太保谥忠节京兆颜公神道碑铭》:"公讳杲卿……开元与兄春卿、弟曜卿、从父弟允南俱从调吏部,皆以书判超等,同日于铨庭,为侍郎席建侯所赏,翰林拭目焉。"②又《新唐书·萧颖士传》:"萧颖士……天宝初,颖士补秘书正字。于时裴耀卿、席豫、张均、宋遥、韦述皆先进,器其材,与均礼,由是名播天下。"③知颜真卿兄弟与萧颖士等文学家的扬名皆与席豫的器重有关。《丁仙之墓志》是席豫推举寒士的又一例证,丁仙之能得席豫赏识,举荐上闻,想必与他的文学才能以及二人的文学交往分不开。可惜这位仕途坎坷的诗人尚未迁官便遇丁忧,进而早逝,实为憾事。

(二)浙东创作

丁仙之的诗歌中,与浙东最密切相关的即《剡溪馆闻笛》。诗云:"夜久闻羌笛,寥寥虚客堂。山空响不散,溪静曲宜长。草木生边气,城池泛夕凉。虚然异风出,仿佛宿平阳。"④当是在其任武义主簿期间,夜宿剡溪驿馆所作。这是较早直接吟咏剡溪的诗歌,正是依据丁仙之此诗,我们知剡溪尚有水驿设置。从"草木生边气,城池泛夕凉"来看,诗人下榻的剡溪馆就在州城边。诗题以深夜闻笛起笔,所听之笛声却不是江南水乡所常见的轻歌曼舞之声,而是西北少数民族边塞之地才有的羌笛之声。又因其所处的环境寂寥幽深,仿佛置身西北边塞的氛围中,使边塞之气扑面而至。"山空响不散,溪静曲宜长"又使所处之境进一步辽阔幽远,山里回荡着笛声久不散去,剡溪水波无声,静静流淌着,与羌笛的声音融合在一起,此四句借羌笛之声营造边塞音乐氛围。紧接着开始描写自己的感受。"草木生边气,城池泛夕凉"这也许是一个夏秋季节的晚上,或许有边塞之气,因为笛声,就更加明显了,城池也显得如在西北城池中。最后作者说:"虚然异风出,仿佛宿平阳。"异风当指边气,平阳也指西北平原地区甚至大漠风沙之间的城池。将江南之剡溪山水写出塞北气象,在众多写剡中诗歌的作品中是罕见的,读来别有意趣。据上文对丁仙之生平仕历的考索,可知其为武义主簿应在开元十八年(730)到开元二十三年(735)之间,则诗歌当作于此间。

---

① [宋]欧阳修、宋祁等撰:《新唐书》卷一二八,第4468页。
② [清]董诰:《全唐文》卷三四一,第3463页。
③ [宋]欧阳修、宋祁:《新唐书》卷二〇二,第5767—5768页。
④ [清]彭定求:《全唐诗》卷一一四,第1156页。

第七章　新见唐代文学家李华墓志与李华的浙东创作

李华是唐代著名散文家、诗人,韩、柳古文运动的前驱者和领袖人物,生平事迹主要见于两《唐书》与独孤及《检校尚书吏部员外郎赵郡李公中集序》[①](以下简称《李公中集序》),然其中记载多有疏略与抵牾之处,故长期以来,尽管学术界探讨李华生平事迹的成果频出,仍有诸多无法辨明的问题。2019 年 8 月,笔者在洛阳考察,于汉唐志斋李琛先生处见到李华墓志,一同出土的还有李华与夫人合葬墓志,将两方墓志与李华父亲的李虚己墓志、弟弟的李莟墓志对照解读,可以补订李华生卒年、家族世系和婚姻状况。墓志记载的李华生平事迹、临终场景以及文集编纂情况可与传世典籍相互校证,为我们研究李华的仕途沉沦、宗教信仰以及文学创作提供新的史料来源。李华权葬志撰写者刘迺、合葬志撰写者薛放,都是唐代官僚兼文学家,亦揭示了李华交往、姻亲关系之一隅。

李华与浙东渊源颇深,曾撰《衢州龙兴寺故律师体公碑》《衢州刺史厅壁记》《台州乾元国清寺碑》,皆与浙东有关。安史之乱后,李华一直寓居江南,永泰元年(765)李岵贬衢州刺史,李华受其邀请担任幕僚,直至李岵北返。厘清李华的生平事迹,也有助于我们认识其在浙东的经历与创作情况。

笔者所见李华墓志有两方,一方首题"唐故吏部员外郎李府君墓志铭并序",题署"检校仓部员外郎兼侍御史刘迺述";另一方首题"唐故吏部员外郎赠礼部侍郎赵郡李府君及范阳卢氏合葬墓志铭并序",题署"正议大夫、尚书兵部侍郎充集殿学士上柱国河东县开国子食邑五百户赐紫金鱼袋薛放撰"。为方便讨论,兹据拓片分别录文如下:

---

① 独孤及:《毗陵集》卷一三,《四部丛刊初编》第 661 册,商务印书馆 1936 年版,第 65 页。

唐故吏部员外郎李府君墓志铭并序
检校仓部员外郎兼侍御史刘迺述

吏部员外郎李公,赵郡赞皇人,讳华,字遐叔。其先出自段干木,栖迟于魏,惟德动邻,秦兵不加。高大父孝威,隋尚书左丞。曾大父太冲,我祠部郎中。大父嗣业,同州司户参军。显考虚己,蒲州安邑县令。世滋豊懿,有干木之遗风焉。公即安邑府君第三子,志气薄于清穹,孝悌通于神明,艺文之美,郁郁难名。无紫色,无郑声,垂度照世,灿如恒星,所纂文凡数百篇。河南独孤及,河东柳识,渤海高参,分为三集,各冠之以序。其历官次第、沦胥幽遁之迹,独孤言之最详。冰夷从掇其遗事,著铭于穴尔。

公生五岁,丁太夫人忧,啼嚎之音,七日不衰,终三年皇皇焉。未常戏弄,此至性萌于自然也。年十岁,常侍安邑府君读书,府君授予《魏志》,公开卷流涕,手不供目,遂跪陈汉鼎轻重之惭,曹氏移夺之将,凡所于明,超出旧史,于以见王佐之风成也。

公为绣衣使者,出巡汧、陇,与李、郭二公定交于甲胄之中,乃上章称其材,社稷是依也。二公果能,张大六师,横扫氛秒,濂濂雨雪,消为清和。公高朗之鉴,拔乎群萃矣。初禄山以幽州叛,公劫在贼营,丸艾自烧,阴养间谋。时洛中有刺客,能言鸿宝苑秘之书者,力若貙虎。公与义士皇甫复歃盟结之,促行博狼沙之事,虽不及窃发,然其忠勇百夫之雄,于晚岁衮司上闻,宠光骤至。公深嘉范粲之节,不忍复践文明之廷回,闭门自锢,委和待尽。季弟苕适宰丹徒,公爱居官舍,春秋六十有一,以大历九年,青龙甲寅,正月辛亥,终于正寝。

刘冰夷闻之出涕曰:天之既丧元龟也,吾无与为善矣!是月丁卯,权窆于朱方北原,速也。传曰:圣人不出其间,必有命世者。公包元精之醇,德蹈夷皓之逸,轨正辞端,委有补于朝,岂近是乎。将殁之夕,有黄鹤山义琳禅师,叩关遽谒。公曰:"师来何迟也?请问心生灭之法。"往复数百言,归于痫爱扶疏,而自性明脱。公稽首曰:"法尽于此乎。"逝将去,师期亿劫不能忘此,又象外之说,非瞿昙之所及。

悲夫!噫!丹徒悌弟也。其孤羔、启,纯孝之士也,呕血嗷咻。告哀于冰夷,池绋将行,而文友皆远。以冰夷词朴且近,俾铭诸疏旐,冰夷执简怛惕,愧文之辱,其辞曰:

公生不辰,逢世荡倾,云物浊乱,夏寒日青。天子西狩,百官贾零,惴惴遐叔,网罗是婴。

结客图敌,裂帛表诚,迹虽沉泥,行实鲜清。朝即昌矣,戢翼辞荣,浮云无蒂,幼士寓形。

四大吾家,神翔八溟,稽首琳公,谁灭谁生。来应期运,去随化并,德辉不泯,永世作程。

唐故吏部员外郎赠礼部侍郎赵郡李府君及范阳卢氏合葬墓志铭并序

正议大夫、尚书兵部侍郎充集殿学士上柱国河东县开国子食邑五百户赐紫金鱼袋薛放撰

有唐文章宗师、故尚书吏部员外郎赵郡李公讳华,字遐叔。昔以大历九年,终于润州。遂因权窆,故兵部侍郎刘迺为志焉。后廿二年,夫人范阳卢氏,从袝于其侧,今太子右庶子王仲周为志焉。蓍蔡不叶,寓而即安,凡卅九年,于今矣。

府君以宪宗朝追赠中书舍人,今上即位,加赠礼部侍郎,皆以子佶故左散骑常侍致仕,时在朝列,推恩而及,是亦彰府君之文德也。

常侍无子,夫人范阳卢氏,当所天之丧,循顾托之重,竭家有无,泣血匍匐,自朱方奉舅姑之裳帷,归于成周。旧乡枳棘,瞻望不及,以长庆二年壬寅岁二月廿八日合葬于洛阳谷水之北原,从变礼也。其官族世德,二志存焉。今但记其所新卜迁袝之时岁而已。

常侍夫人,于放外姑也。奉命为志,辞不得已,故谨述之,铭曰:

齐封反葬为世经,龟筮即从斯可营。常侍无子承德馨,哀哀孝妇志切诚。

远奉裳帷归洛京,鲁人之袝于以成。眷言乡井沦贼庭,呜呼此地永以宁。

三从侄孙,乡贡进士幼复谨奉命护葬并书

从内容来看,两方墓志分别为李华权葬墓志以及李华与夫人范阳卢氏的合葬墓志,据合葬墓志记述,应当还有王仲周所撰李华夫人权葬志一方,惜未得见。就所见的两方墓志,大致可梳理李华夫妇的卒地、葬地以及迁葬情况。李华权葬志云:"季弟苕适宰丹徒,公爱居官舍,春秋六十有一,以大历九年,青龙甲寅,正月辛亥,终于正寝……是月丁卯,权窆于朱方北原,速也。"顾况有《祭李员外文》云:"京口归魂,毗陵旅榇,可胜悲哉!心丧何自,身役炎州,先生大归,赴哭无由。"[1]言李华卒于"京口",暂时安葬在"毗陵",此处"毗陵"即"京口",亦即权葬志所言"朱方",唐时属润州,可相互印证。又合葬志:"昔以大历九年,终于润州。遂因权窆,

① ［清］董诰:《全唐文》卷五三〇,第5385页。

故兵部侍郎刘迺为志焉。后廿二年,夫人范阳卢氏,从祔于其侧,今太子右庶子王仲周为志焉。蓍蔡不叶,寓而即安,凡卅九年,于今矣。……常侍无子,夫人范阳卢氏,当所天之丧……自朱方奉舅姑之裳帷,归于成周……以长庆二年壬寅岁二月廿八日合葬于洛阳谷水之北原,从变礼也。"记载李华夫人卢氏在李华去世廿二年后,即贞元十二年(796)去世,并与李华合葬。从"所天之丧""奉舅姑之裳帷"可以看出李华的媳妇范阳卢氏在丈夫去世之后主持了此次迁葬事宜,将公婆遗骸及权葬志从润州迁至洛阳,此时距离李华去世已有四十九年之久,即墓志所记迁祔之时长庆二年(822)。

一、新出墓志与李华生平考论

(一)李华生卒年与家世婚姻

关于李华的生卒年和家族世系,传世文献记载较为简略,故歧误纷纭,新出墓志可补阙订误,起到正本清源之效。

1.生卒年补订

李华生年未见诸史籍记载,关于其卒年,传世文献记载不一。《新唐书·李华传》仅言"大历初,卒"[①]。《文苑英华》《全唐文》所收梁肃《为常州独孤使君祭李员外文》系其卒年为大历元年(766)[②]。《唐文粹》亦收此文,作大历九年(774)[③]。闻一多《唐诗大系》从大历元年之说,然未提供依据。近人黄天朋《李华生卒考》提出李华生卒年约为开元三年(715)至大历九年(774)[④]。岑仲勉《唐集质疑·中唐四李观》转引黄文,认同此说[⑤]。杨承祖《李华系年考证》就李华诗文作系年考证,略定其生年为玄宗开元五年(717)左右,卒于代宗大历九年(774)或稍前[⑥]。此后,尹仲文、汪晚香、陈铁民、谢力、姜光斗诸先生皆认为"元年"当为"九年"之误[⑦]。日本

① [宋]欧阳修、宋祁:《新唐书》卷二〇三,第5776页。
② [宋]李昉:《文苑英华》卷九八二,第5166页;董诰:《全唐文》卷五二二,第5304—5305页。
③ [宋]姚铉:《唐文粹》卷三三,《四部丛刊初编》第318册,第8页。
④ 黄天朋:《李华生卒考》,民国二十六年(1937)六月南京《中央日报》"文史"版第28—29期。
⑤ 岑仲勉:《唐人行第录(外三种)》,上海古籍出版社1962年版,第378页。
⑥ 杨承祖:《杨承祖文录》,华东师范大学出版社2017年版,第264页。
⑦ 参见尹仲文《李华卒年考辨》,载《河北大学学报(哲学社会科学版)》1979年第2期。汪晚香《李华卒年考》,载《湖北师范学院学报(哲学社会科学版)》1989年第2期。陈铁民《李华事迹考》,载《文献》1990年第4期。谢力《李华生平考略》,载《唐代文学研究》1990年。姜光斗《李华卒年补证》,载《文学遗产》1991年第1期。

学者河内昭圆《李华年谱稿》系李华卒于大历九年(774),享年五十八①。今据墓志可知李华去世的确切时间为大历九年(774)正月十二日,享年六十一,反推得其生年为开元二年(714)。

2. 家世婚姻考索

李华出身赵郡李氏。墓志云:"吏部员外郎李公,赵郡赞皇人,讳华,字遐叔。"《李公中集序》:"公名华,字遐叔,赵郡人。"②《旧唐书》本传:"李华,字遐叔,赵郡人。"②《新唐书》:"李华,字遐叔,赵州赞皇人。"③墓志与诸史籍记载相同。

李华之先世,墓志云:"其先出自段干木,栖迟于魏,惟德动邻,秦兵不加。"段干木,根据《古今姓氏书辩证》即干木大夫李宗,陇西李氏与赵郡李氏皆出于此④。以李华《送观往吴中序》⑤所叙先世,结合赵超《新唐书宰相世系表集校》,可知李华为赵郡李氏东祖房高平宣公李顺的后裔。自顺以下,分别为七世祖濮阳侯李式,六世祖文静公李宪,五世祖豫州刺史李希礼。⑥谢力《李华生平考略》亦作过详细考证,可一并参考。自希礼以下世系,据《新唐书·宰相世系表》为高祖隋大理少卿孝威,曾祖雍王友太冲,祖同州司功参军嗣业,父典设郎恕己以及子鹜、肇,脱误甚多。笔者搜集到新出土的李华家族墓志四方,分别记载家世如下:

> 李华墓志:"高大父孝威,隋尚书左丞。曾大父太冲,我祠部郎中。大父嗣业,同州司户参军。显考虚己,蒲州安邑县令。世滋丰懿,有干木之遗风焉。公即安邑府君第三子,志气薄于清穹,孝悌通于神明,艺文之美,郁郁难名。"

> 李虚己墓志:"濮阳文侯希礼,生遂州总管孝威……遂州生我祠部郎中太冲,祠部生同州司户参军嗣业……府君盖司户之元子。"⑦

> 李茗墓志:"公名茗,字季茂,赵郡赞皇人也……隋尚书左承孝威,其高祖也。皇尚书祠部郎中太冲,其曾祖也。同州司户参军嗣业,其大父也。公即安邑府君虚己之幼子、尚书吏部郎华之季弟。"⑧

① [日]河内昭圆:《李华年谱稿》,《真宗综合研究所研究纪要》第14号,第30页。
② [后晋]刘昫:《旧唐书》卷一九〇,第5047页。
③ [宋]欧阳修、宋祁:《新唐书》卷二〇三,第5775页。
④ [宋]邓名世:《古今姓氏书辩证》卷二一,《景印文渊阁四库全书》第922册,第212页。
⑤ [宋]李昉:《文苑英华》卷七二〇,第3727页。
⑥ 赵超:《新唐书宰相世系表集校》,中华书局2018年版,第270页。
⑦ [唐]萧颖士:《唐故蒲州安邑县令李府君墓志》,《书法丛刊》2014年第6期。
⑧ 赵振华:《唐李茗墓志与徐珙书法》,《四川文物》2004年第3期。

李万墓志:"公讳万,字伯盈,赵郡赞皇人也……公□父太冲,有唐祠部郎中。烈祖嗣业,同州司户。皇考虚己,蒲州安邑令……有子二人,曰美,曰虞。"[①]

通过墓志,我们可以补正《新表》所载李华世系的几个问题:

一是李华先祖的职官问题。《新表》载高祖孝威为隋大理少卿,当为尚书左丞;曾祖太冲,未载官职,从墓志可知官终祠部郎中;祖父嗣业,官同州司户参军,而非司功参军。

二是李华父亲与诸兄弟的姓名问题。《新表》载李华父为典设郎恕己,与《李公中集序》所载"安邑令府君第三子"抵牾,今可知李华父亲确为虚己。《新表》载李虚己有三子:万、韶、莒,亦误。《李虚己墓志》:"府君中子华,字叔文……华之兄曰万、曰歆;华之弟曰韵、曰莒。"[②]《李华墓志》:"公即安邑府君第三子……季弟莒适宰丹徒。"《李万墓志》记载兄弟诸人云:"有弟曰歆,曰华,曰莒。"未见李韵,或因其与李华兄弟四人非一母所出。综合三方墓志,李虚己共有五子:李万、李歆、李华、李韵、李莒,李华排行第三。值得注意的是李华有《与弟莒书》[③],文中自称"三兄",现据墓志,可以推断"莒"为"莒"之形误,李华《与弟莒书》当作《与弟莒书》。

三是李华子嗣问题。《新表》载李华有二子"隋""肇",墓志则言:"其孤羔、启,纯孝之士也",即二子名"羔""启"。独孤及《李公中集序》亦有:"公长男羔,字宗绪。"与墓志所载相合,当以墓志为准。又李华与卢氏合葬志有:"府君以宪宗朝追赠中书舍人,今上即位,加赠礼部侍郎,皆以子佶故左散骑常侍致仕时在朝列,推恩而及,是亦彰府君之文德也。"则李华尚有一子李佶,未见载于史籍和李华权葬志,或与庶出身份有关。因李佶在朝中任官,故李华卒后在宪宗朝、穆宗朝分别被追赠中书舍人、礼部侍郎。宪宗、穆宗朝有过几次大规模的赠官活动,如宪宗改元元和赦、宪宗元和二年(807)南郊大赦、穆宗即位赦、穆宗长庆元年(821)正月南郊改元赦等。从墓志所载李佶官职来看,以左散骑常侍致仕,据《唐代中央重要文官迁转途径研究》统计,"中唐晚唐阶段,散骑常侍虽升为正三品,但中央官迁散骑常侍除太子宾客稍多之外,其余途径甚不固定,凡四品以上官都可入迁。大体散骑职位愈闲散,已成为四品以上官回翔之地。至于外官迁入的则以观察使为多"[④]。则其迁

---

①　[唐]卢纵:《燕故莱州司仓参军李府君墓志铭并述》,浙江大学图书馆藏,编号 LY1—047。
②　[唐]萧颖士:《唐故蒲州安邑县令李府君墓志》,《书法丛刊》2014 年第 6 期。
③　[宋]李昉:《文苑英华》卷六八七,第 3537 页。
④　孙国栋:《唐代中央重要文官迁转途径研究》,上海古籍出版社 2009 年版,第 35—37 页。

入左散骑常侍前为四品以上京官或诸道节度、观察、经略等使,故符合为父追赠官职的标准。

结合李华本人文章和新出墓志,我们还可以对关于李华家族的婚姻状况略作分析。前文述及李华与夫人迁葬一事由儿媳范阳卢氏操办。李华弟弟《李苕墓志》记载其婚姻状况云:"夫人范阳卢氏,盛门懿德,光配于公,媾孽之痛,哀可知矣。"①又李华有《李夫人传》,是其为外祖母赵郡李氏所作传记,记载李氏十三岁归于范阳卢善观,生一女归于安邑令赵郡李公,有遗孤检校吏部员外华②。由此可知李华父亲李虚己、李华本人、弟弟李苕与儿子李佶皆娶范阳卢氏为妻。此外,李华《与外孙崔氏二孩书》,记载有一女嫁崔氏,几位姑姑分别嫁予裴氏、郑氏、崔氏。皆为当时的高门著姓。可见李华家族作为山东旧族,在士族力量不断削弱的情况下,依然顽固坚守门第婚姻的状况。

综合上述内容,我们可以梳理出李华家族的世系表如下:

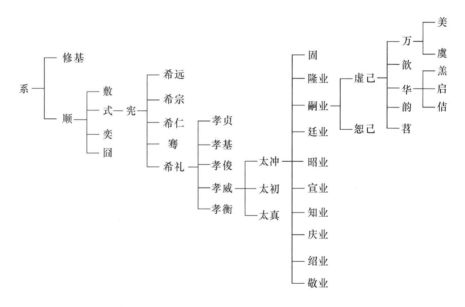

(二)墓志所见李华仕历证补

从独孤及所撰《李公中集序》、李华权葬志、合葬志的内容来看,三者存在互文关系。权葬志云:"河南独孤及,河东柳识,渤海高参,分为三集,各冠之以序。其历

---

①　赵振华:《唐李苕墓志与徐珙书法》,《四川文物》2004 年第 3 期。

②　[宋]李昉:《文苑英华》卷七九六,第 4213 页。

官次第、沦胥幽遁之迹,独孤言之最详。冰夷从掇其遗事,著铭于穴尔。"可见刘迺为李华撰志时,尚有三篇集序文,其中独孤及所撰《李公中集序》记载李华事迹最为详细,故墓志未对李华生平仕宦加以铺陈,而是对生平经历的几大事件以及临终场景进行了补充。薛放所作合葬志则在权葬志基础上补充了李华身后追赠以及迁葬事宜,由此形成了一个较为完整的李华传记体系。关于李华生平事迹,杨承祖《李华系年考证》[①]、陈铁民《李华事迹考》[②]、谢力《李华生平考略》[③]等都作过较为详细的考证,故笔者此处不对李华生平一一加以考述,主要通过墓志对李华生平事迹略作证补。

1. 出使朔方,定交李郭

志云:"公为绣衣使者,出巡汧陇,与李、郭二公定交于甲胄之中,乃上章称其材,社稷是依也。"盖指其担任监察御史期间出使朔方一事。独孤及《李公中集序》云:"(天宝)十一载,拜监察御史。"汧陇即汧水、陇山一带,往北可至朔陲,李、郭二公指李光弼与郭子仪。《旧唐书·李光弼传》记载李光弼天宝十一载(752)拜单于副使都护,天宝十三载(754)由朔方解读使安思顺奏为节度副使,不久辞官,随后在哥舒翰帮助下还于京师。[④]《旧唐书·郭子仪传》载郭子仪于天宝八载(749)任横塞军使、安北副都护,十三载(754),横塞军改天德军,郭子仪任天德军使,兼九原太守、朔方节度右兵马使。[⑤] 故李华与郭、李定交一事发生于三人皆在朔方期间,即天宝十一载(752)至十三载(754)。

此事李华本人在诗文中曾多次涉及,如《韩公庙碑铭并序》:"天宝季岁,华奉使朔方,展敬祠下。"[⑥]又《二孝赞并序》:"灵武二孝,……华奉使朔陲,欲亲往吊焉……冬十一月,浮冰塞津,吾将吊之。"[⑦]都提到了天宝年间奉使朔方的经历。又《卧疾舟中相里范二侍御先行赠别序》云:"天宝中,奉诏廉军政,北至朔陲,驻车山阴,辱司徒公、太尉公一盼之恩。"[⑧]司徒公、太尉公即郭子仪、李光弼。据《资治通鉴》卷二二〇与二二一,郭于至德二年(757)加司徒,李于上元元年(760)加太尉,故

① 杨承祖:《杨承祖文录》,华东师范大学出版社2017年版,第264—279页。
② 陈铁民:《李华事迹考》,《文献》1990年第4期。
③ 谢力:《李华生平考略》,《唐代文学研究》1990年版,第105—133页。
④ [后晋]刘昫:《旧唐书》卷一一〇,第3303页。
⑤ [后晋]刘昫:《旧唐书》卷一二〇,第3349页。
⑥ [宋]姚铉:《唐文粹》卷五二,《四部丛刊初编》第319册,第8页。
⑦ [宋]姚铉:《唐文粹》卷二四,《四部丛刊初编》第319册,第2页。
⑧ [宋]李昉:《文苑英华》卷七三四,第3823页。

称。另《奉使朔方赠郭都护》，郭都护亦为郭子仪。正史与《李公中集序》记载了李华出使朔方的经历，但未涉及与郭、李二公定交一事，墓志交代了三人交往关系，特别提到了李华曾上章称赞郭、李二人之材，可与李华诗文相印证并补充史书之阙载。

2.身陷贼营，暗谋博浪

安史之乱爆发，李华为护继母避逃不及，被叛军俘虏并授以伪职，此事独孤及《李公中集序》记载甚详："时继太夫人在邺。初，潼关败书闻，或劝公走蜀，诣行在所。公曰：'奈方寸何，不若间行问安否，然后辇母安舆而逃。'谋未果，为盗所获。"又《旧唐书》本传云："禄山陷京师，玄宗出幸，华扈从不及，陷贼，伪署为凤阁舍人。"①新传同。李华《寄赵七侍御》诗："世故坠横流，与君哀路穷。"自注曰："逆胡陷两京，予与赵受辱贼中。"②记载了与赵骅陷贼受辱的经历。近年新出土的三方李华所撰墓志《唐吉居士墓志铭》③《燕故魏州刺史司马公(垂)墓志铭》④与《故殿中侍御史姚府君(闓)墓志铭并序》⑤，志主都葬于圣武二年(757)，撰者皆署"中书舍人李华"，为李华陷贼任伪官时所作。

至德二载(757)，唐军收复东京，李华被贬杭州司功参军。《旧唐书》本传："收城后，三司类例减等，从轻贬官，遂废于家，卒。"《新唐书》本传："贼平，贬杭州司户参军⑥。"据独孤及《李公中集序》，李华被贬杭州司功参军后，不久又被诏授左补阙、司封员外郎，并由宰相李岘表为从事，升检校吏部员外郎。⑦ 对于从轻贬官并在不久后又重获任用的原因，正史并未记载，从李华《寄刘左丞文》自述来看，乃是得益于房琯、刘秩和李岘的提携："房公介然，明华于朝，兄志提挈，出泥登霄。言于宰司，大启学徒，陈沉泊华，可备师儒。"⑧"房公"为房琯，"兄"即刘秩，"宰司""相国

① [后晋]刘昫：《旧唐书》，卷一九〇，第5048页。
② [宋]姚铉：《唐文粹》卷一五下，《四部丛刊初编》第1939册。
③ [唐]李华：《唐吉居士墓志铭》，《书法丛刊》2014年第6期。
④ 陈尚君：《全唐文补编》，第2281页。
⑤ 毛阳光：《洛阳流散唐代墓志汇编》，国家图书馆出版社2013年版，第392页。
⑥ 按，据独孤及《李公中集序》："二京既复，坐谪杭州司功参军"以及李华《云母泉诗序》："乾元初……华贬杭州司功"，知《新唐书》记载李华被贬官职有误，当为杭州司功参军。
⑦ 按，独孤及《李公中集序》："相国李公岘之领选江南也，表为从事，加检校吏部郎中"，记载李华官职为"检校吏部郎中"，盖误，当为检校礼部员外郎。
⑧ [宋]李昉：《文苑英华》卷九八〇，第5159页。

李公岘"皆指李岘①。李华墓志又提供了一个新的视角,盖与其陷贼期间暗谋博浪之计以反抗叛军有关:"初禄山以幽州叛,公劫在贼营,丸艾自烧,阴养间谍。时洛中有刺客,能言鸿宝苑秘之书者,力若貙虎。公与义士皇甫复歃盟结之,促行博狼沙之事,虽不及窃发,然其忠勇百夫之雄,于晚岁衮司上闻,宠光骤至。"此事史籍无载,皇甫复其人亦无从考证。"博狼沙"即"博浪沙",运用了张良博浪沙槌秦王的典故。唐代文人对于张良颇有追慕之情,如李白《送张秀才谒高中丞》:"壮士挥金槌,报仇六国闻。智勇冠终古,萧陈难与群"②,《经下邳圯桥怀张子房》:"子房未虎啸,破产不为家。沧海得壮士,槌秦博浪沙。报韩虽不成,天地皆振动"③皆在赞颂张良博浪沙槌杀秦始皇的勇气与谋略。刘迺撰写墓志时,运用这一典故,一方面生动地刻画出李华坚守气节、智勇双全的谋臣形象,与志文所述"府君授予《魏志》,公开卷流涕,手不供目,遂跪陈汉鼎轻重之惭,曹氏移夺之将,凡所于明,超出旧史,于以见王佐之风成也"相呼应,另一方面也为李华在安史之乱平定后被从轻处罚提供了一个合理合法的理由。对于陷贼伪官的判处,《资治通鉴》记载曰:"以六等定罪,重者刑之于市,次赐自尽,次重杖一百,次三等流、贬。"④ 其中以弃市、自尽最重,主要处罚主动投降安禄山的官员;对于被胁迫任伪官的则以贬官为多;若在叛军中仍心系朝廷,或设法逃离,或暗中与朝廷联络的,则能被免于处罚,如王维被俘后"服药下痢,伪称暗病"来逃避伪职,又作"万户伤心生野烟"一诗表明心志,故只被降职太子中允。从李华仅被贬杭州司功来看,墓志记载他暗谋博浪沙之计不单纯是出于美饰和避讳的考量,应该有一定的事实依据,至于未被记入史籍,盖因此事"不及窃发",也与后世对于出任伪官的否定立场有关。

3.晚居丹徒,临终问禅

李华的晚年经历,墓志以"公深嘉范粲之节,不忍复践文明之延回,闭门自锢,委和待尽"进行了简单的总结。就其晚年所居以及卒地而言,《李公中集序》所载:"明年,遇风痹,徙家于楚州。"《新唐书·李华传》:"苦风痹,去官客隐山阳。"故学者此前多认为李华卒于楚州,如河内昭圆《李华年谱稿》就记载李华卒地为楚州山阳

---

① 杨承祖《李华江南服官考》:"杭州地非远恶,可谓轻贬。而当时三司问狱,谭与御史中丞崔器守文刻深,岘力持平恕,论者美之。并详岘《旧传》与《通鉴》卷二二〇……盖岘既持宽恕,又素知华立身本末,减等轻谪,实在情理之中;但以岘既为主司,转不便昌言感恩也。"(《杨承祖文录》,第285页)

② [唐]李白撰,安旗等笺注:《李白全集编年笺注》卷一三,中华书局2015年版,第1310页。

③ [唐]李白撰,安旗等笺注:《李白全集编年笺注》卷三,第306页。

④ [宋]司马光:《资治通鉴》卷二二〇,第7049页。

县的寓所。今从墓志可知,李华晚年隐居楚州后,又迁居丹徒,最后卒于季弟李苔之官舍,权葬于丹徒北原。从志文所叙"丹徒悌弟也。其孤羔、启,纯孝之士也,呕血噭咷。告哀于冰夷,池绥将行,而文友皆远",可见李华的身后事由弟弟李苔主持办理。《李苔墓志》言其"禄廪之奉,冬裘夏绤,束薪筥米,以赒亲戚,以煦孤贫"①大抵可相印证。

除了所居之地与身后安排,墓志还花了较大篇幅记述了李华临终前与禅师的对话,从中可见李华与佛教信仰之关系。墓志云:"将殁之夕,有黄鹤山义琳禅师,叩关遽谒。公曰:'师来何迟也? 请问心生灭之法。'往复数百言,归于痴爱扶疏而自性明脱。公稽首曰:'法尽于此乎?'逝将去师,期亿劫不能忘,此又象外之说,非黤暗之所及。"黄鹤山义琳禅师,史籍未见。《太平寰宇记》卷八九"润州·丹徒县"下有:"黄鹤山,在县西南三里……常有黄鹤飞舞,因名黄鹤山,改竹林寺为鹤林寺。"②李华曾为玄素禅师作《润州鹤林寺故径山大师碑铭》③,自称闻道于径山,李华与义琳禅师的渊源或出于鹤林寺。李华笃信佛教,《旧唐书》本传:"乃为《祭古战场文》,熏污之如故物,置于佛书之阁。华与颖士因阅佛书得之。"④可见其早年已研习佛法。又《新唐书》本传:"晚事浮图法。"⑤独孤及《序》:"雅好修无生法。"《云母泉诗序》自陈:"支离多病,年齿始衰。愿药饵扶寿,以究无生之学。"⑥可见安史之乱后,政治上的"失节"与晚年的贫病交加,使李华更醉心佛法,以期从中获得心灵慰藉。墓志对于李华与义琳禅师探讨"心生灭之法"的记载,正是对"涅槃"真谛的终极探索,亦体现了李华临终的心态,对于佛教的心灵依赖,希望通过佛教摆脱生死之苦。

(三)文集编纂情况

李华的文学成就,墓志记述十分简略:"无紫色,无郑声,垂度照世,灿如恒星,所纂文凡数百篇。河南独孤及,河东柳识,渤海高参,分为三集,各冠之以序。"《旧唐书·李华传》载:"有文集十卷行于时"⑦,《新唐书·艺文志》则称有"《前集》十

---

① 赵振华:《唐李苔墓志与徐琪书法》,《四川文物》2004 年第 3 期。
② [宋]乐史:《太平寰宇记》卷八九,第 1761—1762 页。
③ [宋]姚铉:《唐文粹》卷六四,《四部丛刊初编》第 1947 册。
④ [后晋]刘昫:《旧唐书》,卷一九〇,第 5048 页。
⑤ [宋]欧阳修、宋祁:《新唐书》卷二〇三,第 5776 页。
⑥ [宋]李昉:《文苑英华》卷七一六,第 3699 页。
⑦ [后晋]刘昫:《旧唐书》卷一九〇,第 5048 页。

卷,《中集》二十卷"①,三者差异明显。《新书》所据当为独孤及《李公中集序》,但现存《李公中集序》,不同版本异文颇多。集本曰:"少时所著者多散落人间,名存而篇亡。自监察御史已后所作……凡一百四十三篇,公长子羔,字宗绪,编为二十卷,号《中集》。"仅记李华任监察御史以后有著述二十卷为《中集》。《文苑英华》所收《李公中集序》则记录了前、中、后三集的情况:"自志学至校书郎已前八卷并《常山公主志》……并因乱失之……断自监察御史已前十卷,号为《前集》;其后二十卷颂、赋、诗、碑、表、叙、论、志、记、赞、祭文,凡一百四十四为《中集》……他日继于此而者,当为《后集》。"②《唐文粹》同。今据墓志可知李华文集最终确实形成了前、中、后三集,《英华》与《唐文粹》所收《李公中集序》更接近李华文集的最终状态。

从墓志来看,为李华文集分集作序者分别为独孤及、柳识与高参,不仅补充了李华文集其他两篇集序的作者,同时也提供了李华文学交往关系之一隅。

独孤及是唐代重要散文家,与李华、萧颖士等人一起倡导古文运动,生平事迹见于《新唐书》卷一六二、梁肃《朝散大夫使持节常州诸军事守常州刺史赐紫金鱼袋独孤及行状》③与崔祐甫《故常州刺史独孤公(及)神道碑并序》④。梁肃《为常州独孤使君祭李员外文》自述与李华的关系云:"某以蒙蔽,夙承眷惠。义均伯仲,合若符契。博约乎文章之间,优游乎性命之际。"⑤《赵郡李公中集序》亦有:"及常游公之藩也。"⑥可以说是李华的门人,两人长期保持亦师亦友的关系。柳识,字方明,代宗朝官左拾遗,与兄柳浑皆有才名。《旧唐书》卷一二五、《新唐书》卷一四二《柳浑传》后附有小传。据《新唐书·元德秀传》,柳识为元德秀门人,而李华兄事德秀⑦,李华《三贤论》亦载:"河东柳识方明遐旷而才,是皆慕于元者也。"⑧两《唐书·权德舆传》还记载了柳识兄弟与李华皆仰慕权皋之德行而友善之⑨。基于这层关系,李华对柳识也颇多奖掖:"华爱奖士类,名随以重,若独孤及、韩云卿、韩会、李纾、柳识……后至执政显官。"⑩高参,建中年间任中书舍人,两《唐书》无传,从梁肃

① [宋]欧阳修、宋祁:《新唐书》卷六〇,第1603页。
② [宋]李昉:《文苑英华》卷七〇二,第3619页。
③ [宋]李昉:《文苑英华》卷九七二,第5115—5117页。
④ [清]董诰:《全唐文》卷四〇九,第1857页。
⑤ [宋]李昉:《文苑英华》卷九八二,第5167页。
⑥ [宋]李昉:《文苑英华》卷七〇二,第3619页。
⑦ [宋]欧阳修、宋祁:《新唐书》卷一九四,第5564—5565页。
⑧ [宋]李昉:《文苑英华》卷七四四,第3887页。
⑨ [后晋]刘昫:《旧唐书》卷一四八,第4001—4002页。欧阳修、宋祁:《新唐书》卷一九四,第5567页。
⑩ [宋]欧阳修、宋祁:《新唐书》卷二〇三,第5776页。

《独孤及行状》来看,高参为独孤及门人:"若艺文之士遭公发扬盛名,比肩于朝廷,则有故中书舍人吴郡朱巨川、中书舍人渤海高参……其章章者也。"①可见李华文集的三位作序者与他本人交游密切,这也符合中唐时期文集序撰写的普遍状况,即由亲属或门生整理文集,请当时交游圈中的名家来撰写序文,如独孤及《毗陵集》便是门生梁肃所编并撰写《后序》。

(四)墓志撰写者与李华交往情况

权葬志撰写者刘迺,《旧唐书》卷一五三有传:"刘迺,字永夷,洺州广平人。"②《太平御览》卷五九三引《唐书》曰:"刘迺,字冰夷,为司门员外。"③关于刘迺的字,因"冰""永"二字形近,不同文献记载存在出入。《李华墓志》中刘迺多次以字自称:"冰夷从掇其遗事……刘冰夷闻之出涕……告哀于冰夷……以冰夷词朴且近,俾铭诸旒旐,冰夷执简忸怩,愧文之辱",可知刘迺字冰夷,《太平御览》记载不误。从墓志可以看出,刘迺为李华撰志是因二人的"文友"之谊。翻检传世文献,可推测二人的交往与刘晏颇有关联。李华《卧疾舟中相里范二侍御先行赠别序》:"先时为伊阙尉,忝相公尚书约子孙之契。不幸孤负所知,亏顿受污,流落江湖,于今六年。……天下衣冠谓华为相府故人,诏书屡下,促华赴职。"④此处"相公尚书"当指刘晏。李华在安史之乱后再次被征召,与刘晏提携亦颇有关系。而据《旧唐书·刘迺传》,刘迺大历年间亦曾见用于刘晏,且深得刘晏赞赏和信任:"转运使刘晏奏令巡覆江西,多所蠲免。改殿中侍御史、检校仓部员外、民部郎中,并充浙西留后。佐晏征赋,颇有裨益,晏甚任之。"⑤刘迺撰李华墓志时署"检校仓部员外郎兼侍御史刘迺述",知其任殿中侍御史、检校仓部员外时间约在大历九年(774)前后。关于刘迺的文学创作,《旧唐书》本传云:"迺少聪颖志学,暗记《六经》,日数千言。及长,文章清雅,为当时推重。"⑥《全唐文》存其《册郭子仪尚父文》《与宋昱论铨事书》二文,《李华墓志》为刘迺佚文。从墓志撰写来看,作者在简练的篇幅、严谨的结构中融入了生动的叙事乃至对话内容,相比一般唐人墓志更具艺术特色,可见刘迺作文水平之一斑。

①　[宋]李昉:《文苑英华》卷九七二,第5117页。
②　[后晋]刘昫:《旧唐书》卷一五三,第4083页。
③　[宋]李昉:《太平御览》卷五九三,第2671页。
④　[宋]李昉:《文苑英华》卷七三四,第3823页。
⑤　[后晋]刘昫:《旧唐书》卷一五三,第4084页。
⑥　[后晋]刘昫:《旧唐书》卷一五三,第4083页。

合葬志撰写者薛放,《旧唐书》卷一五五、《新唐书》卷一六四有传①,与其兄薛戎俱有才名,穆宗为太子时,任侍读,深得穆宗信任。据墓志记载,薛放作此墓志乃是受其"外姑"即岳母范阳卢氏所托,则薛放之妻为李华孙女,由此可见李氏、卢氏、薛氏家族的姻亲关系。墓志题署"正议大夫、尚书兵部侍郎充集殿学士",知其长庆二年(822)前后在兵部侍郎任。

李华夫人范阳卢氏权葬墓志,一并出土,据合葬志所言,为王仲周撰写。王仲周,两《唐书》无传。《原武县令京兆王公墓志铭并序》:"祖讳仲周,进士及第,任利、明、台三州刺史,国子祭酒,□□□刺史。"②《旧唐书·王徽传》记载王仲周祖父为王易从,易从与弟择从,从弟明从、言从皆以进士擢第,开元年间三至凤阁舍人,时号"凤阁王家"。③ 权德舆《故太子右庶子集贤院学士赠左散骑常侍王公神道碑》亦载:"长子逢以进士宏词甲科……幼子仲周亦以进士甲科。"④知其出身科举世家"凤阁王家",以进士甲科登第,文学才能非同一般。王仲周的作品,现存十三篇,以奏状、表为主。近年来新出土的墓志中,有《李象古墓志铭》⑤《王绾墓志》⑥,皆署王仲周撰。王周仲与当时文人士大夫颇有交游,武元衡有《夏日寄陆三达陆四逢并王念八仲周》诗,知王仲周排行二十八。又岑仲勉《唐人行第录》:"王十八仲周,武元衡《酬王十八见招》,又《闻王仲周所居牡丹花发因戏赠》,两诗相应,当即其人。"⑦诗题"王十八"或为"王二十八"之误,盖即王仲周。

二、李华的浙东经历与文学创作

李华在浙东的经历上文已考证,主要与李岘有关。杨承祖《李华系年考证》:"永泰元年乙巳(765),约四十九岁。六月,李岘贬衢州刺史。华盖随岘赴衢。途次,有寄赵骅诗并序。《旧唐书》卷一一《代宗本纪》云:'六月癸亥,吏部尚书李岘南选回,至江陵,贬衢州刺史。'按华撰《李岘传》云:'迁吏部,领选江西,改兵部,复命至南阳,诏兼衢州刺史。'(《全唐文》卷三二一)本纪书贬或得实,华作传,稍文饰之

---

① [后晋]刘昫:《旧唐书》卷一五五,第 4127 页。欧阳修、宋祁《新唐书》卷一六四,第 5047—5048 页。
② 陈尚君:《全唐文补编》卷一〇〇,第 1244 页。
③ [后晋]刘昫:《旧唐书》卷一七八,第 4639 页。
④ [宋]李昉:《文苑英华》卷八九四,第 4705 页。
⑤ 周绍良:《唐代墓志汇编》第 2061 页。
⑥ 吴钢:《全唐文补遗·千唐志斋新藏专辑》,第 280 页。
⑦ 岑仲勉:《唐人行第录(外三种)》,第 15 页。

欤？至于李华复随岘之衢州，可于《寄赵七侍御诗并序》析之。寄赵诗为赴衢途中作。"①李华与浙东相关的创作主要有《衢州龙兴寺故律师体公碑》《衢州刺史厅壁记》《台州乾元国清寺碑》。

《台州乾元国清寺碑》云："盈川，非古邑也，襟东江西山，因而城之。寺在远郊，信者劳止。自官吏耆耋，至于商旅，咸以津梁未建，为愧为羞。邑城之西，有净名废寺，背连山而面通川。杉栝昼暝，缁褐经行；寒潭夕清，车马无声，境胜心闲，十金果成。耆寿徐君赞、录事徐知古等请于县令陇西李公平，平请于前刺史赵郡李公丹，丹请于河南等五道度支使御史中丞京兆第五公琦，琦闻于天子，墨制曰可。僧义璿等伏以乾元之初，元恶扫除，国步既清，庙易名榜，因改曰乾元国清寺，昭睿功也。自所志洎于州县之长，僚吏以降，多舍清白之俸，征梓人，求绘工，为民储福，为佛成宫。高殿倚云，长廊生风，莲花出界，开在空中，自江南无有。是刹上座某等至某都维那某，奉前佛之心印，得轮王之髻珠。第五公以上智利国，人登宰辅；李使君以全德公才，持宪为郡；今刺史陈郡殷公日用忠武杰出，长城江海；专知官司马陇西李公乾嘉峻能操纲，清可激俗，县令李令宗室大儒，政之善者，皆易简诣于真境，清净符于度门。醍醐胜味，甘露妙源，正性无说，宏之在言。"②周祝伟《唐代两浙州县职官考》云："盈川乃衢州之属县，如意元年（692）析龙丘县置，元和七年（812）并入信安县，故碑为衢州乾元国清寺碑，'台州'为'衢州'之误。"③由此可知，该碑文乃是李华在衢州李岘幕中担任幕僚时所作。

除了上述碑文，李华还有《寄赵七侍御》诗和《三贤论》亦有可能作于衢州。《寄赵七侍御》诗云："摇桨曙江流，江清山复重。心惬赏未足，川迥失前峰。凌滩出极浦，旷若天池通。君阳青嵯峨，开拆混元中。玄猿啼深茏，白鸟戏葱蒙。草闲长余绿，花静落幽红。波涵石淘溶溶。丹丘忽聚散，素壁相奔冲。上，气压吴越雄。回头望云卿，此恨发吾衷。门，入仕希上公。纬卿陷非罪，折我昆吾锋。代，百代坠鹓鸿。世故坠横流，与君哀路穷。九潭鱼龙窟，仙成羽人宫。阴奥潜鬼物，精光动烟空。飞湍鸣金石，激溜鼓雷风。雨濯万木鲜，霞照千山浓。渚烟见晨钓，山月闻夜春。覆溪窈窕白日破昏霭，灵山出其东。势排吴苍昔日萧邵游，四人才成童。属词慕孔茂挺独先觉，拔身渡京虹。斯人谢明相顾无死节，蒙恩逐殊封。天波洗其

①　杨承祖：《李华系年考证》，《杨承祖文录》，第272—273页。
②　[清]董诰：《全唐文》卷三一八，第3224—3225页。
③　周祝伟：《唐代两浙州县职官考》，上海古籍出版社2019年版，第336页。

瑕,朱衣备朝容。一别凡十年,岂期复相从。余生得携手,遗此两屏翁。群迁失莺羽,后凋惜长松。衰旅难重别,凄凄满心胸。遇胜悲独游,贪奇怅孤逢。禽尚彼何人,胡为束樊笼。吾师度门教,投弁蹑遐踪。"序云:"自余干溪行,经弋阳至上饶,山川幽丽,思与云卿同游,邈不可得,因叙畴年之素,寄怀于篇云。""天波洗其瑕,朱衣备朝容"自注云:"华承恩累迁尚书郎。"①其自余干经弋阳至上饶的行程来看,此诗作于赴衢州途中有合理性。诗题赵七即赵骅,诗中"纬卿"即邵轸,茂挺即萧颖士,与李华著名的《三贤论》中所涉及的人物群体有高度的一致性。又丁放《唐五代文编年史·盛唐》"唐肃宗上元二年(761)":"《全唐文》卷三一七《三贤论》:'余兄事元鲁山而友刘、萧二功曹。此三贤者,可谓之达矣。……元之志行,当以道纪天下;刘之志行,当以六经谐人心;萧之志行,当以中古易今世。……'李华于《论》中详载元德秀、刘迅、萧颖士之交游,并赞誉其文章、道德、志行。独孤及《检校尚书吏部员外郎赵郡李公中集序》云李华《三贤论》为其'思旧'之作。《论》云:'不幸元罢鲁山,终于陆浑,刘避地,逝于安康,萧归葬先人,逝于汝南',知《论》作于元德秀、刘迅、萧颖士三人殁后。元德秀卒于天宝十三载(754),刘迅卒于上元二年(761),萧颖士卒于乾元三年(760)二月。故知《三贤论》当作于上元二年或稍后数年,唯作年难确考,姑系于上元二年。"②《三贤论》中叙述颜真卿事:"尚书颜公,重名节,敦故旧,与茂挺少相知。颜与陆据、柳芳最善,茂挺与赵骅、邵轸洎华最善,天下谓之颜萧之交。"③明确说"尚书颜公",是其时颜真卿在"尚书"任。据《旧唐书·代宗纪》:"(广德二年春正月)癸卯,尚书右丞颜真卿为刑部尚书、兼御史大夫,充朔方宣慰使。"④永泰二年(766)二月,"乙未,贬刑部尚书颜真卿为峡州员外别驾,以不附元载,载陷之于罪也"⑤。盖颜真卿广德二年(764)至永泰二年(766)为刑部尚书,《三贤论》应即作于此间。

---

①　[清]彭定求:《全唐诗》卷一五三,第 1588—1589 页。

②　吴在庆、丁放编:《唐五代文编年史·盛唐卷》,黄山书社 2018 年版,第 408 页。

③　[清]董诰:《全唐文》卷三一七,第 3215 页。

④　[后晋]刘昫:《旧唐书》卷一一,第 274 页。

⑤　[后晋]刘昫:《旧唐书》卷一一,第 282 页。

参考文献

一、著作

B

［唐］白居易撰，谢思炜校注：《白居易诗集校注》，中华书局 2006 年版。

［唐］白居易撰，朱金城笺校：《白居易集笺校》，上海古籍出版社 1988 年版。

白寿彝：《中国交通史》，台湾商务印书馆 1969 年版。

北京图书馆金石组：《北京图书馆藏中国历代石刻拓本汇编》，中州古籍出版社
　　1989 年版。

C

［宋］陈思：《宝刻丛编》，《历代碑志丛书》，江苏古籍出版社 1998 年版。

［宋］陈耆卿：《嘉定赤城志》，《宋元浙江方志集成》，杭州出版社 2009 年版。

［宋］陈振孙：《直斋书录解题》，上海古籍出版社 2015 年版。

陈尚君：《全唐诗补编》，中华书局 1992 年版。

陈尚君：《唐代文学丛考》，中国社会科学出版社 1997 年版。

岑仲勉：《唐人行第录》，中华书局 2004 年版。

陈铁民：《唐代文史研究丛稿》，中国社会科学出版社 2013 年版。

陈甲林：《天台山游览志》，中华书局 1937 年版。

D

［唐］杜佑：《通典》，中华书局 1988 年版。

［唐］道宣：《续高僧传》，中华书局 2014 年版。

［唐］戴叔伦著，蒋寅注：《戴叔伦诗集校注》，上海古籍出版社 2010 年版。

［唐］独孤及：《毗陵集》，《四部丛刊初编》，商务印书馆 1936 年版。

［唐］窦臮、窦蒙：《述书赋》，《景印文渊阁四库全书》，台湾商务印书馆 2008 年版。

［唐］道世著，周叔迦、苏晋仁校注：《法苑珠林校注》，中华书局 2003 年版。

［宋］董棻：《严州图经》，《宋元浙江方志集成》，杭州出版社 2009 年版。

［宋］道原撰，尚之煜点校：《景德传灯录》，中华书局 2022 年版。

［宋］邓名世：《古今姓氏书辩证》，《景印文渊阁四库全书》，台湾商务印书馆 2008 年版。

［明］都穆：《金薤琳琅》，《历代碑志丛书》，江苏古籍出版社 1998 年版。

［清］董诰：《全唐文》，中华书局 1983 年版。

［清］杜春生：《越中金石志》，道光十年詹波馆刻本。

戴伟华：《唐代使府与文学研究》，广西师范大学出版社 2007 年版。

F

［唐］封演撰，赵贞信校注：《封氏闻见记校注》，中华书局 2005 年版。

［唐］范摅撰，唐雯校笺：《云溪友议校笺》，中华书局 2017 年版。

［宋］方万里、罗濬：《宝庆四明志》，《宋元方志丛刊》，中华书局 1990 年版。

［元］方回选评，李庆甲集评校点：《瀛奎律髓汇评》，上海古籍出版社 2005 年版。

傅璇琮、陈尚君、徐俊编：《唐人选唐诗新编（增订本）》，中华书局 2014 年版。

傅璇琮主编：《唐才子传校笺》，中华书局 1987 年版。

傅璇琮：《唐代诗人丛考》，中华书局 2003 年版。

方建新：《浙江文献要目》，浙江古籍出版社 2016 年版。

G

［唐］贯休著，胡大浚笺注：《贯休歌诗系年笺注》，中华书局 2011 年版。

［唐］高适著，刘开扬笺注：《高适诗集编年笺注》，中华书局 1981 年版。

［宋］高似孙：《剡录》，《宋元方志丛刊》，中华书局 1990 年版。

［宋］龚明之：《中吴纪闻》，上海古籍出版社 1986 年版。

［明］高棅：《唐诗品汇》，中华书局 2015 年版。

［清］顾祖禹撰，贺次君、施和金点校：《读史方舆纪要》，中华书局 2005 年版。

H

［梁］慧皎：《高僧传》，中华书局 1992 年版。

［唐］韩愈著，刘真伦、岳珍校注：《韩愈文集汇校笺注》，中华书局 2010 年版。

［唐］韩愈撰，［宋］魏仲举集注：《五百家注韩昌黎集》，中华书局 2019 年版。

［唐］何光远：《鉴诫录》，中华书局 1985 年版。

［宋］洪迈：《容斋随笔》，中华书局 2005 年版。

［明］胡应麟：《诗薮》，中华书局 1962 年版。

［清］和珅：《钦定大清一统志》，《景印文渊阁四库全书》，台湾商务印书馆 2008 年版。

胡可先:《新出石刻与唐代文学家族研究》,北京大学出版社 2017 年版。

胡正武:《浙东唐诗之路论集》,浙江工商大学出版社 2019 年版。

华忱之:《孟郊年谱》,《隋唐五代名人年谱》,北京图书馆出版社 2005 年版。

胡戟著:《珍稀墓志百品》,陕西师范大学出版社 2016 年版。

胡戟、荣新江主编:《大唐西市博物馆藏墓志》,北京大学出版社 2012 年版。

河南省文物研究所编:《千唐志斋藏志》,文物出版社 1984 年版。

J

[唐] 贾岛著,齐文榜校注:《贾岛集校注》,中华书局 2020 年版。

[宋] 计有功:《唐诗纪事》,上海古籍出版社 2013 年版。

[清] 嵇曾筠等:《雍正浙江通志》,《景印文渊阁四库全书》,台湾商务印书馆 2008
年版。

蒋寅:《大历诗人研究》,中华书局 1995 年版。

K

[宋] 孔延之:《会稽掇英总集》,《宋元浙江方志集成》,杭州出版社 2009 年版。

L

[北魏] 郦道元撰,陈桥驿点校:《水经注校证》,中华书局 2007 年版。

[唐] 李白撰,安旗等笺注:《李白全集编年笺注》,中华书局 2015 年版。

[唐] 李林甫:《唐六典》,中华书局 1992 年版。

[唐] 李吉甫:《元和郡县图志》,中华书局 1983 年版。

[唐] 李肇:《唐国史补》,上海古籍出版社 2012 年版。

[唐] 李绅著,卢燕平校注:《李绅集校注》,中华书局 2009 年版。

[唐] 刘长卿著,储仲君笺注:《刘长卿诗编年笺注》,中华书局 1996 年版。

[唐] 刘𫗧:《隋唐嘉话》,中华书局 1979 年版。

[唐] 李贺著,吴企明笺注:《李长吉歌诗编年笺注》,中华书局 2012 年版。

[唐] 柳宗元:《柳宗元集》,中华书局 1979 年版。

[唐] 骆宾王著,[清]陈熙晋笺注:《骆临海集笺注》,上海古籍出版社 1985 年版。

[唐] 李延寿:《南史》,中华书局 1975 年版。

[唐] 刘禹锡撰,卞孝萱校订:《刘禹锡集》,中华书局 1990 年版。

[唐] 林宝撰,岑仲勉校记:《元和姓纂(附四校记)》,中华书局 1994 年版。

[唐] 刘肃:《大唐新语》,中华书局 1984 年版。

[后晋] 刘昫:《旧唐书》,中华书局 1975 年版。

［宋］李昉:《太平广记》,中华书局 1961 年版。

［宋］李昉:《文苑英华》,中华书局 1966 年版。

［宋］李庚等编,郑钦南、郑苍钧点校:《天台前集别编》,《天台集》,上海古籍出版社 2018 年版。

［明］李贤:《大明一统志》,巴蜀书社 2017 年版。

［清］陆继煇:《八琼室金石补正续编》,《续修四库全书》,上海古籍出版社 1996 年版。

［清］李怀民辑评,张耕点校:《重订中晚唐诗主客图》,中华书局 2018 年版。

［清］陆心源:《唐文续拾》,《全唐文》,中华书局 1983 年版。

［清］劳格、赵钺:《唐尚书省郎官石柱题名考》,中华书局 1992 年版。

李希泌主编:《唐大诏令集补编》,上海古籍出版社 2003 年版。

逯钦立:《先秦汉魏晋南北朝诗》,中华书局 2014 年版。

李芳民:《唐五代佛寺辑考》,商务印书馆 2006 年版。

李修生主编:《全元文》,凤凰出版社 1998 年版。

李德辉:《全唐文作者小传正补》,辽海出版社 2011 年版。

刘文刚:《孟浩然年谱》,人民文学出版社 1995 年版。

李域铮:《西安碑林书法艺术》,陕西人民美术出版社 1997 年版。

M

［唐］孟浩然撰,李景白校注:《孟浩然诗集校注》,中华书局 2018 年版。

［元］马端临:《文献通考》,浙江古籍出版社 1988 年版。

［元］马泽修,袁桷:《延祐四明志》,《宋元浙江方志集成》,杭州方志出版社 2009 年版。

［清］穆彰阿等:《嘉庆重修一统志》,《四部丛刊续编》,商务印书馆 1934 年版。

孟二冬:《登科记考补正》,中华书局 2018 年版。

毛阳光:《洛阳流散唐代墓志汇编》,国家图书馆出版社 2013 年版。

毛阳光:《洛阳流散唐代墓志汇编续集》,国家图书馆出版社 2018 年版。

N

［宋］倪守约:《金华赤松山志》,《道藏》,上海书店出版社 1988 年版。

O

［宋］欧阳修:《集古录跋尾》,人民美术出版社 2010 年版。

［宋］欧阳修:《新五代史》,中华书局 1974 年版。

［宋］欧阳修、宋祁：《新唐书》，中华书局 1975 年版。

［宋］欧阳修著，李逸安点校：《欧阳修全集》，中华书局 2001 年版。

P

［唐］皮日休、陆龟蒙等撰，王锡九校注：《松陵集校注》，中华书局 2018 年版。

［宋］普济：《五灯会元》，中华书局 1984 年版。

［宋］钱易：《南部新书》，上海古籍出版社 2012 年版。

［清］彭定求：《全唐诗》，中华书局 1960 年版。

［清］仇兆鳌：《杜诗详注》，中华书局 2015 年版。

Q

［清］钱谦益：《钱注杜诗》，上海古籍出版社 2009 年版。

［清］钱大昕：《十驾斋养新录》，《嘉定钱大昕全集》，凤凰出版社 2016 年版。

［清］齐召南：《温州府志》，台湾成文出版社有限公司 1983 年版。

齐运通：《洛阳新获七朝墓志》，中华书局 2012 年版。

乔栋、李献奇、史家珍：《洛阳新获墓志续编》，科学出版社 2008 年版。

R

［清］阮元：《两浙金石志》，《石刻史料新编》，台湾新文丰出版社 1977 年版。

任林豪，马曙明：《台州道教考》，中国社会科学出版社 2009 年版。

S

［梁］沈约撰：《宋书》，中华书局 1974 年版。

［唐］宋之问撰，陶敏、易淑琼校注：《宋之问集校注》，中华书局 2001 年版。

［唐］苏鹗：《杜阳杂编》，《丛书集成初编》，商务印书馆 1935 年版。

［五代］孙光宪：《北梦琐言》，中华书局 2002 年版。

［宋］施宿：《嘉泰会稽志》，《宋元浙江方志集成》，杭州方志出版社 2009 年版。

［宋］司马光：《资治通鉴》，中华书局 1956 年版。

［宋］舒岳祥：《阆风集》，文物出版社 1982 年版。

［宋］苏轼撰，［清］王文诰辑注，孔凡礼点校：《苏轼诗集》，中华书局 1982 年版。

［宋］史能之：《咸淳毗陵志》，《宋元方志丛刊》，中华书局 1990 年版。

［清］施元孚：《白石山志》，《乐清文献丛书》，线装书局 2013 年版。

孙望：《全唐诗补逸》，《全唐诗补编》，中华书局 1992 年版。

孙国栋：《唐代中央重要文官迁转途径研究》，上海古籍出版社 2009 年版。

绍兴县修志委员会：《绍兴县志资料》，台湾成文出版社 1983 年版。

四川文史研究馆:《杜甫年谱》,四川人民出版社 1981 年版。

商略、孙勤忠:《有虞故物——会稽余姚虞氏汉唐出土文献汇释》,上海古籍出版社 2016 年版。

T

〔元〕脱脱:《宋史》,中华书局 1985 年版。

〔元〕陶宗仪:《书史会要》,上海书店 1985 年版。

〔清〕陶元藻编,俞志慧点校:《全浙诗话》,中华书局 2013 年版。

〔日〕藤原忠平编:《延喜式》,仁孝天皇文政十一年松平齐贵校刊本。

佟培基:《孟浩然诗集笺注》,上海古籍出版社 2000 年版。

佟培基:《全唐诗重出误收考》,陕西人民教育出版社 1996 年版。

谭优学:《唐诗人行年考》,四川人民出版社 1981 年版。

傅璇琮主编:《唐五代文学编年史》,辽海出版社 1998 年版。

陶敏:《全唐诗人名汇考》,辽海出版社 2006 年版。

陶敏:《全唐诗作者小传补正》,辽海出版社 2010 年版。

童养年:《全唐诗续补遗》,《全唐诗补编》,中华书局 1992 年版。

田余庆:《东晋门阀政治》,北京大学出版社 2005 年版。

W

〔唐〕王维著,陈铁民校注:《王维集校注》,中华书局 1996 年版。

〔唐〕魏徵:《隋书》,中华书局 1973 年版。

〔五代〕韦庄著,聂安福笺注:《韦庄集笺注》,上海古籍出版社 2002 年版。

〔五代〕王定保撰,陶绍清校证:《唐摭言校证》,中华书局 2021 年版。

〔宋〕王象之编著,赵一生点校:《舆地纪胜》,浙江古籍出版社 2013 年版。

〔宋〕王溥:《唐会要》,中华书局 1955 年版。

〔宋〕王钦若:《册府元龟》,中华书局 1960 年版。

〔宋〕王谠撰,周勋初校证:《唐语林校证》,中华书局 1987 年版。

〔宋〕王存:《元丰九域志》,《景印文渊阁四库全书》,台湾商务印书馆 2008 年版。

〔明〕王瓒:《弘治温州府志》,《天一阁藏明代方志选刊续编》,上海书店出版社 2014 年版。

〔明〕王士性著,朱汝略点校:《五岳游草》,浙江古籍出版社 2013 年版。

〔清〕王琦:《李太白全集》,中华书局 1977 年版。

〔清〕王棻:《青田县志》,温州朱公茂印书局承印本。

［清］王昶:《金石萃编》,中国书店出版社 1985 年版。

［清］王琦:《李太白全集》,中华书局 1977 年版。

［清］吴任臣:《十国春秋》,中华书局 2010 年版。

吴廷燮撰:《唐方镇年表》,中华书局 1980 年版。

吴钢主编:《全唐文补遗》第八辑,三秦出版社 2005 年版。

吴钢主编:《全唐文补遗》第四辑,三秦出版社 1997 年版。

吴钢主编:《全唐文补遗(千唐志斋新藏特辑)》,三秦出版社 2006 年版。

吴在庆:《增补唐五代文史丛考》,黄山社 2006 年版。

王琼瑛:《摩崖石刻》,缙云县博物馆 2012 年内部印行。

王辉斌:《唐代诗文论集》,武汉大学出版社 2017 年版。

X

［梁］萧统:《文选》,中华书局 1987 年版。

［南朝宋］谢灵运著,黄节注:《谢康乐诗注》,中华书局 2008 年版。

［唐］许浑撰,罗时进笺证:《丁卯集笺证》,中华书局 2012 年版。

［唐］徐坚:《初学记》,中华书局 1962 年版。

［元］辛文房撰,周绍良笺证:《唐才子传笺证》,中华书局 2010 年版。

［明］解缙:《永乐大典》,中华书局 1986 年版。

［清］徐松:《登科记考》,中华书局 1984 年版。

［日］小道宪之:《文华秀丽集》,岩波书店 1964 年版。

项士元:《巾子山志》,中国文史出版社 2005 年版。

徐文平:《浙南摩崖石刻研究》,浙江大学出版社 2015 年版。

徐俊纂辑:《敦煌诗集残卷辑考》,中华书局 2000 年版。

许结主编:《历代赋汇(校订本)》,凤凰出版社 2018 年版。

Y

［唐］元稹撰,冀勤点校:《元稹集》,中华书局 2010 年版。

［唐］元稹撰,周相录校注:《元稹集校注》,上海古籍出版社 2011 年版。

［唐］姚思廉:《梁书》,中华书局 1973 年版。

［唐］杨炯著,祝尚书笺注:《杨炯集笺注》,中华书局 2016 年版。

［宋］姚铉:《唐文粹》,《四部丛刊初编》,商务印书馆 1936 年版。

［宋］乐史:《太平寰宇记》,中华书局 2007 年版。

［宋］赞宁撰,范祥雍点校:《宋高僧传》,中华书局 1987 年版。

［元］俞希鲁：《至顺镇江志》，《宋元方志丛刊》，中华书局 1990 年版。

［清］严可均编：《全上古三代秦汉三国六朝文》，中华书局 1958 年版。

［日］伊藤松：《邻交征书》，上海辞书出版社 2007 年版。

［日］圆仁著，白化文、李鼎霞、许德楠校注：《入唐求法巡礼行记校注》，花山文艺出版社 2007 年版。

余嘉锡：《世说新语笺疏》，中华书局 1983 年版。

郁贤皓：《唐刺史考全编》，安徽大学出版社 2000 年版。

郁贤皓：《李太白全集校注》，凤凰出版社 2015 年版。

郁贤皓：《李白与唐代文史考论》，南京师范大学出版社 2008 年版。

杨承祖：《杨承祖文录》，华东师范大学出版社 2017 年版。

杨作龙、赵水森：《洛阳新出土墓志释录》，北京图书馆出版社 2004 年版。

Z

［后汉］赵晔撰，周生春辑校汇考：《吴越春秋辑校汇考》，中华书局 2019 年版。

［唐］张籍著，徐礼节、余恕诚校注：《张籍集系年校注》，中华书局 2016 年版。

［唐］赵嘏著，谭优学注：《赵嘏诗注》，上海古籍出版社 1985 年版。

［唐］张祜撰，尹占华校注：《张祜诗集校注》，上海古籍出版社 2020 年版。

［唐］张彦远：《法书要录》，上海书店出版社 1986 年版。

［唐］赵璘撰，黎泽潮校笺：《因话录校笺》，合肥工业大学出版社 2013 年版。

［宋］张淏：《宝庆会稽续志》，《宋元方志丛刊》，中华书局 1990 年版。

［宋］祝穆：《宋本方舆胜览》，上海古籍出版社 2012 年版。

［宋］张君房：《云笈七签》，齐鲁书社 1988 年版。

［宋］赵明诚撰，金文明校证：《金石录校证》，中华书局 2019 年版。

［宋］郑樵：《通志》，中华书局 1987 年版。

［元］赵道一：《历世真仙体道通鉴》，《道藏》，上海书店出版社 1988 年版。

［清］朱彝尊著，王利民校点：《曝书亭全集》，吉林文史出版社 2009 年版。

［清］张联元辑：《天台山全志》，上海古籍出版社 2016 年版。

赵跟喜：《新中国出土墓志·河南卷叁·千唐志斋壹》，文物出版社 2008 年版。

张寅彭、黄刚编撰：《唐诗论评类编（增订本）》，上海古籍出版社 2015 年版。

张志烈：《初唐四杰年谱》，巴蜀书社 1993 年版。

周绍良编：《全唐文新编》，吉林文史出版社 1999 年版。

钟军、朱昌春、蔡亮：《隋唐运河故道地名考》，中国社会出版社 2017 年版。

朱关田:《唐代书法家年谱》,江苏教育出版社 2001 年版。

赵文成、赵君平:《新出唐墓志百种》,西泠印社出版社 2010 年版。

赵君平、赵文成:《秦晋豫新出墓志搜佚》,国家图书馆出版社 2011 年版。

邹志方:《浙东唐诗之路》,浙江古籍出版社 2019 年版。

邹志方:《〈会稽掇英总集〉点校》,人民出版社 2006 年版。

周祖譔主编:《新唐书·文艺传笺证》,凤凰出版社 2012 年版。

赵君平:《邙洛碑志三百种》,中华书局 2004 年版。

周绍良等:《唐代墓志汇编》,上海古籍出版社 1992 年版。

周绍良等:《唐代墓志汇编续集》,上海古籍出版社 2001 年版。

赵超:《新唐书宰相世系表集校》,中华书局 2018 年版。

周祝伟:《唐代两浙州县职官考》,上海古籍出版社 2019 年版。

中华书局编辑部:《傅璇琮先生八十寿辰论文集》,中华书局 2012 年版。

朱关田:《唐代书法考评》,浙江人民美术出版社 1992 年版。

二、论文

C

陈贻焮:《孟浩然事迹考辨》,《文史》1965 年第 4 辑。

陈冠明:《崔融行年杂考》,《古籍研究》1998 年第 2 期。

陈尚君:《〈登科记考〉正补》,《唐代文学研究》第 4 辑。

陈尚君:《石刻所见唐代诗人资料零札》,《唐代文学研究》第 1 辑。

陈铁民:《李华事迹考》,《文献》1990 年第 4 期。

储仲君:《皇甫冉诗疑年(续)》,《山西大学师范学院学报》1993 年第 3 期。

崔庚浩、王京阳:《唐高陵县尉吴士平夫妻墓志考释》,《陕西历史博物馆馆刊》第
　　7 辑。

D

丁式贤:《孟浩然游天台山考》,《东南文化》1990 年第 6 期。

戴伟华:《开元及天宝初诗坛的主流诗歌创作》,《华南师范大学学报(社会科学版)》
　　2013 年第 5 期。

G

郭平梁:《骆宾王西域之行与阿斯塔那 64TAM35∶19(a)文书》,《西北民族研究》
　　1989 年第 1 期。

H

胡可先:《新出土"大历十才子"耿涛墓志及其学术价值》,《文学遗产》2018年第6期。

胡可先:《天台山:浙东唐诗之路与海上丝绸之路的交汇》,《浙江社会科学》2019年第12期。

黄天朋:《李华生卒考》,民国二十六年(1937)六月南京《中央日报》"文史"版第28—29期。

[日]户崎哲彦:《唐代台州刺史陆淳与日僧最澄(上)——唐诗在日本》,《台州学院学报》2019年第1期。

[日]户崎哲彦:《唐代台州刺史陆淳与日僧最澄(下)——唐诗在日本》,《台州学院学报》2019年第2期。

[日]河内昭圆:《李华年谱稿》,《真宗综合研究所研究纪要》第14号。

J

蒋寅:《刘长卿生平再证》,《中国典籍与文化论丛》1995年第2辑。

焦闽:《唐元和元年"石伞峰雅集"研究》,《文教资料》2008年第10期。

贾晋华:《〈大历年浙东联唱集〉考述》,《文学遗产》1989年第3期。

姜光斗:《论唐代浙东的僧诗》,《唐代文学研究》1996年。

姜光斗:《李华卒年补证》,《文学遗产》1991年第1期。

L

罗敏中:《唐彦谦年谱》,《中国文学研究》1995年第4期。

罗争鸣:《唐五代道教小说研究》,复旦大学2003年博士学位论文。

吕玉华:《〈丹阳集〉考辨》,《文献》2003年第2期。

Q

[日]青山定雄:《唐宋汴河考》,《东方学报》第2册,1931年版。

邱亮:《谢灵运摩崖诗刻辨伪与考佚》,《文学遗产》2021年第5期。

W

王增斌:《骆宾王从军西域时间考》,《山西大学学报》1989年第2期。

汪晚香:《李华卒年考》,《湖北师范学院学报(哲学社会科学版)》1989年第2期。

X

薛宗正:《骆宾王从征西突厥的诗篇》,《乌鲁木齐职业大学学报》1992年第2期。

咸晓婷:《元稹浙东幕僚佐生平考》,《中文学术前沿》第4辑。

咸晓婷:《元稹浙东幕诗酒文会活动考论》,《阅江学刊》2012 年第 3 期。

谢　力:《李华生平考略》,《唐代文学研究》1990 年辑。

Y

杨琼、胡可先:《新出墓志与〈丹阳集〉诗人考辨》,《陕西师范大学学报(哲学社会科
　　学版)》2014 年第 3 期。

尹仲文:《李华卒年考辨》,载《河北大学学报(哲学社会科学版)》1979 年第 2 期。

Z

查屏球:《盛唐诗人江南游历之风与李白独特的地理记忆——李白〈送王屋山人魏
　　万还王屋并序〉考论》,《文学遗产》2013 年第 3 期。

查屏球:《元、王集团与大历京城诗风》,《文学遗产》1998 年第 3 期。

赵天相:《试解陆羽〈会稽东小山〉诗》,《农业考古》2010 年第 2 期。

朱玉麒:《道藏所见李白资料汇辑考辨》,《文教资料》1997 年第 1 期。

张国华、沈阳:《唐代封祯墓志铭考释》,《文物春秋》2013 年第 2 期。

赵君平:《唐〈徐浚墓志〉概述》,《书法丛刊》1999 年第 4 期。

赵昌平:《秦系考》,《中华文史论丛》1984 年第 4 辑。

张步云:《唐代逸诗辑存》,《文学遗产》1983 年第 2 期。

周正:《刘颖墓志考释》,《书法研究》2017 年第 2 期。

赵占锐、呼啸:《唐宰相韩休及夫人柳氏墓志考释》,《唐史论丛》2016 年第 23 辑。

赵振华:《唐李荂墓志与徐珙书法》,《四川文物》2004 年第 3 期。